{ ANDRÉ MATHIEU }

La Tourterelle triste

Les Éditions
Coup d'œil

Du même auteur :
L'été d'Hélène, Les Éditions Coup d'œil, 2012

À paraître aux Éditions Coup d'œil :
La saga des Grégoire
1- La forêt verte
2- La maison rouge
3- La moisson d'or
4- Les années grises
5- Les nuits blanches
6- La misère noire
7- Le cheval roux

Aux Éditions Nathalie :
Plus de 60 titres offerts, dont *Aurore*,
la trilogie du Docteur Campagne et les Paula

Graphisme de la couverture : Chantal Morisset

Première édition : © Éditions Nathalie, 2010
Pour la présente édition : © Les Éditions Coup d'œil, 2012

Dépôt légal : 2e trimestre 2012
Bibliothèque et Archives nationales du Québec
Bibliothèque nationale du Canada
Imprimé au Canada

ISBN : 978-2-89690-373-3

Ce qu'on fait par amour
s'accomplit toujours par delà
le bien et le mal.

Nietzsche

Les moments les plus inoubliables
sont ceux qui passent le plus vite
et disparaissent à peine aperçus,
comme des étoiles filantes et brillantes
dont il reste pour toujours en l'âme
et dans le coeur
l'éclat merveilleux du souvenir!

A. Mathieu

Avant-propos

Il est facile pour un auteur de pousser ses personnages, ses chapitres dans tous les excès, de faire grimper les passions à leur paroxysme. La télévision, le cinéma en général, qu'ils se fassent bon marché ou se donnent des airs plus sophistiqués, nous servent des rages extravagantes, des douleurs impossibles, des amours irréelles; on cherche ce que les jeunes appellent le 'boutte de toute', le 'super'... Tous les péchés capitaux sont mis au cube et offerts comme un repas d'émotions fortes à durée variable et réunissant autour de l'écran des cerveaux 'paquetés' où on espère qu'il reste encore un petit coin pour y fourrer quelque chose de plus... et obtenir audience, cote d'écoute...

L'intensité dramatique n'est plus alors que le train des passions humaines formé d'une suite de wagons renflés: que les textes soient endimanchés ou habillés «en semaine».

Il me semble que le véritable défi de l'écriture, c'est de donner à la banalité quotidienne, auto qui se stationne, enfant qui marche, serveur qui trébuche, un sens particulier, un angle différent, sans pour autant sombrer dans l'insolite ou la folie: c'est là que se trouve le véritable effort de la créativité littéraire.

J'ai toujours cherché à rester collé à la réalité dans la fiction de mes ouvrages. En conséquence, mon lecteur habituel s'étonnera du contenu de **La tourterelle triste** que l'on croira exagéré. Et pourtant, par ma tendance habituelle, je suis resté en-dessous de la vérité et ce qui est arrivé à Johanne Bédard, la figure centrale, fut plus intense encore, je le sais.

Les faits sont authentiques pour la plupart et la fiction ne commence qu'au stade du maquillage littéraire: changement de noms, de lieux, dialogues...

Je rends donc ici ce que j'ai su et compris de la vie de Johanne Bédard. Sans aucun accent féministe, cet ouvrage porte sur la violence faite aux femmes et, en parallèle, sur la recherche d'amour et de tendresse humaine par l'une d'elles, l'héroïne simple de ce livre, qui pourrait bien être une femme de votre voisinage...

L'auteur

Chapitre 1

Saint-Samuel de Gayhurst, 1950

Comme elle était belle, monumentale, ainsi accroupie comme un ange bleu. Un de ces anges magnifiques de la vieille église paroissiale. Ange de pierre incliné, prostré devant la majesté du ciel! Mais qui, si haut perché, émerveillait tant!

Dans l'âme d'un garçonnet aux yeux éclatants, elle représentait une force immense en état de prière et de contemplation, une puissance énorme que l'humilité ainsi qu'un voile de mystère imprimé par la distance, décuplaient et musclaient...

Comment pouvait-on parler d'une montagne comme de quelque chose au féminin alors que tout en elle disait l'homme, la force, le mâle, le géant?... Ces arbres velus agglutinés comme un troupeau sans fin lui donnaient l'air d'une barbe de quelques jours; un piton rocheux ressemblait à une grosse pomme d'Adam; et ces crêtes musculaires et ces creux profonds qui striaient tout le corps du monstre endormi!... Ainsi évoluent et se transforment les anges dans les jeunes imaginations vagabondes!

Pour l'enfant, le genre féminin n'était pas une vaine abstraction mais une réalité tout à fait concrète. Encore empirique toutefois et impossible à verbaliser. C'était sa mère assise sur la banquette avant, entre deux hommes bavards comme des pies.

Femme, elle l'était par ses cheveux drus et frisés, par son menton imberbe, par son cou lisse et surtout par cette poitrine moelleuse sur laquelle il endormait sa tête lourde voilà bien longtemps, jusqu'au jour où son frère plus âgé s'était moqué, par jalousie de n'être plus, lui, le dernier de la famille, le bébé gâté... ce jour où la mère un peu lasse avait enchéri en se plaignant du poids excessif d'un petit gars bien trop grand pour être bercé... Et l'enfant bourré de honte s'était alors réfugié sous la table, sur le prélart de glace aux fleurs bleues usées, pour y connaître une première fois depuis le début de sa courte vie la solitude effrayante et le sentiment de rejet dont il avait senti les cruelles emprises sur sa gorge.

Dur, devenir un homme quand on n'est qu'un enfant!

Un bruit monotone, régulier parvenait à ses oreilles: celui des pneus de la voiture qui écrasaient le gravier poussiéreux de la route sinueuse. Mais voilà qu'une fois de plus, l'interminable chuintement fut interrompu par le grésillement de la radio.

Le conducteur tâchait de syntoniser autre chose que de la friture aux accents stridents, mais il n'y était pas parvenu une seule fois depuis le départ de la Beauce une heure plus tôt.

Par courts intervalles, on avait entendu, mais fort mal, le baragouin que le chauffeur de taxi en soulevant sa casquette noire pour se gratter inutilement le cuir chevelu, avait clairement et fièrement identifié comme étant de l'anglais. Pas n'importe quel: de l'anglais des États! Du bel anglais quoi! Celui de la parenté de là-bas...

Et l'autre homme qui encadrait la femme, le père du garçon, redisait à chaque fois de sa voix qui résonnait comme un marteau sur l'enclume:

-Si c'est pas Louissetonne (*Lewiston*), c'est Gasté (*Augusta*). Aux États, y'ont des postes de radio à peu près partout, eux autres, par là.

-Ils parlent d'en ouvrir un à Saint-Georges, dit une fois le conducteur.

-Ça pourrait faire banqueroute: le monde sont pas riches par icitte pour faire vivre ça...

10

Le père possédait un naturel noir, pessimiste, inquiet et qui s'écrivait en rides profondes sur tout le visage, et de manière plus appuyée encore à partir des ailes du nez jusqu'à la bouche.

Mais cet aspect ténébreux amenuisait en l'esprit de l'enfant l'image masculine qu'en son for intérieur il attribuait à une montagne: mastodonte bien trop calme pour être vivant...

Neuf ans juste! Une petite vie encore bien étroite et pourtant aux allures de siècles. Il collait son nez à la vitre pour tout voir, tout aimer, pour vibrer à regarder défiler les maisons clairsemées, les granges grises et apercevoir parfois la flèche d'une église piquant d'un éclat bien catholique le ciel bleu et profond... qui ne s'en plaignait pas trop... comme tous les ciels de cette époque et de ce pays petit.

Ça sentait la poussière dans l'auto. Et la rose. Et le cheval. Et la colle. La femme exhalait un parfum qui ne parvenait pas à essuyer l'odeur tenace, incrustée chez son mari par son métier de maréchal-ferrant. C'était aussi que l'homme se lavait mal et sans trop de zèle.

On voyageait dans une auto presque neuve mais il fallait en tenir les vitres fermées pour éviter que la poussière du chemin ne s'emparât de l'habitacle ainsi que des voies respiratoires de ses occupants.

Y avait les trois adultes à l'avant et deux enfants à l'arrière dont une jeune adolescente qui se décrottait le nez et essuyait ses doigts sur le tissu de la banquette, ce qui lui valait des oeillades meurtrières de la part du chauffeur de taxi qui alors jetait à son rétroviseur:

-Restez bien tranquilles, mes enfants, pis soyez propres, là!

Les parents ne comprenaient pas le message et le voyage se poursuivait.

Une main griffue empoignait l'âme de la mère. Ce voyage était funèbre et atroce. On allait en visite chez l'aînée de la famille qui venait de perdre une enfant à cause de la typhoïde. C'était leur première petite-fille: l'être le plus vif, brillant, beau, adorable de l'univers. Gaétane, un trésor vivant refusé par la vie avait été emportée en quelques jours seulement par la terrible maladie. Morte

11

à deux ans et demi. On accusait le lait non pasteurisé qu'elle avait bu. On disait qu'elle avait prévu, annoncé sa propre mort. Quelque temps auparavant, l'enfant avait cueilli des pensées qu'elle avait groupées dans un petit carré de terre brune, disant que c'était son cimetière... Cela ajoutait au désarroi de toute la parenté.

La veille, le garçon avait dit à sa maîtresse d'école, une vieille religieuse ayant enseigné à tous les enfants de la famille Martin, et qui connaissait bien Gaétane, et l'avait surnommée la petite blondinette à Cécile, qu'il serait absent le vendredi parce qu'il allait au corps de sa nièce. Mère Saint-François avait essuyé une larme et Alain, lui, n'avait pas compris pourquoi une personne étrangère à la famille pleurait à cette mort à laquelle lui-même n'avait pas pleuré...

On pleure quand on est un enfant. Et qu'on se blesse. Ou qu'on nous blesse en nous repoussant comme ce jour où sa mère l'avait éloigné d'elle. Sa mère aussi avait pleuré à la funeste nouvelle. Elle s'était enfermée dans la chambre et on avait pu entendre des sanglots étouffés traverser la porte. Mais le père, lui, en apprenant cela, craché dehors par sa boutique de forge, brandissant son noir marteau et roulant ses yeux de feu, n'avait pu faire plus que de grogner et maudire le sort.

"Maudit torrieu, comment ça se fait?»

«Y'a le sapré vieux bonhomme France Jobin qui en finit pas de mourir avec son chancre de pipe: pourquoi c'est faire donc que le bon Dieu est pas venu le chercher celui-là pour le délivrer de son mal au lieu que... que d'emporter un petit enfant qui a toute sa vie devant... Maudite affaire!»

«Est-y allée su'le docteur, toujours, la Cécile, avec sa petite? Ménagère comme elle est, on sait jamais!»

«La mère, engage un taxi, téléphone à Jacob Deroin qu'il nous reconduise à Chesham...»

Puis, une heure durant, on avait entendu le marteau frapper et frapper sur l'enclume dans une sorte de concert funèbre à un seul instrument aux ondes pleines d'impuissance douloureuse et enragée...

Aux yeux du garçonnet, elle paraissait à bout d'âge, cette figure noire et plissée sur le toit de laquelle son père posait une galette de faux cheveux aplatis, ressemblant à un dérisoire nénuphar bruni par le temps, le soleil et une teinture secrète du perruquier.

-Quel âge c'est que t'as, asteur, toi, Ernest? demanda Jacob à l'entrée d'un pont.

-Quarante-neuf, dit Ernest à la sortie du pont, au bout d'un long soupir hésitant.

-Sais-tu que je te suis de pas loin? Je viens d'avoir quarante-deux...

-T'es jeune! Moi, je commence à user pas mal... Travailler à l'année dans le charbon pis «en dessour» des pattes des chevaux...

Alain tourna la tête et regarda sa soeur qui gardait figé sur son visage un sourire qui ne disait ni la douleur, ni la joie, ni rien de plus qu'une indifférence confortable; la balade en auto lui plaisait au plus haut point. Cela n'arrivait pas souvent à ces gens qui demeuraient dans un village, proche de toutes les nécessités du quotidien, près du magasin général, de l'église, du couvent, et qui ne possédaient pas encore de voiture.

L'adolescente gardait les deux bras croisés sur une poitrine naissante comme pour se protéger de quelque chose...

-J'ai toujours voulu cultiver comme mon père mais la mère, était contre.

-J'avais pas assez de santé pour ça, dit aussitôt la femme et pour la millième fois.

Et celle-ci, comme dans un sourd gémissement que la tragédie et son deuil alourdissaient considérablement.

-Cultiver, c'est de santé!

En guise de réponse, la femme sortit sa poudrette de son sac et s'épongea le nez qu'elle avait plus rouge que de coutume à cause du malheur arrivé. Le chauffeur saisit le rétroviseur et le fit pivoter pour elle, mais la femme s'opposa en remisant son accessoire:

-Non, non... Fait juste un peu chaud...

Elle tâchait de lancer son attention sur n'importe quoi mais le chagrin ne se laissait pas surmonter aussi aisément. Son mari eût vendu sa forge et acheté une terre ce jour-là qu'elle n'aurait pas dit un seul mot. La vie laissait-elle du temps pour la chicane, la division, les cris, la colère?

-En tout cas, la petite fille, c'est un petit ange du bon Dieu asteur! marmonna-t-elle distraitement comme pour elle seule.

Le garçonnet fut troublé. Il avait entendu la même chose de la bouche de mère Saint-François quand elle avait fait réciter une dizaine de chapelet par toute la classe pour le repos de l'âme de la petite défunte.

-Le bon Dieu me fera pas accroire qu'il avait besoin de la petite à Cécile, dit Ernest de sa voix la plus grosse, la plus dure, la plus noire, la plus ferme.

Le taxi souleva sa casquette et lissa sa chevelure en répliquant, mi-convaincu mi-inquiet:

-Faut pas blâmer le bon Dieu: ce qu'il fait, même qui vous paraît terrible, c'est toujours pour le mieux.

-Ouais! c'est ça qu'ils nous disent, mais...

-Ernest, tu ferais mieux de prier pour l'âme de Gaétane au lieu que de te choquer après le bon Dieu.

L'homme se contenta d'un haussement des épaules et il se renfrogna entre elles tout en regardant les fermes se succéder.

La friture reprit à la radio, mais cette fois, du fin fond de l'appareil parvint la voix de Roger Baulu:

-La mort du très honorable Mackenzie King sème la consternation dans les milieux politiques canadiens et c'est avec...

La voix se transforma en parasite et disparut. Il y eut un silence, des 'eh ben' suivis de 'ouais' mal terminés.

-Ça fera pas de bruit comme en 19, l'année où c'est que Laurier est mort, dit Ernest que la disparition de King laissait pas mal froid.

Alain répétait le nom à sa façon:

-Makègne Zékigne... Makègne Zékigne...

Puis il imagina Gaétane dans la peau d'un nouvel ange blanc. L'auto gravit soudain un petit button et redescendit aussitôt de sorte que le coeur du gamin prit son envol, suite à son esprit. Mais, chaleur aidant, les effets ne se firent pas attendre et la nausée s'approcha...

14

-Maman, maman... sus malade... dit-il en secouant sa mère par l'épaule.

-Ben oui, mais c'est quoi que t'as?

Elle tourna la tête et ce mouvement brusque ajouta au malaise du petit.

-On arrive à Saint-Samuel, fit le taxi, regardez le village, là, quen... On va arrêter au magasin prendre de la liqueur... du Coke, c'est bon pour la maladie...

L'enfant ne comprenait pas; c'est maintenant qu'il était malade. Il jeta son regard désolé vers l'extérieur comme pour se conforter à la vue de la montagne; mais elle était beaucoup plus proche, plus grosse et surtout, elle paraissait maintenant bien plus effrayante que rassurante.

Il avait peur de ne pouvoir retenir son coeur trop haut. Il avait peur de ne pouvoir colmater les trous de son âme par lesquels s'infiltrait la peur. Qu'arriverait-il s'il vomissait dans l'auto? Il eût voulu ouvrir la portière mais il avait peur. Touchez pas aux poignées de porte! avait ordonné le père au départ.

«Parce que vous allez tomber pis vous faire écraser par les roues de la machine,» avait enchéri la mère.

Il avait la gorge serrée, l'esprit confus, le regard au bord des larmes. Il voulait regarder devant à travers les têtes pour savoir si le village approchait mais n'osait pas, de peur d'éclater sur ses parents. Il mit sa petite main sur sa bouche dans un geste dérisoire pour retenir la nausée, la museler, la repousser jusqu'au fond de ses souliers neufs.

Dans le lointain, une explosion sourde se fit entendre par-dessus le bruit des pneus.

-Une charge de dynamite, dit le père. C'est dans les carrières de granit...

Au même instant, l'enfant explosa. Le contenu de son estomac repoussé en haut par une force irrésistible et puissante s'écrasa sur la vitre; il tourna la tête dans un dernier geste désespéré et la suite jaune éclaboussa le tissu des accoudoirs puis de la banquette, coula sur ses culottes et ses souliers pour finir sur la carpette couleur de poussière.

Le taxi freina trop sec. Cela provoqua une deuxième saccade

15

de haut-le-coeur qui aboutit à une seconde et violente cascade de vomissure.

-Maudit bâtard! jura le père qui utilisait parfois cette expression peu flatteuse pour lui-même à l'endroit d'un enfant qui avait mal agi.

L'homme voulait par là que le chauffeur le sache fermement de son côté et de la sorte se fâche un peu moins. Car il trouvait sacrilège de souiller ainsi une auto 'flambante' neuve, comme il désignait la voiture de Jacob depuis leur départ.

-Ah! pauvres enfants du Seigneur! gémissait la mère.

L'auto stoppa enfin. Alain pleurait dans sa bave et son désespoir. Soulagé en partie de sa misère physique, celle de son coeur décuplait à chaque seconde alors qu'il réalisait que le monde se dérobait sous ses pas et qu'un sentiment de culpabilité au moins aussi important que la montagne de granit tombait sur son âme comme une chape de plomb...

Toute sa personne n'était plus qu'un dégât ambulant quand il descendit de voiture sous l'ordre bourru de son père.

-Éva, prends ton mouchoir pour essayer de nettoyer ça un peu! dit l'homme, la voix nerveuse. Pis toi, Alain, va donc renvoyer dans le fossète, là... Enfant de misère!

Le chauffeur contourna l'auto et, casquette levée pour mieux réfléchir, nez haut à la grimace, il examina la catastrophe en gémissant. Comment chasser les taches et l'odeur pugnace? D'autres avaient vomi déjà dans d'autres de ses voitures et quel problème que celui de faire disparaître les traces. Il regrettait de ne s'être pas arrêté au premier signe de la maladie: mais on était si près du village et puis son esprit était à moitié accaparé par la mort de l'ancien premier ministre du pays.

Alain s'éloigna mais c'était pour se mieux vider de la surcharge de peine qui l'étreignait et qui agitait ses frêles épaules sous son petit veston bleu à manches trop courtes.

-On va ôter le plus gros pis aller au magasin acheter quelque chose pour nettoyer mieux que ça! dit la mère qui ne parvenait pas à tout ramasser avec son mouchoir.

Le taxi mit la main dans sa poche puis la retira sans rien en sortir. Son mouchoir était trop plein de morve séchée pour qu'il l'offre à la femme. Il déclara:

-Ben allons au magasin... pis le petit gars, toi, t'as juste à le dire si t'es pour être malade...

-C'est sûr qu'un beau char neu' de même... fit le père sans terminer sa phrase.

La nouvelle odeur éclipsa toutes les autres dans la voiture. On fut bientôt au magasin général, en face de l'église.

Au fond, le père était assez content de la mésaventure nauséabonde: elle lui permettait de s'arrêter et de parler à Léon Jacob, le propriétaire du magasin, un homme dont il connaissait la famille originaire de la Beauce. Autrement, à cause du deuil, il eût fallu passer droit. On ne s'attarde pas sur le noir chemin qui mène à un cercueil d'enfant.

Tous descendirent. Alain resta près de l'auto sous le soleil, bras ballants, tête basse. Les résidus collés à ses culottes et ses chaussures reluisaient comme des pierres de ruisseau. Il attendait qu'on décide pour lui, qu'on décide de lui, d'une punition peut-être? Certes, on ne lui achèterait pas de Coke. La nippe sur son visage ne contenait aucune colère contre les autres, elle naissait dans son coeur gros et ses remords tortillés. Il aurait dû attendre pour être malade, qu'il aurait donc dû attendre!...

-Alain, Alain, dit sa mère, viens te faire nettoyer là.

Il releva la tête et aperçut une devanture de magasin familière mais qu'il n'avait pourtant jamais vue; c'est qu'elle ressemblait en tous points à celle devant chez lui qu'il connaissait depuis toujours c'est-à-dire depuis le jour où pour la première fois, il s'était traîné en couche sur la galerie et avait levé difficilement la tête pour voir le monde entier... un monde fait d'une façade haute, carrée, rouge, avec de petites vitrines lettrées d'écritures blanches, des affiches de tôle annonçant du Coke et du tabac Zig Zag, un fronton tout là-haut et dans lequel une date avait été inscrite puis un mât à drapeau, -sans drapeau et se terminant par une boule- qui surmontait le tout.

La date différait. Ici: 1906. Chez lui: 1901. Le magasin de son enfance avait le même âge que sa mère.

À l'appel de la femme, le chagrin dans lequel il était jusque là enseveli s'envola et laissa la place à un rêve comme il en faisait sans cesse à propos de tout et de rien.

Alain Martin était un enfant pur et sensible. De ceux qui attirent les reproches et les rejets, et qui les souffrent dans leurs moindres fibres.

Gourmandés, ses frères, ses soeurs oubliaient vite à mesure mais lui restait marqué comme au fer rouge; et seul le rêve lui permettait de noyer son chagrin. Le rêve, une morphine dont il garderait toute sa vie des réserves dans divers recoins de son cerveau...

Ernest fut le premier à l'intérieur du magasin. Et le premier à parler. Il déclara à madame Jacob comme pour s'en faire une alliée:

-Le dernier nous a fait une écoeuranterie: on aurait besoin d'une serviette pis d'un plat d'eau... Pis peut-être ben de quelque chose pour chasser l'odeur...

Revenu à son coeur écorché, Alain regardait le taxi se diriger vers le brillant réfrigérateur à Coca-Cola. Cela augmentait sa soif. D'eau et d'amour...

******

Chapitre 2

On se rendit à un petit évier de métal au fond du magasin. Madame Jacob, personne d'air noble, désigna du geste une serviette et un linge sans nom aux allures de guenille. Éva entreprit de nettoyer l'enfant tandis que le père rejoignait le chauffeur de taxi et s'achetait un Coke pour se rafraîchir un peu de ce jour pesant d'un été prématuré.

La place était longue, divisée en deux par une table de gros bois à dessus verni. Le comptoir d'épicerie occupait une partie de mur puis c'était la quincaillerie. De l'autre côté, on trouvait tout ce qu'il fallait aux femmes pour coudre: matériel en pièces, fuseaux de fil, dentelles et aiguilles. Un coffre vitré au bout du comptoir contenait quelques produits cosmétiques.

Au fond, d'un côté, on étalait de la marchandise en vrac et de l'autre, c'était le bureau de poste avec, pour les séparer, un escalier qui conduisait au second étage où se trouvaient les rayons de la chaussure, du tout-fait pour dame, de la vaisselle et tous accessoires pour la cuisine. Un magasin général comme il y en avait dans tous les villages.

Les hommes s'adossèrent au réfrigérateur au bout de la table centrale pour boire et placoter. Ernest espérait la venue de Léon Jacob dont la femme avait dit qu'il était dans les entrepôts et sur le point de survenir.

L'adolescente avait eu son Coke et elle le tétait, affalée sur le comptoir des femmes pour se gaver des couleurs des tissus. Après un bref conciliabule près de l'évier, Éva reparut devant les hommes, une bouteille jaune à la main et annonça:

-Un nouveau 'stoff' pour nettoyer le siège du char!

Pour calmer l'inquiétude du taxi écrite en accent circonflexe dans ses sourcils noirs et broussailleux, madame Jacob ajouta:

-Aucun danger de brûler le tissu! C'est garanti!

Alain resta un moment près de l'évier pour se faire oublier puis il marcha d'un pas rapide; et, sans être vu par quiconque, il sortit du magasin et s'éloigna de la voiture où sa mère frottait vigoureusement.

Il longea la bâtisse jusqu'à l'autre bout et disparut. Il avait dessein de se réfugier dans un rêve multicolore pour oublier les invectives et sa dure honte. Adossé un moment au mur arrière, il se rendit compte qu'il avait envie d'uriner et que l'endroit convenait fort bien à cela puisqu'il ne se trouvait devant lui qu'un bosquet de cèdres plutôt mal effardoché.

Un coup d'oeil à droite, un entrepôt, un coup d'oeil à gauche, le garage gris d'un voisin: il s'avança vers les arbustes et déboutonna son pantalon pour en faire sortir son sexe minuscule.

Quelque chose l'inquiéta tout à coup. Un drôle de sentiment le troublait. Il crut que c'était l'incident qu'il tâchait d'effacer de son esprit. Puis il pinça son prépuce et fit bander les muscles commandant à sa vessie afin de créer une pression qui lui permettrait de projeter plus loin le jet d'urine quand il relâcherait la pression...

Deux yeux immenses le regardaient.

Ils se trouvaient là, à trois pas, juste de l'autre côté du muret végétal. Des yeux qu'il aurait peut-être pris pour ceux d'un chat s'il les avait aperçus à travers les fardoches. Ou ceux d'une jeune bête sauvage figée par la peur ou la curiosité.

Il pissa.

Le jet retombait à mi-chemin entre son corps et le regard étrange qui l'épiait. À nouveau, il eut un frisson puis il secoua son pénis pour l'égoutter et le rentra dans ses culottes qu'il reboutonna.

Les mains au fond de ses poches, le gamin erra un moment en frappant des petites pierres avec le bout du soulier. Il s'arrêta en regrettant de s'adonner à ce jeu inutile qui pouvait briser sa chaussure et lui valoir de nouveaux reproches: la paire de souliers avait coûté plus de quatre dollars le matin même.

Il se pencha et essuya la poussière sur le cuir noir. Le goût du Coke lui revint. Peut-être qu'en retournant à l'intérieur, on penserait à lui, on oublierait sa faute?...

La porte du magasin était restée entrouverte. Sur le perron de bois, il entendit les éclats de voix mêlées. Le deuil n'était visiblement pas dans la conversation. Léon Jacob était revenu des entrepôts; il placotait avec les hommes, et les vives paroles des femmes se frayaient un chemin comme entre des fardoches jusqu'à lui parfois...

Il se glissa à l'intérieur sans toucher à la porte, sans sortir ses mains de ses culottes, comme pour se montrer soumis et repentant si d'aventure on le remarquait. Il fut d'abord devant un portebalais au bout de la table centrale puis il osa s'avancer mais, craignant qu'on ne revienne sur l'incident de la nausée, il se glissa sous le comptoir et replia doucement ses genoux qu'il enveloppa de ses bras.

Il écouta. Une voix d'homme, douce et mesurée, à langage de religieuse, dit:

-Le plus grand moment de ma vie, ce sera quand je m'agenouillerai devant le pape Pie X11.

-Nous autres, le délégué de la paroisse à Rome, ben c'est monsieur le curé, dit le taxi.

-Ah! notre curé se rend à Rome lui aussi, mais la paroisse de Saint-Samuel voulait en plus envoyer un de ses citoyens là-bas à l'occasion de l'année sainte, et c'est sur moi que c'est tombé...

-C'est choisi au mérite! affirma Ernest.

Alain eût voulu apercevoir Léon Jacob dont son père avait fait

21

tant d'éloges depuis le début du voyage. D'entendre que cet homme respecté verrait le pape à la demande confiante de ses co-paroissiens montrait qu'on avait raison de dire beaucoup de bien du personnage.

Quelqu'un ouvrit le réfrigérateur à liqueurs douces. Le garçon tourna la tête de ce côté et sut, par le bas des jambes et les pieds, qu'il s'agissait de sa soeur. Elle avait droit à une autre bouteille peut-être, sinon pourquoi ouvrir la porte de l'appareil puisqu'on remisait toutes les bouteilles vides dans des caisses de bois étalées dans l'escalier?

Il voulut revenir à sa position de réflexion, le menton sur les genoux mais un petit frisson le parcourut et quelque chose attira son attention de l'autre côté. Quelque chose de discret, de petit, d'hésitant, entra dans son champ de vision périphérique.

Deux Cokes furent décapsulés l'un après l'autre: il n'en remarqua même pas le bruit, trop captivé par l'image qu'il percevait d'entre les manches à balai.

Deux jambes toutes petites faisaient deux pas puis elles s'arrêtaient. Des bottines brunes lacées espaçaient des mouvements indécis et pourtant qui se décidaient à chaque trois secondes.

Une robe fleurie disait qu'il s'agissait d'une fillette mais le visage demeurait caché par les corps des balais. Alors la petite fille s'accroupit sur ses jambes et son regard parut dans un rai de lumière crue. Et les yeux des deux enfants se rencontrèrent.

Un tourbillon naquit dans la poitrine du garçon. Ces immenses yeux d'une couleur bleue à mi-chemin entre le lapis-lazuli d'un ciel d'aube et le gris crépusculaire. Des paupières ni louve ni chatte: la fillette possédait un regard d'océan qui semblait la livrer tout entière, corps et esprit, à celui qui s'y plongeait...

Alain sentit son coeur se durcir. Rôdait en son âme un vilain sentiment de puissance à exercer; l'instinct de la domination lui parlait fort; il devait jeter à cette enfant bien plus faible un morceau de peur qui réunirait tous ces reproches qu'on lui avait lancés à cause de son mal des transports.

S'il se trouvait donc une petite branche à portée de la main, il s'en servirait comme d'un fouet pour la frapper sur les jambes et la grafigner, et elle se sauverait en criant et en pleurant.

22

Sûr qu'elle n'allait même pas encore à l'école, cette morveuse, puisque c'était jour de classe et que lui-même n'avait congé que pour cause du deuil. Cinq ans qu'elle avait, pas plus: qu'un bébé lala...

Il détailla le visage en quelques secondes. Tout était si délicat dans ces traits: le menton aussi fin que les lèvres et le nez, les joues creuses et ce large espace entre les sourcils. Il s'attendrit un instant, la trouva belle comme quelques grandes filles du couvent où il étudiait...

Sa dureté lui revint vite: il avait besoin de se sentir fort. De quel droit pouvait-elle avoir l'air d'une grande? Et pourquoi le fixait-elle ainsi? Peut-être l'avait-elle aperçu dans sa vomissure quand il était descendu de la voiture? Elle devait se trouver pas très loin, même pas cachée, comme une rien, comme une poussière qui disparaît dans l'indifférence!

Et puis quoi, elle aussi était sale sous les yeux et sur le nez: non, c'étaient des taches de rousseur...

«Je vas te pousser pis tu vas tomber assise sur ton fond de culotte!» pensa-t-il avec cruauté.

Il libéra ses genoux et s'accroupit dessus afin de s'approcher et pouvoir passer son bras entre les tiges de bois. Mais les manches se transformèrent soudain en un barrage infranchissable à cause de deux choses précises et imprécises à la fois: il se dit que la fillette devait être une petite Jacob et que de la toucher donc lui vaudrait de se faire copieusement tancer, et puis elle esquissa un sourire désarmant. Un presque sourire qui fit passer par ses yeux toute la confiance de sa jeune âme et qui ajoutait une pure illumination à l'apparence déjà lumineuse de son visage.

Alain fut sur le point de répondre au sourire qui espérait tant une réponse et l'appelait par sa beauté d'ange. Et voilà que cette chose granitique là dans sa poitrine fondait comme neige au soleil d'été. Et la tendresse en son coeur chassa sans merci la rudesse.

De la douceur émana de son regard, entraînant à sa suite le sourire attendu. Mais le temps coupa l'envol. Des bruits violents vinrent enterrer la rumeur issue du groupe de personnes à l'autre bout du comptoir. Un pas énorme sur le perron, des vociférations inintelligibles, une porte qui craque, une main immense qui apparaît derrière la tête de la fillette et qui la frappe: tout se succéda si vite que l'instant d'après se figea pour toute l'éternité dans la tête du garçon.

La petite fille fut violemment renversée vers l'avant et son pauvre visage s'écrasa parmi les manches: c'est cette image que le gamin grava dans son âme comme sur une pellicule photographique indestructible.

Le menton, la bouche, le nez, le front en triangle sous les cheveux: tout était comme au moment précédent. Peu retenus dans leur présentoir, les manches avaient amorti l'impact et leur flexibilité aidant, ils ne causèrent pas de blessure, semblait-il.

Mais deux merveilles faisaient cruellement défaut: les yeux que deux tiges, telles les barreaux d'une cage de fer, cachaient, et le sourire disparu.

Un petit corps de fillette, malmené, agressé, sans aucune défense. Un chien de cette grosseur aurait pu mordre ou du moins grogner de colère mais une enfant de l'espèce humaine ne pouvait rien d'autre que de se laisser faire, que de laisser une main féroce buriner dans son âme le sentiment de sa nullité totale.

-On te l'a dit de pas venir icitte, petite salope! cracha le bourreau à sa victime.

Puis, comme cherchant à se rallier l'approbation des gens du magasin, l'homme ajouta de sa voix que l'alcool faisait tituber un peu:

-Ça va assez mal de même de ce temps-là, baptême!

Il saisit la fillette par un bras et la suspendit dans les airs en disant aux Jacob:

-Excusez... elle se conduit tout le temps comme une petite bête...

Et à la petite fille:

-Tiens toi deboutte toujours, baptême!

L'homme partit en la traînant sans toutefois qu'elle n'offre la moindre résistance.

Alain se rassit malgré la stupeur. Il écouta pour tâcher de comprendre. Madame Jacob dit sur le ton de l'impuissance:

-C'est Albert Bédard... pis sa petite fille Johanne. Il passe son temps à dire que c'est une venimeuse. Elle va se faire soincer les fesses, la petite...

Éva commenta:

-Une enfant de cet âge-là, ça peut pas toujours être si venimeux que ça même si ils sont ben plus que tannants des fois.

-Faut comprendre un peu, dit Léon Jacob, il a un enfant sur les planches depuis hier. Un petit gars de dix mois qui est mort d'on sait pas trop quoi...

-On va justement enterrer notre première petite fille, dit Ernest. Trois, quatre jours malade. La typhoïde... C'est vilain sur les enfants, ces maladies-là. Dans tous les cas... je pense qu'avant de reprendre le chemin, je bois un autre Pepsi... Il vous a un goût de revenez-y... Où c'est qu'il est, le Alain, il en boit pas de Pepsi, lui?...

-Parti bretter dehors, fit l'adolescente.

Malgré ses airs noirs, l'homme ne frappait pas les enfants sauf pour faute grave; et les corrections le plus souvent ne dépassaient guère le stade de la mise en scène. Rarement la 'strappe'! Mais parfois la 'strappe'! Il faisait peur comme tous les pères; il ne terrorisait pas comme trop d'entre eux.

-Ç'a pas l'air d'un homme qui entend trop la risée, un grand fanal de même qui brasse un enfant comme ça, dit le chauffeur de taxi.

-Un peu malendurant mais c'est parce qu'il prend un coup pas mal, dit Léon Jacob.

Alain n'écoutait plus. Le Pepsi, le taxi: il oublia tout et son regard se fixa sur les manches à balai et le souvenir du visage perdu de la pauvre fillette: sans yeux, sans âme, sans voix, sans sourire... Toute la beauté qu'elle lui avait offerte le moment d'avant s'effaçait derrière l'affreux dénouement de la scène. Son coeur lui barrait la gorge...

******

Chapitre 3

Cette autre montagne ne rappelait aucunement un ange en prière dans l'imagination de l'enfant. Elle était bien trop massive. Il pensait plutôt à un éléphant sans trompe, sans queue, sans défenses... 'Un bien drôle d'éléphant', pensa-t-il en souriant un peu.

Il regardait au loin par une fenêtre de chambre à coucher. Juste en dessous, au premier étage était exposé le corps de sa petite nièce qu'on irait mettre en terre le lendemain. Il avait l'impression de ne pas l'avoir vue encore et pourtant, la veille au soir, comme ses parents et les visiteurs, il s'était agenouillé près de la dépouille afin de prier.

Parce qu'il avait senti une main griffue s'emparer de sa gorge à la vue de sa mère en pleurs et au souvenir de cette pauvre fillette punie injustement, mais par-dessus tout au regret d'avoir voulu bafouer cette enfant fragile et douce, il avait bloqué son coeur près du cercueil en fuyant sur les ailes d'un rêve comme il avait appris à le faire à cause d'une sensibilité aux effets insupportables et atroces.

L'image restait néanmoins dans sa tête: simple souvenir visuel froid. Ça l'aiderait quand il retournerait se recueillir auprès du petit ange inerte.

Quelque chose apparut dans le ciel sur sa gauche vers l'ouest, au loin. Il colla sa tempe droite sur la vitre et aperçut au bout de la montagne un temps noir que zébraient des éclairs violents mais encore silencieux. L'orage s'en venait. Il crut entendre son grondement maintenant qu'il le savait s'approcher du village.

La porte de la chambre s'ouvrit brusquement. En fait, normalement, mais c'est qu'il n'avait pas entendu quelqu'un venir.

-Alain, es-tu sourd? Viens donc manger!

C'était sa soeur l'adolescente, qui lui avait plusieurs fois crié, et cela, sans aucune considération pour une certaine retenue qu'eût commandée le deuil.

-Ben non, j'y vas! allongea-t-il d'une voix traînante.

-Ben grouille-toi, vomisseux!

-Mange donc de la marde!

Il mangea du bout des doigts sans faim. On l'ignorait et il aimait ça. Toute l'attention était donnée à Cécile qui pleurait de temps à autre et que chacun consolait à coups de ces sempiternelles citations religieuses devenues morphine des croyants.

«Ta petite fille, c'est un petit ange au ciel.»

«Elle a l'air d'un ange dans sa petite tombe.»

«On dirait qu'elle est bien, qu'elle est heureuse avec le bon Dieu.»

«Ah! pis qu'elle se ressemble donc, hein!»

«De l'autre côté, c'est la sainte Vierge qui prend soin des enfants: ils sont entre bonnes mains.»

Sans attendre le dessert et entre deux déclarations thérapeutiques, Alain se glissa hors de la table et se rendit à l'escalier qui le ramènerait à la chambre, et qui avait le pied dans le salon où le corps reposait dans une pénombre florale.

Les gens des pompes funèbres avaient installé un éclairage flou de circonstance, jaune, crépusculaire. Au milieu des marches qu'il gravissait en fixant la dépouille solitaire, Alain fut saisi d'un effroi dérisoire. Il lui sembla soudain que la petite morte avait bougé dans son cercueil. C'est que dehors quelque part, un éclair s'était emparé du voltage de la ligne électrique du village et que la lumière alors avait subi un déclin un bref instant.

Jusque dans la chambre, son coeur battit la chamade. Il avait déjà entendu de ces histoires de morts encore vivants, enterrés vifs et dont on avait retrouvé le corps plus tard dans une position d'horreur et même, dans un cas, disait-on, les cheveux tout à fait blancs alors qu'il s'agissait pourtant d'une jeune femme que l'on avait inhumée...

Il secoua son coeur pour le forcer à se tenir tranquille et s'étendit sur le lit, mains croisées sous la tête. Ce n'était rien. Rien qu'une autre de ces images inventées par son esprit débridé. On riait souvent de ce qu'il disait.

«Il a des visions, celui-là, mais pas tout à fait comme les enfants de Fatima: lui, il voit le diable en personne dans ses cauchemars.»

Sa mère avait dit et redit cela sans réaliser que l'idée labourait l'âme de son fils. Les récits de possession diabolique l'avaient longtemps hanté jusqu'au jour où il avait entendu sa mère dire que pareille chose ne se pouvait que dans une autre famille, dans une autre paroisse. Le cas se fût-il produit dans son village que le bon curé dans sa majesté paternelle et toute-puissante eût aussitôt délivré le malheureux des griffes du Malin. En outre, chaque mois, à la distribution des bulletins scolaires, le curé le félicitait pour ses bonnes notes. Un premier de classe ne saurait être possédé par l'esprit du mal. Et puis, il n'avait plus cinq ans pour croire au Père Noël...

Sa réflexion le rendit donc rationnel. Sur le visage de Gaétane était passée une ombre simplement.

L'orage éclata, déclenché par un éclair accompagné d'un claquement sec et formidable puis la pluie s'abattit sur le toit comme si un géant l'y jetait à pleins seaux.

Une peur d'une autre sorte lui revint. Une peur qui le défiait. Fasciné par l'orage, il alla s'agenouiller devant la fenêtre pour s'abreuver l'âme à l'incommensurable et insondable puissance du ciel.

Des pans d'eau jetés par le travers comme des lames blanches scindaient en le déchirant l'encre de cet après-midi tourmenté, s'élançant contre les maisons de l'autre côté de la rue, balayant l'asphalte qui semblait se fractionner, s'atomiser pour ensuite rebondir en milliards de gouttes grises.

Le tonnerre excessif claquait, les éclairs successifs répliquaient, et le tonnerre plaquait à nouveau ses ondes brèves et terribles sur les tympans qui les transmettaient à mesure à la zone le plus respectueuse du cerveau de l'enfant.

La montagne n'était plus qu'un souvenir. Le garçon imaginait les éclairs être des âmes cherchant à dire quelque chose, à le crier, à le pleurer, mais sans trouver d'écoute, leur langage n'ayant rien d'humain, de compréhensible.

Des âmes emprisonnées dans un ailleurs présent et pourtant inaccessible.

La pluie renfermait tout; les éclairs servaient de barreaux à cette geôle mouvante et enragée. Un orage tombe sur quatre des cinq sens à la fois. On l'entend, on le voit. Il peut vous atteindre si vous êtes dehors. Et sous l'action de l'éclair et de la pluie, les choses sentent autrement. L'électricité omniprésente va même jusqu'à produire de l'ozone à odeur caractéristique.

Alors il vit nettement le visage de la pauvre fillette de la veille, écrasé sur les manches et dont les yeux, ouverts ou fermés, avaient disparu à sa vue, la privant de son âme, de ce que son âme cherchait à lui dire la seconde d'avant.

Le diable, où donc se trouvait-il sur terre, lui qui, disaient les soeurs et le curé, parcourait le monde pour le perdre? Dans ces éléments déchaînés? Dans ces yeux immenses et peut-être possédés de la fillette Bédard? Ou bien dans la main infernale qui avait frappé l'enfant innocente? Et s'il avait été en lui-même, dans ce désir pervers d'agression qu'il avait nourri trop longtemps alors, et si cette affreuse mauvaise pensée avait été assez puissante pour provoquer la haine dans le bras du père? Sinon la haine, en tout cas une force excessive, écrasante, terrible pour le petit bout de femme qui la subissait?...

Des larmes jaillirent de son âme et remontèrent à son visage. Il les refoula à coups de poing. Il fallait être dérangé pour se sentir le besoin de pleurer à cause d'une petite inconnue entrevue l'espace d'un éclair, et de n'avoir pas même la gorge serrée à cause du deuil!

Il aperçut une auto qui entrait dans la cour en bas. Un oncle de Gaétane du côté de son père sans doute. Il y en avait six ou sept dans le village et à La Patrie.

C'étaient plutôt les grands-parents. Le garçonnet les avait déjà vus. L'homme descendit le premier. Il sortit un parapluie et le déploya mais l'objet tourna les ailes à l'envers. Alors il rentra dans sa Kayser pour y attendre une accalmie. Après tout, Gaétane ne s'en plaindrait pas et puis son âme était peut-être sortie dehors pour les visiter dans l'auto verte.

Alain crut bon d'avertir les gens à l'intérieur. Peut-être aurait-on une idée pour protéger les arrivants et leur permettre d'entrer dans la maison. Il quitta la chambre et s'engagea dans l'escalier.

A mi-chemin, son projet s'arrêta en même temps que sa jeune personne. Plus fascinante encore que l'orage était pour lui l'écriture. Il l'avait apprise plus jeune que les autres enfants. D'abord avec des blocs de bois puis au crayon en caractères calligraphiques. Or, il y avait là un lutrin surmonté d'une sorte de livre blanc dans lequel des gens signaient leur nom. C'était la première fois de sa vie qu'il allait au corps hormis à la mort de sa grand-mère mais alors, il ne voyait pas ces choses. Pour quelle raison les visiteurs signaient-ils? Il n'avait pas osé poser la question de peur de faire rire. Un geste concret de prière peut-être? Une carte-livre bien remplie de pieuses demandes exprimées par des signatures et qui ensuite, symboliquement comme la flamme d'un lampion, s'élèverait vers le ciel afin de réclamer au Seigneur le paradis pour une enfant partie prématurément.

Quoi qu'il en soit, puisque tous avaient signé, même sa soeur adolescente, il résolut de les imiter, sachant bien qu'il ne risquait pas de se tromper en le faisant.

Il se rendit au lutrin près de la porte donnant sur la cuisine où se trouvaient encore toute la famille et prit la plume-réservoir qu'il ouvrit. Il achevait de signer quand la voix de sa soeur, la mère de Gaétane, le surprit:

-T'avais pas signé hier?

-N... non...

-Ben c'est correct dans ce cas-là. On va t'envoyer une carte... pis dans dix ans, vingt ans, même trente ans, quand on va relire les noms, on va savoir que le petit Alain est venu au corps de Gaétane...

-Ben ouais! dit le garçon comme s'il avait su tout ça depuis longtemps déjà.

Depuis son entrée à l'école, il avait cent fois écrit son nom sur des cahiers, des gommes à effacer, des coffres à crayons, des devoirs, mais pour la première fois, il signait son nom. Pas l'écriture de son nom mais la signature de son nom et ça lui parut très important.

Il relut encore une fois en déposant la plume.

Alain Martin

******

Chapitre 4

Quelques heures plus tard, ç'aurait dû être la brunante à Saint-Sébastien dans le rang des Carrières, tout comme ailleurs dans grand; mais il faisait nuit déjà à cause de l'orage.

Le voisinage, la parenté, on remplissait la grande cuisine où sur une table drapée de noir reposait dans son cercueil blanc le corps enflé du petit Sébastien mort l'avant-veille d'étouffement.

Tout comme sa mère, l'enfant souffrait d'asthme. Mais si elle vivait depuis trente-sept ans; lui n'avait respiré qu'un peu plus de trente-sept semaines.

La grand-mère de l'enfant commanda une dizaine de chapelet et tous s'agenouillèrent devant la croix noire posée au mur depuis des années et qui surmontait maintenant le cercueil, cette chose insolite. Étrange comme tous les cercueils, surtout ceux-là petits et blancs...

À la moitié d'un escalier, dans un tournant à la marche large, la petite Johanne restait blottie dans son coin, entourée de mille frayeurs. Le tonnerre immense, les étrangers, le visage de son père, le bras brutal de son père, certains de ses grands frères; seul l'enfant mort ne lui causait aucun effroi. Même sa mère toujours si douce l'effrayait grandement sans le vouloir quand elle menaçait de suffoquer et de mourir dans ces crises d'asthme de plus en plus fréquentes.

-Hey, l'enfant dans l'escalier, descends pis mets-toi à genoux! ordonna rudement le père juste après le 'Au nom du père'.

La fillette n'entendit pas.

-Johanne, fit la mère, viens dire le chapelet...

Aussitôt la petite se leva, descendit les marches et s'agenouilla au pied de l'escalier, à côté d'une fenêtre et de la porte arrière de la maison qui donnait sur un tambour, un garde-manger et un hangar à bois.

Et la grand-mère entama le Notre-Père.

Comme si l'enfant mort eût voulu participer à la prière et répondre avec les autres, sa bouche se mit à couler comme cela s'était produit à quelques reprises depuis la veille. Johanne voyait cela pour la première fois. Son coeur serrait mais elle fut délivrée de sa peur par un geste de sa mère qui se rendit auprès du corps et essuya l'humeur blanche coulante que les enflures en augmentation avaient provoquée.

La vingtaine de personnes semblait une foule d'église aux yeux de la fillette. C'était beaucoup de monde, de voix dans un espace limité et donc une assemblée importante et surtout unique dans l'histoire de ses souvenirs d'enfant.

Au coeur de la dizaine de chapelet, l'orage enragea. Le tonnerre qui jusque là grondait se mit à claquer plus sec et plus fort. Soudain, on tomba dans le noir. Une noirceur que les éclairs illuminaient en saccades. Le cercueil blanc prit des airs fantomatiques, apparaissant et disparaissant dans des images convulsives.

On interrompit la prière. Albert annonça qu'il allait chercher un fanal et des chandelles au cas où le courant électrique se ferait attendre. On finirait sans doute la veillée au corps comme autrefois sous l'éclairage blafard d'une mèche allumée.

Johanne avait gardé son coeur gros depuis la correction de la veille. Son bras lui faisait mal et lui rappelait le crime qu'elle avait commis en s'éloignant de la maison de son oncle du village

Saint-Samuel où ses parents s'étaient arrêtés pour annoncer la mort du petit Sébastien.

On avait pris sa peine pour du boudin d'enfant, et un frère plus vieux, celui de onze ans, se moquait d'elle à tout bout de champ en répétant inlassablement quand il la voyait:

«La petite babouneuse est en bibitte, ah! oui, la petite babouneuse est en bibitte...»

Et le fer tourné et retourné ravivait la plaie.

Maintenant, elle ne savait que faire, comment agir. Elle avait peur du tonnerre, du noir, des éclairs, de la peur, et surtout peur de mal faire.

On s'enfargea sur elle.

-Ôte-toi donc de dans les jambes! lui grogna son père qui sortait quasiment à tâtons pour aller chercher la lanterne tandis que sa femme se mettait en quête des chandelles remisées quelque part dans un tiroir de commode de leur chambre à l'autre bout de la maison.

En d'autres circonstances, quelqu'un aurait lancé des farces plates pour se faire valoir un peu et dérider tout le monde mais là, ce fut le curé qui prit la parole en attendant.

Guidée par son instinct, Johanne gravit les marches de l'escalier et, aidée par les éclairs, elle se rendit à petits pas jusqu'au fond, dans la chambre où elle couchait avec sa soeur Jeanne. Elle referma la porte. Quelques-unes de ses frayeurs lâchèrent prise. Elle s'approcha d'une fenêtre et au moment d'y arriver, fut éclaboussée de lumière. Une série d'éclairs illuminèrent la grange, le jardin, les hangars; des coups de tonnerre se bousculèrent interminablement.

-Si nous réfléchissions un peu sur le sens de la mort, prêchait le curé de sa voix la plus profonde.

C'était une occasion en or de culpabiliser, de faire peur pour mieux contrôler les esprits. Un enfant mort, les ténèbres, l'orage: rien ne pouvait être plus théâtral et galvanisant.

Le regard de Johanne dépassait l'image de ses grands yeux, réfléchie par la vitre. Les dégouttières de la maison tombaient comme un rideau. Entre deux éclairs, le jet d'urine du garçon in-

35

connu lui revint en mémoire. Puis son visage perdu derrière les manches. Elle laissa un certain sourire se composer dans ses traits au rappel de quelque chose de bon pour elle dans ces yeux-là...

Et le sexe aperçu reprit tout l'espace de sa pensée. Son frère de onze ans se montrait souvent à elle, voulait qu'elle le touche... Elle courait alors se cacher derrière le poêle avec le chien ou dans les jupes maternelles.

Guidée à nouveau par l'instinct, poussée malgré elle par la curiosité et l'inquiétude, elle mit sa main entre ses jambes à la recherche de son propre sexe absent. Puis elle fit glisser sa culotte jusque sur ses genoux et retroussa sa robe...

En bas, le prêtre touchait son sexe sous sa robe noire par une main enfouie dans une ouverture et la poche de son pantalon.

-Le salaire du péché, c'est la mort. Mais, bien sûr qu'un enfant de dix mois n'a commis aucun péché. Sa mort comme celle de tous les êtres purs n'est donc pas une punition du ciel. Et puis ce n'est pas de la mort naturelle dont il faut ici parler mais bien de la mort spirituelle. Terminer son court voyage terrestre pour entreprendre son long voyage céleste, voilà qui n'a rien de désespérant, au contraire. Ce n'est pas la maladie, c'est le péché qui conduit à la seule mort qu'il nous faut redouter...

Les éclairs frappaient le sexe plat de l'enfant. Ses paupières ne battaient pas. Son regard était plus grand que jamais. Elle cherchait à comprendre pourquoi elle n'avait pas, elle aussi, cette espèce de doigt qui projetait l'urine loin du corps.

-Quen, les amis, comme ça, on va se voir le blanc des yeux! s'exclama Albert qui rentrait avec son fanal allumé.

L'homme avait profité de sa recherche dans le hangar à bois pour boire un coup de rhum à même une des bouteilles qu'il cachait partout dans les bâtisses en des endroits que ne pouvaient atteindre les enfants ni même sa femme.

-On va être bon pour finir notre dizaine de chapelet, annonça la grand-mère.

Coupé dans son sermon et son geste masturbatoire par cette clarté trop vive et dansante, le curé approuva:

-Puisque la belle âme du petit Sébastien est au ciel, les prières que nous faisons pour lui retomberont sur nous, embellies comme des fleurs spirituelles...

La fillette n'entendit pas la porte de la chambre qui s'ouvrait en précaution, d'autant moins que le tonnerre enterrait les autres bruits.

Sans voir directement, le garçon de onze ans comprit ce que faisait sa jeune soeur. Il ferma un poing qu'il enveloppa de son autre main et porta les jointures de ses pouces à sa bouche.

La fillette laissa retomber sa robe, elle remonta sa culotte et grimpa sur le lit où elle se coucha en foetus sans savoir que des yeux fauves l'observaient dans la nuit hachurée...

******

Chapitre 5

Le garçon savait, sentait que de rapporter à sa mère seulement ce dont il avait été témoin n'aurait pas de signification. Il attendit donc le meilleur moment après l'enterrement de son petit frère, l'instant rare mais fréquent ces quelques jours de deuil, où ses parents se trouveraient ensemble.

Souvent, il avait montré son corps à la petite Johanne qui s'était sauvée. Il n'était pas sûr qu'elle n'avait rien dit. Mais pour ne pas risquer qu'on la prenne au sérieux si elle devait placoter, le mieux était de se mettre en banque une réserve de bonne foi, de crédit moral tout en plaçant sa soeur dans une situation de culpabilité qui l'empêcherait d'être crue.

Johanne, par sa curiosité quant à son corps dans un moment aussi excessif alors que la famille vivait un deuil, que l'orage frappait à tour de bras, que le curé disait des prières, lui fournissait l'arme idéale.

Les enfants avaient défense expresse de pénétrer dans la chambre de leurs parents quand la porte était fermée: ordre bien plus péremptoire encore de jour, surtout le dimanche.

Bertrand savait que s'il frappait avant d'entrer, que s'il le faisait juste après que la porte se soit refermée, que s'il annonçait qu'il avait à raconter quelque chose d'important, de grave, on ne le punirait pas.

C'était un jeune adolescent à cheveux bruns, le regard mince et avec un demi-sourire toujours accroché sur le côté droit du visage, et qui lui donnait l'air de défier les autres.

Il frappa résolument.

-Qui c'est ça? dit le père à l'intérieur.

-C'est Bertrand... Ben je voudrais vous dire de quoi...

-Quand on va sortir...

-Ben... c'est à cause que c'est... un secret...

Johanne et sa soeur aînée plus vieille de deux ans jouaient dans leur chambre du deuxième. Les trois autres garçons plus âgés que Bertrand étaient partis à la pêche après l'enterrement.

La porte s'ouvrit brusquement.

-Ben... fais ça vite, là, toi! dit Albert.

Aucun des parents n'avait encore commencé à se déshabiller. Anna faisait semblant de chercher quelque chose dans un coffre à bijoux posé sur une ancienne commode pansue.

L'homme s'assit sur une chaise droite, croisa la jambe et mit son regard en biais comme pour montrer de l'impatience et de la suspicion. Il était nerveux. C'est qu'il n'avait pas pris un coup depuis la veille et que pour lui, depuis toujours, le dimanche invitait à boire et à 'sauter la bonne femme' comme il le disait devant d'autres hommes qu'il côtoyait parfois à la carrière de granit où il lui arrivait de travailler en dehors des tâches requises par sa petite ferme. Ce jour d'enterrement non seulement ne faisait pas exception mais le prédisposait davantage à coucher.

-C'est que tu veux, là... dépêche-toi...

L'adolescent referma la porte en disant:

-Ben... c'est Johanne...

La mère se retourna, l'oeil inquiet et incrédule.

-Hier... quand c'est que l'électricité a manqué... elle s'est relevé la robe devant le châssis en haut pis... elle se regardait... pis

40

elle se touchait...

-Où c'est, ça? demanda Anna en se retournant.

-Ben... dans la chambre...

-Elle avait-il ôté... ses culottes? demanda le père.

Question fondamentale mais qu'il oubliait, Bertrand s'empressa de répondre:

-Ben oui, ben oui... pis elle a retroussé sa robe, pis elle se regardait...

-Il faisait noir, baptême...

-Il éclairait... pis elle était devant le châssis...

Un long silence s'étendit sur la pièce. Un silence aux allures de frisson. Sans y croire encore, chaque parent évoquait le diable. Le sexe péché, le tonnerre, la mort, le prêtre, la noirceur...

Anna chassa ses pensées noires et préféra douter.

-Oui mais, de quoi c'est que t'allais faire, toi, dans la chambre?

Le garçon n'avait pas prévu cette question; il dut improviser une réponse.

-Ben... j'allais dans le garde-robes pis... me suis trompé de porte...

-Comment ça?

Le père répondit à sa place:

-Faisait noir: y avait pas de courant électrique.

-Pis c'est que t'allais faire dans le garde-robes?...

Cette autre question de sa mère ébranla le garçon un court instant mais aussitôt la lumière se fit:

-Chercher ma 'flash-light'...

Cette réponse satisfaisait le père et elle augmentait la crédibilité de Bertrand qui poursuivit:

-... j'ai ouvert la porte pis je l'ai vue debout devant le châssis...

-Tu l'as vue... entre les cuisses? fit la mère de sa voix peu autoritaire et à bout de souffle.

-Ben... non... pas directement...

-Mais t'as vu qu'elle avait descendu ses culottes pis relevé sa robe?

-Oui, c'est ça, c'est ça... Par en arrière... Elle était penchée en avant pour se regarder pis se toucher...

-La petite baptême, ça serait-il l'enfant du diable?

-Elle est trop jeune, elle sait même pas ce qu'elle fait, voyons...

L'homme se rajusta sur sa chaise et déclara:

-Cette enfant-là, elle est tout le temps croche dans tout ce qu'elle fait... C'est une pas comme les autres...

Puis s'adressant à Bertrand:

-Toi, on sait ce que t'avais à dire, asteur va-t'en...

-C'est correct!

Fier de son coup et fort d'avoir dit la vérité, sentant bien qu'on le croyait, l'adolescent partit et referma la porte derrière lui, laissant la pièce dans sa demi-obscurité et retrouvant la lumière répandue dans la cuisine. Il se montra discret et quitta la maison pour aller savourer sa victoire derrière un gros hangar. Le tourbillon qu'aiment les gagnants de ce monde et qui les rapproche de l'enfer un peu plus chaque jour, lui donnait des ailes.

-On peut dompter un animal, j'vois pas pourquoi c'est faire qu'on pourrait pas dompter un enfant.

Anna entreprit d'enlever ses vêtements tout en suggérant des voies d'évitement pour les mesures trop dures qu'elle savait germer dans le cerveau de son mari, susceptibles de frapper la fillette sans défense. Encore qu'elle fût assez troublée par cette scène quasi diabolique décrite par l'adolescent...

-Laisse-moi faire, je m'en vas la surveiller comme il faut...

Le père n'écoutait pas et, en se dévêtant, il analysait la situation et le comportement de l'enfant, se sachant solidement appuyé de son intelligence masculine qu'on appelait alors l'autorité paternelle.

-Cette enfant-là, quand c'est qu'il faut qu'elle soit à quelque part, elle est pas là pis quand c'est qu'il faut pas qu'elle soit à quelque part, elle est là. Avant-hier, j'ai dû la courir au magasin Jacob. Hier, tout le monde était à genoux pis elle était dans le coin de l'escalier. Pis quand j'sus allé chercher le fanal, me suis enfargé dans ses pattes... Quand je suis revenu, elle était pus là, je m'en rappelle asteur... Pis là, là... le Bertrand, lui, il a pas inventé ça, lui, une histoire de même. Pis elle, cette petite baptême-là, elle est tout le temps de même... Ou ben c'est une possédée du démon comme la Lafontaine de St-Évariste ou ben c'est comme un animal qu'il va falloir dompter...

La femme jeta son corset sur la commode puis, encore vêtue de sa brassière et de ses bouffants, elle se coucha. Albert garda son dessous crasseux tout d'une pièce et se glissa à son tour sous le drap.

-Avant qu'elle prenne trop de pic, on va régler ça, cette histoire-là...

-Quoi c'est que tu veux faire?

-Chassons nous de l'idée que ça pourrait être une petite possédée, là pis disons-nous qu'il faut la dompter.

-Ça donne pas grand-chose de trop battre les enfants.

-Justement... on aura même pas besoin de la battre: fais-moi confiance, fais-moi confiance... Pis là, amène-toi... qu'on se frotte un peu...

Inquiète, la femme demanda:

-On peut pas la priver de manger...

-Ça, je te l'ai déjà dit, la mère: y a personne dans c'te paroisse-là qui pourra jamais dire qu'Albert Bédard a pas nourri son monde... comme du monde... Personne!

-T'as toujours été un homme fier! fit-elle pour le flatter et l'adoucir par rapport à Johanne.

Une forte odeur de merde monta de sous le drap. Le mieux, comme toujours, était qu'on en finisse au plus tôt. Elle toucha l'organe déjà bandé au maximum et de son autre main elle baissa ses bouffants. Mais avant qu'il ne s'exécute, il fallait qu'elle finisse de vider la question concernant la fillette.

-Écoute, Albert, si tu la bourrasses pas pour lui faire mal, tu vas juste lui chiquer la guenille?

-Ben non... Elle comprendrait pas, elle comprend jamais rien. Ça fait cent fois que je lui soince le derrière. On dirait qu'elle a pas de coeur dans le corps... Fatique-toi pas, là, je sais ce qu'il faut... On en reparlera betôt...

**

Derrière le hangar, bien à l'abri des regards de tous, allongé dans du foin haut, Bertrand introduisit sa main dans ses culottes et commença à se caresser.

Dans la chambre du deuxième étage, Johanne prit une poupée de guenille qu'elle avait mise à dormir dans un mini berceau, elle se coucha sur le lit et la coucha sur sa poitrine en lui chantonnant un air à notes gauches mais rempli de douceur et de tendresse.

La fillette adorait entendre chanter sa mère ou écouter les instruments de musique, guitare et surtout accordéon, et quand elle-même essayait de chantonner pour sa poupée, ses yeux alors devenaient immenses et brillants comme la surface d'un lac tranquille.

Elle s'endormit. Au moment de perdre conscience, elle lâcha son jouet et frotta son bras endolori et qui portait des bleus.

Dans une autre chambre, sa soeur Jeanne lisait dans un livre d'images et de mots.

**

-Inquiète-toi pas, je vas pas lui faire mal. Mais je vas en faire du monde...

Rhabillés, les parents avaient renoué avec leurs intentions. Lui de dresser la petite; elle de lui éviter une punition excessive. La femme dit de sa voix toujours à demi-éteinte par un grave problème de cavité nasale qu'elle devait soigner, sur avis du médecin, par des gouttes d'eau salée, seul remède pour lui ramener le souffle quand elle était prise d'une crise de courte-haleine:

-D'abord, c'est peut-être rien qu'une invention à Bertrand, ça, là... Faudrait savoir si c'est ben vrai... Je vas la questionner: à moi, elle va me le dire si c'est vrai...

-Allons-y voir...

Ils montèrent. Jeanne leur dit que sa soeur était dans la chambre. Le père s'arma de précautions inhabituelles pour ouvrir la porte, comme pour saisir l'enfant en train de se regarder ou de se toucher de la façon décrite par le jeune adolescent.

Il eut un regard triomphant, poussa la porte un peu plus et fit signe à sa femme.

La fillette dormait avec la poupée serrée entre ses deux cuisses.

-Je te dis...

Le ton de l'homme disait tout. Il y ajouta plusieurs hochements de la tête.

-Va la questionner. On condamne pas sans procès...

Anna ne savait trop comment agir. Trop protéger ou pas assez? L'enfant avait besoin de se faire corriger mais comment. C'est le résultat qui va compter, avait dit son mari à deux reprises. Il n'avait jamais dépassé les bornes du raisonnable et, comme la plupart des autres hommes, avait toujours laissé à sa femme le soin d'élever les enfants à sa manière.

Mais l'incident relaté par Bertrand était particulier. C'est pour cette raison que l'homme voulait s'en mêler. Faire du monde avec un enfant ne pouvait pas être condamné ni même discuté. Elle s'approcha, s'assit sur le bord du lit, sur une courtepointe colorée à tons de jaune et de noir.

La fillette ouvrit les yeux.

-Johanne, pourquoi c'est faire que tu mets ta poupée là?

L'enfant interrogea le regard de sa mère comme pour qu'on lui donne une réponse qu'elle rendrait ensuite.

-Tu le sais pas, hein? soupira Anna. Pis hier, durant l'orage, t'es venue icitte, hein?

L'enfant acquiesça d'un léger signe de tête et ses yeux s'agrandirent d'inquiétude.

-Pis... as-tu regardé ton pissou quand c'est qu'il tonnait pis qu'il éclairait.

Nette dans la tête de la petite, l'image sombrait dans la peur. Toute sa jeune vie s'alimentait depuis toujours à des menaces, des gros mots, du mépris par les gars, des claques sur les fesses par son père ou sur les doigts par sa mère. Quelque chose lui insufflait dans l'âme un terrible sentiment de culpabilité. Et pourtant, une force plus grande encore la tenaillait, lui commandait de parler: celle de la sincérité et de la vérité. Cette lumière intérieure refuse à d'aucuns toute leur vie le pouvoir de mentir pour se protéger et leur enlève donc l'atout de cet universel moyen de défense et d'attaque, le mensonge écran, le mensonge protecteur, le mensonge hypocrite, le mensonge prédateur. Et cette lumière fit bouger les muscles de sa tête et les obligèrent à dire oui tandis que sa terreur créait sur son visage les conditions d'une explosion du coeur.

-Tu vois, tu vois que le Bertrand nous a pas fait de menteries. Il conte pas de menteries, ce petit gars-là...

Resté jusque là dans l'embrasure de la porte, Albert s'approcha.

-Fesse-la pas, là, je m'en vas essayer de lui faire comprendre.

-Je te l'ai dit: c'est du temps perdu.

Impatiente, Anna dit en montant le ton d'un cran:

-Quoi c'est que tu veux y faire? Vas-tu te décider à le dire?

-Ben simple... On va la faire coucher avec le chien durant deux semaines dans la shed à bois... C'est l'été, il fait pas frette... Tu vas y donner à manger comme il faut. Tous les jours, tu vas y apprendre c'est quoi la différence entre une personne humaine pis un animal... A va finir par comprendre... Les gars couchent ben dans la tasserie des fois eux autres, hein!

-Elle est petite pas mal, elle, pour ça... Elle pourrait sortir pis toute, là...

-Je vas l'attacher: comme ça, elle va rester là.

-Bon, ben, on va voir à ça demain, là...

Il dit à voix lente et sans retour:

-Non, non, tusuite, dret-là... Emmène-la en bas, on va y préparer sa... sa niche dans la shed, là...

******

Chapitre 6

Anna tressa d'abord deux couettes à Johanne tandis que son mari allait quérir une longueur de petite chaîne dans un hangar à quelques pas de la maison.

Quand il entendit s'ouvrir la porte de la bâtisse contre laquelle il s'appuyait, Bertrand se dépêcha de rentrer son membre dans son pantalon. Il se leva et se rendit voir. Hypocrite comme tous ceux qui s'en prennent à plus petit qu'eux-mêmes, il posa à son père une question que l'homme ne pouvait pas mépriser:

-Quand est-ce c'est qu'on va commencer les foins?

-Jamais avant le mois de juillette: tu sais pas ça?

-Ben... ben je m'en rappelais pas.

-Tu vois ben que le foin est pas assez long encore.

-Il est pas mal long, moi, je trouve...

-Ben va-t'en donc, là, que je travaille tranquille...

-Quoi c'est que vous faites?

-Ça te regarde pas pantoute... Va-t'en, là...

Albert voulait boire un petit coup. Il avait caché deux bouteilles dans la gueule de la batteuse. Venir couper un bout de chaîne pour attacher Johanne lui donnait un bon prétexte pour caler un coup ou deux mais voilà que le Bertrand était dans ses jambes.

Pour se faire aimer, l'adolescent dit:

-Ben... je vas m'en aller voir les gars au petit lac...

Le père ne répondit pas et le fils s'en alla.

Après avoir bien bu, il prit un coupe-fer suspendu, déroula un segment de chaîne tourné sur une cheville de bois fixée dans une poutre verticale et tailla à la longueur requise soit environ quatre pieds. Ainsi, la fillette ne serait prisonnière qu'à moitié, pas plus qu'un veau ou un chien ou un lapin, toutes bêtes cependant qui n'étaient pas souvent attachées mais, chien à part, gardées dans des enclos plus ou moins réduits selon les saisons.

Puis il chercha et trouva un petit cadenas dans un tiroir d'établi et il regagna la maison sur la ripompette et en chantonnant «C'est à boire mesdames».

On emmena la fillette dans cette sorte de grand appentis fermé qui servait de remise pour le bois et les objets souvent requis dans la maison. La seule lumière qui y pénétrait provenait d'interstices aux abords de la porte extérieure. Et quand on y allait, on allumait depuis le vestibule d'entrée une ampoule électrique jaune juchée haut et suspendue par un fil tordu.

-Dans le mois de juin, les nuittes sont encore pas mal fraîches, dit Anna sur le ton de la plainte.

-On va lui mettre des poches de jute en masse; elle aura rien qu'à s'abriller comme il faut. Ça sera pas plus frette que dans la maison.

L'homme aimait les objections émises par sa femme: elles lui permettaient de montrer sa grandeur d'âme. Il ferait du monde avec l'enfant sans lui donner de misère. Thérapeute avant l'heure. Thérapie de choc! Première d'une interminable série dans la vie de Johanne...

Albert prit d'abord un marteau et cloua l'extrémité de la chaîne à une poutre verticale. Puis il entoura la cheville de la fillette et cadenassa. Les sons avaient un écho plutôt sinistre en ce lieu fermé et sous cet éclairage blafard.

Johanne cherchait à comprendre ce qui se passait. Un jeu nouveau sans doute? Non, ce n'était pas une correction: on l'aurait frappée, grondée... Ce n'était pas une pénitence: on la ferait agenouiller dans un coin les bras en croix... Mais ses parents, son père surtout, ne jouaient jamais avec les enfants. Elle aurait su à quoi s'en tenir s'ils avaient eu le visage à la menace, au reproche, mais là, il lui manquait des éléments et elle n'arrivait pas à lire dans leurs yeux.

-Pour pas que la chaîne lui fasse des marques, tu mettras de la ouate entre le fer pis la chair... là...

-De la ouate, comme c'est là, j'en ai pas. Madame Jacob en a manqué... Peut-être ben qu'à Saint-Sébastien? Va m'en falloir pour mes affaires du mois prochain... Pis du coton à fromage itou...

-Je dis de la ouate, là, mais ça pourra être du coton ou ben n'importe quoi... Elle est pas en prison comme une meurtrière, c'est rien que pour lui apprendre à faire comme du monde pis à connaître la différence entre du monde pis des animaux...

La fillette regardait tour à tour son père et sa mère. Elle se sentait bien. On s'occupait d'elle. L'endroit ne lui était pas inconnu. Elle l'avait souvent vu par la porte ouverte et y allait jouer parfois avec Jeanne. Cette pièce faisait partie de son univers. La menace n'y rôdait pas.

Anna se composait un sourire forcé. Il y avait quelque chose de faux dans ce processus. Non, l'enfant ne risquait rien. Le chien serait toujours là la nuit et aucune petite bête ne viendrait la mordre. Elle aurait à manger. En fait, la surveillance serait beaucoup plus étroite que normalement. Elle-même viendrait à tout bout de champ, laisserait la porte ouverte le plus souvent. Après tout, Albert avait peut-être raison et cette mise à part sauverait Johanne des ragots tournant autour d'une possible possession diabolique... Mais une zone d'ombre persistait. Une sorte de remords. Comme si ce curieux procédé de redressement recelait un côté pernicieux, destructeur...

-Y'a une affaire qui faudra surtout pas faire, recommanda le père à index autoritaire, c'est de lui donner des bebelles. Un animal, ça joue pas avec des bebelles encore moins avec des catins en guenille... Ça fait que je veux pas en voir autour d'elle... Faut qu'elle reste là... comme quelqu'un qui est poigné de la grippe espagnole pis que pour son bien et le bien de tout le monde, faut isoler dix, douze jours... Je le sais, moi, je l'ai eue, la grippe espagnole. Je te l'ai dit déjà... J'avais cinq ans... Elle a quasiment cet âge-là...

-Faut dire que tu devais être isolé dans la maison, pas dans la shed à bois...

-J'avais une maladie qui se guérit dans la maison, pas dans la shed à bois.

Aux adultes, le hangar paraissait petit. Contre la cloison jouxtant le mur de la maison, on cordait le bois de poêle. Il en restait une petite demi-corde en raison d'un hiver très neigeux qui avait enterré -et donc bien isolé et calfeutré- les bâtisses.

La moitié de l'espace était couvert d'une plate-forme que Johanne partagerait avec le bois et le chien. Le seul autre objet qu'elle pourrait atteindre était une boitée de copeaux près de la porte.

Sa chaîne lui laissait la possibilité de se rendre vers l'avant au bord de la plate-forme sans l'atteindre, à la corde de bois du côté gauche mais sans non plus pouvoir la toucher, à la porte du côté droit sans toutefois y parvenir. Albert avait cloué l'extrémité de la laisse métallique au point stratégique et ainsi réduit la longueur de près d'un pied, ce qui limitait à une verge l'espace linéaire disponible. L'enfant pourrait évoluer dans un demi-cercle de trois pieds de rayon.

-Asteur, tu vas d'y expliquer pourquoi c'est faire qu'on va la laisser icitte-dans. Pis tu vas le faire deux fois par jour. Elle va finir par prendre le bon pli... Moi, je vas aller chercher une dizaine de poches dans la grange.

L'homme se jeta en bas de la plate-forme et sortit par la porte arrière. Juste avant, un bruit se fit entendre, comme si un animal s'était faufilé quelque part de l'autre côté de la cloison extérieure de l'appentis en la frôlant. Personne n'y porta attention.

C'est à ce moment que la fillette prit conscience de son emprisonnement. Elle se pencha et sonda la chaîne, cherchant gauchement à s'en défaire.

-Touche pas! Laisse ça là, tu vas te faire mal.

Anna se mit à genoux puis s'assit sur ses jambes.

-Mets-toi à terre avec maman, là.

Johanne obéit. Quand elle fut assise, elle tira par instinct vers le bas sa robe grise de coton défraîchi pour se recouvrir les jambes jusqu'aux mollets.

Anna tâcha de ne pas voir cette chaîne de galérien et dit dans les mots les plus simples qu'elle put trouver:

-Vois-tu, le bon Dieu, il a fait des bêtes, bon. Ensuite, il a fait des personnes humaines à son image pis à sa ressemblance. Pis les animaux, vois-tu, c'est comme le chien, comme les chats, les vaches pis les cochons... Pis les humains, c'est comme ton père, comme moi, comme Jeanne pis les gars... Pis même le petit Sébastien qu'on a enterré aujourd'hui au cimetière. C'est pas pareil, du monde pis des animaux. Les animaux comme le chien, ben, ils ont pas d'âme, eux autres. Tu comprends-tu?

L'enfant fit un signe de tête négatif.

-Ben voyons, voir si tu comprends pas ça...

L'enfant fit alors un signe de tête affirmatif.

-Finalement, tu vois, tu le sais pas trop... Ben c'est pour que tu l'apprennes qu'on va te laisser icitte un petit boutte de temps. Tu vas rester icitte. La nuitte, tu seras pas tuseule, le chien, il va dormir icitte comme de coutume. Pis là, ben, tu vas t'apercevoir que t'es pas comme le chien, toi, pis qu'il faut pas que tu te conduises comme un chien... Tu sais... faut pus que tu te touches le... pissou... comme hier... Tu t'en rappelles...

La fillette hésita. Son regard chercha. Puis elle fit un signe de tête affirmatif.

-Parce que le démon, il pourrait venir te posséder comme la petite Lafontaine de St-Évariste... Voudrais-tu ça, être possédée du démon? Tu pourrais jamais aller au ciel, hein...

Envahie par une peur que suggérait le regard maternel, Johanne fit plusieurs signes négatif et dit un très long:

-Non.

-C'est pour ça qu'il va falloir que tu restes icitte. Le bon Dieu, il va éclairer ton âme, tu vas voir. Pour que tu comprennes que t'as une âme pis que les animaux, ils en ont pas...

Il était plutôt rare que sa mère lui parlât doucement et, l'imitant, Johanne à son tour s'inquiéta pour sa poupée:

-Pis ma catin, elle...

-On va la laisser dans la chambre en haut avec Jeanne pis la semaine prochaine, tu vas la ravoir...

La semaine prochaine: cette notion du temps ne disait rien à la fillette. Qu'importe, elle se sentait en confiance à cause de l'attitude de sa mère et parce qu'on s'intéressait à elle autrement que pour la bousculer.

Depuis le départ du père qui avait laissé la porte à moitié ouverte, beaucoup de lumière entrait dans le hangar. Le soleil commençait à décliner vers l'ouest et ses rayons frappaient le sol à l'intérieur jusqu'à la plate-forme, la terre disparaissant sous une couche de copeaux et d'écorces frisées. Cela jetait un éclairage inhabituel sur un mur auquel étaient suspendus divers objets ainsi que des tablettes supportant des pots de peinture, d'huile de lin, de DDT et autres composants chimiques.

Tout cela indifférait Johanne excepté un très vieil accordéon noir dont des composantes métalliques jetaient un certain éclat. Il y en avait un semblable dans la maison mais de couleur plus pâle et que seuls des adultes pouvaient toucher. Des notes joyeuses lui vinrent en tête...

-Tu m'écoutes-tu, au moins, Johanne?

La réponse ne vint pas. Albert rentrait avec un tas de poches de jute sous le bras. Il vint à la plate-forme et les y jeta derrière la fillette. Un nuage de poussière fut soulevé et se rendit briller dans le pan de rayons solaires qui entrait par la porte toujours entrebâillée.

-Bon, ben, fais-y un litte avec ça, là, pis viens-t'en dans la maison ensuite.

-J'y ai tout expliqué ce qu'il faut qu'elle apprenne.

-C'est ça. Pis tu diras la même affaire à chaque repas tant qu'elle l'aura pas gravé dans le coco pour le restant de sa vie. C'est comme ça qu'on va faire du monde avec...

Avant que sa femme ne revienne, Albert s'amena avec un morceau de guenille qu'il jeta devant la fillette. Johanne le ramassa et le tendit à sa mère.

-C'est pour sa cheville, pour pas qu'elle s'use la peau, dit l'homme qui repartit aussitôt.

La femme fit tenir la fillette devant elle et s'accroupit pour installer le tampon de manière qu'il tienne, ne serre pas trop la jambe et ne pende pas, risquant de la faire trébucher.

La tête de sa mère se trouvant à hauteur de ses mains, sous ses yeux, la fillette fut prise du besoin intense de la serrer fort dans ses bras. La peur modéra son transport et elle se contenta d'effleurer les cheveux frisés avec ses doigts largement écartés. Elle huma le parfum que la femme dégageait et se mit à fredonner un air qui n'avait pas d'air pour qui l'entendait mais qui pour elle, était celui de la chanson *Les Roses blanches* entendue de la bouche même d'Anna. Souvent, en effet, au coeur du jour, quand tous étaient partis sauf les trois derniers qui n'allaient pas encore à l'école, la femme sortait l'accordéon, jouait et chantait. Et alors Johanne ne faisait plus qu'écouter tant que durait la pratique de sa mère. Fascinée, hypnotisée...

Quand le tissu eut bien bourré l'espace entre le fer et la chair, Anna se redressa à moitié et dit:

-Quen, viens te coucher icitte. Je vas t'abriller pis quand c'est que tu vas te réveiller, je vas revenir.

La fillette s'étendit sur le lit improvisé et sa mère la recouvrit.

-Ferme tes yeux pis dors, là!

Johanne obéit.

La mère se leva et quitta la place, laissant néanmoins la porte intérieure ouverte. Par dehors, elle vint fermer l'autre porte puis rentra dans la maison.

Johanne s'endormit.

Tous ignoraient, elle y compris, que la première heure du processus destiné à lui trouver une âme avait commencé déjà à détruire son âme fragile et que cela durerait plus de trente ans.

**

Au moment où elle ferma ses yeux, un oeil gris, petit et dur, se plaqua sur un trou de noeud dans la cloison de gauche près de la cordée de bois. Bertrand ne s'était jamais rendu à la rencontre de ses frères au lac et tout le temps depuis son départ présumé annoncé à son père, il était resté à l'affût dans les environs, sachant bien qu'il se passait quelque chose d'inhabituel et devinant que cela était relié à la conduite de la fillette qu'il avait rapportée à ses parents.

À travers les planches quelque peu disjointes, il avait entendu sa mère parler à l'enfant après s'être embusqué un moment près de la porte, lieu qu'il avait dû fuir en hâte quand son père était sorti.

Tout lui apparut clair quand il vit Johanne couchée et la chaîne qui partait d'elle pour aboutir à sa fixation murale. On la punissait pour sa conduite condamnable, une conduite pourtant qu'il ne trouvait pas si vilaine et qui faisait rôder en des recoins insondables de son coeur des espérances douteuses et perverses.

Ce qui arrivait lui semblait d'autant plus excitant qu'il était le seul à en connaître tous les tenants et aboutissants. Il fallait que les autres sachent. On ne lui avait pas défendu de parler. Une folie tournoyante agitait sa poitrine à hauteur de l'estomac. Il le dirait d'une oreille à l'autre comme un secret que chacun devrait taire, ce qui le rendrait plus important et surtout plus terrible.

Plus tard, il vit ses frères et un ami du voisinage revenir de la pêche. Les deux plus vieux suivant en âge l'aîné déjà parti, lui, de la maison, avaient quinze et seize ans: ça ne les intéresserait pas beaucoup. Mais les deux autres, celui de treize et l'autre de neuf ans, riraient tout comme lui de voir la babouneuse attachée dans le hangar à bois de chauffage.

«Possédée du démon. Petite chienne. Têtue peste.»

Les petits mots perfides fabriqués d'acide, de hargne et de mépris circulèrent d'une oreille à l'autre. Chacun mit son oeil sur le trou de noeud. Il y eut des rires. Gaétan, le plus jeune, frissonna comme on frissonne à la vue d'un monstre quand on est encore un enfant, et même après...

Au réveil de la petite, la noirceur était totale. Sa mère avait laissé la lumière allumée mais le père l'avait éteinte pendant qu'elle dormait. Elle avait faim. Elle avait fait de doux rêves et ne se souvenait pas de ce qui lui arrivait. Elle s'assit sur son séant et cela fit bouger sa chaîne dont le bruit insolite lui rappela les dernières images d'avant son sommeil.

Et son corps qu'elle ne voyait plus, qu'elle cherchait de ses grands yeux perdus dans la nuit, éclata en de violents sanglots. Des sanglots qui hurlaient au secours mais que personne n'entendait ou ne voulait entendre.

Écrasée par la peur, la solitude, l'impuissance et le sentiment d'isolement qu'elle ressentait si fort pour la première fois, elle cria sa douleur folle jusqu'à en arriver au bord de l'étouffement.

C'est le chien de la maison qui vint à son aide. Couché derrière le poêle, il se réveilla, s'inquiéta un moment, tourna dans la maison puis se rendit à la porte où il se mit à siler et à gratter pour sortir.

La mère finit par percevoir les cris à travers les bruits de la tablée et les deux cloisons -éloignées l'une l'autre de trois pieds-, séparant la cuisine du hangar, et elle accourut.

Elle sortit, alluma la lumière dont le commutateur se trouvait dans le passage puis ouvrit la porte. Johanne s'était mise debout et avait marché jusqu'au bout de sa chaîne qui lui retenait le pied à l'arrière et, le corps tordu et en douteux équilibre, elle tendait ses petits bras désespérés sans cesser de cracher son âme.

Le chien sauta sur la plate-forme et se mit à japper en la regardant comme s'il avait voulu lui dire: rassure-toi, vois, je suis là...

-Tu dois avoir faim, hein? Assis-toi là, Johanne, maman va revenir te porter à manger.

Jeanne, Gaétan et Bertrand avaient quitté la table et se tenaient sur le bord de la première porte pour voir leur soeur devenue un objet de curiosité.

Le père les rappela et les sermonna:

-Si on l'a mis là, c'est parce qu'elle est pas mal dure de comprenure, c'est toute. Pis si vous faites comme elle, la même chose va vous arriver.

Anna jugea que le coeur était plus important que l'estomac.

Elle descendit les deux marches et amena l'enfant à sa couche où elle la fit asseoir. Et elle fit venir le chien:

-Poilu, Poilu, viens icitte. Assis-toi avec la petite... Couche, couche...

Soulagée d'une partie de sa terrible et insoutenable charge émotionnelle, la fillette obéit. De toute façon, elle n'avait pas le choix puisque toutes les volontés étaient plus fortes que la sienne. Mais elle s'agrippait à la main de sa mère... comme si elle réalisait soudain l'ampleur de la mise au ban dont elle faisait l'objet.

-C'est quoi qu'elle a faite? demanda un des grands garçons à la table.

-C'est juste pour lui montrer qu'elle est quelqu'un pis pas une bête, c'est toute...

Albert aimait répéter son idée. Elle le rassurait sur lui-même et ses capacités intellectuelles comme se confortent tous les hommes orgueilleux qui sèment le mal en donnant l'apparence de répandre le bien.

Anna revint. Son mari ordonna qu'il ne soit pas donné d'ustensiles avec le repas servi à la petite. De la sorte, elle devrait se débrouiller avec ses mains et comprendrait par l'expérimentation des choses, sa différence avec l'animal.

La mère s'objecta. Il y avait des fèves au lard. Elle devrait manger avec ses mains, se salirait, n'aurait rien pour s'essuyer.

-En plein ce qu'il faut! dit le père.

Et l'enfant dut manger avec ses mains près du chien qui lui, reçut des restes de table. Elle s'essuya tant bien que mal avec une poche de jute puis flatta l'animal.

Poilu était une petite bête blanche avec un peu de noir autour du nez et des yeux enterrés dans sa fourrure, d'où son nom. Affectueux et habile pour cerner les vaches, il était aimé des enfants. Albert lui donnait parfois un coup de pied et souvent le disputait; aussi l'animal le craignait-il et cela aidait l'homme à se sentir plus fort... donc meilleur.

Plus tard, la petite ôta sa bottine et tenta de se libérer de la chaîne mais ce fut peine perdue et elle se remit à pleurer fort. Sa mère revint la voir et lui expliqua de nouveau le pourquoi de la situation comme l'avait ordonné son mari au départ.

-Si tu passes ton temps avec elle, la leçon servira pas à grand-chose. C'est grave, ce qu'elle a fait, ça fait que va falloir que tu défasses pas c'est que j'sus en train de faire, vint dire Albert sur un ton bourru.

Soumise, Anna laissa l'enfant malgré ses pleurs. La porte fut refermée. La lumière s'éteignit un moment mais on la ralluma et la petite en vint au bout de ses forces. Un peu réconfortée par le chien, elle se blottit dans son lit de fortune et attendit que vienne le sommeil tout en regardant avec attention et curiosité toutes les choses du hangar, particulièrement le vieil accordéon.

Il lui fut apporté un pot de chambre alors qu'elle dormait. La lumière fut éteinte. Et alors commença la première nuit de Johanne dans un monde à part, dans un monde qui la refuserait durant d'interminables années par la suite.

******

Chapitre 7

Les nuits sont fraîches, très fraîches en juin dans les hautes terres aux confins de la Beauce et de l'Estrie. Et terriblement noires en l'absence de lune pour une petite prisonnière enchaînée dans un hangar à bois. L'air froid passe aisément par les interstices et par les trous de noeud des planches des cloisons. Mais pas la lumière des étoiles.

Le chien étant infiniment supérieur à l'homme sous bien des aspects, Poilu réchauffa sa petite compagne. Il s'enroula en serpent sur lui-même, l'oeil en alerte, sur la couche, commandé par quelque lueur insondable perdue au fond de son cerveau nébuleux; et elle, par le réflexe du dormeur qui frissonne, les abrilla tous les deux sous les poches en se blottissant contre sa chaleur sécurisante.

Sur le tard, la lumière fut allumée et la porte s'ouvrit précautionneusement. Des pieds discrets descendirent les deux marches et allèrent vers la couche. Le chien se réveilla aussitôt et leva la tête sous la couverture mais il la remit entre ses jambes et garda tous ses instincts et réflexes en attente.

Les bottes poursuivirent leur chemin jusqu'à la cordée de bois. La main du visiteur s'introduisit entre des rondins, y trouva une bouteille à demi-pleine mais qui fut vidée au quart dans un glou-glou rapide et sournois. On remit le contenant noir à sa place et un morceau d'écorce boucha le trou pour camoufler le vice du buveur.

La crainte disparut dans les mémoires de Poilu qui retomba dans sa somnolence quand il sut que le visiteur avait refermé la porte et quitté la place. La lumière fut éteinte.

**

Le martyre moral de la fillette se poursuivit ainsi. Elle man-geait, dormait, restait assise en chantonnant, pleurait, flattait Poilu quand il se trouvait là. Mais le pauvre animal en vint à percevoir que tout ça était dans l'ordre des choses tout comme il lui parais-sait normal de recevoir des coups à l'occasion de la part de son maître.

Souvent, elle marchait jusqu'au bout de sa chaîne dans le vain espoir qu'un miracle vînt la délivrer. Et elle rêvait au ciel, un ciel tout en couleurs où il y avait pour elle deux mères, l'une la ber-çant et l'autre jouant de l'accordéon.

Un témoin humain de la souffrance d'un autre, surtout celle d'un enfant, en vient vite à ne pas la voir. Viendrait un jour où la télévision véhiculerait dans tous les foyers québécois l'insupporta-ble sort d'enfants misérables de partout dans le monde, et où la plupart des gens diraient en fermant leurs yeux et leur coeur: «Mais si ça se rend pas, l'aumône que je pourrais faire?», inspirés en cette réflexion par des plus riches désireux d'enterrer leur culpa-bilité en l'associant à l'immobilisme du plus grand nombre dont ils seront eux-mêmes les artisans les plus habiles et pervers.

Certains, très nombreux, semblent jouir de voir la misère hu-maine; ils cachent ce plaisir infâme sous les apparences d'inten-tions pures.

En 1950, le spectre d'Aurore, surnommée l'enfant martyre, han-tait les esprits de tous les Québécois. Mais personne avant 1990 ne parlerait de sa misère morale et les seuls sévices physiques occupèrent tout l'espace des récits concernant la fillette de Fortierville.

Pourvu que les enfants soient nourris, habillés, qu'ils ne soient pas corrigés trop sévèrement, on se savait béni du ciel et des prêtres.

Anna elle-même s'endurcit.

Mieux valait les pleurs d'une enfant une semaine ou deux que des histoires de possession diabolique. Albert cesserait vite de penser à ça. Johanne serait libérée et au fond, l'événement finirait par être porteur de richesse pour la petite. Sinon maintenant, sûrement plus tard.

La troisième journée, elle dut punir la fillette qui avait une autre fois ôté sa bottine et cherché à se défaire de la chaîne. Après avoir réussi à dégager le morceau de coton, elle avait cherché à faire glisser le pied entre les maillons, ne parvenant là qu'à créer un état d'emprise douloureuse.

-Si tu refais ça, je vais te donner des tapes sur les fesses, lui dit sa mère en rajustant le collier qui pesait si lourd sur le coeur et l'âme de Johanne. Tu le referas pas, hein?

Sanglotant, l'enfant fit des hochements négatifs pour montrer sa soumission.

-Parce que si tu fais ça, tu vas te blesser... pis... pis ça sera pas mieux...

Et le quatrième jour, ce fut la fin des classes. Jeanne vint jouer avec sa soeur mais quand le père s'en rendit compte, il fut fait défense à tous d'aller dans le hangar.

-C'est en restant tuseule avec le chien qu'elle va apprendre qu'elle est pas un chien! juronna-t-il pour la nième fois.

Bertrand fut désarçonné par cette attitude. Il avait forgé le pitoyable dessein de s'introduire dans le hangar et d'obliger la fillette à le toucher. Il savait qu'elle avait maintenant et pour toujours un bâillon sur la bouche. Alors il changea son plan...

Le samedi soir à la brunante tandis qu'il faisait un noir profond dans l'étroit réduit puisqu'on avait omis d'allumer la lumière, l'adolescent se glissa furtivement le long de la cloison jusqu'au trou de noeud par lequel il avait souvent observé la fillette depuis le début de son emprisonnement. Et il s'était fait accompagner de son frère de huit ans qu'il n'avait eu aucun mal à convaincre de participer à son complot 'juste pour rire'.

Poilu n'était pas là.

Johanne venait de se coucher sur le côté. Elle ouvrait les yeux et les refermait, s'imaginant qu'il restait une fine lueur encore, venue du côté de la porte extérieure. Son esprit travaillait si fort qu'elle en arrivait à le croire.

«On va lui brasser la cage, la bougonneuse,» avait dit Bertrand à Gaétan pour l'entraîner avec lui. «Elle va penser que y'a des ours qui grondent pis qui grafignent la shed.» «Ça va être drôle, tu vas voir...»

Pour mieux réussir le coup, il montra à son jeune frère comment imiter ce qu'il supposait être le grognement des ours et comment se servir d'un rondin pour gratter sur le mur et faire penser qu'il puisse s'agir d'une bête féroce... peut-être du diable...

«C'est aujourd'hui dimanche, viens ma jolie maman...»

La fillette n'avait ni les mots ni la mélodie, mais son fredonnement tout croche lui en donnait l'illusion.

Chaque jour, chaque heure, elle entrait un peu plus profondément dans son imagination. Et sa capacité de se représenter les choses augmentait considérablement. Juste quoique maigre retour des choses pour toutes les brûlures et blessures infligées à son âme hypersensible.

Posté à la porte arrière, Gaétan attendait le signal de son frère soit le grondement de sa voix qui ne tarda pas. Alors il entreprit la même chose et les deux sons en se mélangeant jetèrent une grande confusion dans l'esprit de l'enfant qui, se croyant en danger, se mit aussitôt à implorer sa mère de venir.

Mais tout un univers la séparait de l'intérieur de la maison et elle le sentait par son inconscient. Comme le premier soir, elle éclata dans les abominables sanglots de la terreur.

Encouragés, les garçons augmentèrent les bruits de la gorge, y ajoutant les grattements sur la cloison. L'un s'arrêta pour mieux entendre les effets de son manège diabolique. Johanne se leva et se rua vers la porte de la délivrance possible. Au bout de la chaîne, elle s'enfargea dans son pot de chambre qui se renversa puis elle se heurta à la boîte de copeaux. Cela décupla son effroi et ses cris de mort.

Poilu était avec Bertrand. Dans sa tête animale, quelque chose lui disait qu'il s'agissait d'un jeu puisque le meneur était son ami tout autant que la fillette. Les hurlements néanmoins l'atteignaient; aussi, dans le clair-obscur, il bondissait, reculait, secouait la tête en émettant des espèces d'éternuement.

Devenue une petite bête cherchant à fuir, Johanne se lança dans l'autre direction sans considération une fois de plus pour la chaîne. Advint ce qui devait arriver: elle trébucha et s'affala. Son bras allongé toucha la cordée de bois, fit bouger un morceau et l'ensemble devint instable dans la nuit noire. Son frère maintenant frappait sur la cloison avec son rondin et cela produisait des ondes qui se répercutèrent jusque sur une bouteille de boisson cachée là par Albert.

Un glissement se produisit. La cordée débaula.

La fillette se tut.

Les garçons se calmèrent pour écouter.

C'est le silence qui les terrorisa, eux...

Bertrand courut à son frère et lui dit nerveusement:

-On va dire qu'on a entendu le bois débauler, c'est toute...

-O.K.!

-Viens-t'en!

Ils entrèrent et rapportèrent ce qu'ils croyaient avoir entendu dans le hangar. Albert bondit de sa chaise. Il courut, pensant à ses bouteilles, ne s'imaginant pas que la fillette pouvait être concernée par l'incident.

Dans sa chambre, Anna achevait une crise d'asthme et ne prenait pas conscience de ce qui arrivait.

Abasourdie, frappée par le bois mais non assommée, saisie un moment, Johanne avait cessé de pleurer et elle se dégageait des rondins quand son père alluma et parut sur le seuil de la porte.

Elle marcha à quatre pattes jusqu'à sa couche. Poilu entra et accourut auprès d'elle. Albert se dépêcha de trouver ses bouteilles et de les cacher sommairement sous la plate-forme puis il questionna la fillette:

-T'es-tu fait mal?

Elle fit signe que non.

Il s'approcha, lui examina la tête. Elle mit ses bras derrière son dos et se rapetissa tant qu'elle put, prête à entendre des reproches.

Le nez dans le coin de la porte, Bertrand se sentait soulagé. Anna vint. Albert jetait les morceaux de bois plus loin hors d'atteinte de l'enfant. Il dit ce qui avait dû se passer:

-Elle se sera rallongé le bras un peu trop. On sait qu'elle trouve toujours moyen de se mettre là où c'est qu'elle a pas d'affaire.

La mère questionna la fillette qui répondit qu'elle ne savait pas et dit qu'elle ne s'était pas fait mal.

La vie reprit son cours.

Quand ses parents furent partis, Johanne ramena ses mains sur elle et se mit à flatter Poilu qui le lui rendit en la léchant.

**

Le dimanche fut pire pour l'âme de la prisonnière.

Tous les enfants se rendirent à la messe avec leur père dans l'auto d'un voisin. Johanne resta avec le chien sous la garde de sa mère. Mais la femme passa presque tout son temps au lit, à moitié étouffée, ne se levant qu'en deux ou trois occasions pour voir à la petite et se mettre dans les narines plusieurs gouttes d'eau très salée. Elle laissa néanmoins grandes ouvertes les deux portes séparant la cuisine du hangar.

Au retour de la famille, Bertrand se pencha dans la porte et dit fort pour que tous entendent:

-On a mangé des cassots de crème à glace, on a mangé des cassots de crème à glace.

Au village, Albert avait montré à tous qu'il était bon père et, au sortir de l'église, il avait conduit les enfants au restaurant et leur avait payé à tous un cornet de crème glacée. Et même aux enfants du voisin, ainsi qu'à tous les adultes du voyage.

Jeanne était touchée par le sort réservé à sa jeune soeur mais en même temps, il ne voulait pas en subir un pareil et se faisait donc silencieuse d'autant qu'il était défendu d'aller auprès de la prisonnière.

Gaétan avait entendu le curé parler de personnes mauvaises durant son sermon. Et il avait aussitôt pensé à l'enchaînée. Encouragé par le pied-de-nez verbal de Bertrand à l'endroit de sa soeur, il enchérit:

-Pis la petite mauvaise, elle a pas de crème à glace, pis la petite mauvaise, elle a pas de crème à glace...

**

-La petite, il faut la sortir de là, pis la laver avant c'est qu'elle aye des poux pis d'autres bibittes sur elle.

-Elle commence-t-il à comprendre c'est qu'on veut qu'elle comprenne?

-Ben certain qu'elle comprend!

-Dans ce cas-là, t'a feras rentrer demain. Huit jours, c'est ce qu'il faut pour se guérir d'un rhume.

-Pourquoi pas aujourd'hui?

-J'ai dit: demain, c'est toute.

Anna poursuivit lentement les préparatifs du repas du midi tandis que son mari allait à la grange pour, prétendument, travailler. Mais il but un peu plus que de coutume et de raison.

Anna se rendit porter du manger à la prisonnière. Quand elle s'en approcha, la femme devint blanche comme la mort. Alors elle jeta l'assiette en bas de la plate-forme, rentra et revint avec un marteau... La chaîne sauta de sa fixation à la poutre et l'enfant fut conduite à l'intérieur de la maison.

Puis elle ordonna au plus vieux d'aller chercher un coupe-fer. Dès qu'il fut de retour, elle lui fit couper la chaîne à la cheville de la fillette.

Bertrand, lui, pendant ce temps, rapportait à son père ce dont il venait d'être le témoin et l'homme rentra en titubant, l'oeil torve, le coeur en proie à une colère noire.

Dès le premier pas à l'intérieur, il vociféra:

-Qui c'est qui mène, dans la maison icitte, baptême de sacrement, qui c'est, hein?

-D'habitude, c'est toi; mais dans le cas de cette enfant-là, aujourd'hui, ben, c'est moi... Pis pour ton bien à toi, pour commencer...

-C'te possédée du diable là, tu vas la remettre dans son trou jusqu'à demain ou ben non, elle va y rester jusqu'à Noël, t'as compris?

-Sa chaîne est coupée pis elle va rester coupée.

-Christ de baptême, c'est ce qu'on va voir icitte-dans.

Enragé à ne plus se contenir, l'homme fit table rase de tout ce qu'elle contenait déjà: assiettes, ustensiles, beurre et sucre.

Les enfants s'éclipsèrent vivement comme des souris poursuivies par le chat. Les garçons montèrent à l'étage. Jeanne courut à la chambre de ses parents. Johanne retrouva le chien derrière le poêle. Anna ne bougea pas du lieu où elle se trouvait soit les fesses accrochées à l'évier: elle resta silencieuse, tête basse, comme une bête résignée qui attend que l'orage passe et s'éloigne.

Son mari n'en était pas à sa première crise à tout casser. Jamais il ne l'avait frappée, sachant bien qu'elle pourrait en mourir étouffée à cause de sa courte-haleine.

La boisson le stimulait dans son besoin irrépressible d'exprimer une ou deux fois chaque année sa toute-puissance de père de famille, souverain de la maison. En cela, il ne différait pas de la plupart des mâles des autres espèces. C'était sa vieille constitution cellulaire aux sombres confins qui ordonnait à son intelligence de laisser place à l'instinct de domination.

Après la table, ce furent les chaudrons sur le poêle qui prirent leur envol et s'écrasèrent sur le plancher. Quelques bibelots planèrent et l'un fit voler une vitre en éclats. L'homme se calma à l'idée de devoir poser une nouvelle vitre. Il juronna sur un ton d'enfer puis s'en alla en claquant la porte et menaçant de revenir avec une hache.

Johanne resta tapie dans l'ombre, sachant bien qu'elle était la cause de cette terrible scène. Elle avait appris un mot plus que d'autres au cours de cette semaine de terreur: **mauvaise**. Le son du mot et sa signification profonde resteraient à jamais dans toutes ses mémoires.

Les autres étaient bons; elle était mauvaise.

Ainsi que son père le voulait, elle avait appris aussi la différence entre une bête et elle-même: aucune!

Et chaque fois qu'un objet se cassait et qu'un juron éclatait, elle portait sa main droite à sa bouche pour lécher sa blessure.

Un quartier de bois lui avait entaillé la chair entre le pouce et l'index et elle avait beaucoup saigné. De peur d'être punie, elle avait caché sa blessure jusqu'au moment où sa mère apercevait le sang sur sa robe quelques minutes auparavant, ce pour quoi la réclusion avait pris fin abruptement.

Et parfois Poilu léchait la blessure à son tour...

******

Chapitre 8

La fumée montait d'une pipe à l'embouchure ridée par le temps et les très nombreux curetages; l'objet caractéristique de la masculinité faisait entendre des grésillements de poêle à frire. Ceux que fait un tabac humide et un peu vert encore. L'odeur âcre empestait toute la cuisine et montait dans les chambres du deuxième par une grille à chaleur. Ernest mit son pouce sur la braise, moitié pour exercer sa peau endurcie à la morsure du feu, moitié pour tasser le contenu afin qu'il brûle mieux.

Les jambes accrochées haut à l'excédage des marches d'escalier, enfoncé dans sa berçante, perdu dans le noir charbonneux qui le recouvrait en entier à l'exception de son regard rouge, attendant que sa femme mette la table, l'homme lisait l'horrible nouvelle du jour afin de connaître le nom des victimes.

On était le quatorze novembre 1950. La veille, en Europe, un avion canadien rempli de pèlerins qui revenaient de Rome où ils avaient rencontré le pape afin de souligner l'année sainte à la façon dont l'avait souhaité le Saint Siège, s'était écrasé le nez sur la face du mont Obiou, en France.

On ne s'entretenait que de ça dans tout le Québec catholique, de Lac-Mégantic à Malartic, de Gatineau à Baie Comeau. Montréal pleurait. Québec priait. Et la Beauce se disait riche de tout nouveaux martyres qui feraient tomber sur elle les bénédictions sûrement les plus efficaces du Seigneur-Dieu.

Déjà Pie X11, par la voie des ondes qui traversaient faiblement l'Atlantique, avait déclaré que les victimes n'auraient pas pu être plus proches du ciel à l'heure de leur fin tragique. Alain Martin avait compris par là que le pape faisait allusion au fait que les gens étaient morts en hauteur dans les montagnes, mais le vicaire du Christ voulait dire autre chose... Par sa vertu et ses contacts directs avec Dieu, il avait élevé si haut l'âme des pèlerins lors de leur visite au Vatican que nul ne se pouvait trouver plus près du ciel le moment venu d'y monter. Et d'y monter tout droit donc pour y demeurer éternellement.

Dans sa boutique de forge, ce jour-là, Ernest sentait que l'événement pourrait changer sa vie entière. Mais il ne trouvait pas d'explication à cette perception bizarre. Il martela l'enclume comme de coutume tout l'avant-midi mais voilà qu'à son retour après le repas et l'écoute de la radio, une envie irrésistible de changer l'enclume de sens le prit. Alors il retira l'instrument de sa javotte et en mit la pointe dans la direction opposée. C'est là qu'il comprit que l'Obiou interviendrait peut-être dans son destin de forgeron excédé par la dureté du métier.

Son côté plus cartésien balaya ensuite ses pensées insolites mais pas tout à fait, et la nouvelle vrombissante et assourdissante continua de le chicoter. C'est la raison pour laquelle il déposa son marteau avant l'heure et rentra à la maison. En fait, dès cinq heures et demie quand il aperçut un des enfants revenir du bureau de poste avec le journal du jour.

Son premier geste en entrant était toujours de se laver le visage et les mains pour les débarrasser de leur crasse épaisse, mais ce jour-là, il ne pensa qu'à sa pipe et son journal. Il verrait au reste plus tard, avant de se mettre à table.

-Je vas retourner finir mon ouvrage après souper, annonça-t-il à sa femme en allumant.

-Je vais me dépêcher, dit-elle en trottant du comptoir au poêle.

70

-Prends ton temps: j'ai tout le mien.

-Ils disent que les noms des victimes sont déjà là. J'ai pas osé lire: j'ai peur d'y voir le nom de notre bon curé Ennis...

En dépliant le Soleil, Ernest se demandait en quoi la mort du curé de la paroisse pouvait modifier sa vie de façon importante. Après un curé, un autre curé. Encore que celui-là faisait figure de monument paroissial...

Alain entendit depuis une chambre du haut et il s'approcha doucement de la grille. Il s'assit, se pencha pour voir et se mit à l'écoute. La tête de son père lui donnait l'air d'un oeuf noir et il lui vint en l'esprit le fantasme de cracher dessus juste pour rire. Mais du même coup, il s'imaginait la punition d'être crucifié sur une de ces roues que parfois, au milieu de la grande cour près de la boutique, le forgeron bandait avec un cercle de fer.

Il n'en savoura pas moins son imaginaire facétie qui relevait les commissures de ses lèvres pour imprimer au visage un large sourire moqueur. Quel superbe flac ferait un beau grand crachat glutineux en s'écrasant sur ce crâne dénudé dont la calvitie maganait tant la fierté de son propriétaire!

-Y'a pas un survivant: imagine donc, fesser une montagne de même, il reste rien que des forsures pis des éclats de trou de cul...

-Tu pourrais faire attention à ce que tu dis...

Éva demeurait généralement soumise à son mari pour avoir la paix, mais il lui arrivait de jaspiner contre lui quand il dépassait la bonne mesure.

-Pouah! quand on est mort, on est plus rien que de la viande avariée.

-Ah! de ce que tu me choques donc des fois! Moi qui te fais du steak haché pour souper.

-Envoye, je vas le manger pareil! En autant que c'est pas de la viande à chien, moi...

La femme se tut. Ce n'est pas maintenant qu'elle changerait l'éducation d'un homme de cinquante ans. Qu'il reste de bois brut, elle ne s'acharnerait pas à le sabler et à chercher à le polir!

-Quen, quen, la liste des morts, qu'ils disent, est en deuxième page... T'as pas eu envie de voir si le curé Ennis est là-dedans?

71

-Je te l'ai dit, j'ai peur. Un monsieur d'homme, lui!

Ernest lut tout haut et tout à coup buta sur un nom:

-Ah ben maudit torrieu !...

-C'est quoi, c'est qui ?

-Je pense, moi, que c'est le professeur à Fernande. Le professeur Goulet...

-Qui était à l'école Normale de Beauceville ?

-Même nom pis de la même place...

Éva essuya ses mains sur son tablier et dit:

-Je vas y téléphoner, à Fernande...

-Ben non... dépense pas d'argent pour ça. On va le savoir pareil demain...

-Ça coûte pas les yeux de la tête, appeler Fernande.

-Y a rien qui coûte les yeux de la tête, mais quand tu mets ensemble toute quoi c'est qui coûte pas les yeux de la tête, ben là, ça coûte les yeux de la tête. Les femmes, ça sait pas compter...

La femme retourna à son comptoir en hochant la tête. Et pour se venger, elle rajouta à la chair blanche de l'oignon qu'elle coupait en dés pour l'ajouter à la viande, un morceau d'abord exclus parce qu'il était pourrissant. Son mari était le seul à aimer l'oignon et c'est donc lui à coup sûr qui en hériterait.

-Ah ben maudit torrieu! redit Ernest, cette fois en décrochant ses jambes de leur position.

Il se leva, plia le journal en huit sans cesser de grogner et de mordre le bouquin de sa pipe. Un autre nom venait de le frapper et cette fois lui fit comprendre que c'était ça, en fait, qui le travaillait depuis le matin.

-Tu sais pas qui c'est qui est mort, la mère.

-J'ai pas lu le journal...

-Léon Jacob...

-Bah!...

-Ça te fait rien de plus que ça?

-Je sais même pas qui c'est.

-Voyons donc... Léon Jacob du magasin général à Saint-

Samuel... Tu l'as vu l'été passé...

-Ah! lui? Bon, je lui ai même pas parlé... rien qu'à sa dame.

-Je le connais, moi, ça fait longtemps.

Alain s'était souvenu avant sa mère. Pourtant lui, n'avait jamais aperçu que les jambes et les pieds de Léon Jacob lors de cet arrêt au magasin où on l'avait nettoyé de sa vomissure.

Mais il se rappelait de la voix, du fait que l'homme annonça qu'il verrait le pape et embrasserait sa bague mais bien plus clairement de cette petite fille battue et dont le visage s'était écrasé dans les manches à balai...

Toutes sortes de mécanismes mentaux bougeaient dans la tête du forgeron. Engrenages. Alluchons. Son réflexe de l'enclume lui revenait. Tout tournait...

Avant le départ de chez Léon Jacob en juin, l'homme lui avait lancé:

«Tu voudrais pas acheter ça, ce magasin-là? Moi, j'arrive à l'âge de vendre. T'aurais dix, quinze ans pour assurer tes vieux jours. Moi, c'est fait.»

Ernest rêvait d'être cultivateur mais il lui arrivait de croire qu'il serait un aussi bon marchand que le grognard Freddy, propriétaire du gros magasin d'en face dont il constatait le lent déclin depuis le jour de 1932 où lui, Ernest, s'était installé avec sa famille, de l'autre côté de la rue pour y exploiter la boutique de forge du village.

«Il se fait ruiner par ses enfants, le Freddy, il va finir par tourner casaque!» redisait-il souvent dans son pessimisme charbonneux.

-Serais-tu capable de tenir ça, un magasin, toi, comme Bernadette Grégoire? Le rayon pour les femmes, je veux dire?...

-Je serais pas rien que capable, je vas finir par en avoir un, icitte, dans la salle de l'autre côté pis le salon. Je vas vendre des coupons pis des chapeaux.

-T'es pas ben: c'est pas un magasin, icitte, c'est une maison privée.

-Ça me prendrait des tablettes en bois pis de la marchandise, c'est toute...

-De quoi c'est que tu penses qu'il va arriver avec le magasin à Léon Jacob: ils vont vouloir vendre ça.

-Laisse le cadavre refroidir au moins, là, toi.

-Maudit torrieu, je te dis pas que j'irais essayer de l'acheter demain matin, mais on peut toujours en parler.

-Ça m'intéresserait pas pantoute! C'est trop loin, Saint-Samuel. Je connais personne par là pis je veux pas recommencer à cinquante ans en bas de l'échelle.

-On est encore rien que sur le premier barreau icitte après dix-huit ans...

Éva saisit au vol une chance qu'elle espérait depuis longtemps:

-Ernest, si tu veux m'aider à me partir un magasin icitte, ça t'aiderait à plein pour nourrir ce qui nous reste de famille. Le dernier, c'est pas une grosse santé: va falloir le garder à l'école plus longtemps que les autres pis ça, ben ça va coûter de l'argent. L'instruction, ça s'en vient de plus en plus nécessaire pour les enfants. Faudrait l'envoyer au cours classique... Il est intelligent comme un petit singe, il pourrait faire un bon prêtre ou ben un avocat...

-Il a même pas dix ans... Pis on serait ben plus en mesure de l'envoyer aux études en tenant un magasin...

-Ben c'est ça que je veux...

-Je veux dire un magasin général.

-Où c'est qu'on prendrait l'argent pour commencer.

-On vend toute icitte pis on emprunte pour le reste.

On piétina un bon moment sur le sujet comme si on avait déjà la ferme assurance que la question se poserait concrètement bientôt.

Éva finit sa concoction pour assaisonner la viande. Elle se tailla deux moyennes boulettes et les écrasa puis les aspergea de son mélange douteux digne de la mauvaise cuisinière qu'elle avait toujours été.

Le père finit par être excédé et il jeta le journal sur sa chaise et se rendit à l'évier où il remplit d'eau un plat des mains.

-Tu veux jamais suivre, tu veux pas qu'on avance.

-Qui c'est qui a décidé qu'on s'en irait vivre à Courcelles? Pis ensuite en 1932 qu'on s'en viendrait icitte? J'ai suivi sans dire un mot... Asteur, je grouille pus d'icitte jusqu'à ma mort...

-Si je décide d'acheter le magasin Jacob, va ben falloir que tu t'en viennes.

-Pantoute! Je prends mes guenilles pis les enfants qui restent à maison pis je m'en vas rester sur une de mes filles. Elles vont toutes m'ouvrir la porte...

-Qui c'est qui a payé pour en faire des maîtresses d'école, hein?

-Y a pas de rapport.

Ernest se pencha et se lava le crâne et le visage avec une débarbouillette et un morceau de savon sans cesser d'articuler:

-C'est pas toi, à tous les matins, qui s'en va se mettre en dessous des pattes des chevaux, pis qui respire du charbon à pleins poumons, qui crève de chaleur à côté du feu de forge, qui tourne la poignée du ventilateur, qui force comme un boeuf, l'hiver, après les sleighs pis les bogheis... Toi, tu restes ben au chaud sur ton gros cul dans la maison...

-Je fais toute de quoi c'est qu'une femme doit faire. Y a de l'ordre. Chacun mange. Les repas sont faits pis à l'heure. Toi, tu traînes tout le temps en espèce de... de Ti-Jean la Nuitte...

La suprême insulte venait d'être lancée. Ce reproche picossait tout droit dans le talon d'Achille d'Ernest. Le ton devint noir, lourd, terrible, à faire frissonner un officier nazi si la chose eût été possible:

-Quand c'est que je vas décider de tout vendre pis de m'en aller, si tu suis pas, tu vas te ramasser pour le restant de ta vie aux crochets de tes enfants. Au bout de quelques mois, les gendres trouveront pus ça drôle. Pis tu vas finir par revenir quêter à ma porte... C'est ça qu'il va t'arriver...

Il se redressa et s'essuya la tête avec une serviette.

Sa femme se contentait d'onomatopées méprisantes:

-Peuh!... Hum!... Bah!... Ben!...

Ernest ne buvait pas d'alcool mais il fumait plus qu'une cheminée et il savait que sa pipe était morte à cause de son mauvais

tabac. Pour se décompresser un peu, il décida de finir de s'assé-
cher puis de prendre son hache-tabac et quelques feuilles bien sèches accrochées dans la descente de cave... Il fumerait du bon
tabac toute la veillée, que ça coûte ce que ça voudra! Et le lendemain, il s'achèterait du 5 étoiles... ou mieux, du Picobac...

Pendant ce temps-là, Alain ramassait toutes les sécrétions de
sa bouche, et qui augmentaient à mesure que le ton montait en
bas. Il cracherait à travers la grille et le crachat après avoir chuté
jusqu'à l'étage d'en bas entrerait dans la grille de la fournaise
pour se perdre quelque part dans les entrailles de l'appareil. Un
jeu appris des aînés, et qui lui avait valu bien des reproches de sa
mère déjà.

Il se fit dans l'échange verbal une pause au cours de laquelle
il n'entendit plus que son coeur. Même sa soeur, l'adolescente
limoneuse, se taisait depuis trois jours alors qu'elle s'enfermait
souvent dans sa chambre pour travailler sur un chef d'oeuvre que
le jeune garçon jugeait d'avance bon pour les vidanges comme
tout ce qu'il lui voyait entreprendre. Elle avait mis une soirée à
clouer des braquettes longues sur une planche d'épinette afin, disait-elle, d'y créer un Père Noël en fils de laine... Et le coup d'oeil
que le garçon avait réussi à jeter sur l'oeuvre d'art lui avait permis de voir ce qui ressemblait à un clown affligé d'un impensable
mal de dents et affublé d'une bouillotte sur la tête.

Ernest se regarda dans le miroir. Son crâne brillait à nouveau.
Il déclara:

-En tout cas, si ça me le dit, je vas y aller à Saint-Samuel
dans quelques semaines... pis c'est pas toi qui va m'en empêcher...

Éva lui répondit par une question:

-Veux-tu manger des Corn Flakes à soir?

Écoeuré, Ernest décida de réintégrer son vieux silence pesant
tout en se hachant du tabac. Il se dirigea vers la porte de la descente de cave, arriva à la grille... Alain jetait sa gourme au même
moment... Cela s'étira, frôla les lacets de fer, chuta, chuta... Et
cela fit flac sur l'oeuf chauve du paternel.

Une seconde de surprise et l'homme s'arrêta: il porta lentement la main à son crâne puis leva la tête pour n'apercevoir qu'une

ombre disparaissant du champ de vision laissé par la grille d'en haut.

Alain crut bon de réfléchir vite.

Il y avait en haut quatre chambres, une étroite véranda, une salle de toilette et un grenier dont l'entrée, -une trappe- n'était accessible qu'à l'aide d'un escabeau. Et un tout petit endroit appelé le trou de la cheminée: espace entre un mur et la cheminée de briques où seul un idiot eût pu vouloir se cacher en espérant ne pas être découvert. À moins d'être recherché par un plus idiot que lui... Enfin quelques garde-robes...

Ernest courut à sa chambre et prit la courroie de cuir servant à aiguiser son rasoir puis il grimpa l'escalier menant au deuxième étage.

-Tes petits mal élevés, ils vont se faire dompter, répétait-il de trois marches en trois marches.

Il ouvrit un meuble placard, jeta un oeil dans la véranda puis sous le lit, poursuivit dans la chambre suivante, fureta sous le lit, dans la salle des toilettes, passa vivement devant le trou de la cheminée et explora la troisième chambre. Rien nulle part. Alors, il ouvrit la dernière porte. L'adolescente sursauta et perdit le fil... Son père la fusilla du regard. Puis il fouilla tout, même un coffre de cèdre...

-C'est qu'il y a? répétait sans arrêt la Suzanne.

-C'est toi, la malpropre qui a craché dans le grillage? Pas surprenant, tu te décrottes le nez tout le temps pis tu t'essuies partout... Ta mère t'a pas élevée, torrieu!...

Jugeant impossible de frapper une adolescente avec une courroie de cuir, Ernest s'empara de la planche de l'artisane, il la tint entre ses mains et la cassa en deux sur son genou...

-C'est pas moi, j'ai rien fait, hurlait l'adolescente qui grimaçait de douleur devant l'attaque sauvage de sa créativité.

-Si c'est pas toi, c'est un fantôme...

Ernest pensa alors au trou de la cheminée, le seul endroit où il n'avait pas regardé. Car c'est Alain qu'il soupçonnait d'abord... Il s'y rendit. Personne. Mais le garçon pouvait avoir changé de cachette. Alors il se livra à une deuxième exploration, plus modérée, celle-là, de tout l'étage tandis que la Suzanne pleurait à chaudes larmes sur son chef d'oeuvre démoli dont l'humanité devrait se passer.

L'homme cria à sa femme. Elle n'avait vu personne descendre.

C'était donc bien la Suzanne. Repu et relevé d'un remords naissant, Ernest s'en retourna. Et pendant toute la soirée, il s'imaginerait en train de vendre du tabac dans son magasin général de Saint-Samuel...

«Un monsieur attendait au café du Palais devant un Dubonnet la femme qu'il aimait...»

Alain chantonnait, sifflotait en attendant. Son crime une fois commis et après une seconde de réflexion, il avait ouvert une fenêtre guillotine puis l'avait refermée derrière lui et il s'était réfugié sur un garde-soleil contournant deux pans de mur de la maison. Impossible de l'y voir à moins de se trouver à bonne distance puisqu'il avait dépassé l'angle du coin.

Son esprit s'envola très haut vers un quadrimoteur qui traversait le ciel et il voyagea jusqu'au coeur de l'Afrique dans des contrées lointaines et mystérieuses que son imagination avait déjà visitées grâce à un livre qu'il achevait de lire.

Un jour, il irait là-bas, se ferait des amis parmi les éléphants et rencontrerait l'amour...

L'Obiou ne le tracassait guère.

Quand il jugea que le temps était venu, que le calme était revenu dans la maison, il rentra en prudence. Sa plus grande inquiétude concernait sa soeur qui ne manquerait pas de le dénoncer si elle l'apercevait, afin que justice soit faite. Mais elle continuait de babouner dans sa chambre, en gémissant plus qu'une mourante. Il retourna à la grille, enquêta du regard et de l'oreille.

Ernest annonça laconiquement:

-Je retourne travailler.

Quand il fut parti, Alain descendit.

-C'est toi, mon petit diable, qui a craché sur la tête à ton père, hein?

-Qui? Moi? J'étais dehors...

-T'es assez grand pour conter des menteries...

-Je vous jure sur l'Évangile que j'étais dehors.

L'enfant faisait allusion à son séjour sur le garde-soleil et en ce sens-là, il ne mentait pas. Et ça lui plaisait beaucoup de dire la vérité tout en la cachant par le fait même de la dire. Un vrai petit politicien!

Tard en soirée, quand il rentra, Ernest, après avoir bien réfléchi, dit simplement:

-T'appelleras la Cécile... Ça fait longtemps qu'elle dit qu'elle aimerait tenir magasin... Vivre à Chesham ou ben vivre à Saint-Samuel...

******

Chapitre 9

Le destin d'Ernest ne changea pas d'un iota.

Un destin ne change jamais puisque c'est un destin. La volonté n'est toujours que le jouet du déterminisme et des circonstances. Les désirs sont insufflés par ce qui atteint le cerveau via les sens. Les choses se passent comme elles furent prévues, écrites dans les étoiles il y a une éternité...

Il continua à forger en rêvant de cultiver la terre et de tenir magasin général.

Mais son gendre Maurice et la Cécile achetèrent le commerce des Jacob et s'installèrent à Saint-Samuel. Et l'homme se sentait important à cause de l'idée qu'il avait eue et suggérée. Sa fierté tournoyait de savoir que la terre tournait un peu mieux grâce à lui, à sa pensée.

Le jour de la transaction, fin 1950, il remit son vieil enclume dans le bon sens et se sentit bien plus à sa main pour travailler, pour façonner le fer et lui donner les formes requises par les sabots des chevaux ou ceux des waguines.

Le temps coula sans trop se faire remarquer.

Le temps est bien plus lent quand chaque jour on peut voir des montagnes à l'horizon; mais lorsqu'il a fui de plusieurs années et que l'on regarde vers l'arrière, il semble qu'il a fondu comme neige au soleil d'avril.

Le temps se moque des humains; les prédateurs le savent trop bien et s'en servent comme allié et outil leur permettant d'attraper des proies dans leurs filets ou au bout de leurs lignes...

On fut bientôt à l'été 1952.

Éva proposa subtilement à Cécile de lui envoyer Alain pour aider aux tâches multiples imposées par la tenue d'un magasin général. Ainsi, la femme serait libérée du tiers de son fardeau estival soit un des trois turbulents jeunes adolescents de la maison.

«Pas trop fort physiquement, mais il sait compter ben mieux que moi... pis vite sans se tromper. Ah! il est le meilleur à l'école dans le calcul... Il pourra servir les clients du côté de l'épicerie, balayer la place, ensacher du sucre pis toute ce que tu voudras qui est pas au-dessus de ses forces...»

Enceinte et moins productive, Cécile acquiesça.

Pour le garçon, ce serait une plaisante aventure. La nature pittoresque de Saint-Samuel prête à rêverie. Le lac tranquille, la montagne encore plus calme, les grands espaces... Et peut-être en prime, des fillettes de son âge à épater grâce à son statut d'étranger dans le village... On aime ses proches parce qu'on les connaît; on est fasciné par les 'étranges' parce qu'on ne les connaît pas...

On l'y amena quelques jours après la fin des classes. Voyageant par camion avec son beau-frère, il ne fut pas malade en chemin malgré un été en retard mais que le vingt-quatre juin avait lancé sur le pays comme un projectile incandescent.

Il lui restait des souvenirs nets du lieu, quoique rarement rappelés dans sa mémoire vive. Tout était comme auparavant dans le magasin, comme du temps des Jacob et comme la dernière fois où il y était venu, l'année d'avant.

Le premier objet qu'il aperçut fut le porte-balais mais l'image affligeante de la fillette agressée n'eut pas le temps de lui revenir en tête et, sa petite valise grise à la main, il poursuivit son chemin jusqu'à l'arrière où une porte donnait sur la maison privée.

Sa soeur ouvrit au moment où il s'apprêtait à entrer. En l'absence de clients, elle s'en allait à des tâches familiales tout en gardant son oreille à l'affût et quand on entrait dans le magasin, elle y retournait.

-Quen, le petit frère qui arrive! Maurice est pas là?

-Il est reparti... Pour le garage qu'il a dit...

La femme avait considérablement grossi depuis sa visite à la maison paternelle deux mois plus tôt. Les mains appuyées aux reins, elle resta un moment dans la porte entrebâillée pour dire:

-Ta chambre, ça va être la troisième du fond en haut. Vas-y porter ta valise pis reviens, je vas commencer à te montrer ce qu'on va te faire faire durant l'été...

L'une des premières tâches apprises consistait à étaler sur la plus haute tablette des boîtes de conserves en les empilant en rangs superposés de plus en plus étroits pour en arriver à ériger un triangle dont la pointe approchait du plafond.

Il fallait un bon escabeau. Et les boîtes empilées ne devenaient accessibles par la suite qu'à l'aide d'une longue tige terminée par un collet que par un système de fil de fer et d'une manette, l'on pouvait enserrer autour des boîtes pour les descendre en douceur. Un machin baptisé d'un anglicisme évocateur, 'grip-can', et que le curé Bélanger, grand ami de la belle langue française, conseillait d'appeler plutôt 'pogne-boîtes'... Mais comme il n'assortissait pas son avis d'une obligation sous peine de péché, le truc continua d'être appelé par son nom. L'esprit du curé ferait du chemin pourtant et, quelques années plus tard, l'horrible appellation de Saint-Samuel de Gayhurst deviendrait Lac-Drolet, un nouveau nom, beau, bref, euphonique, éloquent, presque publicitaire.

L'on vendait de l'essence Texaco et Alain servit son premier client dans l'après-midi. Ensuite, à l'aide d'une petite pelle profonde, il transvida un entier sac de sucre de cent livres dans vingt sacs de cinq livres.

Tout compte fait, il regarda faire bien plus qu'il ne participa aux travaux en ce premier jour de sa vie sur le marché du travail, jour initiatique qui lui vaudrait, par delà le dépaysement et son apprentissage, un dollar par jour durant quarante jours en juillet et août.

Le jour suivant, il s'enhardit et le troisième, il se considérait comme un vendeur professionnel. Cécile lui laissa de la corde et s'occupa davantage de la maison de même que du bureau de poste et elle voyait à tout ce qui concernait le rayon des dames où travaillait aussi une femme du village tous les après-midis.

Maurice passait le gros de son temps à remplir et vider les entrepôts. Quand il n'allait pas chercher de la marchandise à la gare, il en livrait dans les rangs de la paroisse. Son service de livraison leur avait valu une sérieuse augmentation de la clientèle. L'atmosphère du magasin était à la bonne humeur et à l'enthousiasme. Une ruche où la reine bourdonnait d'activité tout autant que les autres y oeuvrant.

Le premier dimanche, à la messe, le garçon se sentit regardé par tous, vu qu'il était nouveau dans le coin. Mais par-dessus tout, il était enivré par un sentiment d'importance grandissant. Au cours de l'après-midi, il se rendit à un terrain de jeux situé derrière l'église et fréquenté par les enfants et les adolescents du village.

Il y eut une partie de balle molle entre des équipes formées de joueurs de quinze à vingt ans. Il s'y rendit un temps puis revint à un jeu de croquet. Des gens allaient et venaient, Coke à la main ou cornet de crème glacée. Des jeunes filles jouaient au ballon-volant. Des garçons de son âge s'amusaient au ballon-prisonnier.

Alain n'avait osé s'adresser à quiconque. Accueillant quand on allait à lui, il craignait d'entrer en contact avec les autres par peur de la rebuffade. Et puis c'était la première fois de sa vie qu'il vivait ailleurs que dans son village natal. Même si à Saint-Samuel tout était pareil, tout était différent.

Il ne remarqua pas deux garçons d'environ douze ans qui se parlaient de lui, riaient, complotaient. Assis sur un long banc de bois, ils paraissaient assister à un match de tennis mais n'y prêtaient guère attention.

Un noiraud et un blondin. L'oeil petit. Chandails bruns à rayures jaunes. Des frères peut-être malgré des visages sans grande ressemblance.

Alain se rendit à une cantine et s'y acheta un Coke. Il aurait pu s'en payer soixante avec les six dollars tout neufs qu'il avait en poche. Sa première paye. L'ambition riche, il eût acheté la montagne de granit, là-bas, le vieux Morne endormi le dimanche mais qui grognait à longueur de semaine, picossé par les tailleurs de pierre.

Tout en prenant sa première gorgée rafraîchissante, il jeta un regard sur les lointains verdoyants puis ses yeux retombèrent sur une réalité plus prochaine. Il eut alors le choc de sa vie. Venait dans sa direction une adolescente de son âge, peut-être de onze ans, d'une beauté à donner des ailes aux coeurs les plus pesants et à couper le souffle aux poumons les plus développés.

Elle passa son chemin en souriant à son endroit. Il resta planté là, croyant rêver, les idées tournoyant, l'abdomen palpitant et le Coke tressaillant dans la main.

L'adolescente possédait de beaux yeux vert forêt, des cheveux noirs qui brillaient sous le soleil, des lèvres dessinées par un artiste-peintre mais surtout un sourire dévastateur.

Il avait fallu trois secondes au garçon éberlué pour s'enticher de ce charme ambulant. Mais par ce côté pessimiste hérité de son père, il supputa des malheurs possibles et d'autres inévitables, allant de son départ pour la Beauce à la fin de l'été au jugement défavorable de la jeune fille quant à ses oreilles trop décollées, en passant par l'idée qu'une beauté aussi pure devait déjà faire les yeux doux à un natif de la paroisse.

Le courage lui faisait défaut pour se retourner. On croirait qu'il la zieutait. Il réussit à retrouver la force de ses bras et but d'autres gorgées fines en musardant, le pied à frapper des petites pierres.

Alors des mots lui transpercèrent le dos:

-Salut toi! T'es le petit frère à madame Brodeur? Je t'ai vu au magasin...

Alain tourna les talons et l'image qu'il vit derrière les mots le fit s'enfoncer profondément dans le sol. Elle reprit:

-Ben moi, c'est Nicole Therrien. Je reste voisin du magasin...

Une fille s'adresser ainsi à un gars: il aurait cru la chose impossible. Pouvait-il s'agir d'une simplette? Ou bien le ciel exauçait-il son voeu de voir quelqu'un lui parler?

Sur le banc de bois, on les observait et les yeux des guetteurs n'entendaient plus à rire. Même qu'ils roulaient de manière furibonde dans les orbites. Au moins dix jeunes adolescents du coin avaient gravé les initiales de cette fille dans un arbre, sur une pierre ou une poutre de grange. Qu'un d'entre eux atteigne le premier le coeur désiré, passe toujours, mais qu'un importé vienne leur damer le pion à tous, sur leur territoire, pas question! On lutterait. Une lutte à finir avec ce Beauceron à tête de fouine venu s'emparer d'un travail qu'eux-mêmes auraient fort bien pu faire, un étranger qui maintenant osait regarder la plus belle de leur village d'un oeil sucre à la crème...

-Salut! finit-il par réussir à dire.

-Je t'ai vu empiler des boîtes de jus de tomate... mais toi, tu m'as pas vue, t'étais trop haut...

-Ah!

-Tu viens de la Beauce, hein?

-Ben... ouais.

-Vas-tu passer l'été par icitte?

-Ben... ouais.

-Ah! bon! En tout cas, salut, là!

-Salut!

L'adolescent resta bouche bée. Il regarda la jeune fille dans son pantalon bleu et son chemisier blanc, s'en aller vers le groupe qui jouait au ballon-volant.

Une seconde fois, il fut surpris par derrière par une voix qu'il ne s'attendait pas d'entendre:

-Un nouveau dans le village? Je t'ai vu à la messe dans le banc des Brodeur? Tu es sans doute le frère de madame Brodeur? Il y a des airs de famille...

Alain se tourna et il aperçut le curé, un grand personnage avec des cheveux agglutinés formant un cône d'un côté de la tête.

Le prêtre tendit la main au garçon qui répondit en tendant la sienne. Le contact fut long. L'abbé ajouta de sa voix la plus enveloppante:

-Quel est ton nom?

-Alain Martin.

-Tu passes tes vacances chez nous dans notre belle paroisse de Saint-Samuel?

-Oui, jusqu'au mois de septembre. Je travaille au magasin.

-Bienvenue chez nous et bon été surtout!

Et le prêtre continua jusqu'à la cantine où il se commanda un oeuf à la coque dans le vinaigre qu'il arrosa de sel et mangea par délicates petites bouchées.

Alain vint poser sa bouteille vide sur la tablette du kiosque et il partit, poussé par une timidité revenue à la charge et par le besoin immense de parler à sa soeur des premières personnes qu'il connaissait maintenant à Saint-Samuel.

Beaucoup d'yeux le regardaient aller. Ceux durs de garçons jaloux et vindicatifs, ceux insondables du curé et ceux-là amusés d'une adolescente à la chevelure noir jais...

-On va avoir un été chaud, annonça le curé comme pour s'excuser de demander à la cantinière un Coke froid qui aiderait un oeuf en purée à mieux descendre dans son tube digestif empâté...

******

Chapitre 10

La majeure partie de l'été d'Alain serait infernale du côté social et divine du côté coeur.

Sans cesse visé par les machinations diaboliques des deux garçons jaloux dont le sport préféré consistait à tuer des oiseaux à l'aide de fusils à broche, il résolut de s'accrocher.

Ils commencèrent par une guérilla au magasin. Du soufre d'allumette fut souvent placé entre la base métallique des sièges tournants et leur tige de soutien de sorte que des clients qui y prenaient place près du comptoir d'épicerie, sursautaient littéralement quand commençait la pétarade des morceaux de souffre qui explosaient sous la chaleur et la pression.

Un jour, ils capturèrent un gros rat, le mirent dans un sac et le libérèrent à l'intérieur du magasin. Cécile faillit avorter. Alain fut blâmé pour avoir laissé la porte ouverte. Ça lui arrivait parfois et il ne put protester de son innocence.

Tout ce qu'ils concoctaient de mal ne pouvait pas être dénoncé puisqu'on n'en avait aucune preuve formelle. Les adolescents savaient agir en catimini tout en ne cachant pas leur présence aux abords des lieux où les farces étaient commises. On savait très bien qu'ils étaient coupables et ils voulaient qu'on le sache, mais on n'arrivait jamais à les pincer en flagrant délit.

Alain se forçait pour leur sourire. On lui montrait quelque amitié mais c'était pour se mieux moquer. Et lui ne comprenait pas qu'on puisse posséder un sens de l'injustice et un goût de la méchanceté gratuite aussi développés.

La mère d'un des garçons se mit de la partie. Elle venait au bureau de poste et multipliait les allusions malveillantes à l'endroit du petit gars d'ailleurs qui pourrait bien travailler par chez lui au lieu de venir voler l'emploi des enfants de la place. Deux de ses fils avaient aidé les Jacob certains étés de leur époque et les dollars rapportés arrondissaient les fins de saison permettaient une rentrée scolaire qui n'aplatissait pas trop le porte-monnaie. Et pourtant, cette famille n'était ni misérable ni dans le besoin. Le père travaillait à Frontenac Granite et son revenu apportait à manger à tous trois fois par jour.

Le magasin fermait à six heures et après souper, Alain surveillait par sa fenêtre de chambre le moment où Nicole quittait la maison pour se rendre de l'autre côté de la rue au terrain de jeux et alors, il accourait et la rattrapait.

Il lui parlait de son village, de son école. Elle l'entretenait de ses compagnes, de ses rêves. Mais tout se faisait si vite et la route était si courte. Rendue à destination, chacun allait de son côté, elle avec des amies et lui là où on avait besoin d'un joueur de quelque chose.

Quand Gilles Parent et Julien Audet apparaissaient, le garçon s'en allait sans trop se faire remarquer; il retournait au magasin et montait dans sa chambre d'où il surveillait le retour de Nicole.

Un soir doux, il osa l'interpeller depuis sa fenêtre. Elle y vint sans se faire prier après avoir feint la surprise mais sachant fort bien qu'il s'intéressait à elle d'une façon qui dépassait les relations de bon voisinage. Les adolescentes devinent vite le coeur des adolescents et elles possèdent des yeux tout le tour de la tête.

-As-tu joué au croquet?

-Oui, une partie avec Madeleine pis Solange. Pis Janine aussi.

-Madeleine Gagnon?

-Oui.

-Je la connais, elle vient au magasin.

-Ben oui, elle te connaît, elle aussi.

-Comment ça?

-Ben... elle l'a dit... Elle a parlé de toi... Le beau petit gars du magasin, qu'elle dit.

Intimidé et contrarié à la fois, Alain ne savait quoi dire et il dit n'importe quoi sans rapport avec les mots de Nicole:

-Je te dis qu'il y a eu du monde pas mal aujourd'hui au magasin.

-J'ai vu ça: la cour était tout le temps pleine.

Il faisait noir et la jeune fille apparaissait en ombre chinoise seulement sur un fond clair-obscur légèrement allumé par les rayons de la lune jaune et de quelques réverbères des environs, nombreux au centre du village à cause du magasin et surtout de l'église.

Alain imaginait son doux regard d'un vert éclatant et velouté. Il eût bien voulu toucher ses mains et rêvait constamment de l'embrasser sur la bouche. Mais il ne croyait pas qu'elle puisse l'aimer et ne savait lire dans ses comportements qu'une amitié d'été. Elle était si sociable, si ouverte, si rieuse, si offerte à tous qu'il n'aurait pu l'imaginer entichée de lui. Et quand se regardait dans le miroir et voyait ses oreilles démesurément décollée, il avait la preuve en double de l'impossibilité de la naissance d'un sentiment amoureux chez elle envers lui.

-Voudrais-tu fumer une cigarette?

-Faudrait pas que ma mère me prenne...

-Tu le dis pas. Moi non plus, ma soeur, elle voudrait pas...

Et pour le cas où une oreille indiscrète soit à l'affût, il sentit le besoin d'ajouter:

-Même si je les vole pas au magasin, hein!. Je les ai payées...

-Tu fumes, toi?

-Juste un peu comme ça...

-Moi, ça m'étouffe...

-As-tu essayé?

-C'est ça que je te dis: ça m'étouffe.

-Tiens, je vais t'en jeter une dans un papier de plomb.

-Mais j'ai pas d'allumettes.

-Je vas mettre un carton avec...

-O.K...

Il mit trois secondes à insérer un carton d'allumettes dans le paquetage de papier luisant avec une cigarette British Consol. Puis jeta l'objet vers elle qui le ramassa aussitôt.

-Pourquoi que tu viens pas en bas?

-Parce que... ben... ma soeur...

-Viens par en arrière du magasin: y'a une haie de cèdre pis on nous verrait pas...

-Ben... O.K.!

Il crut bon avertir sa soeur. Cécile écoutait la radio avec son mari et leur premier-né endormi sur un divan. Elle accoucherait en septembre de leur troisième enfant après Gaétane morte deux ans auparavant et le petit Robert qui ressemblait à sa mère...

La pièce n'était éclairée que par la lumière oblique de la cuisine et les quelques lueurs de l'appareil de radio.

-Ben... je pense que je vas aller prendre une marche.

-C'est correct! Fais attention de pas te frotter aux tannants de Gilles Parent pis Julien Audet...

-Crains pas. Qu'ils me touchent pis je leur casse le nez, à ces maudits-là...

Il sortit. Cécile dit à Maurice à mi-voix:

-Je te gage que c'est pour aller rencontrer la Nicole!

-Ça se pourrait ben! Y a un petit feu qui chauffe entre ces deux-là...

-Ça va s'éteindre vite: la Nicole, elle aime pas mal tous les petits gars de Saint-Samuel...

-Faut pas dire ça: elle est chaleureuse, c'est tout!

-Comme toi avant qu'on se marie?

-Ben voyons donc: j'ai sorti avec deux gars. Trois mois avec

Fernand Rouleau pis six mois avec Ti-Blanc Pelchat.

-Ça dépend de ce que t'as fait avec eux autres...

-Toi, le tannant à Maurice Brodeur!

Nicole et Alain s'assirent entre la haie et le mur du magasin auquel ils s'adossèrent puis elle dit:

-On s'allume-t-il?

-Ah! ben torrieu, j'ai oublié le paquet de cigarettes.

-Ça fait rien: on va fumer celle-là à deux.

Les environs se résumaient en des ombres épaisses ou plus épaisses superposées de l'avant-plan jusqu'au ciel étoilé. Les délinéaments des bâtisses se fondaient dans la ligne horizontale inégale du dessus de la haie.

Ils ne se voyaient que le blanc des yeux et encore, très peu. Alain se sentait le coeur fou et quelque chose de magnifique tournoyait dans sa poitrine. Un immense sentiment de sécurité l'envahissait.

Nicole exhalait un parfum à peine perceptible mais qui, pour cette raison, contenait tous les mystères de la femme et de l'amour.

Elle lui tendit l'emballage de plomb. Il ne le vit pas. La main de l'adolescente toucha la sienne. L'âmc du garçon chavira, se noyait...

-Tiens, la cigarette!

-Ah!

Son ardeur se calma un peu et il mit la cigarette entre ses lèvres puis en tâtonnant, il alluma...

Alors le visage de Nicole s'imprima dans son âme pour l'éternité comme par effet de la vertu d'un procédé photographique exclusif à la nature humaine et que jamais la science et la technologie ne parviendraient à découvrir.

Le vert velouté de son regard si proche se transforma, par la magie de la nuit, du lieu, du petit plaisir défendu, en émotion pure, douce et intense. Tout d'elle traversant la flamme entrait en lui pour le bouleverser en même temps que pour faire couler en ses veines une langueur incomparable.

Machinalement, elle passa sa langue sur ses lèvres et ce geste ajouta en l'adolescent une réaction nouvelle. Et insensée. Il pensa aussitôt au péché d'impureté qu'il savait devenir mortel quand on touchait à son corps ou bien qu'on se laissait trop envahir par des images charnelles. Le diable ne devait pas venir le tenter. Il fallait absolument qu'il le repousse...

Il tressaillit et porta son attention à l'allumage de la cigarette. Mais son corps devenait de plus en plus brûlant tandis que sa bouche se remplissait de liquide. Il rejeta l'allumette...

-Tiens, je te la passe: étouffe-toi pas! Attention pour pas te brûler...

-Mets-la dans ma bouche.

-Ben... je sais pas trop...

-Essaie!

Le garçon rajusta la cigarette entre ses doigts, ouvrit la main et l'approcha. Nicole fit exprès de ne pas suivre la direction normale indiquée par le bout incandescent et ses lèvres touchèrent la paume.

Alain ne saisit pas le message et dit:

-Ben non, voyons, pas là... tasse...

Elle le fit mais en frôlant la peau.

-As-tu déjà fumé?

-Ben... oui...

-Aimes-tu ça?

-Ouais...

-Respires-tu?

-Ouais...

Enfin, elle eut la cigarette au bec et fuma à son tour.

Alain se sentait bien. La nicotine ajoutait son propos aux mystères de la nuit et du coeur.

C'est à ce moment-là précisément qu'il sut qu'il aimait Nicole Therrien. Qu'il l'aimerait toujours. Qu'il serait son ami tout l'été. Qu'il reviendrait se promener. Qu'il reviendrait l'été suivant. Puis le suivant. Qu'ils s'écriraient. Qu'ils s'échangeraient des photos. Et surtout, surtout, qu'il l'embrasserait...

Mais quand?

-Quel âge que t'as?

-Moi?

-Ben oui...

-Onze ans...

-Hein!?

Elle toussa un peu et lui remit la cigarette en disant:

-Pis toi?

-Ben... quasiment onze ans...

-Ah! ta fête, c'est quand?

-Le dix mars.

-Ah!

-Pis la tienne?

-Le treize décembre.

-Tu vas avoir douze ans?

-Oui...

-J'ai un secret à te dire...

-Ah!

-C'est un beau secret par exemple...

-Ben... dis-le...

-Ben... c'est pas un secret mais c'est... comme une pensée...

Elle osa à mi-voix comme si toute l'humanité avait été à l'écoute:

-Une mauvaise pensée?

-Ben non! Es-tu folle?

-Ben c'est quoi?

-Je te trouve belle.

-Ben... les filles aussi, elles te trouvent beau...

-Pis toi?

-Ben... ben oui!

-Veux-tu la cigarette encore?

-Non, suis étourdie pas mal.

-Je vas l'éteindre.

-Tu peux fumer si tu veux.

-Non, je vas l'éteindre. On reviendra fumer un autre soir.

-Tu veux t'en aller?

-Non, pas là, tantôt.

-Ah!

Il écrasa le mégot dans l'herbe et rejeta la chose d'une chiquenaude en disant, ému et convaincu:

-En tout cas, y'en a pas une belle comme toi dans mon village.

Il espérait qu'elle dise qu'il était plus beau que tous les gars de Saint-Samuel mais elle bifurqua:

-Il va y avoir un feu de camp au mois d'août sur la terre à monsieur le Curé, vas-tu venir? C'est monsieur le Curé qui organise ça chaque année...

-Je le savais pas.

-Ben oui... C'est le fun. Ça chante, ça danse autour du feu... ben pas des danses défendues, là, par exemple.

-Ah! fit-il embarrassé.

-En tout cas, je pense que va falloir que je parte. Parce que ma mère va me chercher...

-Attends encore un peu!

-Ben... encore deux minutes.

Deux minutes: comment se décider en si peu de temps à lui donner un baiser? Elle avait hâte qu'il le fasse et sa menace de partir constituait un ultimatum mais Alain ne le comprit pas et il l'entendit comme un désir de s'en aller parce qu'elle n'aimait plus être à côté de lui.

-Ben... vas-tu au terrain de jeux demain?

-Je sais pas.

-En tout cas, si tu y vas, je vas y aller...

Soudain, brusquement, comme un coup de tonnerre en plein jour ensoleillé, elle s'approcha, chercha sa tête avec la sienne, la trouva et l'embrassa droit sur la joue. Seconde fulgurante. Moment qui se rendit chercher en la substance profonde du garçon des vibrations neuves dont les inclinaisons venaient de la nuit des temps...

-Bon, ben, salut! fit-elle ensuite en se levant.

-Tu t'en vas?

-Oui.

-Ah!

-Je vas y aller, demain soir, au terrain de jeux.

-Moi itou!

-Salut, bonne nuit!

-Salut!

Alain demeura pantois, en proie à mille émois. Cette quasi mauvaise pensée entre les jambes, ces tourbillons dans la poitrine, les effets de la nicotine, du parfum, de l'air doux d'une nuit d'été côtoyaient la peur. Peur pour un amour qui venait de naître: qu'il ne meure, qu'elle ne le quitte pour aller vers un autre, que d'autres de son âge ne prennent sa place dans le coeur de la jeune fille, qu'il n'ait même pas sa place dans ce coeur, et que le baiser n'ait été qu'un geste, plutôt un zeste d'amitié...

Aux délices du sentiment divin succédaient le chaos émotionnel et les tourments de la chair enrobés de doute, de crainte, de culpabilité, de tristesse, d'ennui, de vraie résignation et surtout d'une immense solitude.

Il était au paradis et pourtant misérable.

Dévasté par l'amour avant même d'en goûter toute la félicité!

******

Chapitre 11

Cécile se plaignit à madame Audet de la conduite de son Julien. Le plus irritant, c'étaient ces détestables morceaux d'allumette camouflés sous les bancs et qui éclataient à tout bout de champ.

"Des jeux de gamins! dit la femme. Et puis, qui dit que c'est eux autres?»

Mais elle le savait pour les avoir entendus s'en vanter. Et ça ne lui déplaisait pas. Qu'elle souffre un peu, cette jeune marchande qui n'agissait pas comme les Jacob!

Trahie par l'odeur, Nicole avoua à sa mère avoir fumé et elle fut forcée de dire qui l'y entraînait. Cela conduisit à la révélation de ses rencontres clandestines qui se répétaient depuis une semaine.

On y mit vite le holà. Les raisons invoquées furent le danger d'incendie et leur trop jeune âge pour fumer. Mais autant Cécile que la mère de Nicole savaient qu'en réalité, l'enjeu et le risque relevaient bien plus du fruit défendu que de n'importe quoi d'autre.

Les deux amis purent au moins se voir au terrain de jeux. Ils se disaient quelques mots guère plus, vivant leur échange amoureux par le biais des regards et des sourires, lui tout à fait rempli d'envie envers les couples plus âgés qui marchaient lentement avec leurs petits doigts accrochés.

Alain rêvait d'une telle marche. Simplement les deux petits doigts accrochés et l'humanité tout entière saurait l'immensité de leur sentiment amoureux. Rien que deux petits doigts accrochés, cela vaudrait des millions de baisers: extase sublime, signe de possession totale, droit de cuissage, solitude exquise, duo céleste...

Il oserait. Il se le promettait. Il oserait bien avant son départ en août. Et tous les gars ensuite se tiendraient à distance d'elle, de son coeur occupé. Et l'été suivant, dès son arrivée, leur première marche s'accomplirait avec les petits doigts accrochés.

Un soir, il y eut du grabuge sur le terrain du jeu de croquet des gars.

Jusque là, Alain avait réussi à déjouer et semer ses tortionnaires, les ignorant, méprisant leurs quolibets, allant même parfois jusqu'à chercher à les amadouer quand ils faisaient mine de s'apprivoiser.

On jouait à quatre lorsque deux garçons abandonnèrent et quittèrent. Comme s'ils avaient anticipé la chose, Gilles et Julien accoururent et prirent la place. Ils formeraient équipe contre Alain et le quatrième joueur, un petit noiraud appelé Lauréat qui adressait sans cesse à tout le monde des sourires de la plus totale soumission.

Le curé jouait au ballon-volant avec des équipes mixtes. La brunante étendait son confortable manteau sombre sur la région entière. Au loin, le Morne silencieux était entouré d'un brillant halo coloré. Des chansons à la mode sortaient en grésillant de haut-parleurs accrochés à la sacristie. La vie simple et belle battait au coeur du village à l'ombre de la croix protectrice, de la montagne prodigue, d'une longue tradition de convivialité. Et pourtant sous l'éclairage d'un progrès mesuré par une échelle du temps graduée des chiffres de la patience, de la persévérance et de la tranquillité.

La loi et l'ordre quelle que soit l'époque, n'ont jamais empêché la nature humaine de vouloir s'exprimer à travers la compétition. Devancer, supplanter, arriver devant, arriver premier, triompher, être le plus fort, le meilleur: l'église elle-même a toujours encouragé et béni les courses hiérarchiques.

Au milieu de la partie, se voyant très sérieusement devancés, les garçons jaloux s'échangèrent des regards, se comprirent et s'adonnèrent à un manège qui les connaissait bien. L'un attira l'attention des adversaires vers le croquet voisin, celui des filles. Ce ne fut pas trop difficile dans le cas d'Alain puisque Nicole s'y trouvait. Et l'autre déplaça sa boule pour la mettre à l'abri d'un roque derrière le panier du milieu.

Ils trichèrent ainsi deux fois. Nicole les aperçut. Elle vint trouver Alain et le lui dit au secret de l'oreille. Il le savait déjà mais faisait semblant d'ignorer; or voilà que la confidence de l'adolescente le mettait au défi de se tenir debout.

Il protesta. Le ton monta. On en vint aux prises. Il se colletailla avec Julien, le renversa et lui déchira sa chemise sur le dos. Le curé dut s'en mêler. Il le fit avec un grand sentiment d'importance. Le litige ne fut pas réglé pour autant et la question de savoir qui avait raison ou tort ne fut pas tranchée sur-le-champ.

Le prêtre connaissait bien son monde et quand le jour suivant, il vit la mère du petit batailleur se rendre au magasin, le feu dans la démarche, il crut bon quitter son presbytère et traverser la rue.

Alain fut apostrophé, mais il se défendit. La femme se rendit au bureau de poste et interpella la Cécile qui chercha à tempérer. Le curé entra en dissimulant. Les deux femmes revenaient au comptoir de l'épicerie où l'une voulait faire condamner l'adolescent par sa soeur. Elle sortit la chemise déchirée de sa besace et la brandit haut comme une preuve irréfutable de la vilenie du garçon vendeur venu d'ailleurs.

-Même monsieur le curé l'a vu faire! fit-elle quand elle aperçut le prêtre qui arrivait en discrétion.

On discuta un moment. Elle gardait un ton pointu et tenait mordicus à sa version qui sortait secouée de ses grosses bajoues.

-Bon, madame Audet, asseyez-vous un moment, dit suavement le prêtre, et on va éclaircir tout ça.

-Je suis venue me faire payer la chemise...

-On va la payer, dit Cécile, mais ça voudra pas dire que mon petit frère est fautif. Disons qu'on va payer pour l'accident.

Madame Audet fut désarmée. Elle ne s'attendait pas à pareille offre de Cécile que tous savaient gratteuse comme une fourmi, ignorant du reste que plus tard, la marchande, amputerait d'autant la paye d'Alain.

Le curé redemanda à la dame de s'asseoir. Elle obéit à la soutane et prit place sur un banc rond qui disparut sous l'énorme derrière habillé d'une robe à grands pois jaunes.

-Je me suis renseigné hier soir. Tout a commencé parce que Julien trichait. Nicole Therrien l'a dit à Alain et les deux garçons se sont colletaillés. C'est simplement tout.

Cécile intervint:

-Depuis le début des vacances que le Julien pis le Gilles Parent sont après mon frère. Ils lui font toutes sortes de coups pendables qui sont loin d'être tout le temps drôles...

-Entre jouer des tours pis jeter les autres à terre pis leur déchirer le linge sur le dos, y'a une différence.

Alain gardait le silence et les bras croisés; et il se tenait adossé aux tablettes derrière le comptoir, l'oeil brun et brillant. Il portait chemise blanche et noeud papillon ce qui lui donnait la parfaite gueule de l'emploi. L'accusation redite, il parla promptement et avec beaucoup d'énergie:

-Julien Audet pis sa face en babiche, il m'a écoeuré. Pis c'est tout le temps de même avec lui...

Mais il ne put poursuivre. La grosse femme pivota pour le voir. Alors une énorme pétarade commença sous elle. La farce dont elle s'était beaucoup amusée arrivait maintenant à ses dépens. Elle lança un cri aigu et sursauta. Son cul quitta le siège mais son poids l'y recloua, et d'autres soufres d'allumettes pétèrent. La vibration causée par l'impact secoua le plancher, le comptoir et se répercuta jusque dans les empilages de boîtes de jus et de conserves qui montaient haut. Elle voulut se lever une seconde fois et retomba encore. Le deuxième choc fit basculer un haut triangle de petites boîtes de soupe aux tomates. Alain en reçut plusieurs sur le crâne; il chancela, s'évanouit, s'affala sur le plancher.

Cécile se précipita vers lui. Le curé se hissa et se glissa par-dessus le comptoir sans trop s'empêtrer dans sa soutane et se pencha pour constater les dégâts.

Ébahie, madame Audet resta sans rien faire, la mort dans l'âme, croyant que par sa faute et surtout celle des petits haïssables, un adolescent pouvait avoir été grièvement blessé.

Le prêtre tapota le visage, les mains. Du sang coulait sur la tempe. Il demanda de l'eau froide et un linge. Cécile courut du mieux qu'elle put à l'évier au fond du magasin et revint avec ce que l'homme demandait. On finit par sortir le blessé de son inconscience. Peu à peu, l'on put se rendre compte que l'accident n'était pas grave: lésions superficielles, perte de conscience momentanée due au choc sur le crâne. K.O. quoi!

Julien fut sévèrement puni par ses parents et à compter de ce moment, il laissa Alain tranquille.

******

Chapitre 12

Alain et Nicole vécurent leur amitié amoureuse jusqu'au feu de camp du mois d'août. Pour lui, c'était doux et vibrant chaque semaine, chaque jour, chaque heure, chaque minute. L'angoisse ajoutait du piquant au grand sentiment.

Pas une seule fois, il n'osa accrocher leurs petits doigts lors d'une marche en public. Et il n'eut jamais la chance de lui rendre le baiser qu'elle lui avait glissé lors de la divine rencontre à l'arrière du magasin. Il se promettait de le faire avant le départ. Au feu de camp, s'était-il dit et redit encore.

Vint le soir de l'événement. Cela se passait à une semaine jour pour jour de son départ pour la Beauce et donc de la séparation tant appréhendée, tant redoutée et qui lui valait déjà beaucoup de larmes lénifiantes presque chaque soir.

Le coeur inquiet, l'adolescent supputait, subodorait. Depuis quatre jours, il n'avait pas vu Nicole une seule fois. Elle n'était pas venue au magasin et le soir ne s'était pas rendue au terrain de jeux. Malade, partie à Saint-Ludger chez sa tante? Ou comme lui triste de voir arriver la fin d'un si doux été?

On avait installé la pyramide de branches sèches durant la journée à quelques centaines de pieds derrière la sacristie en un endroit qu'on ne pouvait apercevoir depuis le magasin, ce qui servit de prétexte au jeune homme pour sortir souvent et marcher vers l'est afin de voir où on en était rendu.

-Pas de Nicole? Nicole est morte? questionna narquoisement sa soeur la troisième fois qu'il revint de l'extérieur, l'oeil bas.

-Suis allé les voir monter le bûcher pour le feu de camp...

-Appelle-la, Nicole, si tu veux aller au feu avec elle à soir.

Il fit le jars:

-Je sors pas avec elle...

-On dirait.

-Ben non... c'est une amie comme ça, pas plus! Pis à part de ça que je m'en vas la semaine prochaine.

-Comme tu voudras!

Après le souper, l'adolescent monta dans sa chambre et se mit à la fenêtre pour surveiller le moment où Nicole traverserait la rue. Il lui arriva de se dire qu'il devrait suivre le conseil de Cécile et téléphoner mais l'orgueil, la peur d'il ne savait quoi, l'en empêchaient.

Le ciel commença à glisser dans la brunante. Des gens colorés arrivaient à pied et marchaient lentement vers le bûcher qu'on allumerait à neuf heures exactement, selon ce qu'avait annoncé le curé le dimanche d'avant.

Le prêtre aimait beaucoup que toute la paroisse vibre au même rythme, ce qu'il tâchait de faire arriver par ses prêches ou des événements heureux qu'il suscitait comme ce feu de camp, un sleigh-ride entre Noël et le jour de l'An sur le lac Drolet, des randonnées pédestres dans des sentiers du Morne. Mais cela arrivait de soi aussi parfois via des tragédies: incendies, accidents mortels ou disparitions d'êtres jeunes en raison de maladies encore souvent mortelles comme la tuberculose, la typhoïde, la poliomyélite.

En ces circonstances, il parlait, exerçait un saint pouvoir de réconfort moral ou lançait au ciel quelque hymne à la joie... Tout ce qui arrivait allait à Dieu ou venait de Dieu... en passant par lui.

On l'aimait. Il était la force. Il était la foi. Il était l'espérance. Il était curé.

Sur le terrain, il allait, venait comme si l'événement avait requis mille pas aller et retour, et toutes les réflexions de sa sainte jarnigoine.

Du long de la sacristie, Maurice avait stationné une plate-forme de camion-remorque sur laquelle prendraient place des artistes du soir, des amateurs locaux. Le prêtre y monta d'un bond agile et vérifia pour la dixième fois le bon fonctionnement du microphone et du système d'amplification.

-Un, deux, un, deux, trois...

Il sourit au ciel. Les étoiles s'allumaient pour Saint-Samuel. La lune montrerait sa face la plus largement éclatante alors que la flamme du feu rendrait hommage à Dieu le grand.

Des jeunes couraient, sautaient, luttaient. Les jeux de croquet étaient occupés. La vie du soir bourdonnait. Une brise légère allait border le lit des maringouins dans les interstices des arbres.

Cachée par le feuillage tombant d'un saule attristé, la porte des Therrien n'était pas visible depuis la fenêtre de l'adolescent. Nicole sortit et emprunta le trottoir vers l'est. Alain ne la vit pas et continua d'attendre.

Il attendit, le coeur de plus en plus gris, l'esprit lourd de questions. Une supposition les balaya toutes: elle avait dû traverser durant la courte minute où il était allé aux toilettes. Et alors même que le curé applaudi par tous allumait une torche puis le cône de branches, Alain se hâtait de partir.

Il courut même en traversant la rue puis la cour de l'église. Pour mieux se sentir, il s'arrêta à la cantine et s'acheta un grand Pepsi. Nicole préférant cette boisson gazeuse, il avait délaissé le Coke et trouvait le goût du Pepsi bien supérieur maintenant sans compter qu'on en pouvait siroter trois onces de plus dans une bouteille.

Des gens formaient déjà un véritable anneau humain autour du feu qui commençait à crépiter.

Le divertissement serait de deux ordres. Pendant le meilleur des flammes, des chansonnières et une chorale se produiraient près du feu, tous a cappella sauf pour une jeune fille qui s'accompagnerait de sa guitare sèche. Puis les meilleures voix de la paroisse seraient entendues à partir de la tribune improvisée et amplifiées pour enchanter tout le village. Il y aurait deux accompagnateurs, à l'accordéon et à la guitare.

On pouvait évaluer à deux cents déjà le nombre de personnes présentes. Mine de rien, Alain bougea sans arrêt et son Pepsi baissa rapidement si bien qu'il en vida le fond d'un seul trait et se rendit en commander un autre. De Nicole: nulle part!

Il s'approcha d'une balançoire à plusieurs sièges où les amies de l'adolescente se trouvaient. Elle rirent, se dirent des secrets au creux de l'oreille mais il ne le remarqua pas. Et il ne leur adressa pas la parole.

C'est à ce moment-là qu'un jeune soldat s'empara de l'attention de tous. Arrivé pieds nus quoique revêtu de son uniforme, il avait le goût de se montrer, de se faire valoir et de parader son ivresse... Pendant un quart d'heure, il se promena autour du feu en jurant contre le ciel et le curé. Si bien que toute la quincaillerie liturgique se ramassa dans les flammes: le calice, le tabernacle, l'hostie, le ciboire... Tout Saint-Samuel réuni tremblait à l'idée que le ciel puisse éclater en un foudroyant éclair qui frapperait le village pour le punir d'avoir enfanté pareil démon.

Quand il jugea que le ton se fatiguait et que la crise s'amenuisait un peu, le curé s'approcha du jeune homme en tendant la main en signe de réconciliation et de pardon. Ce bras en avant tisonna le feu, et alors la rage refit surface avec une ardeur double.

On frissonnait aux quatre coins du terrain. On craignait pour le prêtre. Les menaces pleuvaient sur lui. Normand Giguère, son nom circulait sur toutes les lèvres, apparaissait comme Lucifer en chair et en os... et surtout en gueule...

De guerre lasse, le curé se rendit au presbytère et téléphona à son père qui ne tarda pas à venir chercher son fils pour le ramener à la maison.

Cela en fit réfléchir plus d'un de ceux qui avaient caché quelque part sur eux ou dans la nature un dix-onces de whisky.

Le feu n'avait pas attendu et déjà, il commençait à s'essouffler. Le curé changea le programme. Seule la chorale s'exprimerait près des flammes et les chansonniers précéderaient les autres artistes sur la plate-forme.

Alain rencontra Maurice qui promenait son éternel sourire rivé à une cigarette fumante, et cherchait des gens de son âge avec qui s'entretenir. Cécile restait à la maison: trop proche de son accouchement pour passer une heure à brimbaler son ventre et à trimbaler Robert par-dessus le marché.

On s'échangea des banalités puis Alain, déjà rendu au fond de son second Pepsi, eut envie de pisser. Il se rendit aux toilettes dans la sacristie où il pria un peu tout en se libérant la vessie. Le ciel lui conseilla de se renseigner sans craindre ci ou ça. Quelqu'un saurait bien où se trouvait Nicole Therrien? Pourquoi un prétexte pour savoir? Un coup direct: une question franche...

Soulagé, il sortit et s'arrêta un bref instant sur le haut des marches. C'est alors que le ciel s'écroula sur lui, que l'église frappée par un fulgurant éclair vola en éclats pointus qui tous se rassemblèrent loin là-haut pour plonger sur lui et le transpercer coeur et esprit. Et le feu se raviva de lui-même pour ensuite s'élever plus haut que la lune et se darder sur sa pauvre gorge déchirée par la douleur.

Ce désordre effroyable qui piétinait son imagination comme des sabots de chevaux fous avait pour cause deux doigts, deux petits doigts accrochés, deux petits doigts de deux jeunes adolescents qui marchaient côte à côte vers le feu de joie: Nicole Therrien et Julien Audet.

Alain se terra un moment dans l'ombre et attendit de ne plus les voir que de dos. Son regard seulement restait visible: il était démentiel et démoli à la fois. Deux yeux crevés par la douleur, crucifiés par l'impensable.

Les ailes de la souffrance ont parfois bien plus de puissance que celles de l'amour et il fut emporté vers le magasin tandis que la chorale entamait les premières notes de *Le ver luisant*.

Il courut sur le chemin et sur son coeur tortu-bossu jusqu'à l'arrière de la bâtisse, à l'endroit du premier et seul baiser de sa vie et se laissa étouffer par les sanglots.

Trahi, trompé, torturé, tordu, il goûtait au vinaigre de l'atrocité, à l'absolue désespérance, au malheur le plus complet...

Cécile devina tout. Après avoir vu la Nicole et son nouveau copain, et aperçu son jeune frère revenir mais ne pas entrer, elle sut. Et laissa passer l'orage. Puis marcha tant bien que mal au secours de la pauvre âme en détresse. Arrivée au coin du magasin, elle s'arrêta et dit sans émotion:

-Tu fais quoi là, Alain?

-Rien! fit-il d'une voix qui demandait la paix et la mort.

-C'est la Nicole, hein?

-Non!

-Braille pas pour ça...

-Va-t-en...

-Étant donné que tu t'en vas dans quelques jours, ben la Nicole, elle s'est fait un autre petit chum. C'est pas grave. Dans trois, quatre jours, tu vas penser à autre chose. Y en a en masse des petites filles à Saint-Honoré. Les petites Blais, les petites Nadeau, les petites Boutin...

Cécile s'approcha jusqu'à entrevoir son frère dans le clair-obscur, la lune aidant.

-Pourquoi, hoqueta-t-il, pourquoi qu'elle m'a fait ça?

-C'est toujours ça qu'on dit quand on est trompé en amour, quand on se fait mettre la pelle.

L'expression rajouta du pire à la douleur du garçon. «Philémon Tanguay, Philémon la galette, Philémon la bedaine, vas-y pus, t'auras la pelle!» disait la chanson dans laquelle le pauvre Philémon éconduit faisait figure de crétin poussiéreux.

Alain se sentit plus poussière qu'une poussière.

Les sanglots redoublèrent d'intensité.

Cécile vint à lui.

-Braille pas comme ça: tu vas t'en aller la semaine prochaine pis tu vas oublier ça...

Alain se jeta sur elle mais le ventre énorme empêcha le réconfort de l'atteindre; il s'écarta puis détala comme une bête traquée et affolée, et se réfugia à l'intérieur, dans sa chambre où il se vida de toutes ses larmes.

Une heure plus tard, pour se venger du ciel, de Nicole et de la vie, il caressa son corps de la manière la plus péché qui soit et bientôt, il eut la première éjaculation de sa vie sans savoir ce que c'était... à part de trouver ça bon...

Le coeur libéré, le corps détendu, il s'endormit. Son rêve lui donna l'impression que son âme quittait son corps pour aller flotter au-dessus du Morne...

******

Chapitre 13

Anna attela elle-même en regardant le ciel, l'oeil inquiet et triste. Le temps la tracassait mais aussi et plus encore, la peur de se faire refuser du crédit par la Cécile.

Il fallait des chaussures à Johanne pour l'envoyer à l'école; la mère en avait bien discuté au téléphone avec le marchand de Saint-Sébastien mais l'homme, déclarant son compte trop élevé déjà, demandait le paiement comptant. Résignée, elle n'avait pas insisté.

Le compte n'était pas plus bas au magasin de Saint-Samuel, mais une autre femme comprendrait mieux ce besoin de mère. Cécile verrait bien qu'il ne restait plus à la petite fille que des souliers percés en dessous et aux bouts: des souliers irréparables.

Il n'y avait aucune différence en distance entre les deux villages et donc les deux magasins, mais il y en avait une grande entre les deux gestions, l'une de Saint-Sébastien, masculine d'abord, l'autre de Saint-Samuel, féminine. Quand Cécile disait oui, Maurice acquiesçait; quand elle disait non, Maurice disait non; quand, très rarement, elle parlait avec des peut-être, Maurice se taisait, gardant le nez dans le vent...

Aller au village sous un ciel aussi bas et lourd, c'était risquer de se faire mouiller en chemin. Attendre? Demain, il y aurait un autre obstacle. Il y avait toujours des embûches: chaque jour, chaque heure, chaque minute. Il ne lui restait pas plus de souffle moral que de souffle physique.. À trente-neuf ans, elle avait mis au monde neuf enfants et chaque naissance avait grugé un peu plus sur ses énergies.

Le vieux cheval gris cendré prit la route sans trop se presser. Bête rassise, consciente de ses limites, elle n'obéissait plus qu'à ses habitudes et à quelques mots imprimés dans ses mémoires. On l'appelait le Gris. On lui disait hue, dia, arrié, l'animal obtempérait. Mais les coups de cordeaux, de fouet ou de pied le laissaient indifférent, l'oeil morne, la tête pesante, le pas de plomb.

Jeanne et Johanne prenaient place dans le coffre arrière, assises côte à côte, séparées par Poilu qui ne bougeait que le museau, serré par elles, conscient du peu d'espace disponible mais heureux de s'y trouver. On avait attaché le couvercle au dossier de la banquette et les jambes des fillettes, repliées aux genoux, gambillaient dans le vide au-dessus de la route graveleuse. Même si leur mère pour une fois se trouvait seule sur le siège, les fillettes avaient voulu voyager derrière dans leur petit monde à elles.

On utilisait de moins en moins ce moyen de transport l'été et Albert rêvait d'une automobile, surtout le dimanche quand il fallait solliciter le voisin pour aller à la messe.

"Tu passes ton temps à le boire, ton char!» lui disait parfois Anna de sa voix éteinte. Il ne répondait pas et retournait dans un hangar se cacher encore pour téter une bouteille...

Johanne rêvait à ses chaussures neuves et brillantes et ses yeux s'illuminaient malgré la grisaille du temps. Elle serait belle pour aller à l'école. Et n'aurait donc pas peur...

À chaque ornière de la route, le corps d'Anna bougeait comme un mannequin secoué; elle se laissait bercer par les oscillations sans se retenir, sans crispation. À chaque mille suffisait sa peine!

On fut au village une heure plus tard. Le ciel s'était retenu mais il boudait toujours. C'est le coeur étreint que la femme attacha le cheval à une tige de fer fixée au mur du magasin. Les fillettes trépignaient de bonheur. Anna prit Johanne par la main, ce qui lui arrivait rarement puisque l'enfant avait passé l'âge de ces choses-là.

Remis au Coke, Alain en buvait un en même temps qu'il pesait du sucre.

Depuis le choc douloureux que la vie venait de lui servir, il demeurait songeur et splénétique. Et le ciel du jour convenait parfaitement à son humeur et à son coeur.

Il calculait sans cesse le temps qui restait avant son départ et en espérait la fuite comme la progression lente et pénible vers une grande délivrance.

Cécile accoucherait d'une journée à l'autre et elle ne se présentait plus au magasin. Bien qu'on soit l'avant-midi, l'employée, madame Fillion, personne bienveillante au nez long et pointu, porteuse de lunettes à chaînettes, s'occupait du comptoir des dames avec son sérieux coutumier.

Anna fut soulagée de la voir. On ferait tout sans Cécile. On trouverait des chaussures convenables et de la bonne pointure puis la femme demanderait une facture. Peut-être que madame Fillion prendrait sur elle de lui accorder du crédit supplémentaire, peut-être qu'elle ne savait pas l'importance du compte?

Perdu dans ses pensées et sa rêverie solitaire, Alain n'aperçut la famille qu'au moment où on s'engageait dans l'escalier menant au deuxième étage où se trouvait le rayon de la chaussure.

Le regard souffrant d'Anna croisa le sien tout aussi souffrant. Chacun se dit alors que les yeux de l'autre reflétaient les siens, et s'emmura aussitôt pour se protéger de ce sentiment de pitié supposée.

Jeanne devança tout le monde dans les marches. Les deux femmes montaient en jasant. Johanne suivait. La fillette aurait voulu être pieds nus comme à la ferme tout l'été mais Anna l'avait obligée à porter ses bottines endommagées pour toucher le coeur de la marchande. Afin d'éviter un regard qui lui aurait valu de la honte, l'enfant se servit du sien.

Elle avait appris cela par l'expérience, comme par une sorte d'instinct en même temps que par un type d'observation non préméditée. Quand elle faisait ses plus grands yeux et qu'elle les rivait dans le regard de quelqu'un, c'était comme si la personne ne pouvait plus s'en détacher et alors la fillette tâchait de dire quelque chose par eux, de quémander de l'amour...

Dans la cuisine, Ciboulette, la petite chienne du magasin, se mit à gémir et Cécile fit un effort majeur pour quitter le divan du salon et aller lui ouvrir la porte. Poilu renifla dans le coffre arrière de la voiture fine, sortit son museau puis sauta à terre...

Johanne mit sa tête en biais et plongea son regard dans celui d'Alain. Elle savait déjà la hauteur des marches et y ajusta l'équilibre de son corps pour progresser sans devoir regarder où elle mettait les pieds. L'adolescent fut envahi par un mélange étrange de sentiments insolites. Elle ne lâcha pas tant qu'elle ne le perdit pas de vue. Il ne put rattraper ses yeux prisonniers. Qu'était-ce donc que cette profondeur bizarre qu'il lui semblait atteindre en cette enfant mal habillée et si jeune?

Le souvenir de la curieuse petite fille qui l'avait observé à travers les manches à balai ne lui revenait pas en mémoire. Le regard de Nicole Therrien à couleur un peu plus appuyée remplaça celui de la fillette disparaissant, et la gorge lui serra. Au tout dernier moment, il aperçut la semelle trouée quand elle gravit la dernière marche. Bouleversé et inquiet de l'être, il tira de travers sur un sac mis dans la balance et pesé, et la gueule se déchira; le sac se renversa et le sucre coula dans le plateau-panier...

La mère fit asseoir Johanne sur la chaise d'essayage. Elle se pencha et enleva les chaussures démonstrativement afin que madame Fillion puisse voir leur état lamentable.

-Comme de raison, l'été, ça se magane à plein, des chaussures.

La vendeuse évalua correctement du premier coup d'oeil la pointure requise, mais elle fit exprès d'aller en quérir trois paires de diverses grandeurs, car jamais les clientes ne se contentaient de la première ayant été vue et examinée tout en y revenant dans la majorité des cas. Caprice féminin!

Anna se mit à genoux devant la fillette; la vendeuse lui tendit un premier soulier.

Jeanne était rendue à l'autre bout de la longue pièce et elle y

116

examinait des mannequins drapés de matériel à la verge à couleurs voyantes. Admirative, elle se disait qu'elle en fabriquerait, un jour, des robes, pour vendre aux gens, sinon des robes en tout cas quelque chose qui habille. Des vêtements... Sa vie, ce serait ça!

Johanne était ravie. On s'occupait d'elle. On tapotait ses pieds. À part Poilu, personne ne lui donnait jamais la moindre attention sauf pour la bousculer, l'isoler, lui lancer des reproches. Quel bonheur ce serait d'aller à l'école! Tout augurait si bien, tout lui éclatait dans le regard!

Après plusieurs essayages, on en vint à la paire que madame Fillion avait choisie et savait devoir convenir. Anna chaussa les deux pieds et laça. Puis elle dit:

-Ça serait pour faire marquer.

La vendeuse fronça les sourcils et se frotta le nez avec son index, disant:

-Ben, va falloir que je demande à madame Brodeur.

-Elle est icitte?

-Sur le bord d'accoucher. Je vais aller lui demander. Attendez avant de la déchausser...

Johanne se sentait fière pour la première fois de sa jeune vie. Une petite fierté d'enfant sans aucun mépris pour les autres: rien de la fierté folle et vaine des grandes personnes qui leur fait gonfler l'ego et parler de défis à relever...

Le coeur battant, le regard pétillant, tout l'invitait à sourire mais elle gardait enfoui dans son coeur ce désir dont l'expression pouvait ne pas être comprise. Et comme d'habitude, elle se contenta de voir sans dire ni par les mots ni par les gestes.

La vendeuse descendit et se rendit dans la cuisine puis revint voir Alain.

-Ta soeur demande de regarder dans le livre des comptes à la page de Albert Bédard...

Le garçon alla au bureau de poste et trouva le livre et la page de même que le montant en souffrance: quatre-vingt-huit dollars et vingt cents.

Cela aiguilla sa curiosité. Cécile n'attendit pas qu'on la retrouve et se présenta dans son pas de pingouin au ralenti. Alain répéta le montant.

-Ah! non, non, pas question de leur avancer plus! On sera jamais payé de ça. Le père boit. Qu'il arrête de boire pis il va pouvoir habiller ses enfants. Nous autres, on est pas le père des enfants pauvres... Surtout avec une nouvelle bouche à nourrir!...

-La petite... elle a des souliers tout percés dans les pieds...

-Vous les connaissez pas: ils font ça pour s'attirer la pitié. Non, qu'ils payent pis on leur avancera. On a fait notre bout de chemin...

-La petite commence l'école...

-Point final!

Madame Fillion fit une moue d'impuissance que seul Alain vit, et elle repartit. Cécile regagna la cuisine.

Bientôt la mère et ses filles descendirent l'escalier central, suivies de la vendeuse au visage désolé. Anna était au bord des larmes. Johanne répétait toujours la même question:

-Pourquoi on les prend pas les souliers, maman?

-On va revenir la semaine prochaine, on va revenir avec de l'argent. Maman a pas d'argent aujourd'hui...

Interloqué, Alain les regarda sortir puis il les suivit sans savoir pourquoi. Des cris lui parvinrent tout à coup. Il s'avança sur le perron...

Dans la cour, Cécile gesticulait avec un balai dans les mains et elle criaillait:

-Ah! petits mardi chiens, si ç'a du bon sens!

Poilu montait Ciboulette, une petite noiraude à poil ras, et rien ne semblait devoir les désunir.

-C'est un mardi beau scandale, ça, hein, devant les enfants! Ah! les chiens, tenez-vous tranquilles...

Dépitée devant son insuccès, elle frappa un bon coup de manche sur le derrière de Poilu qui réussit à s'extraire en jappant aussi pointu qu'il put.

-Excusez-moi, madame Brodeur, dit à mi-voix Anna qui récupéra Poilu et le mit dans le coffre après avoir aidé aux fillettes à s'y réinstaller.

-J'espère que ça donnera pas une portée de chiots.

-On vous en délivrera.

-Je pense que vous feriez mieux de pas perdre de temps parce qu'il va mouiller, hein! dit Cécile en tournant les talons.

-Merci de me prévenir!

-Y a pas de quoi!

La voiture se mit en branle derrière la bête amorphe. Cécile rentra. Alain resta debout dans un état voisin de la torpeur à regarder aller cette famille misérable. Il vit le regard de Johanne disparaître derrière ses paupières closes, crispées et douloureuses et alors lui revint en tête le souvenir de ce visage si doux et curieux dont les yeux s'étaient écrasés sur les manches à balai...

La pluie commença à tomber. Anna fit s'arrêter le Gris et mit une toile noire par-dessus la tête des fillettes. Alain ne vit plus alors des enfants, que leurs pieds sortis et les chaussures trouées de la plus jeune.

Les paroles de madame Fillion martelaient sans arrêt son cerveau. «Elle a rien que des souliers percés. C'est pour aller à l'école...»

Les gouttes saturèrent la chevelure et se mirent à descendre sur le front dans des coulisses farfelues; l'adolescent demeura sur le perron tant qu'il put voir aller les Bédard, emmenées par le regret et couvertes d'embarras.

Sous la toile, le chagrin en Johanne ouvrit la porte à la peur. La peur de l'école revenue en force...

Le jour suivant, Cécile accoucha d'une fille.

Alain prépara ses bagages; il partirait le dimanche.

L'été 1952 courait vers la ligne d'arrivée et les arbres du Morne frissonnaient sous les premières brises plus fraîches.

En finissant de remplir sa valise, Alain eut une idée. Il se rendit au bureau de poste et consulta le livre des comptes. L'adresse des Bédard était facile à se graver dans la tête: rang des Carrières, Saint-Sébastien. Puis il monta au second étage du magasin et commit un larcin. Il vola des souliers de fillette sur la boîte desquels étaient inscrits les mots six ans et n'eut aucun mal à se faufiler jusqu'à sa chambre où il les enfouit sous ses vêtements.

Rendu dans la Beauce, il les enverrait par la poste sans mentionner le nom du donateur. Des objections se mirent à pleuvoir. Peut-être que l'enfant avait les pieds plus gros et que les souliers ne conviendraient pas. Peut-être que cela reviendrait aux oreilles de Cécile et alors il perdrait la confiance de tous. On le traiterait de faux missionnaire de la sainte enfance. Les acheter? Cela avait été sa pensée initiale mais il la rejetait de crainte de se faire dire une des expressions favorites de son père: «faut pas encourager le vice!».

Et puis, il savait depuis longtemps que les gens ont tendance à se moquer des coeurs trop tendres... On pleure sur soi, sur son deuil, sur sa détresse, sur son chagrin d'amour, pas sur les autres et leurs misères bien méritées... La bouteille d'Albert Bédard en était la choquante preuve!...

******

Chapitre 14

Pour Johanne, la dernière semaine de l'été s'écoula dans la recherche de paix intérieure. Pendant trois jours, elle continua de rêver à ses souliers neufs puis sa mère répondit autrement à l'éternelle question que l'enfant posait non par inquiétude mais avec les grands yeux de la certitude:

-On va aller au magasin aujourd'hui?

-Non.

-Pour aller chercher mes souliers?

-Demain!

Puis ce fut le coup de gourdin sur le nez asséné par le remords maternel qui par l'action incomprenable d'une fermentation quelconque se transforma soudain chez la femme en une impatience mêlée de rejet:

-Pourquoi c'est faire que t'aurais des souliers neufs, toi, la tannante qui fait tout de travers? T'as des bottes à rubber pour l'hiver; en attendant, tu mettras tes souliers bruns, c'est tout. Pis va-t'en, t'arrêtes pas de me tanner avec ça... Ah! mosus d'enfants, que ça nous fait donc vieillir!

Interdite, bloquée dans une extrême pâleur, la fillette regardait dans l'invisible des planchettes blanches du mur de la cuisine son beau grand rêve du moment qui s'effritait, se désagrégeait... Ses mains ne cessaient de se frotter l'une l'autre comme si elles avaient été la honte et la peur s'enveloppant tour à tour pour s'exciter et se nourrir.

Les mots se nouaient en son esprit et se culbutaient dans sa poitrine mais rien ne sortait de sa bouche ni de ses yeux. Elle ne sut trouver autre chose à faire que de se pencher en avant pour regarder ses vieux souliers percés, espérant qu'ils parlent, qu'ils crient pour elle.

Des trous de souliers, ça ne raconte pas les coeurs d'enfants sinon aux seuls enfants qui les portent.

-Va jouer dehors, là, va!

Elle hésitait. Son frère la trouverait, il s'emparerait de sa personne, la pousserait contre un mur et se frotterait contre elle jusqu'à être pris de la courte-haleine... Ça lui faisait mal quand il l'écrasait ainsi: elle étouffait et croyait mourir...

Anna ignorait ces choses. Il y avait trop à voir dans cette maison-là. Et puis, qui eût pu croire une fillette qui avait posé des gestes voisins de ceux des possédés du démon? La petite, pour se protéger, se taisait, sachant d'un instinct alimenté par la menace que la brutalité serait bien plus grande si elle disait quelque chose.

Malgré son soin de faire disparaître de son âme le souvenir de l'événement, elle n'oubliait pas qu'on l'avait attachée pour un crime ayant à voir avec son corps. Son coeur effaçait le tableau quand il apparaissait en ses mémoires, mais aussitôt quelqu'un venait y inscrire à nouveau la stigmate honteuse.

Les jours furent humides et les soirs chauds. Août déclinant s'était tout à coup revêtu d'un lourd manteau de juillet attardé et il avait l'air pas mal débile dans ses immenses étendues de forêts qui commençaient déjà à blêmir sous la morsure du temps qui fuit.

À peine à quelques minutes de marche, sur la terre d'un voisin d'en face, il y avait un terrain marécageux au milieu duquel se trouvait une mare aux grenouilles utilisée comme patinoire naturelle l'hiver.

Renvoyés par leur nature à quelques semaines plus tôt, les ouaouarons se remirent à communiquer les uns avec les autres de leurs voix enrouées et calmes afin de se comprendre mieux que ne le font les humains entre eux malgré leur don de la parole et de la raison.

Johanne les écoutait dire.

Son désir d'aller au marais était refréné et en même temps décuplé par une interdiction formelle de s'y rendre. Il y avait eu là-bas des quasi-noyades d'enfants imprudents.

Et coassaient les grenouilles:

«Viens me voir!»

«Quoi? Aller te voir à soir?»

«Viens me voir à soir!»

«Quoi? Te voir? Y fait noir!»

«Pas encore! Pas encore!»

«Quoi, je vas te croire...»

Le chant finit par envoûter la fillette. Il lui semblait entendre un appel irrésistible venir de la mare. Au fond de l'horizon, le soleil rouge glissait doucement dans le soir tranquille. L'enfant quitta sa cachette derrière un buisson de coeurs-saignants dans le coin d'un escalier menant à la cuisine par le devant de la maison et elle prit la route comme une petite automate...

Ce ne serait pas la première fois qu'elle irait sur le chemin jusque vis-à-vis l'étang mais toujours, elle avait été là avec quelqu'un d'autre et jamais n'avait traversé la clôture pour se diriger vers ses frères et soeurs, les crapauds et les grenouilles du soir qui tombe.

«Quoi...»

«Quoi...»

À mi-chemin, Poilu la rattrapa. Il tourna à plusieurs reprises autour de son pas en reniflant et secouant le museau comme s'il avait voulu lui en dire plus long que les batraciens.

Rien n'y fit: la fillette poursuivait sa route.

Depuis une fenêtre de la maison, sa soeur l'aperçut et courut prévenir leur mère. Anna sortit sur la galerie et cria en vain à Johanne de revenir. Nulle réaction, nulle réponse. La petite continua à avancer. Arrivant à hauteur du marécage, elle se glissa entre les broches de la clôture et progressa encore et encore... Le terrain devint spongieux... Ses pieds se mouillèrent aussitôt, l'eau s'infiltrant par les trous de ses souliers.

Poilu jappaillait maintenant. Il flairait le danger pour elle.

L'appel de la mort serait-il un paradoxal appel de la vie elle-même?

Johanne se sentait emportée par une indéfinissable magie, celle du jeu infiniment complexe de l'amour humain et de ses insondables mystères. Elle ne se savait voulue que par les bêtes et pour cela, désirait intensément se livrer à elles, entrer dans leur merveilleux royaume.

Poilu la confortait tout en cherchant à la décourager; il ne comprenait pas cette soif humaine en le coeur si simple d'une petite fille qui pourtant avait l'air de lui ressembler, une soif poussée à son paroxysme par les incessantes engueulades et bousculades qu'on lui faisait subir avec un évident plaisir affreux.

À plusieurs reprises, elle s'arrêta pour entendre le chant de la grenouillère et guider sa vie dans la bonne direction. Elle eut de l'eau jusqu'aux chevilles.

Entre les aulnes apparaissait la grande mare rouge au miroir allongé sur lequel glissaient comme des patineurs de l'hiver les rayons obliques d'un soleil qui agonisait dans sa formidable splendeur.

Elle crut entendre un ouaouaron lui dire:

«B'soir...»

Et une petite grenouille enchaîner:

«Jo...a...»

Son imagination ajouta le son N de son prénom.

Resté derrière à quelques pieds, Poilu continuait d'éternuer des jappements et d'aigus gémissements avertisseurs. Son discours n'avait pas le moindre effet mais il ne se décourageait pas et ce qui le retenait d'avancer pour l'instant, c'était simplement l'inconfort du sol boueux sur ses pattes incertaines.

Johanne se pencha vers l'avant pour voir ses pieds. Ils avaient disparu, noyés par l'eau et la brunante. Elle se redressa. Des rayons perdus d'un soleil complice dessinèrent sur ses lèvres un léger sourire beau et blanc. Et son regard agrandi par le bonheur se mit à luire comme la surface de l'eau noire.

«Viens me voir...»

«Quoi...»

«Quoi...»

«B'soir...»

«Jo...a...»

-Johanne!

Le mot retentit dans sa tête comme le gong d'une cloche à l'oreille d'un sonneur prisonnier dans son clocher. C'était le son d'un gros bourdon qu'accompagnait le flic flac d'un pas lourd, excessif, furieux...

Une main d'acier empoigna son bras, et tout son corps fut soulevé d'un coup et emporté par un géant qui la transporta en vociférant:

-Quoi c'est que tu fais icitte, toi? C'est la mare aux fi-follets... Le démon est partout icitte... C'est ça que tu cherches, petite pos-sédée, c'est ça que tu veux... Marche à maison pis que je te revoye jamais venir icitte!

L'enfant se laissa faire. Pas par manque de choix mais parce que des bonheurs se croisaient en sa faible personne. Son père la prenait dans ses bras pour la première fois de toute sa vie et sa brutalité même lui apparaissait comme un gigantesque bouclier protecteur. Et puis les habitants de la mare lui avaient prodigué un réconfort. Elle savait quelque chose maintenant: la nature ache-vait de buriner une grande certitude dans les méandres spongieux de son esprit et elle s'y accrochait comme à un tertre afin de rester en sa vie humaine tout en partageant celle des amis du maré-cage. Non, elle n'irait simplement pas à l'école. C'était sûr puis-qu'elle n'avait pas de souliers et qu'on avait dit au magasin qu'elle en avait besoin pour aller à l'école...

De l'eau dégouttait de ses pieds.

Sur le chemin du retour, le drôle de bruit d'éponge imbibée de ses pas surpassait toute autre impression en martelant dans son âme la bienheureuse vérité.

Son père la frappa, la gratifia d'une kyrielle de noms péjoratifs et d'insultes tordues. Elle pleura. Mais tout ça lui semblait n'être qu'un rêve dans la nuit et sa réalité, c'était ce rêve de vivre parmi les aimables bêtes du fin fond des forêts...

Et le soir mourut!...

**

Quand l'enfant annonça sa décision à sa mère, Anna ne répondit pas; dans l'esprit de la fillette, ce silence devint un assentiment.

Le matin de la rentrée, on la prépara sans un mot. Puis elle fut confiée à Jeanne et Gaétan qui devraient la traîner à l'école, même de force: qu'elle crie ou qu'elle pleure, qu'elle se laisse arracher les bras.

Elle cria, pleura, se laissa arracher les bras sur la moitié du chemin. Les deux autres avaient beau être plus forts et se savoir dûment investis de la mission de l'emporter jusqu'au bout du demi-mille séparant la demeure familiale de la petite école du rang, ils finirent par se décourager et par lâcher prise. Alors elle courut un moment vers la maison, Poilu qu'on avait chassé, la retrouvant et l'accompagnant.

Il faisait cru ce jour-là et la faune du marécage se taisait. Aucune tentation d'aller de ce côté!

Par contre, Johanne craignait que sa mère ne soit à surveiller le chemin par une fenêtre. Elle fit en sorte de rester cachée à sa vue par la maison du voisin d'abord puis par un hangar. Le mieux ensuite était d'entrer dans le champ du côté de leur terre et de se réfugier à l'arrière de cette bâtisse en attendant... Elle serait chez elle tout en restant dans son monde à elle... On verrait bien quelle était sa volonté. On comprendrait que l'école, ce n'était pas pour elle qui ne possédait même pas de vrais souliers pour s'y rendre.

-Suis pas capable de marcher jusqu'à l'école. Prends une hart pis va la reconduire!

Avertie par la voisine au téléphone, Anna confia à Bertrand âgé de quatorze ans une mission qui le remplit d'importance,

126

d'autorité masculine, de joie perverse.

-Si elle veut pas avancer, soince-z-y les fesses mais fesse la pas dans la face par exemple, là!

-Où c'est qu'elle est?

-Cachée en arrière du hangar...

L'adolescent sortit, se coupa une branche de cerisier avec son canif puis se dirigea tout droit à la cachette de Johanne.

Elle était à jouer dans un trou de son soulier quand il apparut, l'oeil torve et petit, le fouet à la main, prêt à frapper.

-Va-t'en! fit-elle en s'illusionnant sur la force de sa volonté.

-C'est toi qui va t'en aller, pis à l'école, pis tusuite... C'est maman qui l'a dit pis je vas te donner des coups de fouet si tu veux pas...

Malgré le désir du garçon de la frapper, il se retint: elle était assise et il pouvait difficilement l'atteindre dans les parties permises soit les fesses, les cuisses, les mollets... Il trouverait bien prétexte quand elle serait debout ou bien le ferait gratuitement. Elle le méritait, cette possédée...

Depuis le moment où sous la menace, elle se remit sur ses pieds jusqu'à son arrivée à l'école, tout ne fut qu'une succession de pleurs, de cris, de coups qui claquaient ou bien la pinçaient cruellement.

Rien de cela n'arrivait à la cheville du mélange de honte et de peur qui torturait son coeur. Bertrand jeta sa hart en vue de l'école. Il fit entrer sa petite soeur dans le vestibule. Au bruit, la maîtresse s'amena. Elle savait déjà à qui elle avait affaire, connaissant fort bien le garçon, la fillette, la famille. Et puis Jeanne lui disait une heure plus tôt que sa jeune soeur avait fui pour ne pas venir à l'école. Il fallait donc apprivoiser cette petite sauvage, la seule parmi les débutants qui n'était pas venue à l'heure.

-Bonjour Johanne! dit la femme avec son plus large sourire à la fillette encore bourrée de sanglots.

Les gémissements redoublèrent.

-Viens, viens avec madame Langlois.

L'enfant fit de violents hochements de tête et ses tresses battirent les mains de la maîtresse. La femme dit à Bertrand qu'il pou-

127

vait partir, ce qu'il fit. Puis elle s'accroupit devant la petite et la prit par les épaules afin de la rassurer au moins à demi.

-Tu sais, je te connais bien déjà, hein! Tu t'appelles Johanne et puis, j'ai un secret à te dire... Un beau secret... Viens, je vais te le dire dans l'oreille...

La fillette était en proie à mille émotions diverses. Des étincelles de raison traversaient l'énorme barrage de larmes. La maîtresse ne se montrait pas effrayante; même qu'elle se montrait bien bonne... Les paupières solidement closes malgré tout, sa poitrine eut moins de soubresauts de même que ses épaules que flattait maintenant la dame.

-T'es la plus belle petite fille de l'école... Madame Langlois, elle voudrait voir tes beaux grands yeux...

Subjuguée par cet accueil inattendu, l'enfant se livra en peu de temps. Elle était prête à se jeter corps et âme dans les bras le moindrement ouverts. Et son regard remarquable dont se souvenait bien la maîtresse fit effet une fois de plus.

-Y'a une belle place pour toi dans la classe. Viens...

Elle prit l'enfant par la main et l'emmena avec elle en disant aux élèves:

-Tiens, voilà une petite demoiselle qui commence sa première année.

-C'est ma soeur, madame, intervint Jeanne qui tendit le sac que Johanne lui avait abandonné sur la route quand elle s'était défaite de leur emprise pour fuir.

-Madame le sait bien... Elle s'appelle Johanne Bédard et elle a des beaux grands yeux bleus...

L'enfant fut conduite en avant où se trouvaient les bancs de la première année. Une fillette prenait place seule sur le côté gauche près des fenêtres.

-Tiens, c'est là que tu vas t'asseoir... avec Michèle Dallaire. Jeanne, apporte son sac...

Personne n'avait vu ses souliers percés. Johanne le savait et elle se sentait mieux. La maîtresse l'aida à défaire son petit sac d'overall qui contenait un coffret de bois à glissière et deux crayons ainsi qu'une gomme à effacer à moitié usée. Pas de cahier à deux lignes ni de cahier à dessin comme il était d'usage d'en munir les petits de première année. Qu'importe, on verrait à cela dans les jours à venir.

Puis madame Langlois se rendit à une armoire où elle choisit parmi les livres de lecture de la première année qui restaient en réserve, le plus propre qu'elle vint remettre à la nouvelle élève.

Des choses continuaient de tourner dans la tête de la petite fille mais elles s'ajustaient. Le tableau, le pupitre de la maîtresse sur la tribune, les grandes lettres blanches sur fond noir là-haut près du plafond... chaque élément prenait sa place dans cet univers terriblement nouveau pour qui n'a que six petites années d'émotions incommensurables pour tout bagage de l'âme.

******

Chapitre 15

Il y avait douze filles et quatorze garçons dans la classe. Pourtant, les élèves masculins quittaient l'école avant les filles et certains comme Bertrand Bédard ne finissaient même pas leur sixième année.

On disait qu'il y avait des années à gars comme il y en a des plus favorables pour les oignons ou les tomates. Si bien que la quatrième division ne comptait que des garçons: Yves Lessard, Luc Giguère, Benoît Jacques et Jean-Luc Mercier.

Il fallut peu de temps à Johanne pour connaître le nom de tous les élèves. Et la maîtresse put bien vite se rendre compte qu'elle avait affaire à une future première de classe. L'enfant captait vite malgré de fréquentes distractions comme si les connaissances avaient pu entrer en elle par deux portes à la fois et au même moment. Curieuse de tout savoir, de tout comprendre, de tout apprendre, de tout exprimer.

La maîtresse décela chez elle des dons certains pour le théâtre, la musique, le dessin et des aptitudes en presque toutes les matières. Et une seule faiblesse hélas! importante: le catéchisme et la prière.

Dans les premières journées, les enfants se toisent, s'observent les uns les autres, se sondent. Même ceux qui se connaissent d'une ou plusieurs années à la même école, comme si chacun avait besoin de rajuster son tir.

En septembre, les prédateurs cherchent les proies. Et les proies éventuelles se bâtissent un système de défense. Mais les êtres vulnérables comme Johanne Bédard, ces enfants de la trempe d'Aurore, l'enfant martyre, sont mis en extrême danger émotionnel par leur propension à se livrer entièrement au moindre sourire, et à se résigner devant la plus faible menace, croyant à tort provoquer chez l'attaquant un sentiment de protection et obtenir de lui une certaine tendresse. Par leur nature, les fillettes sont à cet égard plus fragiles: elles doivent apprendre tôt à ruser pour mieux survivre.

Et la plus douce, la plus confiante, la plus vraie et authentique, la plus donneuse d'un groupe en devient presque toujours le souffre-douleur. On a tôt fait de flairer sa faiblesse, de trouver ses talons d'Achille, de découvrir les couloirs grand ouverts qui mènent à son sentiment de culpabilité omniprésent; il ne reste plus alors qu'à passer par les quolibets, qu'à provoquer sa honte, qu'à rapetisser... Ainsi font tous ceux qui veulent s'emparer de la volonté des autres. Et quoi de mieux pour parvenir à ses fins animales que de se moquer de la pauvreté d'une personne sensible dans une société qui stigmatise les moins nantis?!

Johanne en arrivait tout juste à oublier ses vieilles chaussures que l'on commençait à les viser du regard.

«Hey, que tu pues des pieds, la p'tite Bédard!» lui dit Roger Guay, un gars de deuxième année qui se croyait un grand solide pour l'unique raison qu'il n'était plus un petit commençant.

C'était le quatrième jour de classe. Les autres se mirent à rire. Tous les autres, même Michèle Dallaire, emportée par la meute.

Puis un autre voulut prendre la vedette et amuser.

«Elle a emprunté les souliers du bossu Couët...»

Le bossu appartenait à une famille de mendiants de Courcelles et si on ne riait pas directement de ces gens par une sorte de crainte respectueuse -on disait qu'ils étaient capables de jeter des sorts- on utilisait leur image pour humilier par la moquerie.

Tranquillement, Johanne s'isola des autres. Sa soeur Jeanne, pourtant bien moins brillante à l'école, évitait la raillerie des mieux pourvus. Quant à Gaétan, il aurait envoyé revoler celui qui eût parlé de son père buveur. Michèle rejoignait la solitaire parfois dans la cour de récréation, mais le plus souvent dans un but utilitaire. Elle se faisait aider et en retour confortait un peu la fillette marquée par la cruauté morale des autres.

L'ironie de la chose, c'était que la famille Bédard vivait aussi bien, quoique modestement, que n'importe quelle autre du rang puisque le père comptait sur deux revenus, celui de ses hivers à la carrière combiné à celui de la ferme. On vendait du lait, des oeufs, de la viande. On mangeait bien et trois fois par jour, et chacun était correctement vêtu pour l'époque. En fait, l'épisode des souliers percés arrivait au pire moment de la vie de l'enfant et il était tout aussi accidentel qu'exceptionnel. Et s'il eut tant d'importance dans la vie de Johanne, ce fut bien plus par la fragilité morale de la fillette que par les effets d'une misère chronique de la famille.

Passèrent les mois, les saisons, les années. Johanne grandissait dans l'isolement et continuait de former avec Michèle une symbiose qui l'aidait en lui donnant une sorte de confiance en elle. Chaque mois, elle était première en tout sauf en catéchisme et son bulletin jaune ne contenait que des A.

La maîtresse voyait sa façon de se comporter avec les autres mais elle se contentait de dire que 'la Johanne, elle se mêle pas beaucoup aux autres mais c'est parce qu'elle aime mieux étudier que s'amuser...'

Elle eut bientôt neuf ans et entrait dans sa troisième année de classe. C'était quelques jours après son anniversaire de naissance soit près de la mi-octobre lors de la remise du premier bulletin de l'année qui coïncidait avec la confession des enfants.

Le curé vint.

Pour l'occasion, la maîtresse transformait un coin de sa chambre en confessionnal avec prie-dieu et chaise pastorale... En fait une grande chaise droite et profonde à bras confortables, et qu'elle drapait d'une catalogne multicolore.

Il y avait longtemps que le prêtre étudiait Johanne, sa fragilité, sa candeur naïve, sa confiance vivement donnée, et l'homme était séduit par ce regard d'ange. Ce jour-là, il tenterait quelque chose.

Après la remise de tous les bulletins, il s'en alla dans la chambre et demanda à la maîtresse de lui envoyer les enfants un à un comme d'habitude après avoir réclamé une seconde couverture, soutenant qu'il faisait un peu frais et qu'il couvait un rhume.

Et pour mieux protéger le secret de la confession, madame Langlois avait pour mission d'enseigner d'une façon qui produise du bruit soit en expliquant tout haut soit en faisant répéter du par-coeur en choeur par les élèves...

Homme de bonne apparence de la mi-trentaine, le visage sanguin, les joues rondes, le curé riait à tous et à tout, et se gagnait ainsi la sympathie de son entourage comme tous ceux qui ont sans cesse le sourire à portée de la main. Il se montrait chaleureux avec tous, femmes ou hommes, ce qui lui permettait de camoufler derrière une excuse générale tout geste qui pouvait donner l'air de receler une connotation de type sexuel. Il enveloppait souvent les mains des adultes comme celles des enfants dans les siennes; il caressait des joues en public; et à l'autre extrême, il n'hésitait pas à plaquer dans une bande de patinoire un joueur de hockey d'une équipe adverse.

Viril, paternel, solide, bon et généreux, dévotieux comme pas un, bref, un saint homme et un curé de première classe. On l'aimait à Saint-Sébastien tout comme on aimait les curés dans toutes les paroisses catholiques d'un Québec paisible et heureux...

-Vous n'êtes pas sans savoir que la petite Bédard est une enfant assez problématique. Je ne peux dévoiler les secrets de la confession, bien entendu, mais son caractère est différent, vous le savez, madame Langlois. Sa vie morale aussi est différente de celle des autres. Elle n'est pas forte en catéchisme...

-Je sais... on dirait qu'elle n'aime pas ça, le petit catéchisme...

-C'est pour le moins inquiétant! Il se peut que je la garde un petit peu plus longtemps que les autres aujourd'hui. Je vais essayer de percer son mystère intérieur... Mais je ne voudrais pas que des préjugés naissent chez d'autres enfants; le mieux serait donc de me l'envoyer à l'heure de la récréation...

-Oui, monsieur le Curé.

Ainsi avaient parlé le prêtre et la maîtresse entre la remise des bulletins et la séance de confessions. Vint l'heure. La fillette entra, laissa la porte entrebâillée...

-Ferme la porte, mon enfant, dit le prêtre sur un ton d'une infinie douceur.

Il avait pris place sur la chaise et se couvrait le corps jusqu'à la ceinture à l'aide de la couverture.

Elle obéit.

-Et viens t'agenouiller pour dire tes péchés.

Elle obéit encore et se mit à genoux puis joignit les mains et ferma les yeux.

-Non... dit-il en lui touchant le menton, regarde monsieur le Curé avec tes beaux grands yeux d'amour...

Amadouée instantanément, elle le regarda. Il fit les yeux petits, les lèvres souriantes et la voix suave:

-Aimes-tu ça, du gâteau?

-Oui.

-Beaucoup, beaucoup?

-Oui.

-Aimerais-tu ça, quelque chose qui est encore meilleur que du gâteau?

-Oui.

-D'abord, il faut que tu te confesses... Tu sais que tout ce qui se dit au confessionnal doit rester secret pour l'éternité?

-Oui.

-Bonne fille! Maintenant, dis tes péchés.

Le prêtre mit sa main sur lui sous la couverture et il observa la poitrine naissante de la fillette tout en écoutant sa confession.

-Mon père, je m'accuse d'avoir menti à maman...

-Ah! oui? Et comment?

Chaque fois qu'il voyait Johanne et même en d'autres temps, il pensait à cette scène presque surnaturelle d'un soir d'orage et d'une enfant de sexe féminin se regardant entre les jambes... Quand

Anna lui en avait parlé en confession, il avait protégé la petite, arguant qu'elle agissait par curiosité enfantine et sans doute pas sous le coup de la possession diabolique... À moins que ne survienne plus et pire...

Il fallait laisser planer de l'incertitude au-dessus du cas. Un prêtre avait pour devoir et privilège de mesurer la vérité et de la servir à la dose voulue pour contrôler les petites gens crédules. À la fois expert, gagnant et propagandiste, il exerçait un pouvoir presque absolu sur les âmes et il était si confiant en ce pouvoir qu'il ne se méfiait pas du tout de celui encore naissant d'une future concurrente fort cruelle, la télévision.

Que la scène de la fenêtre se soit passée au moment même où lui priait sur la dépouille d'un enfant mort le troublait profondément. L'homme oubliait qu'il s'était lui-même caressé le corps sous la soutane à la faveur de la noirceur ce soir-là de l'année sainte. Et l'oubliait si bien qu'en ce moment même, confessant l'enfant candide, il touchait son corps déjà érigé sous la couverture.

-J'ai dit que j'avais mal au ventre...

-Et c'était un mensonge?

-Oui.

-Pourquoi avoir dit ça?

Pour en venir à dire autre chose, l'enfant se chargeait d'un fardeau de culpabilité.

-Pour pas aller à l'étable.

-Ah! ça, c'est un péché de paresse...

-Non, protesta vivement l'enfant, suis pas une paresseuse.

-C'est vrai... Je le sais bien... Tu étudies bien... Mais pourquoi ne voulais-tu pas aller à l'étable?

-A cause de mon frère... Il m'écrase tout le temps après les murs...

Le curé reçut un choc. Aussitôt, dans un raisonnement éclair, deux voies parurent devant lui. Parler à la mère et prévenir le pire ou bien n'en souffler mot à personne et ne pas risquer d'être lui-même écrasé contre un mur par l'éclatement de la vérité s'il advenait qu'il ne résiste pas à la tentation de toucher Johanne, ce à quoi la partie noble de lui-même refusait de céder... Encore du moins.

-Est-ce que tu le repousses, ton frère?

-Suis pas capable...

-Il le faut...

-Suis trop petite...

-Bon...

Le prêtre haleta. Il se fit une pause. On entendit les enfants quitter la classe et s'en aller en récréation. Il s'inquiéta. Madame Langlois pourrait bien entendre. Le murmure encore sonore se tut et devint seulement un souffle:

-As-tu fait d'autres péchés? As-tu... touché ton corps?

Sous l'emprise de ses puissants fantasmes et l'action de ses doigts, le prêtre était à perdre les pédales...

-Ben non!... s'exclama-t-elle comme si la question avait été insinuante.

-Viens, viens voir monsieur le Curé... Lève-toi, viens te mettre debout devant monsieur le Curé...

Johanne obéit.

-Il garda une main sous la couverture et, de l'autre, toucha l'enfant aux tresses et au visage.

-Sais-tu que tu as les plus beaux yeux du monde, toi? Aussi beaux que ceux de la bonne Sainte Vierge Marie.

Elle sourit, contente. Il poursuivit:

-Manges-tu du gâteau des fois?

-Des fois, le dimanche.

-Aimes-tu ça?

-Ben oui!

Il pensa dire: «As-tu froid?». Mais il dit plutôt:

-Il fait froid un peu ici, hein! Je suis sûr que tu dois avoir un peu froid comme monsieur le Curé...

Elle comprit qu'il fallait acquiescer et acquiesça.

-Dans ce cas-là, viens t'asseoir sur les genoux de monsieur le Curé comme une bonne petite fille, et la couverture va te protéger du froid...

L'enfant s'approcha. Il ouvrit la couverture. Le tissu de la soutane était déjà calé profondément entre ses jambes. Il la fit monter sur lui et l'enveloppa de la catalogne.

-Tiens la couverte avec tes mains. Monsieur le Curé va nous réchauffer... Et tu vas goûter à quelque chose aussi bon que du gâteau...

Elle était subjuguée. Quelque chose lui disait de refuser de rester ainsi; autre chose l'y clouait.

Il colla son membre dur contre la cuisse et le frotta de sa main gauche tandis que de l'autre, il flattait la poitrine naissante de l'enfant. Sa respiration devint rapide. Pris par la peur et le remords qui ajoutaient à la luxure de ses gestes, il conditionnait sa victime:

-Tu sais, tu ne dois pas dire à tes parents que ton frère t'écrase sur les murs... C'est un péché... Ils vont te punir... Tu le dis rien qu'à monsieur le Curé quand tu viens à confesse... Tout se qui se dit à confesse, c'est secret... Si tu dis ce secret, tu vas faire un péché mortel. Et si tu mourais en état de péché mortel, tu irais brûler en enfer pour toujours... Tous on peut mourir comme... comme ton petit frère, tu te souviens?

Elle acquiesça d'un hochement de tête. Puis son attention et sa curiosité revinrent vers ce bâton collé contre elle et qui lui rappelait le pis d'une vache.

Le prêtre soufflait maintenant comme une baleine... Il remit sa main droite à l'intérieur de l'enveloppe de catalogne et se mit à flatter la cuisse enfantine jusqu'à s'introduire entre les jambes; mais alors vint de façon prématurée -peut-être miraculeuse- la suprême délivrance.

La respiration devint si excessive que Johanne crut un instant qu'il avait mal quelque part... Cela ajouta à son sentiment de culpabilité. Peut-être s'agissait-il de son poids sur lui? Elle résolut d'attendre. Il saurait quoi faire si elle était trop lourde à porter...

-As-tu aimé ça plus que du gâteau?

-Quoi?

-Que monsieur le Curé te flatte...

-Ben... oui...

-Bon, maintenant, tu dois retourner au prie-dieu, fit-il sèchement.

Quand elle y fut, il lui ordonna de réciter son acte de contri-
tion:

-Et pense à chaque mot, à chaque mot...

Quand elle eut fini, alors qu'elle se sentait fière de ne pas
s'être trompée pour une fois, il dit:

-C'est le mot regret le plus important. Le regret, mon enfant,
c'est une souffrance que l'on ressent d'avoir commis un péché...
Si tu n'as pas le regret, le bon Dieu ne te pardonne pas et tu
restes en état de péché... Bon, maintenant, tu peux retourner dans
la classe... Attends, quels sont les deux mots les plus importants
quand on va à confesse à monsieur le Curé?

-Ben... regret et...

-Regret et secret. Regret et secret. Répète...

-Regret et secret.

-Encore...

-Regret et secret...

******

Chapitre 16

A l'extrémité du rang, au pied d'une des montagnes constituant l'ensemble du Morne se trouvait un moulin traitant le granite extrait des carrières qui éventraient le flanc du mamelon.

Des hommes venus d'autres rangs et du village s'y rendaient chaque jour et passaient devant la ferme des Bédard tôt le matin et vers six heures du soir. Certains travaillaient dans l'usine, d'autres dans les carrières.

Poilu les haïssait et les traitait en ennemis du peuple et de l'humanité. D'un naturel plutôt calme devant les étrangers, le chien ne se possédait plus quand passaient de ces hommes en voiture à chevaux. Même ceux qu'il voyait circuler en automobile avaient droit à une sortie en règle de ses gonds.

C'est que la bête avait fini par associer ces êtres noirs et menaçants avec des sons violents qui l'assaillaient à toute heure du jour comme la vibration stridente des scies oscillatoires qui taillaient la pierre au moulin et toutes ces décharges de dynamite qui le rendaient à moitié fou certains après-midis où le temps décuplait l'agressivité des ondes sonores à cause d'un mariage du vent, de l'humidité et de la température de l'air.

L'animal ne faisait grâce qu'aux siens et aux voisins proches qu'il lui était donné de voir et côtoyer dans des circonstances de paix. Les coupables venaient d'ailleurs; il leur jetait sa gourme quand ils se montraient la face.

Au bord de l'été 1955 arriva un nouveau travaillant. Un solitaire de guère plus de vingt ans et qui voyageait à dos de cheval. On l'appelait le cow-boy de Saint-Ludger à cause de ses manières et de son allure. Chaque matin et chaque soir, il parcourait environ sept milles pour se rendre à l'ouvrage.

Johanne prit l'habitude de le regarder passer à la fin de la journée quand il s'en retournait chez lui. Le jeune homme s'en rendit compte et il se mit à s'exhiber de diverses façons. Un jour, il passait au galop, un autre au trot. Une autre fois, il fit faire des belles à la bête. La fillette se tenait adossée au mur de la maison quand elle le savait venir; et quand il passait, l'homme lui souriait. Elle ne tarda pas à lui répondre puis à lui faire signe de la main.

Il lui arriva de s'arrêter.

-C'est quoi ton nom?

-Johanne.

-Ah! Johanne qui?

-Johanne Bédard.

-Quel âge que t'as?

-Neuf ans.

-Ah!

Poilu, lui, enrageait chaque fois que cet étranger se pointait le chapeau western au bout de l'horizon. Et quand il était libre, il aboyait avec toute la rage de son cerveau et de sa gorge à la monture et à son cavalier qui alors s'énervaient.

À plusieurs reprises, le petit animal effraya le gros et un soir, le cow-boy faillit être désarçonné, ce qui le mit dans une rogne particulière.

"Maudite bibitte à poils, pensa-t-il, je vas te montrer à mourir, si tu sais pas vivre, toi!»

L'oeil petit, le sourire mince et hypocrite, il ourdit un projet pour se débarrasser de cet encombrant cabot qui l'empêchait de communiquer avec cette fillette hardie.

Quand il y eut de la viande hachée fraîche chez lui le dimanche suivant, il en subtilisa un bon morceau qu'il emporta dans un hangar. D'une vieille montre éventrée, il extirpa le ressort dont il aiguisa finement ensuite l'extrémité avec une lime. Puis il roula le ressort sur lui-même dans une tension moyenne et l'introduisit dans la viande qu'il emballa dans un morceau de papier et suspendit dans le puits pour qu'elle reste mangeable.

Si la moindre velléité de regret au regard de l'action projetée avait animé un recoin de son âme, elle disparut tout à fait le lundi matin quand Poilu distrait, surpris par le passage du cow-boy, surgit de derrière un hangar et fonça sur la monture avec une rage de trois fois ses colères coutumières. Même que le cheval se cabra et hennit. Le vacarme attira Johanne à la fenêtre de sa chambre. Elle crut que son ami la voyait et le salua d'un large 'bebail'... Il sourit mais c'était à son noir dessein qui tel un gros remous virevoltait dans son esprit, faisant tourbillonner de perverses sensations dans sa poitrine...

Ce jour-là plutôt chaud, il mit le cul de sa boîte à lunch dans l'eau fraîche d'un ruisseau et le soir venu, il reprit la route.

Il faisait clair. Il fallait tâcher d'isoler quelque peu le chien, l'attirer et lui jeter la boulette sans que personne ne s'en aperçoive. À une certaine distance de la maison des Bédard, il descendit de cheval et fit semblant de serrer des sangles de la selle. Son manège réussit et Poilu s'élança comme un bolide, excédé par au moins quatre charges de dynamite ce premier jour de semaine, motivé en plus par la possibilité de mordre l'ennemi à ces mollets pour une fois accessibles. Mais l'homme se remit en selle à temps, juste après avoir déposé à terre près des herbes du bord du chemin, la boulette fatale. Et il fit rebrousser chemin à sa bête. Poilu s'arrêta net pour deux bonnes raisons conjuguées: la viande qu'il renifla et l'ennemi qui retraitait.

Il n'hésita guère et avala la boulette sans l'avoir défaite comme le font toujours les chiens devant telle préparation de viande. Le cavalier fit faire demi-tour à sa monture qu'il lança au trot, et le passage devant la terre des Bédard fut un concert de sabots de cheval sur la gravois de la route, et des aboiements du chien.

Sur la galerie, Johanne, émue le regard luisant, salua son grand et souriant ami.

Quand le soleil se coucha, on entendit Poilu gémir. Puis on le vit s'accroupir près d'une corde de bois le long d'un puisard à ciel ouvert. Son intestin venait d'être perforé par le ressort de montre. Il connut deux heures d'une souffrance intense. Les enfants le visitèrent, lui apportèrent de l'eau fraîche. Johanne voulut le flatter mais il la repoussa de ses cris et de ses crocs.

Elle n'apprit sa mort qu'au matin à la table du petit déjeuner. Albert dit:

-Une crise cardiaque, c'est sûr! Parce que si c'était un empoisonnement, il aurait eu de la broue blanche pis verte à la bouche.

Quand elle sortit de la maison, Johanne chercha le corps de son ami. On lui dit d'aller le voir sur le tas de fumier derrière la grange, ce qu'elle fit. L'apercevant, Bertrand lui cria en chantant narquoisement:

-Ton chien est mort! Ton chien est mort!

Tout l'avant-midi, elle tourna en rond à regarder le cadavre souillé et raide aux yeux vitreux. Elle pleura et pleura encore. Son frère voulut s'approcher; mais elle le menaça avec un morceau de bois pourri qui dégouttait de fumier liquide.

Pour la première fois de sa vie, Johanne Bédard se révoltait.

Ce n'est qu'au soir qu'elle parvint à retrouver un certain sourire grâce au cow-boy qui lui dit son nom en passant:

-Moi, je m'appelle Léo Viger.

-Moi, c'est Johanne Bédard...

-Ah! je le savais, tu me l'avais dit!...

Elle fut longtemps à rêver ce soir-là avant de s'endormir alors que le clair de lune entrait à gros rayons dans la chambre. Deux amis se reléguaient tour à tour dans son coeur: l'image de l'un la faisait souffrir cruellement et celle de l'autre l'inondait de bonheur et d'enchantement...

Puis le cow-boy se fit ami avec un des grands fils de la maison, le deuxième en âge qui travaillait aussi à la carrière. Et alors, il prit l'habitude de revenir avec lui de l'ouvrage et de s'arrêter parfois.

Il fit la connaissance de toute la famille.

Johanne fut emportée par l'immense tourbillon de la folie amoureuse. Mais plus forts encore que ce troublant raz-de-marée qui chaque jour enlevait son âme pour la transporter dans des sphères célestes, deux mots gravés en elle s'alimentaient l'un l'autre: regret et secret...

Connaître l'amour à neuf ans ne saurait être qu'une chose regrettable, condamnable, à tenir cachée...

******

Chapitre 17

Albert et son voisin Arthur Théberge buvaient un coup de gin et jasaient dans une pièce étroite servant de petit salon.

Ni endimanchés ni en habits de travail, ils entraient tous les deux dans un congé de quatre jours, le plus joyeux congé de l'année. Un répit bien mérité dans une vie largement remplie de travail dur et continuel.

La carrière n'ouvrirait que le vingt-sept. Les grands gars s'occuperaient du train. On était déjà le vingt-trois décembre 1955. Le goût de s'amuser planait dans l'air.

Johanne s'était réfugiée au bout d'un divan, assise sur le plancher froid, les pieds cachés par les branches de l'arbre de Noël. Elle répétait son rôle dans une pièce qui serait présentée à l'école ce soir-là. Et en même temps, elle captait ce qui se disait grâce à son étonnante capacité d'assimiler par ses deux oreilles des choses tout à fait différentes.

-C't'année, je m'achète un char!

-Tu pourrais te trouver quelque chose pas mal de service pour quatre, cinq cents piastres, hein? Appelle le garage Cliche à Mégantic pis demande-leur de te guetter un char de curé...

Albert rit:

-Un char de curé, c'est comme un curé, le meilleur reste dedans... ça sert pas assez...

Arthur s'esclaffa puis il fit cul sec de son verre minuscule. Aussitôt, Albert se hâta de le remplir de la boisson blanche qui répandait son odeur caractéristique par toute la pièce.

-Je voudrais pas te vider de tes provisions...

-Crains pas, j'ai trois flasques de gros gin pour la visite. Je peux soûler tous ceux qui vont venir icitte...

Johanne se demanda pourquoi les hommes buvaient toujours quand il y avait des événements comme des noces, les fêtes, tandis que les femmes restaient sobres. Pourquoi des êtres aussi forts devaient-ils recourir aux boissons alcooliques pour avoir du plaisir? Des réponses se superposaient de manière floue dans son esprit. Ils oubliaient leur misère... Par contre, on disait souvent que l'ouvrage ne tue personne... Et puis elle savait maintenant que la misère était bien plus grande dans d'autres pays; elle avait même acheté un petit Chinois via l'oeuvre de la sainte Enfance... On avait souvent parlé de la crise devant elle: c'était bien pire alors... Les gens ne mangeaient pas à leur faim. Elle avait vu son père chaudasse ou carrément soûl à plusieurs reprises, avait été témoin de ses crises d'autorité à tout casser dans la maison, l'avait entendu blasphémer... Quelle était donc cette infernale magie du gin?

-Ouais, ben ça va faire du bien de se reposer un peu.

Arthur, homme grand, rondelet et à demi-chauve, répandait la bonne humeur dans les situations les plus graves. On parlait de lui comme du futur maire de la municipalité de la paroisse advenant une séparation d'avec le village. Une idée qui flottait dans l'air de bien des régions dans ce temps-là...

-Ça fait drôle de pas fêter ça avec Phonse, dit Albert, l'oeil à la nostalgie.

Il s'enfonça dans sa grande berçante qui grinça des barreaux. On avait perdu un très grand ami au cours de l'automne. Un affreux accident de travail. Une charge de dynamite refusait de sauter; Phonse avait fait le jars en allant voir trop tôt ce qui n'allait pas. Il avait fallu le ramasser à la cuiller. Le corps était si maché et défait qu'on avait dû l'exposer à cercueil fermé...

C'est peut-être ça, la misère? se dit Johanne. Perdre un ami... Et on buvait pour n'y pas trop penser. Mais elle-même avait perdu Poilu, son vieil ami de tous les jours qui lui avait toujours été fidèle même quand tous la rejetaient... On avait remplacé l'animal par une grosse chienne stupide aboyant aux oiseaux et mal capable de réunir les vaches. Par bonheur, il y avait toujours et plus forte que jamais, cette grande amitié secrète entre elle et ce cowboy qui la gratifiait de sourires, de clins d'oeil, de regards tendres... Il le faisait toujours à l'insu des autres et elle devinait qu'il était son complice, rien qu'à elle...

Chaque soir, au creux le plus personnel de son être et de son imagination, elle écrivait en or et en ocre les trois lettres magnifiques de son prénom: L É O... Elle était sûre que Poilu et lui auraient pu s'apprivoiser l'un l'autre et devenir des êtres chers...

-Phonse, il fonçait dans n'importe quoi pis ça lui a coûté pas mal cher, dit Arthur.

-Mourir de même, c'est aussi ben: t'as pas le temps d'y penser pantoute...

-Cou donc, Albert, c'est pas trop un discours de Noël, ça, là!

On entendit Anna qui suffoquait dans la chambre à coucher dont la porte donnait quasiment sur l'espace-salon.

-La mère est pas mal maganée aujourd'hui... Si ça continue, elle pourra pas se lever pour le jour de Noël...

Johanne leva le nez de son cahier. Une tristesse profonde traversa son regard. Il fallait à tout prix que sa mère soit à la pièce à l'école ce soir-là. Elle y croyait ou bien voulait y croire malgré le piètre état de la femme. Mais ce verdict de son père tombait sur ses espérances comme le couteau de boucherie avait coupé le cou des poules tuées la veille pour soutenir les festins des Fêtes.

Quant à son père, inutile de compter sur lui: il serait sans doute ivre avant même le repas du soir. Et puis, des pièces d'enfants d'école, pour lui, c'était de la grosse niaiserie...

La fillette ne voulut plus écouter. Ce que l'on disait la rendait sombre. Tandis que le personnage qu'elle incarnerait, un bon ange appelé Tiredaile, illuminait son regard et enflammait son coeur.

149

Qu'importe si personne de la famille ne se rendait la voir, il y aurait du monde de tout le rang et tous les autres élèves qui verraient bien ce dont elle était capable. Elle se sentait bonne dans son rôle et la maîtresse lui avait déclaré isolément qu'elle la trouvait une des meilleures du groupe de comédiens.

Malgré cette attention donnée tout entière à la lecture de ses reparties, quelques coups de klaxon ramassèrent le coeur de l'enfant et de toute la maison, même de la mère malade. On attendait Jean-Luc, l'aîné de famille, qui arriverait de l'Ontario du nord ce jour-là pour passer les Fêtes dans son pays du granit.

On ignorait pourtant qu'il viendrait dans sa propre voiture et c'est donc l'auto d'une 'occasion' qui viendrait le reconduire, pensait-on.

Albert courut à une porte vitrée et lança:

-C'est ben le Jean-Luc... pis tuseul dans le char... Pour moi, il s'est acheté une machine.

-Ça se pourrait ben: avec les salaires qu'ils se font asteur dans le bois en Ontario...

L'homme n'hésita pas et sortit en manches de chemise après avoir posé son verre sur une tablette basse. Arthur suivit. Anna vint. Des enfants. Bertrand accourut depuis le deuxième étage en descendant trois marches à la fois. Johanne resta dans son coin, même sachant de quoi il retournait.

On accueillit le jeune homme, un être souriant, droit, la chevelure haute, foncée et vaguée. L'air frais ventila les poumons et le coeur d'Anna qui cessa de respirer comme un phoque.

Il était exceptionnel qu'on pût se rendre aussi aisément dans un rang de campagne en plein coeur de l'hiver surtout après une tempête comme la bordée de la dame qui avait laissé derrière elle deux pieds de neige. Mais l'exploitation de la carrière exigeait l'entretien du chemin et la gratte de la route principale gardait le rang praticable jusqu'en avril, à moins d'une tempête de trois jours et alors tout revenait à la normale -du modernisme de ce temps-dans les deux journées suivantes.

Anna demanda à Bertrand de rentrer lui quérir un gros mackinaw tandis que les autres retournaient avec l'arrivant examiner la vraie vedette, sa Plymouth 52, une auto blanche comme neige sauf pour les accessoires décoratifs chromés.

-Huit cents piastres: je l'ai payée dans quatre mois, fit-il sur le ton détaché de celui qui est au-dessus de ses affaires.

-C'est en plein une machine de même qu'il te faut, Albert, dit Arthur.

-Je peux vous vendre ça, le père, moi, le prix que je l'ai payée. Elle a trente-deux mille milles, pas un de plus. Trois ans d'usage, mais le body est number one.

Bertrand courut au placard des habits d'étable et sortit le mackinaw demandé par sa mère. De retour aux abords de la porte, il aperçut le verre de gin de son père. Et il le vida d'un trait sans s'étouffer puis le remplit de la même mesure. Depuis quelques mois, il avait pris l'habitude de visiter les flasques du père cachés un peu partout dans les hangars et la grange. Il en ponctionnait juste assez pour se griser sans que ça ne paraisse ni dans ses gestes ni dans les bouteilles.

Alors il aperçut les pieds de sa jeune soeur sous les branches du sapin. Un sourire oblique s'inscrivit sur son visage. Il sortit et donna le vêtement à sa mère. Et plutôt d'aller voir l'auto avec les autres, il rentra.

Il se rendit s'asseoir à l'extrémité du divan, juste à côté de Johanne tout en feignant ne pas l'apercevoir. Puis il glissa sa main et chercha à tâter sa poitrine.

-Va-t'en, toi, laisse-moi tranquille!

Jamais elle ne l'avait repoussé aussi carrément. Et il ne put insister puisque déjà l'on rentrait. Quelque chose lui dit qu'il commençait à perdre du contrôle sur la Johanne... Quelque chose d'autre lui suggéra fortement de chercher à reprendre son pouvoir sur elle...

**

Jean-Luc avait toujours sa blonde à Saint-Samuel. Après le souper, il veillerait chez elle.

Johanne, Jeanne et Gaétan partirent à pied pour l'école. Leurs parents suivraient un peu plus tard, reconduits par Jean-Luc avant son départ pour le rang de sa fiancée.

Anna s'était remise de ses malaises asthmatiques mais Albert n'arrivait plus à cacher son ivresse. Même qu'en ces moments-là, il en exagérait tous les signes extérieurs dans sa démarche, le jeu de ses paupières, celui de ses mains.

Johanne nageait en plein bonheur. Le chemin était à nouveau à la terre nue et le gel l'asséchait. Il tombait quelques flocons épars. On se dirigeait avec un fanal que le garçon emportait dans un mouvement exagéré qui exaspérait Jeanne.

Il était plutôt rare qu'on se rende à l'école de noirceur et ce rien ajoutait à la joie de Johanne car la fillette adorait les mystères et l'atmosphère inquiétante de la nuit, bien que seule dans le noir, elle eût peur comme tous les enfants du monde. Et quelques grandes personnes aussi.

Dans la classe, il y aurait en tout au-delà de quarante personnes. Dix élèves joueraient la comédie. Les autres occuperaient la rangée de bancs sur la droite et des parents pourraient s'asseoir à gauche dans les places libres ainsi que sur des bancs longs en bois installés le long des murs et à l'arrière.

Madame Langlois costumait les comédiens dans sa chambre tandis que sa soeur, une jeune adulte, recevait elle-même les gens à la porte. Et elle les conduisait à un vestiaire improvisé puis dans la classe du spectacle. Et l'époux de la maîtresse, un homme au nez infini, aux oreilles en portes de grange et aux allures de Lincoln, testait l'éclairage de la scène constitué de trois projecteurs de sa fabrication qu'il contrôlerait lui-même sur les signes de sa femme.

Une belle soirée pour tous en perspective!

Une soirée magnifique pour Johanne. Le soir de sa vie sûrement!

Albert descendit de la voiture. Jean-Luc fit de même pour ouvrir à sa mère puis il resta stationné jusqu'à ce que ses parents entrent afin de les éclairer mieux que la petite lumière jaune au-dessus du perron. Sitôt que son fils repartit, Albert sortit et cacha une bouteille de gin sous les marches du perron puis rentra en regardant tout autour comme un criminel craintif.

Homme exagérément modeste sauf quand il buvait, il voulut prendre place au bord de la porte. La chance lui serait peut-être donnée de faire un tour dehors... Une rumeur s'étendait sur la pièce. Des élèves s'agaçaient mais avec une certaine mesure. Les gens se parlaient et les haleines se croisaient. Des femmes frissonnaient mais très bientôt, il ferait chaud. Monsieur Langlois avait mis une belle attisée dans la fournaise et les gens eux-mêmes compléteraient les besoins par leur propre chaleur.

Une fois les comédiens prêts, la maîtresse sortit de la chambre, les y laissant pour un temps, et elle se rendit saluer chaque parent, les remercier tous pour leur présence. Elle se montra particulièrement chaleureuse avec Albert dont les flasques et les frasques étaient aussi connus les uns que les autres. L'homme en fut flatté et il réduisit les signes de son ivresse puisqu'il n'était encore que chaudasse.

Dehors, des ombres se mirent à rôder aux abords de l'école. Elles se cachèrent à l'arrière quand vint une auto qui se stationna derrière d'autres sur le chemin. Ses occupants, des parents, entrèrent et les ombres sortirent de l'ombre... rasant le bas du mur extérieur...

La maîtresse retourna à la chambre puis en sortit devant les dix comédiens cachés sous deux couvertures. On voulait éviter que le public ne voie les costumes avant l'ouverture de la pièce. On se rendit à la scène montée sur la tribune.

Ingénieuse malgré les limites de l'espace disponible, madame Langlois avait écrit une pièce se déroulant autour d'une table où six enfants partageaient un repas avec leurs parents. Chacun possédait un caractère bien spécifique et s'exprimait en conséquence sur le prétexte de la pièce, un exercice de charité à remplir envers une famille pauvre. Religion, surnaturel, égoïsme, bonté, manichéisme: toute l'action passait par le bien et le mal incarnés par un ange et un diable, lesquels étaient joués par Johanne et Réjean, un garçon de sa division.

Tiredaile et Crucifer n'entreraient en scène qu'au deuxième acte, mais alors, ils supporteraient plus de la moitié des dialogues.

Quand tous furent rendus devant, monsieur Langlois éteignit toutes les lumières et chacun prit sa place à table, excepté les deux anges, le blanc et le noir, qui s'en allèrent dans une petite pièce à l'arrière, laquelle servait de salle de toilettes l'hiver. -Au printemps, on vidait les fosses et alors, à cause de l'odeur, il fallait aller se soulager dans les bécosses extérieures... Une décision de la commission scolaire ferait en sorte que toutes les écoles de la paroisse soient dotées l'année suivante de toilettes à l'eau tout comme le couvent du village...-

-Bien chers parents, dit madame Langlois dans le noir, vos enfants vont ce soir interpréter une pièce qui est en fait un conte de Noël et qui s'appelle «La Misère des pauvres»...

Elle allait poursuivre quand des bruits parvinrent depuis l'extérieur, bruit de branches dont on frappait la maison puis des grattements dans les vitres...

Johanne retint un immense cri dans sa gorge. La nette image de son enfermement dans le hangar à bois quand elle était petite lui revenait, vive, dans l'esprit. Prisonnière de la peur, prisonnière de la volonté de son père, prisonnière de la volonté de son frère, prisonnière de la nuit... Étouffée, écrasée, c'est cela qui la terrifiait, pas l'obscurité elle-même...

Monsieur Langlois alluma seulement la lumière de la classe qui jetait un faible éclairage jaune. Il annonça qu'il allait voir dehors. Quand elles l'entendirent sortir, les ombres prirent la fuite. Il rentra et jeta comme pour l'oubli:

-Un ours peut-être!...

Mais on avait perdu une partie de l'effet de surprise du départ. Dans le clair-obscur, les costumes se pouvaient distinguer. L'homme alluma les projecteurs et ferma l'autre lumière. La maîtresse présenta la tablée.

Jujube, habillé en bonbon.

Castor, un autre garçon.

Ciboule, le troisième garçon des six enfants.

Grattine, une fillette aux allures de sorcière.

Poulette, une petite fofolle.

Et Confiture qui fredonnait sans cesse.

À chaque bout de la table, un parent. La mère portait le nom de Historiette et le père celui de Granitic.

Madame Langlois avait pris soin de donner autant de rôles

aux garçons qu'aux filles et elle se sentait déjà fière de ses textes et des costumes qu'elle avait tous fabriqués elle-même par ses soirs entre les corrections de travaux d'élèves et les soins de sa jeune famille. Elle n'était pas encore syndiquée...

-Et les deux personnages qui restent et qui vont entrer en scène plus tard sont la jolie Tiredaile et le méchant Crucifer... Mais attendons! Et que la pièce commence...

Les vandales se remirent à leur grabuge à l'extérieur et la joie de l'attente fut refroidie pour la seconde fois. Johanne regarda par un coin du rideau qui fermait la porte. Elle vit sa mère mais pas son père. Puis des voix éclatèrent, des cris violents... Monsieur Langlois courut dehors... Il revint bientôt, le regard triomphant, suivi d'Albert...

-Craignez pas, asteur, on va avoir la paix. Les jeunes tannants reviendront jamais nous achaler, ils ont eu assez peur de monsieur Bédard...

Les vandales étaient son fils Bertrand et le garçon de Arthur Théberge; et Albert qui était sorti pour boire les avait surpris en flagrant délit et les avait pétrifiés par une explosion de colère terrible.

Les parents applaudirent Albert qui reprenait place, confus et heureux. Content que sa boisson ait servi à quelque chose de bon. En prime sur le gâteau, madame Langlois lui cria:

-Merci beaucoup au nom de tout le monde, monsieur Bédard!

Un immense bonheur glissa dans l'âme de Johanne.

Elle fut brillante dans son rôle de Tiredaile. Et drôle, toute de douceur et de ruse, de finesse et d'espièglerie. Son costume d'ange, ses ailes en carton recouvert de satin, ses yeux pétillants lui valurent des murmures qui se rendirent jusqu'à ses oreilles après la pièce:

-Elle est donc belle, la petite Johanne Bédard! Pis bonne actrice en plus!

-C'est quasiment ma meilleure élève depuis des années, dit madame Langlois qui retenait le superlatif pour ne dévaloriser personne et laisser de l'espoir à la concurrence...

******

155

Chapitre 18

Ce fut un temps de gloire pour Johanne qui confondit les plaisirs de l'ego avec le bien-être que lui apportait sa conviction toute neuve qu'on l'aimait.

On s'étonna de son talent. Ensuite, on s'y habitua. Puis, on le mit en doute. Comment le Créateur aurait-il pu la gratifier de quelque chose, elle qui n'avait rien d'autre à offrir, surtout de la résistance à la volonté des autres? Elle ne possédait pas la force de caractère qu'il aurait fallu pour s'habiller d'une certaine notoriété, ce rayonnement fût-il aussi mince que celui possible dans une petite école de rang d'une époque mourante.

Agaceries et tracasseries recommencèrent en janvier et la fillette retourna à son enfermement moral.

Néanmoins, sa mère lui donna enfin le vieil accordéon suspendu haut dans le hangar à bois de chauffage et elle entreprit de lui livrer quelques notions de base.

Jusque là, on avait refusé de lui laisser l'instrument poussiéreux. Il était censé appartenir à la tante Marie-Ange de Mégantic. Elle le réclamerait un jour. En fait, on le lui avait vendu de parole sans comprendre que la transaction constituait un certain malentendu: la tante attendait qu'on le lui donnât et pour cela, avait offert de le payer, et on attendait qu'elle le prenne et paie les sept dollars entendus. L'intérêt de chaque partie, la distance et le temps n'avaient laissé derrière eux que l'objection répétée à Johanne; et elle, d'un refus au suivant, se raccrochait à ses espérances sans cesse renouvelées. Et l'enfant s'était toujours contentée d'en jouer par sa seule imagination et de boire aux joyeuses cascades de l'autre accordéon, l'instrument du dimanche que sortait sa mère les soirs de ces fêtes qui parfois se déroulaient à la maison.

Anna dépoussiéra l'instrument, l'astiqua avec soin et alla jusqu'à convaincre la fillette qu'il brillait plus que le sien. Johanne en prit possession avec un immense respect et tout son coeur de dix ans.

Et l'accordéon devint son refuge, sa joie quotidienne, son plaisir entre les visites rares du cow-boy qui, l'hiver, voyageait à l'ouvrage avec d'autres en automobile et ne s'arrêtait donc pas chez les Bédard.

Cet hiver-là, Bertrand la laissa tranquille. Il restait à l'affût, la guettait mais n'osait la toucher. Ce qu'il avait en tête maintenant, c'était carrément de la prendre pour assouvir son appétit vorace par la pénétration et il ne voulait plus se contenter de frottements aboutissant à l'éjaculation comme chaque fois qu'il avait réussi à la coincer à l'abri des regards indiscrets.

Il ne pouvait pas agir à l'intérieur de la maison. Elle aurait crié, gigoté... Et à l'étable ou dans un hangar, cela n'était pas possible à cause du froid, des vêtements épais et du simple fait qu'il n'aurait pas pu l'y piéger... Johanne ne se rendait à la grange qu'à l'heure de la traite des vaches et quand elle en avait fini avec les deux siennes, elle mettait sa chaudière dans la crèmerie et c'est un adulte qui s'occupait d'écrémer le lait avec la centrifugeuse.

Le printemps s'écoula dans les ruisseaux et rivières jusqu'à la Chaudière puis vers le fleuve et bientôt, il ne fut plus qu'un souvenir. La nature reverdit. Le foin s'éleva dans les champs. Le moment arriva de le couper et de l'engranger.

On y travaillait depuis quelques jours déjà lorsque le ciel se chagrina. Il tomba de la pluie ce matin-là, ce qu'il fallait pour clouer les hommes à l'intérieur.

Une maison pleine de monde quand on a dix ans et qu'on veut jouer de son instrument préféré, ce n'est pas la situation idéale pour une petite fille sage. Remise en confiance par tous ces mois écoulés sans subir les assauts de Bertrand, Johanne prit son accordéon et quitta la maison avec l'intention de se rendre au petit lac comme elle l'avait fait à quelques reprises depuis le début de l'été mais toujours en la compagnie de Jeanne qui elle, s'exerçait à la guitare.

Elle dépassa la grange à la hauteur du gangway, fit un crochet pour s'éloigner du tas de fumier qui en plus de sentir mauvais lui rappelait le souvenir accablant du cadavre de Poilu en état de décomposition. Mais un crachin se mit à tomber. Pour protéger son instrument, elle rebroussa chemin en se demandant où aller. La petite porte dans la grande porte de la grange lui lança son invitation. Elle y serait seule avec le foin frais coupé et ses odeurs, à l'abri de la pluie; et là, la musique -on l'avait déjà dit devant elle- aurait une résonance particulièrement belle en raison de la hauteur et de la forme du comble et en l'absence de trop de foin entassé dans les tasseries.

Pour la lumière, elle laissa la petite porte ouverte. Aussitôt, elle se sentit protégée par le clair-obscur, par la senteur du foin frais mais surtout par la solitude et la retraite. Un moment, elle regarda tout autour avec dans les yeux tout l'émerveillement que son désir, son projet et le lieu créaient en elle. Le meilleur endroit pour bien jouer serait de s'asseoir sur la poutre basse qui gardait la tasserie de droite dans laquelle on n'avait mis que deux ou trois voyages de foin dont le tas formait un coussin moelleux sur la surface de bois du plancher.

Pour ne pas risquer de perdre son équilibre, il fallait qu'elle s'adosse; aussi se rendit-elle à l'autre bout de la batterie et posa l'instrument sur la poutre puis y grimpa et s'appuya le dos à la pièce de bois montante. Pour la même raison d'équilibre, elle ne mit pas l'accordéon en bandoulière et procéda à quelques étirements du soufflet pour voir si elle se sentait solide, bien assise, prête pour l'exercice.

Sa pratique commença par «Cadet Rousselle», son air favori juste après «Les Roses blanches»... Et les notes formèrent un long ruban frisé dont les belles boucles enrobèrent mille sensations de son âme. Emporté par l'air doux et humide, il s'éleva au pignon, le traversa pour s'élancer vers Dieu...

Non, elle n'avait jamais été très bonne en catéchisme mais son âme s'envolait souvent dans les moments des meilleures rêveries vers le Créateur de toutes choses. Le rôle de l'ange dans la pièce de Noël lui allait comme un gant ou une paire d'ailes; en regardant ses yeux parfois dans son miroir, elle y découvrait quelques lueurs d'une flamme éternelle...

Pendant qu'elle communiait à la musique et au mysticisme, son destin, lui, tirait sur plusieurs ficelles. Arthur Théberge appela à la maison et proposa aux Bédard de les emmener au village puisque la journée serait certes mouilleuse d'un bout à l'autre. On avait aussi de la place pour deux enfants: ce furent Jeanne et Bertrand que l'on choisit. Mais au moment du départ, le garçon avait disparu et on l'oublia...

Excité par le départ de sa jeune soeur, il l'avait suivie en catimini, puis avait vu qu'elle entrait dans la grange et entendu le son de l'accordéon. Alors il jugea bon de rentrer à la maison pour tâcher de montrer quelques minutes au moins qu'il n'était pas absent en même temps qu'elle. La proposition d'aller au village l'ennuya un moment. Il se cacha dehors, dans un endroit peu visible dans la jonction du hangar à bois et de la maison, et attendit que l'on parte. Quand on cria son nom, il fit le mort. En ce temps-là, on n'insistait pas pour trouver un grand de dix-sept ans qui n'était pas au rendez-vous du départ pour le village...

Il planifia. Le mieux serait d'entrer dans l'étable puis de monter à la grange par la courte échelle du trou à débouler le foin. Il aurait là toutes les chances de la surprendre tandis qu'à passer par la porte donnant sur le gangway, elle le verrait aussitôt...

Tous les animaux étant au champ de pacage, on laissait grande ouverte la porte de l'étable. Tant mieux, elle ne risquait pas de l'entendre! Le ventre en feu, le regard perdu et fixe, il escalada l'échelle et poussa sur la trappe avec le dessus de sa tête. La musique lui parvint. C'était un air connu: «Les roses blanches»...

Il aperçut le profil de Johanne. Elle gardait les yeux fermés comme pour mieux goûter son art, un art qui indifférait totalement l'adolescent et dont, même, il se moquait tout à fait.

Elle ne le vit pas quand il poussa la trappe jusqu'à ce qu'elle trouve appui au mur ni quand il finit de grimper et d'apparaître à sa grandeur. À ce moment, germa en l'esprit tordu par le désir défendu un plan diabolique de prise de contrôle. Il fallait qu'il s'empare de l'accordéon et s'en serve comme monnaie d'échange. Et pour mieux y parvenir, il usa de la surprise.

Se glissant comme un fauve le long d'un muret, il parvint à elle. Johanne disait les mots de sa chanson en sa tête en même temps que les notes venues plus de son coeur que de l'instrument, jaillissaient:

«C'est aujourd'hui dimanche, tiens, ma jolie maman, Voici des roses blanches que ton coeur aime tant.»

Une violence implacable tout à coup s'abattit sur elle. La musique crochit. Des pattes affreuses cherchaient à lui arracher son instrument. Sa main gauche fut brusquement expulsée de la courroie et la droite, au bout de deux secousses, n'exerçait plus de retenue mais restait dans la courroie seulement parce qu'elle y était prisonnière.

-Lâche ça, petite démone, lâche ça, répétait le jeune homme de sa voix la plus affreuse, rauque, pointue, terrible.

Ce ne fut pas pour obéir à son frère mais à la douleur endurée que la fillette lâcha prise grâce à une torsion du bras qui la débalança et la mit dans un équilibre instable sur la poutre. Au dernier instant, avant qu'elle ne libère sa main, l'attaquant poussa sur elle. L'enfant tomba à la renverse et n'eut été de la couche de foin, elle aurait pu se blesser sérieusement.

Bertrand laissa tomber l'accordéon puis courut à la porte ouverte qu'il referma et barricada de l'intérieur. Son regard tomba sur une fourche plantée dans la tasserie de droite; il s'en empara et revint à l'instrument tandis que Johanne encore abasourdie par la soudaineté de l'attaque-surprise se remettait sur ses jambes.

-Grouille pas de là, toi, grouille pas...

-Laisse-moi tranquille!

-Tu veux voir ce qui va arriver, hein, ben regarde!

Il entrait un peu de lumière par une étroite fenêtre du pignon, suffisamment pour permettre de distinguer nettement les choses. Elle fit deux pas vers la poutre basse. L'accordéon gisait sur le plancher de la batterie, soufflet étiré. Bertrand souleva sa fourche

161

au-dessus et dit:

-Si tu veux pas que je la perce...

-Non, non, pleurnicha-t-elle...

-Hey, hey, hey, bouge pas, bouge pas pantoute...

Et il agita nerveusement la fourche.

-Assis-toi sinon... T'as compris, assis-toi...

-Brise pas mon accordéon, brise-le pas!

-Je le briserai pas si tu t'assis...

Elle obéit.

L'adolescent fit deux pas, il allongea le bras tenant la fourche et s'en servit pour refermer la trappe qui tomba dans un bruit sourd en soulevant de la balle. Vif, le geste félin, il posa la fourche contre la poutre qu'il enjamba en s'y arc-boutant de la main gauche. Ses pieds retombèrent au bout de ceux de Johanne...

Tout était si mélangé en la tête de l'enfant. La peur, la surprise, la colère, la douleur, la soumission: tout s'enchevêtrait, se contredisait... Ce qui lui tenait le plus à coeur, c'était de sauver son instrument de musique, son âme en quelque sorte et qu'importe sa personne physique! Il l'écraserait comme plusieurs fois déjà puis s'en irait et elle tâcherait de se refaire un bonheur du jour...

Il apparut devant elle en ombre chinoise tel un géant à la toute-puissance invincible auquel il fallait abandonner sa volonté. Mais il fit un geste qu'elle ne connaissait pas. En répétant sans arrêt le même ordre, il fit jaillir son sexe de sa culotte:

-Couche-toi sur le dos, couche-toi sur le dos, pis tusuite...

Elle hésitait comme si un sixième sens lui avait dit que ce qui allait se produire marquerait toute sa vie et ne serait pas quelque chose qu'elle connaissait déjà...

-Si tu veux pas que je crève ton accordéon comme une panse de cochon, t'es mieux de te coucher sur le dos...

Elle obéit.

Il se jeta sur les genoux et força sa victime à écarter les jambes puis s'avança vers elle...

Le fait d'avoir sauvé son instrument donna beaucoup de sou-

162

lagement à la fillette, presque de la joie... Il ne lui restait plus qu'à attendre qu'il en finisse...

Elle sentit le membre énorme sur sa cuisse puis les doigts qui écartèrent sa culotte. Un effroyable coup de boutoir suivit et qui lui fit plus de peur que de mal. Il recommença. Elle crut que c'était une autre façon de se frotter contre elle. Puis le membre frappa sa chair à plusieurs reprises mais sans la blesser, la contusionner puis ce fut la souffrance totale du corps et de l'âme. Le sexe la pénétra partiellement, provoquant une douleur insupportable, et avec lui entra en elle un sentiment de honte plus intolérable encore. Il s'arrêta à peine une seconde puis poussa de toute la force de ses reins.

Elle éclata en d'énormes gémissements mêlés de sanglots qui imploraient la pitié. Mais il ne montra aucune pitié et c'est la honte de ce qu'il venait de faire qui l'arracha d'elle quand il eut fini, une honte que par une insondable alchimie du coeur, le mâle humain peut transformer aussitôt en mépris pour l'être abusé, pour la chose prise... qu'il rend responsable du malheur arrivé.

-Pis si tu le dis à maman, je vas te la péter, ta maudite accordéon... Veux-tu que je la crève, veux-tu?...

Il tint la fourche à bout de bras mais n'obtint aucune réponse. L'enfant était toute à son désespoir et à son mal, tordue de toutes les douleurs, comme un foetus qu'on étouffe à l'aide de son cordon ombilical. C'était pourtant le second viol qu'elle subissait, le premier ayant été celui de son âme quand on l'avait enchaînée dans le hangar...

Il repartit et laissa la petite porte ouverte comme elle l'était au départ. Johanne se toucha puis regarda sa main. C'était du sang. Elle souleva sa robe et vit sa petite culotte ensanglantée, ses cuisses tachées et même aussi la robe.

D'autres sanglots lui vinrent. Elle se mit debout puis sortit de la tasserie. Pour prendre son instrument de musique, elle s'essuya les mains sur sa robe sans y penser...

Toute sa personne lui apparut alors si sale, si dégoûtante, si laide, si affreuse et inutile! L'accordéon fit entendre de la musique égrianchée; en pleurant doucement, elle le referma, l'attacha.

D'un pas erratique, elle se dirigea vers la porte et alors l'ampleur des taches sur sa robe grandit. Il fallait qu'elle la lave, qu'elle se lave, qu'elle redevienne ce qu'elle était un quart d'heure plus tôt, qu'elle revienne et finisse «Les roses blanches»...

La jeune fille cacha son instrument au pied de la tasserie de droite en l'enfouissant du mieux qu'elle put dans le foin puis elle sortit.

Une pluie fine tombait du ciel.

Son pas se fit régulier, sans hésitation. L'eau claire du petit lac la purifierait, nettoierait le plus rouge de ces taches de sang... En marchant, elle était animée du même sentiment que le jour où elle avait quitté la maison pour se rendre au marécage, comme s'il se trouvait là-bas une quelconque libération.

Pas si petit, le lac qui couvrait une surface de deux acres et qui comportait une voie d'approche graveleuse près de laquelle était amarré à un piquet un gros et massif cageux fait de billes réunies par des câbles de jute. Johanne y monta et s'y assit pour faire sa toilette. Sa tête, ses tresses, son visage étaient mouillés mais il ne coulait plus de larmes sur ses joues.

Depuis toujours, elle se savait mauvaise, moins bien que les autres et surtout coupable de toute mésaventure lui arrivant, de tout déboire subi, de toute couleuvre avalée.

«Où c'est qu'elle s'est encore mis le nez? Cette enfant-là me fait mourir. Tu te conduis comme une petite démone. Celle-là, elle est pas comme les autres. Ah! la petite saudite!»

Ce n'était la faute de personne si elle souffrait mais la sienne uniquement. On ne se cache pas dans une grange pour jouer de l'accordéon: le ciel n'avait pas dû aimer ça. On lui dirait au confessionnal qu'elle commettait le péché. Une faute envers le sixième commandement de Dieu. Non, le prêtre ne lui dirait pas cela parce qu'elle ne dirait rien au prêtre. Jamais rien à personne! Jamais! Jamais!

Les taches sur sa robe s'amenuisèrent mais celles sur son âme s'agrandirent, s'agrandirent...

******

Chapitre 19

Éva dormait.

La paix et la sérénité effaçaient les rides de son front.

Son fils la regardait depuis quelques minutes. Il était là, seul avec sa mère, sans parler, ne sachant trop quoi penser, se demandant dans quelle direction réfléchir, vers quoi laisser divaguer son imagination fertile.

Revenu du pensionnat quatre jours plus tôt pour le congé de l'Ascension, il n'était arrivé à dire que bien peu de mots à la femme malade.

«J'ai gagné une montre... premier de ma classe...»

Elle avait esquissé le sourire du contentement, un sourire de lumière sur un visage aux lèvres absentes, avant de perdre conscience. Et le lendemain, elle avait rendu l'âme suite à quatre mois des interminables et affreuses souffrances d'un cancer qui lui avait rongé tout l'intérieur.

Le cercueil était modeste, à la mesure des moyens du père. Gris. Luisant, Et peu chromé en un temps où les pare-chocs de

Cadillac étendaient leur influence jusque dans les salons funérai-
res.

L'adolescent venait d'avoir ses quinze ans et son époque l'ha-
billait coeur et corps. Une cascade frisée de cheveux bruns lui
descendait sur le front. Il aimait cette mode qui lui permettait de
faire disparaître ces bosses de l'os frontal qu'il jugeait bien trop
accusées. Comme tous les jeunes de son temps, il utilisait plusieurs fois par jour son peigne et souvent enduisait ses cheveux
de graisse brillante.

Pour une raison qu'il ignorait, il s'était rendu le premier et
avant tous au salon funéraire situé dans la grande salle paroissiale. Peut-être voulait-il parler une dernière fois avec sa mère.
Parler sans rien dire. Ou bien pleurer sans problème de fierté. Pas
un de ses frères n'avait pleuré ni même son père: il ne devait pas
le faire lui non plus!

Les souvenirs s'emparèrent de son âme.

Son dernier grand chagrin remontait à la peine d'amour que
lui avaient valu son été à Saint-Samuel et la frivolité de Nicole
Therrien.

D'autres flammes amoureuses s'étaient succédées ensuite dans
son coeur mais elles l'avaient moins consumé, et un nouvel em-
brasement avait toujours eu pour effet d'anesthésier la douleur
d'une extinction. Le féminin en lui était hautement servi par le
masculin. Son attirance pour les filles était d'abord sexuelle mais,
la crainte du péché aidant, elle se teintait ensuite d'une forte dose
sentimentale. Il était un plein adolescent: très timide en solitaire,
fantasque avec la force d'un clan, enfermé dans sa peur de sa
propre sexualité et souvent en proie à des retenues d'explosions
émotionnelles.

Il se sentait l'âme d'un conquérant du monde mais toute sortie
à l'extérieur de ses girons coutumiers le terrifiait.

Sa mère l'avait reconduit au collège au début de cette année-
là. Jamais plus il ne devait la revoir bien portante et heureuse par
la suite. On leur avait fait visiter les grands lieux du pensionnat:
sa future classe, le vaste dortoir et son lit...

«Elle l'aide à défaire sa valise. Une grosse malle rouge à cein-

166

tures noires. Curieux qu'elle sache d'avance où vont les choses, dans quel tiroir de commode...

On redescend au premier étage. Des anciens sont attroupés çà et là dans la grande salle. Un groupe écoute avec attention des disques d'Elvis qui grafignent un peu les tympans. Un autre s'amuse autour d'une table de billard. Trois Indiens racistes s'entretiennent en montagnais pour ne pas qu'on les comprenne. Un frère s'amène et donne un coup de sifflet pour obtenir l'attention générale. Il proclame: «Tous ceux dont les parents sont déjà repartis, venez vous mettre en rang ici devant la porte.»

Il faut les faire marcher tous les jours, ces jeunes-là, pour leur refroidir le sang...

Ça ne concerne pas Alain puisque sa mère est toujours là. On s'en va au bureau du principal. Il faut attendre en ligne, assis sur des chaises. Éva se fait aussitôt des connaissances. Amène, elle n'a pas de mal à communiquer avec les autres et surtout, elle adore le public. Elle a réalisé son rêve et réussi à le partir son petit commerce de coupons et chapeaux, grâce aux contacts de la Cécile avec des fournisseurs et même avec l'assentiment d'un mari peu convaincu qui, de surcroît, lui a fabriqué de ses mains les tablettes requises. Elle aime ses pratiques et les appelle régulièrement.

Le père aussi a réalisé une partie de ses rêves. Il a fermé sa boutique de forge. Tanné du monde qui font marquer puis s'en vont porter leur clientèle ailleurs. Tanné de se faire tirer les manches de chemise par celui-ci, celui-là. Tanné d'avoir à sourire à la clientèle quelle que soit son humeur, quelle que soit la lourdeur de la tâche, quelque sournois que puisse être le cheval à ferrer. Tanné de ceux qui ne sont jamais contents, des autres qui trouvent tout trop cher. Et l'homme avait gréé son pack-sack comme au temps de sa jeunesse et pris le bord du bois, de l'Abitibi, de Windigo... Des bonnes gages et pis la grande paix...»

D'un passé fermé, éteint à tout jamais avec le dernier souffle de sa mère, la pensée vagabonde se tourna vers l'avenir immédiat. Que serait la maison familiale désormais? Une sorte de grand ventre froid. Les soeurs après s'être reléguées au chevet de la mourante, retourneraient à leur monde; les frères venus aux funérailles repartiraient chez eux; le père reprendrait le train pour Windigo; il ne resterait plus que lui et un frère, l'aîné de la famille, pour vivre dans une coquille vide et morne. Par chance, il n'y viendrait plus que l'été, aux Fêtes et à Pâques. Une maison sans mère n'est plus une maison paternelle comme pourtant le demeure bien une maison sans père...

-As-tu touché à ta mère?

Alain sursauta. Il se pensait toujours seul mais un beau-frère venait d'entrer.

-N... non...

-Fais-le et tu vas te sentir mieux ensuite.

-Ben... sais pas...

Envahi par une crainte respectueuse, l'adolescent hésitait. L'autre lui donna l'exemple et posa sa main sur le front de la morte.

-C'est rien, c'est juste froid... et c'est dur comme du bois... Envoye, tu vas voir...

Alain posa sa main à son tour. C'était vrai: froid et dur comme bois...

-T'auras plus jamais peur des morts...

Un étrange sentiment se substitua aux autres en le jeune homme bouleversé: celui de l'impuissance. Une impuissance pure, totale... Ce n'était pas l'irréversibilité de la mort qui lui clouait son affiche dans le cerveau mais son implacabilité. Une semaine auparavant, un jeune homme de vingt-huit ans était exposé là, mort au travail d'une branche tombée qui lui avait fait éclater la tête.

Quand son père mourrait-il, quand ses frères, ses soeurs, quand lui-même?

-Raymond t'a fait toucher à maman! vint s'exclamer la soeur de l'adolescent de sa voix toujours chantante. C'est pas difficile, tiens...

Et Fernande fit pareil. Elle ajouta la même chose que son mari avait dite:

-T'auras plus jamais peur des morts...

Alain pensa qu'il n'avait pas peur des morts ni même de la mort mais des dommages que le corps devait subir et souffrir pour y arriver. Il ignorait toutefois que la vie, elle, lui faisait terriblement peur.

Après les obsèques, il y eut réunion des enfants à la maison familiale. Une belle-soeur prit des photos des vivants: un regroupement des cinq gars, un autre des cinq filles puis l'ensemble des deux.

Ensuite chacun prit son bord et bientôt, il ne resta plus que le père, le frère aîné et l'adolescent.

Pour la première fois de sa vie, Alain vit son père pleurer. Au salon funéraire, aux funérailles à l'église, à l'enterrement au cimetière, partout l'homme avait comprimé son chagrin, le repoussant dans son coeur comme on fait disparaître dans une malle bourrée, des morceaux de vêtement qui dépassent. Mais là, engoncé dans la vieille berçante, perdu dans ses sentiments, peut-être tout à fait résigné enfin, son regard pitoyable, Ernest laissa rouler sur son visage vieilli, buriné par le travail et la poussière du charbon, des larmes silencieuses qui contenaient toute une vie, des millions de regrets et un incommensurable chagrin. Par respect, ses deux fils l'ignorèrent et se mirent à converser à voix basse dans l'autre coin de la cuisine, un endroit éclairé par deux grandes fenêtres.

L'aîné rassurait son frère, lui disant que tout serait fait pour qu'il puisse poursuivre ses études et ce, malgré l'absence des revenus du magasin. Le père intervint:

-Crains pas, Alain, tu vas aller à l'école tant que t'auras pas tes diplômes!

Et il dit qu'il en avait fait la promesse à sa femme agonisante. Cette mission que l'homme aurait à remplir le rattacherait à l'esprit de la disparue et rachèterait une partie peut-être de la dureté morale qu'il avait dispensée à sa femme depuis leur mariage en 1920.

Quelque peu soulagé pour un moment, Ernest retourna à son mutisme et à sa douleur. Longtemps après, il se leva et déclara:

-Quand on commence rien qu'à savoir vivre dans la vie, ben c'est trop tard!...

Alain fut troublé.

169

Au congé de Pâques, sa mère alitée et très malade lui avait dit:

-Quand le temps serait venu de ben vivre, c'est là qu'il faut arrêter de vivre!...

**

Ce soir-là, suffoqué par la douleur, il pleura à son tour. Agenouillé devant une fenêtre ouverte, il regarda longuement le ciel noir constellé d'étoiles, y cherchant des réponses à certaines questions qui n'effleurent guère l'esprit d'un garçon de quinze ans à moins qu'il ne soit confronté avec la mort d'un proche.

Non les pourquoi des actions bizarres de la grande faucheuse qui lui avait ravi sa mère alors que la femme aurait pu vivre les meilleures années d'une vie dure jusque là. Non ce qu'il pouvait advenir entre la fin du court voyage terrestre et la résurrection promise. Encore moins des interrogations sur cette résurrection des morts dont sa religion lui avait tant et tant parlé depuis l'enfance. Mais sur l'universalité du phénomène, sur son inscription ineffaçable dans la nature humaine...

Comme pour lui aider à trouver sa réponse, le ciel, au fond de l'horizon, s'illumina d'une étoile filante et le garçon s'y accrocha pour se laisser emporter dans le labyrinthe du rêve et de l'imaginaire.

-La mort est lumière! fit-il tout haut avec la même soudaineté que l'étoile avait traversé devant son regard luisant et si grand ouvert sur l'univers.

Alors il pensa à son goût marqué et profond pour la poésie, celle des albums de la bonne chanson tout d'abord puis celle moins candide et plus ouvrée de ces auteurs qu'il avait découverts au cours de l'année à la bibliothèque du collège.

À chaque lecture d'un nouveau poème, il avait senti comme une lumière intérieure devenir plus grande, mieux alimentée, et qui éclairait son âme en éclatant.

Dans un raisonnement logique survenu en lui sans effort, il se dit que puisque la mort est lumière et qu'il reconnaissait souvent la lumière en lui, alors il portait la mort comme une chose merveilleuse. Cela rejoignait sa pensée du salon funéraire juste après avoir touché le front de sa mère.

«Tu n'auras plus jamais peur des morts!» entendit-il comme en écho depuis la veille.

Il ferma les yeux et appuya sa tête sur le bord de la fenêtre. Le temps s'arrêta en douceur. Le jeune homme sombra dans une somnolence qui l'emporta dans des fantasmes sexuels. Jamais il n'avait vu un corps de fille mais le tentateur lui en fournissait des images dans les moments où sa chair brûlait le plus fort. Sans sa volonté pour l'arrêter, il entreprit de toucher son corps et de le manipuler, et un bien-être incomparable l'emportait lorsque revint son état de conscience.

Aussitôt, il cessa de caresser sa chair chaude, aidé, croyait-il, par Dieu, les anges, les saints et surtout la très sainte Vierge Marie...

Au fond du ciel traversa une seconde étoile filante. Elle brillait encore plus que la précédente...

******

Chapitre 20

Johanne aperçut elle aussi les étoiles filantes ce soir-là. Elle les suivit dans leur chute derrière le Morne, rêvant de s'en aller avec elles vers l'inconnu, n'importe où mais ailleurs, au bout de l'univers...

On avait ri d'elle durant toute cette journée-là dans la maison à cause d'un mot échappé par inadvertance par la mère:

-Ton chum Léo, le cow-boy, ben tu vas le perdre, hein, parce qu'il va se marier le mois prochain...

Tous ignoraient la nature des sentiments profonds qu'en son coeur la jeune adolescente éprouvait envers lui et alimentait à même ses rêves grandioses.

Son frère Benoît, ami du cow-boy, donna quasiment une mornifle à Bertrand qui avait fait pleurer sa soeur à trop en dire.

Johanne s'était réfugiée sur la petite galerie derrière la maison sitôt après le repas du soir. Elle joua de l'accordéon comme chaque jour, mais ce soir-là, ce furent des airs frivoles et gais afin de camoufler toutes ces complaintes qui s'envolaient de son âme vers

173

le ciel noir. Puis, telles d'infimes lueurs d'espérance, passèrent les étoiles filantes dans leur course folle et surprenante. Elle s'arrêta de jouer et les interrogea... Il lui fut répondu par son rêve d'évasion...

**

La vie de Johanne subit de profonds changements cette année-là et surtout la suivante. Ses menstruations commencèrent. Deux autres fois, elle subit les assauts de son frère, mais les événements vinrent la mettre plus ou moins à l'abri. En septembre 1958, elle quitta l'école de rang pour continuer ses études au couvent du village.

Dès la deuxième semaine, une compagne la sonda, trouva ses points faibles et commença à la harceler. Là encore, la jeune fille ne parvint pas à se donner un système de défense et elle se contenta de baisser ou détourner la tête quand il lui fallait subir les moqueries, s'imaginant que sa maîtresse, une religieuse, viendrait parfois à sa rescousse comme l'avait fait plusieurs fois madame Langlois à l'école du rang.

Dès le premier coup moral subi, Johanne inscrivit le nom d'Irène Lapointe dans sa liste de personnages à cauchemar. La peste lui barbouilla plusieurs pages de cahier, lui remit en mille miettes une gomme à effacer empruntée, multiplia les farces méchantes mais surtout tâchait de l'humilier le plus souvent qu'elle pouvait devant les autres élèves par le récit moqueur d'amours imaginaires et préfabriquées qu'elle lui inventait avec des personnages beaucoup plus âgés et qui eux-mêmes faisaient l'objet de la moquerie générale. C'était le ridicule par association. Et des suiveux, pour éviter de faire rire d'eux-mêmes, embarquaient dans le jeu de l'adolescente mesquine qu'enlaidissait un air dur sur une beauté de poupée Barbie.

Peut-être avait-elle décelé sans pouvoir le verbaliser la propension de Johanne à rechercher de la protection auprès de gens plus vieux, des hommes surtout dont elle aurait voulu à tout prix se faire aimer sans pour cela se faire utiliser.

Noël s'annonçait blanc et beau. Mais le ciel changea d'idée et

174

des nuages du sud envahirent le pays du granit et commencèrent à s'ouvrir le ventre. La pluie dura une journée entière et tomba si drue et chaude que le Morne fut vite dépouillé de son manteau d'hiver.

Il y avait réveillon chez les Bédard cette nuit-là. Toute la famille plus de la parenté du côté de la mère. Les grands-parents, deux oncles, une tante de Mégantic... des cousins...

L'aîné venu d'Ontario fêterait comme chaque année chez sa blonde qu'il fiancerait et Bertrand serait chez lui avec sa nouvelle amie.

On se mettait à table. Les femmes couraient du poêle au comptoir tandis que les hommes vidaient les bouteilles de bière entamées, les déposant partout où il se trouvait une tablette quelconque. Quelqu'un d'autre ramasserait ce qu'ils appelaient les cadavres...

Il avait fallu monter deux tables, l'une sur le long de la cuisine et l'autre, carrée, dans une pièce sans nom entre la cuisine et le salon et la chambre des parents.

Jeanne et Johanne avaient aidé leur mère durant la messe de minuit en attendant le monde, dressant la table, surveillant des cuissons, pelant des pommes de terre, mais toutes deux avaient disparu un peu plus tôt pour aller s'arranger, se revêtir de leur belle robe du dimanche...

Il avait fallu une montagne de courage à Johanne pour se maquiller en femme; cela ne se faisait pas à douze ans seulement et sans poitrine évidente encore. Son calcul était que de plonger ainsi dans un principe adulte, on la traiterait comme telle, du moins à la maison; or, se faire prendre pour une personne adulte, c'était aussi se faire respecter, se faire mieux voir, mieux aimer...

En haut, au bord de l'escalier, avant de descendre, les adolescentes se poussaillèrent aux fins de savoir qui le ferait la première...

-T'es plus grande, vas-y!

-Vas-y, toi!

-Si tu y vas pas, j'y vas pas...

Jeanne finit par accepter et elle emprunta l'escalier qui aboutissait en pleine cuisine presqu'au-dessus de la tablée. Sa soeur suivit du plus près qu'elle put et garda la tête à terre comme pour empêcher les regards de se poser sur son rouge à lèvres et le fard de ses joues.

En apercevant l'aînée, seule nettement visible, tous ceux d'en bas s'exclamèrent, les femmes mélangeant des félicitations et des gars poussant des sifflements d'encouragement. A deux marches de la fin, la plus jeune poussée par un embarras honteux enfargea l'autre sans le vouloir et elles plongèrent toutes deux jusqu'à tomber et s'enchevêtrer l'une sur l'autre...

Johanne se releva aussitôt et apparut dans toute sa gaucherie, le rouge à lèvres trop appuyé et mal défini, la boucle de sa large ceinture décentrée, le regard interrogateur. On se mit à applaudir. Jeanne gémit:

-Ah! Johanne Bédard, avec toi, c'est toujours le malheur qui passe!

La plainte valut des rires exagérés, des rires de Noël que des riens provoquent, des rires de rien...

Johanne fut alors envahie par un sentiment de ridicule et d'isolement. Elle avait gaffé encore. Et ça lui valait la risée générale. Son regard fit une tournée puis elle tourna les talons sans rien dire et remonta en haut où elle retourna se mettre devant un miroir de commode dans la chambre que se partageaient les adolescentes. L'oeil fixe, la main qui tâtonne, elle trouva un mouchoir dans un tiroir et s'essuya la bouche et les joues jusqu'à redevenir blanche comme une morte-vivante...

On l'ignora. Elle ne descendit pas au réveillon.

**

L'hiver toussota le lendemain de Noël puis il retrouva son mackinaw ouaté. Une bordée plus généreuse que Santa Claus lui-même répandit sur le pays un isolement qui pousse les êtres à se rencontrer et à se conforter. Mais aussi à se confronter.

Ce dimanche-là, le curé annonça la grande partie de hockey qui aurait lieu en après-midi sur la patinoire du village et qui opposerait l'équipe locale à une autre d'une ligue de quatre formations dont on entendait parler dans grand. C'était pour les gens de

176

Saint-Sébastien la plus importante ligue de hockey après la Nationale et il y avait dans cette paroisse des joueurs de première force. De la trempe de Béliveau, Richard ou Geoffrion, disait-on dans toutes les discussions avec un pétillement de fierté dans le regard et la moue supérieure. Les frères Hallé surtout et le grand Fillion, un dur à l'épaule d'acier surnommé le TD-14, du nom d'un bulldozer à la mode en ce temps-là.

Quelque chose tourbillonnait parfois en la poitrine de Johanne. Cela lui disait qu'elle devait agir, faire ci ou aller là. «Un signe venu d'ailleurs,» se répétait-elle souvent sans pourtant confier son secret à quiconque. Quand le prêtre annonça la tenue de la partie et sollicita l'encouragement des gens au nom de l'équipe locale, la meilleure, la plus méritante sans aucun doute, elle entendit sa voix intérieure, une voix douce faite de drôles de picotements qui duraient une bonne grosse minute. Il fallait qu'elle assiste à ce match.

Puis elle rêva. Les joueurs étaient tous des gars de dix-huit à vingt-cinq ans et voilà justement les hommes qui patinaient régulièrement dans son coeur. Tout se passa comme pour servir son palpitant projet. Après la messe, Michèle Dallaire lui dit que leur transporteur à l'école la semaine organisait le voyage au village pour les gens du rang et qu'au besoin, il ferait des aller-retour afin de sortir le plus de supporteurs possible de toutes les entrailles de la paroisse pour montrer aux adversaires beaucerons qu'à Saint-Sébastien, on avait la force du Morne, la solidité du granit, la détermination farouche de la dynamite et la foi en les siens, en son clan. Un clan de gagnants!

La patinoire brillait de toute sa glace.

Quand les deux amies arrivèrent, il y avait déjà un rang de personnes à un des bouts et sur le côté face à la bâtisse des joueurs, un chalet chauffé crachant de la fumée par sa cheminée et des grésillements par des haut-parleurs qui faisaient chanter Buddy Holly et ses Crickets...

«Peggy Sue, Peggy Sue, oh! my love, oh! Peggy Sue...»

Au centre, le grand sigle de l'équipe locale était écrit en bleu et entouré d'un grand cercle rouge: SS pour Saint-Sébastien, un nom choisi pour en imposer aux étrangers...

Si plusieurs déjà avaient foulé la glace de leurs pieds, par con-

177

tre, pas une lame n'avait encore entamé la surface glissante; il fallait laisser durcir au maximum et le dernier arrosage s'était produit une heure plus tôt seulement. Ils avaient le meilleur coup de patin, les gars de la place, surtout les frères Hallé et le grand Fillion, mais à condition de leur donner une glace de leur trempe soit de qualité A-1. La meilleure.

Comme de coutume en période de vacances des fêtes, on avait renforcé l'équipe avec deux ou trois joueurs de collège: Marc Bussière, Gilles Bernard... La victoire se promenait déjà d'une bouche à l'autre et les joueurs de l'équipe adverse arrivaient tout juste.

Ils défilèrent, bardés de bagage, ces gars d'ailleurs depuis leur autobus bleu jusqu'à la partie de chalet qui leur était allouée, s'égrenant sur la glace comme un chapelet cassé sous le silence respectueux d'une foule emmitouflée dans sa certitude et sa fierté.

Johanne et Michèle marchèrent le long de l'église jusqu'à l'autre bout de la patinoire et elles allèrent se placer derrière les filets, chacune appuyant son épaule à un poteau de bois qui supportait un projecteur éteint.

Toutes deux s'était mis du rouge à lèvres et du fard. Ainsi revêtues d'un manteau et d'un capuchon, on ne verrait pas que leur corps n'avait que douze ans. En tout cas, chacune l'espérait secrètement.

Une marche militaire succéda à la musique de Buddy Holly: du Mitch Miller. Il ne manquait plus que les joueurs sur la glace et des drapeaux à agiter pour que le vieux nationalisme paroissial atteigne son point culminant.

Un premier joueur sortit du chalet et fit une courte virée comme pour vérifier la résistance de la glace et celle de la foule. C'était un Saint-Honoréen, c'est-à-dire un adversaire: jeune homme au cou sec et raide et à l'oeil moqueur. Quelques-uns le huèrent; cela parut lui plaire et il rentra dans la cabane blanche en souriant d'une inspiration hautaine.

Un groupe de trois adolescentes parut à côté du chalet, arrivant sans aucun doute de chez elles. L'une aperçut aussitôt Michèle et Johanne et leur cria:

-Hey, les filles, venez avec nous autres, venez!

-Tu viens, Johanne, c'est les filles de la classe...

178

-Ça me le dit pas...

-Viens, voyons!

-Non, je reste icitte.

Michèle fit trois pas en s'éloignant.

-Moi, j'y vas; viens t'en!

-Non...

-Pourquoi?

-La maudite Irène, je veux pas la voir!

-Ben voyons, elle t'agace, mais elle t'haïs pas!

-Ben moi, je l'haïs...

-Ah! maudit!

-Je t'empêche pas d'y aller, Michèle Dallaire. Suis assez grande pour rester toute seule icitte...

Michèle s'éloigna comme à regret. Johanne avait le coeur un peu serré. Irène eut plaisir à voir les amies séparées.

Le froid piquait les nez et les pieds; il s'emparait des fumées de cheminée de l'église et des maisons du village et les emmenait au ciel en les tordant dans une spirale blanche aux airs d'écheveau de laine.

Trois joueurs du St-Honoré, une équipe qui portait prétentieusement le nom de Canadiens, sortirent de la cabane et essayèrent la patinoire et la foule. Ils paradèrent en se parlant de n'importe quoi pour que durcisse leur embarras gonflé.

Une grande guerre psychologique faisait rage depuis l'arrivée des adversaires. Vérification de liste de joueurs par l'entraîneur de l'équipe adverse. Visite du vicaire aux deux clans. Le prêtre confia aux visiteurs que les joueurs locaux s'étaient pratiqués la veille au soir et qu'ils formaient maintenant une équipe de granit. Puis il se rendit dans l'autre coqueron où circulaient des odeurs de jeunes mal lavés, mêlées à des molles vapeurs intestinales alimentées par la bière de la veille, et il distribua clins d'oeil et slogans victorieux:

-Je vous dis que leurs deux collégiens sont pas à la hauteur des nôtres. Ils ont pas l'air trop nerfés...

-J'en connais un, dit Marc Bussière, je vas au même collège...

On l'interrogea aussitôt du regard.

-Pouah! il patine sur la bottine!

Chacun rit d'un rire sécurisé et sécurisant.

Le grand Fillion qui tirait sur ses lacets déclara:

-On frappe en partant comme de la dynamite...

Un lacet péta. Il juronna. Le prêtre annonça:

-Les gars, oubliez pas que c'est la première position de la ligue Beauce-Frontenac qui est en jeu aujourd'hui.

L'instructeur lança:

-On leur fera pas de cadeaux: Noël est passé.

D'aucuns rirent. D'autres se parlaient. Le prêtre se rendit dans un espace réduit séparant les coquerons et qui contenait la truie à chauffage, le tourne-disques et le contrôle des haut-parleurs. Et il s'apprêta à parler à la foule.

Dehors, Johanne était triste. Encore seule, encore isolée. Ses compagnes là-bas s'excitaient, jaspinaient, se poussaillaient pour attirer l'attention des trois joueurs sur la glace qui poursuivaient leur parade lente de coq de village. Enhardis par quelques tours de patinoire et des réflexions sur ce monde de Saint-Sébastien qui leur paraissait bien reculé de la civilisation, ils se tinrent le courage à deux mains et vinrent se planter devant les adolescentes pour les narguer un peu.

Un quatrième joueur sortit de la cabane et fit sa tournée en solo. Il n'osa regarder la foule mais rendu derrière les filets, ses yeux croisèrent ceux de la solitaire. Il en fut profondément troublé. C'était comme s'il venait de se regarder dans des miroirs bleus... Il poursuivit, accéléra, revint... Johanne mit sa tête un peu en biais et lui jeta ce regard par lequel passaient toute son âme et sa candeur. Jamais il n'aurait osé lui parler: elle était bien trop jeune. Et même si elle avait eu son âge, il aurait été trop timide pour le faire...

Il porta sa main à son front et rajusta le devant de sa tuque brune puis s'arrêta sec, lames râpant la glace, auprès de ses compagnons qui s'amusaient avec les adolescentes.

-Pis lui, c'est Alain Martin, dit un joueur. Il est capable de vous rentrer dans la bande tous les joueurs de Saint-Sébastien pis votre curé avec...

-Ben non!!! allongea une fille.

-On a ben hâte de voir ça, s'étonna une autre.

On poursuivit en d'autres banalités puis Alain ne put s'empêcher de demander:

-Qui c'est, la jeune, là-bas? Pour moi je l'ai vue déjà à Saint-Samuel au magasin de ma soeur.

-Hein! ta soeur tient magasin à Saint-Samuel? s'écria Michèle.

Mais Irène répondit à la question:

-Ça, c'est Johanne Bédard. Une sourde-muette...

-Ben non, protesta Michèle.

-Folle dans la tête! Faut pas lui parler!

-Ben non, elle est pas folle...

Alain prit une sorte de conscience de la situation. Celle qu'on appelait Johanne était isolée et en plus en un endroit dangereux pour elle, juste derrière les buts. Quelque chose se noua en son esprit et en son coeur. Il connaissait la souffrance morale et la peur de se mêler aux autres. Tout cela ne s'écrivait pas en les dédales de son cerveau mais passait en ondes floues bien plus senties que réfléchies. Il ne se souvenait pas vraiment d'avoir vu ces yeux-là et avait dit à tout hasard qu'il pouvait la connaître pour l'avoir vue à Saint-Samuel.

Il repartit.

-Hey, il est beau, votre copain...

-Pis nous autres?...

L'adolescente l'intriguait au plus haut point. Il fit une autre tournée et s'amena à elle derrière les buts.

-Hey, la petite, tu devrais pas te mettre là, c'est trop dangereux. Asteur, on fesse des slap-shots pis les pucks passent à cent milles à l'heure...

Il parvenait mal à se concentrer. Lui qui surveillait sa langue française depuis qu'il était au collège parlait comme un Québécois infecté par l'inquiétant virus de l'anglicisation.

-Ça fait rien, j'ai pas peur!

L'adolescent haussa les épaules en voulant dire qu'il s'en lavait les mains et il bougea un peu comme pour se remettre en marche.

-C'est quoi ton nom?

-Alain.

-Alain qui?

-Alain Martin. Pourquoi tu veux savoir ça?

-Parce que...

-Parce que quoi, Johanne Bédard?

-Hein? Comment ça se fait que tu sais mon nom?

-Ils me l'ont dit là-bas.

Le visage de Johanne se rembrunit.

-Pis?

-Ils ont dit que t'étais sourde-muette.

-C'est Irène Lapointe qui a dit ça?

-Peut-être... je les connais pas...

-Ah!

-En tout cas, reste pas là parce que c'est ben trop dangereux. Tu pourrais te faire tuer...

-C'est que ça te ferait, toi?

Il haussa les épaules.

-Ça me ferait rien, moi, de me faire tuer par une puck, ajouta-t-elle.

-Tu dis ça pour faire la fine.

-Je dis ça parce que c'est comme ça.

Pareille détermination sur un sujet aussi particulier étonna fort le jeune homme. En même temps, son attention était retenue par les chaussures de Johanne, des bottes noires avec des attaches métalliques; il se souvenait en avoir vu des pareilles au magasin de sa soeur à Saint-Samuel.

-Pourquoi que t'es pas avec les autres?

-C'est pas de tes affaires.

-Eux autres, ils se feront pas tuer par une puck...

-Quel âge que t'as?

-Seize... pis toi?

Elle mentit:

-Quatorze... mais je vas avoir quinze, là...

-Je te crois pas...

-Ça me fait rien...

Ils furent interrompus par la voix du prêtre et Alain s'en alla.

-Les amis de tout Saint-Sébastien et des paroisses voisines, bienvenue à cette partie de hockey qui oppose notre équipe à celle de Saint-Honoré. Les joueurs des deux équipes vont maintenant aller se mettre en rang aux lignes bleues et à l'appel de son nom, chacun des joueurs va s'avancer, après quoi, nous allons faire jouer le Ô Canada!

Johanne se sentait fort troublée par sa rencontre malgré un échange presque rude entre elle et cet Alain Martin qui lui faisait battre le coeur beaucoup plus vite. Elle refaisait le cheminement du garçon en sa tête. Il avait parlé aux filles du groupe mais peu longtemps et s'était attardé à elle en se souciant de sa santé et du risque d'accident. Cette attention, ce privilège, ce quasi miracle lui apparaissait comme un bouquet de rêve que lui offrait l'inconnu et elle savait maintenant pourquoi elle s'était sentie comme poussée à venir à cette partie.

-D'abord les joueurs de l'équipe adverse. Chacun s'avance de deux pas à l'appel de son nom... Le gardien de buts Gaston Gosselin... Première ligne d'attaque: Gaétan Gosselin... Claude Gosselin...

Les noms devinrent muets à l'oreille de Johanne. Un seul les lui ouvrirait: celui de Alain Martin. Et elle le guettait, ce nom nouveau, tout en le caressant dans son coeur. Les haut-parleurs émirent une espèce de son vibratoire assourdissant; elle ne l'entendit même pas.

-En deuxième ligne d'attaque... Alain Martin...

L'adolescent donna deux coups de patin et il reprit sa place en tournant du côté droit, incapable de le faire de toute façon du côté gauche. Quand il fut de retour et en position stable, il jeta un coup d'oeil inquiet en direction de Johanne qui le comprit. Elle abaissa la tête comme pour lui répondre:

«Non, je ne bouge pas. Je m'en excuse.»

183

Quelques minutes plus tard, le vicaire, arbitre de la partie, mettait la rondelle en jeu. Aussitôt la foule se mit à vociférer sa joie triomphante. Son fier support plus l'habileté de Marc Bussière déjouèrent le gardien du Saint-Honoré qui s'en prit à ses maudits poteaux si peu collaborateurs.

La riposte ne se fit pas attendre et Claude Gosselin enfila un point d'égalité à la faveur d'une mêlée devant le but du Saint-Sébastien. Puis ce furent dix minutes d'indécision, de protestations contre un arbitre un peu trop partial aux yeux de chaque équipe mais que sa soutane mettait à l'abri des jugements trop sévères.

C'est alors qu'une rondelle décochée par un des frères Hallé frôla la tête de Johanne. Le vicaire se rendit auprès de la jeune fille et lui demanda de s'éloigner; elle s'écrasa dans la neige derrière le poteau disant:

-O.K.! je m'en vas d'abord.

Mais elle n'en fit rien. Et bientôt elle fut à nouveau debout comme face à son destin qu'elle narguait et défiait avec un mince sourire narquois. Les autres filles n'oseraient jamais braver ainsi le danger et cela lui plaisait en lui conférant un sentiment de supériorité.

Contrairement à ce que l'on s'était proposé de part et d'autre, on se frappa très peu dans la première période. La deuxième permit au Saint-Honoré de prendre une confortable avance de trois points; et c'est avec une détermination bien ancrée dans les épaules que les gars de l'équipe en retard arrivèrent sur la glace.

Johanne ressentait aussi une certaine déception. Alain n'était pas souvent sur la glace et il patinait moins bien que la plupart des autres. Il tombait souvent malgré son courage et sa propension à foncer en avant.

Elle chercha son regard chaque fois qu'il fut à bourdonner comme une abeille autour des buts sans jamais réussir quoi que ce soit, mais ne put l'obtenir une seule fois tant il était tout entier à son travail ardu de hockeyeur engagé.

Au milieu de la troisième période, ce fut l'accident. Ou l'incident. Qui assiste à un match quelconque, surtout de hockey, espère secrètement que le sang va couler et la foule fut servie à souhait dans les instants qui suivirent.

La rondelle glissa derrière les buts du Saint-Sébastien. Alain Martin se trouvait là et il commença à la disputer à Marc Bussière sous le regard partisan de la jeune adolescente lorsque le grand Fillion s'élança depuis la demi de la zone et fonça sur le joueur adversaire qui gardait la tête un peu basse comme toujours.

Ce fut l'impact des corps puis celui de la tête d'Alain contre la bande; le cou plia vers l'arrière et le visage fut relevé violemment tandis que le menton s'ouvrait et que le sang giclait. À ce moment précis, par la force des choses, le regard de l'adolescent rencontra celui de Johanne. Le temps s'arrêta.

Et aussitôt reprit son cours inéluctable. Alain perdit conscience. Elle figea corps et coeur comme si on l'avait soudain enrobée d'une couche de glace.

Il fallut prendre le garçon par le dessous des bras et l'emmener ainsi, les pieds traînants, à la cabane sous le silence général et quelques murmures vengeurs.

Alors Johanne quitta le lieu qu'elle occupait et elle cessa de voir la partie. Elle se rendit près de l'autobus des visiteurs et marcha de long en large. Deux hommes parurent bientôt, conduisant le blessé pitoyable et à moitié assommé, chez le médecin du village. En les voyant passer près d'elle, la jeune fille demeura sans bouger...

-Le gars, il s'est fait montrer à jouer par le grand Fillion, hein!

Johanne reconnut la voix de Irène Lapointe. Elle ne se retourna même pas et s'en alla à la camionnette qui l'avait emmenée au village.

La partie prit fin. Saint-Sébastien l'emporta après avoir remonté la pente. La foule repue se dispersa en riant. Les visiteurs s'engouffrèrent avec leur défaite dans leur autobus, se promettant de se venger des SS quand ils viendraient jouer chez eux.

Et ils s'arrêtèrent chez le docteur pour récupérer leur blessé...

******

Chapitre 21

Johanne eut pour maîtresse la même religieuse que l'année précédente. Une soeur sèche et mesquine qui aimait tyranniser les plus faibles du groupe. Un jour, elle avait lu un drôle d'air dans le visage du curé quand le nom de Johanne était apparu dans la conversation. Une moue à peine esquissée par laquelle un observateur était porté à mettre en doute la valeur de l'adolescente. En fait, c'était cela: une moue de doute, la pire de toutes.

Soeur Juliette ne félicita jamais la jeune fille pour ses bonnes notes. Mais elle soulignait sa distraction et cet isolement aux allures de péché solitaire dans lequel Johanne se réfugiait de plus en plus pour échapper au giron familial et scolaire.

Un lundi matin, Irène Lapointe arriva dans la cour avec un regard de triomphe et un papier secret dont elle fit lire le contenu par toutes les filles sauf celle-là même que le texte méchant concernait.

Chacune rit mais la victime ne se rendit pas compte de ce qui se préparait. On était à la première neige. Le ciel se vidait mais sans trop de rage. En classe, Johanne regardait la grisaille du temps lorsque la maîtresse lui signifia dans son habituelle élocution pincée de femme intellectuelle et détestable:

-Mademoiselle Bédard, vous semblez aimer beaucoup la poudrerie du ciel, est-ce parce que vous aimez celle sur votre visage?

Ce fut l'hilarité générale.

Son déjà vieux démon du sentiment de culpabilité vint inscrire un sourire de résignation sur les lèvres de la jeune adolescente qui baissa la tête sans voir que des filles s'échangeaient des regards de complicité négative.

À la récréation, ce fut l'explosion pour elle: comme si elle avait été ce voisin du rang qui, s'étant approché prématurément d'une charge de dynamite retardataire, avait sauté en mille morceaux avec elle. Plus isolée que jamais, elle se recula dans un coin peu fréquenté, sous un escalier extérieur et mit ses mains dans ses poches de manteau ouvert, réfléchissant à des riens tout en frappant une pierre de sa chaussure.

Dans sa rêverie, elle crut tout à coup entendre des rires. Puis une voix pointue se mit à chanter sur l'air de Cadet Rousselle un texte cruel:

Johanne Bédard et ses deux couettes
Johanne Bédard et ses deux couettes
Est allée voir le bossu Couët
Est allée voir le bossu Couët
Pour lui d'mander la charité -e
Et deux-trois becs lui quêter-e
Ah! ah! oui vraiment
Johanne est folle rarement!

Johanne Bédard et ses deux yeux
Johanne Bédard et ses deux yeux
Est allée voir Donat Veilleux
Est allée voir Donat Veilleux
Pour lui porter du lait caillé-e

Le bonhomme s'est mis à brailler-e
Ah! ah! oui vraiment
Johanne est folle rarement!
Johanne Bédard et son grand cou
Johanne Bédard et son grand cou
Est allée voir Lucien Marcoux
Est allée voir Lucien Marcoux
Pour lui donner un p'tit bisou-ou
Et s'faire donner un p'tit chou-chou-ou
Ah! ah! oui vraiment
Johanne est folle rarement.

Johanne Bédard et ses grand's dents
Johanne Bédard et ses grand's dents
Est allée voir Conrad Ferland
Est allée voir Conrad Ferland
Elle s'est assis' sur ses genoux-ou
Il l'a flattée comme un minou-ou
Ah! ah! oui vraiment
Johanne est folle rarement.

La chanson se termina dans une cascade de rires. Chaque mot avait pénétré l'âme de la victime comme un coup de poignard. On devait savoir ce qui lui était arrivé déjà. On devait deviner qu'elle avait été touchée par des hommes. Des bruits devaient sûrement avoir couru sur elle. D'autres que le prêtre et son frère l'avaient traquée dans un coin à deux reprises quand elle se rendait agir comme gardienne dans le voisinage. Tout cela plus sa nature donneuse la claustrait dans une culpabilité décuplée et un isolement multiplié.

Jusque là cachée par un mur, Irène se montra soudain avec une autre et la chanson recommença. Johanne s'enferma davantage dans le coin et la cloche vint mettre fin à son supplice mental.

Elle pleura à plusieurs reprises durant la journée. Si bien que des filles qui avaient d'abord trouvé ça drôle la prirent en pitié et demandèrent à sa seule amie de la remettre 'sur le piton'...

Michèle Dallaire lui parla quand elles furent dans la camionnette sur le chemin du retour. Il était trop tard. Un mal irréparable issu de la cruauté générale achevait de détruire une partie précieuse de Johanne Bédard: son enfance.

Quand poussée par un vent glacial qui prenait tout son air d'aller au sommet du Morne, elle entra dans la maison, elle éclata en sanglots et lança des mots tordus par la douleur en se précipitant vers l'escalier menant au deuxième étage:

-J'y vas pus à l'école, moi, pus jamais, pus jamais!

Et pour mieux montrer sa détermination, elle jeta contre la porte d'en arrière son sac misérable bourré de tant de déceptions.

-Mais t'es bonne à l'école! étira tristement Anna qu'une intense souffrance physique poussait à une résignation rapide.

Albert devait se rendre compte une dizaine de jours plus tard.

-Cou donc, tu vas pus à l'école, toi?

-Ben non!

-Ah!

**

Alain Martin frottait la cicatrice de son menton avec son crayon. Son oeil brillait comme chaque fois qu'il écrivait. Surtout quand il s'adonnait à son exercice favori: la ponte d'un nouveau poème.

Il cachait ce penchant pour la poésie. Dans un monde où triomphe le hockey, le poète passe pour une belle tapette. Il faut être dur, viril, compétitif; il faut jouer du coude et arriver premier... En classe, il arrivait premier sans avoir à courir et cela en irritait quelques-uns. On le lui faisait bien voir sur la patinoire où il lui manquait le coup de patin aussi bien que celui d'épaule.

Pourtant, c'est à une lettre qu'il travaillait. Il s'était plaint au titulaire de ses difficultés dans l'apprentissage de la dactylo pour obtenir le droit de se rendre en dehors des heures régulières à la salle des machines à écrire où se trouvait aussi la bibliothèque du collège. Et souvent après sa pratique écourtée, il se prenait un livre dans les rayons et s'alimentait à Rimbaud, Baudelaire, Vigny, Hugo et autres.

Et tout aussi souvent, il tâcheronnait sur une poésie gauche mais bourrée de sincérité et d'espérance.

La lettre s'adressait à son père. Une réponse difficile. Peut-être trop pour un garçon de dix-sept ans. C'est la veille qu'il recevait celle qui lui apportait des nouvelles très pénibles. Ernest remettait en question sa promesse de soutenir son fils jusqu'au bout des études qu'il choisirait de faire. Et l'homme possédait la meilleure raison du monde: la peur. Il écrivait avoir fait une crise cardiaque là-bas dans sa forge de Windigo. Transporté à l'hôpital d'Amos, on n'avait pu que constater le piètre état de son coeur et le médecin le condamnait au repos à vie. Autrement, ce serait la mort à courte échéance. Autrement ou peut-être pas...

... je m'attends de crever d'une semaine à l'autre... disait la lettre en provenance de la Beauce où plus d'un mois après la crise, il s'était enfin rendu. *Mais j'ai pas assez d'argent pour me faire vivre plus que 5 ou 6 ans. Je le sais pus trop c'est que j'vas faire. J'ai écrit au député comme autrefois; il m'a répondu poli, que le gouvernement avait pas d'argent pour m'aider à payer tes études. J'aurais dû voter du bon bord... Y'en a qui en ont mais eux autres, c'est des bleus... Si ça change de gouvernement l'année prochaine, ça sera peut-être ben pus pareille. Je t'envoye vingt piastres... Ton frère parle de se marier...*

L'adolescent corrigeait les fautes pour son père au fil de sa dixième relecture.

Du papier ligné, un crayon à grosse mine de graphite et des plaintes sous-entendues provoquaient chez le jeune homme une sorte de pitié paterne; mais le contenu réel lui faisait prendre ses responsabilités, toutes ses responsabilités. Il ne pouvait pas lier son père à une promesse qui le mettrait dans la misère noire, ajoutant à sa maladie l'insoutenable stress quant à sa survie.

Il réfléchissait donc chaque mot de sa réponse:

...j'ai su cette année qu'on peut étudier pour devenir enseignant et obtenir un permis après seulement deux ans à l'univer-

sité. Ensuite, je gagnerai de l'argent et je finirai mes études l'été ou par des cours du samedi.

Moi aussi, je pense que les bleus seront battus par Lesage l'année prochaine maintenant que l'empereur Duplessis dort six pieds sous terre. Les choses vont changer, s'améliorer. On dit aussi que monsieur René Lévesque pourrait se joindre à monsieur Lesage: lui, c'est un homme honnête. Mon professeur le pense et c'est un homme qui connaît pas mal son affaire quand il est question de politique.

Si vous pouvez payer encore cette année, je vais essayer de gagner des sous l'été prochain. Je pourrais emprunter à mes frères et mes soeurs pour finir. Chacun cent dollars par année que je leur remettrai quand je travaillerai... Mais ça me gêne pas mal de leur en parler.

Je prie pour votre santé du mieux que je peux. Prenez vos remèdes et retardez pas à faire venir le docteur si vous sentez de la douleur dans la poitrine ou surtout dans le bras gauche.

Alain

Deux semaines plus tard, l'adolescent fut convoqué au bureau du principal. Quand le maître de salle l'en avertit, Alain dut réprimer ses larmes. Il se souvenait de la dernière convocation alors que le directeur lui avait dit avec un air de pitié désolée:

«Très difficile pour nous de garder un pensionnaire si la pension n'est pas payée et voilà que votre compte retarde de trois gros mois, c'est-à-dire de cent cinquante dollars... Vous comprenez, mon jeune ami, un collège ne saurait survivre sans percevoir d'argent...»

Cette fois, le glas sonnerait.

Toujours effrayé par la vie, et doublement par un futur sans diplôme de survivance, il se rendit au bureau du principal sans être capable de cacher l'immense arrière-goût de culpabilité qui harcelait son âme, celle de se savoir un être vivant avec des besoins.

Le principal était un rouquin filiforme portant des lunettes qui ajoutaient à ses dehors fendants résumés par ce nez en lame de couteau qui semblait tout fait pour fouiner et trancher définitivement.

Alain prit place dans la chaise et dans son malaise de plus en plus vif.

-Votre cas a été discuté lors d'une réunion des autorités du collège. On a décidé de vous créditer un mois sur votre compte. Vous avez donc un autre mois de grâce pour ainsi dire. De plus, j'ai reçu hier un chèque de votre père pour le montant de cent cinquante dollars couvrant les retards à ce jour. En conséquence, vous avez un mois en banque. Mais comme nous avons toléré un retard de trois mois déjà, nous le pourrions encore et cela nous amènerait au dernier mois de l'année puisque vous, en tant que finissant, terminez fin mai. Votre année scolaire, à toutes fins pratiques, est donc sauvée.

Les larmes réprimées en bas remontèrent à la gorge puis aux yeux du jeune homme; il en échappa quelques-unes devant un principal froid comme le marbre et qui entreprenait de rédiger le reçu.

-Merci, Frère Directeur, dit l'adolescent en partant.

-Sortez-nous un certificat de 90%...

Ce n'était quand même pas pour la gloire du collège que le principal avait agi mais pour sauver l'avenir d'un adolescent travailleur.

Alain ne réussit pas à obtenir le pourcentage souhaité par le principal, mais il le frôla de quelques notes.

******

Chapitre 22

1960

Christophe Colomb réincarné débarqua à Washington cette année-là; il s'appelait John F. Kennedy.

Le Québec était encore à pelleter sa noirceur dans la fosse à Duplessis.

Le passé indigent fait de valeurs aussi désuètes que celles du partage, de la convivialité, de la mesure, de l'activité simple, candide et créatrice, la vie douce et palpitante, se drapa lui-même d'un grand linceul et il céda sa place à des lendemains qui commençaient déjà, grâce à la collusion banco-politico-médiatique et par elle, à chanter l'ambition, la compétition, la consommation, l'excès, la pollution, la destruction, les valeurs de mort qui amèneront peu à peu l'exacerbation des maux sociaux: misère physique des uns, misère morale des autres, criminalité, drogues, chômage, inégalités, suicide, violence conjugale, divorce et tutti quanti.

Quand on n'est que le passé, on n'a pas hélas! grand avenir!

Quelques petits génies d'ici, de lumineuses lumières branchées sur le courant international, comprenant un dénommé René Lévesque et son rival préféré, l'encore obscur Pierre Trudeau avaient pris l'habitude de danser le tango des idées pures jusque tard la nuit chaque semaine, chacun brandissant tour à tour l'épée des mots qui, grâce au cheval de la politique, transformerait un jour l'un et l'autre en chevalier preux défenseur de la veuve et de l'orphelin, le premier appelé par l'élite québécoise à la béatification future et l'autre à 'l'infernalisation'.

Le petit peuple, lui, vibrait en dansant le rock and roll et regardait d'un oeil haut les quétaines danses carrées d'antan. L'Amérique joyeuse et fière s'américanisait de bout en bout, jusqu'à Saint-Sébastien, à l'ombre même de la montagne de granit.

La salle de danse portait un nom évocateur: le Passe-Temps. On y présentait un orchestre chaque samedi et les jeunes des paroisses voisines y venaient nombreux. Presque chaque semaine, des groupes venus d'un peu plus loin remontaient le courant comme des truites désireuses de frayer, s'imaginant que des filles de plus loin se laisseraient mieux faire que celles de sa paroisse.

Des Gosselin, des Boulanger, des Bolduc, Alain Martin, Donald Boutin: un contingent de jeunes coq de la Beauce se divisa en deux voitures de taxi et on arriva au Passe-Temps à dix heures, en même temps que des 'sorteux' du coin.

On regroupa deux tables et très bientôt toute surface disponible fut occupée par une bouteille de bière. On en commandait trois fois plus que les besoins pour se sentir trois fois plus solide. Sauf Laurent Boulanger, éternel cassé, chacun respectait le temps de sa tournée et aucun ne voulait être en reste.

Quand on fut chaudasse ou bien qu'on crut l'être, on obéit au commandement de la musique et à l'appel de la femelle. Les rock and roll donnaient l'occasion de se jauger, de s'évaluer et les slows permettaient de choisir, de sélectionner...

'Smoke gets in your eyes', fut entamé par Tit-Claude Poulin, surnommé Ti-Kit, le chanteur du groupe de musiciens, les Kit-Cats, et la plupart des mâles se pressèrent vers les filles qui attendaient en faisant semblant de s'en ficher totalement. En début de soirée, elles ne faisaient pas trop la fine bouche. Le gars de leur choix viendrait sans doute plus tard s'il ne répondait pas du premier coup à leurs regards expressifs.

Le processus de sélection fonctionnait de plus en plus à mesure que les demi-heures bruyantes passaient et haussaient les degrés de température et d'ivresse.

Trop timide pour foncer comme ses collègues, Alain resta seul à sa table, pensant. Il aperçut venir une jeune fille portant une jupe à fleurs immenses et une blouse blanche serrée sur sa poitrine plutôt ronde. Elle plongea son grand regard provocateur au fond du sien et si bien qu'il baissa la tête. Il la connaissait, cette fille. Ou plutôt ses yeux... Il les connaissait...

Elle revint aussitôt comme si elle n'était allée nulle part et passa sans le regarder, tête haute et chevelure brumeuse.

La fumée donnait à penser à un incendie tant elle se faisait dense. Un retardataire la rattrapa et lui proposa de danser, ce qu'elle accepta sans hésiter. Un second slow commençait. En s'offrant aux bras du danseur, elle tourna la tête vers Alain qui n'en finissait pas de se sentir troublé...

Johanne retourna à sa table en même temps que sa soeur Jeanne et que Michèle Dallaire.

-C'est des gars de Saint-Honoré, la grosse gang de là-bas, dit Michèle.

-Y'en a un, ben je pense que je le connais, osa dire Johanne qui parlait toujours fort peu.

-Ben voyons, toi, tu penses tout le temps que tu connais tous les gars! fit Jeanne.

Johanne n'insista pas. Elle observa ses compagnes, la salle mais en prenant soin d'éviter de poser ses yeux sur l'étranger bizarre...

Ainsi vêtue, maquillée et coiffée, elle paraissait de dix-sept ans au moins, d'autant qu'elle s'était enflé la poitrine avec des bourrures.

Les gars parlaient de se pairer avec des filles pour aller 'parquer' dans les bois des environs et 'frencher' ou plus... Quelques-uns réussiraient à frotter des seins, de rares chanceux exploreraient des entrejambes et il y avait en général une pénétration par hôtel par semaine, selon des opinions bien informées mais non à partir de données scientifiques vérifiées... et publiées dans Le Devoir.

La danse reprit bientôt.

Alain cala une bière et, le courage sous le bras, le prochain 'plain' venu, il se lança en avant à la conquête de Johanne qui avait déjà dansé avec plus d'un du groupe, chacun ayant affirmé qu'elle aimait se frôler les petits tétons...

Il arriva en retard. Mais elle l'avait vu venir vers elle et le devancier baisa un refus. Alain n'eut même pas à demander, qu'elle se levait et le précédait sur la piste.

-C'est quoi, ton nom, toi? demanda-t-il après un bon quinze secondes de gel.

-Johanne Bédard, pas Jeanne, là, Johanne...

-Ben je te connais.

-Moi aussi...

-C'est quoi, mon nom?

-Alain.

-Les gars te l'ont dit.

-Non, c'est toi qui s'est fait fendre le menton au hockey déjà... Je m'en rappelle, t'es venu me parler au bout de la patinoire... Tu t'es fait frapper à côté d'où c'est que j'étais...

Elle sentait bon. Elle se collait comme un petit chat. Si près, elle ne parvenait pas à envisager. Il se sentait tout aussi embarrassé.

-Ben oui, regarde ma cicatrice.

Il se recula. Elle leva à peine les yeux tant sa timidité l'incommodait. Nerveuse, elle se remit dans ses bras en disant:

-Le gars qui t'avait frappé, il est icitte à soir, dans la salle. C'est le grand maudit Fillion...

-Je me souviens pas; il m'a frappé en traître.

-Il fait tout le temps comme ça...

-Où c'est qu'il est?

-Là-bas, à la table proche de la porte des toilettes.

-Comment ça se fait que tu te rappelles de ça?

-Parce que tu m'avais parlé.

-Juste une minute...

-Toi itou, tu t'en souviens...

-Ben... tu pouvais te faire tuer...

-Pis c'est toi qui s'est quasiment fait tuer...

Ils se turent.

Une autre chanson des Platters, Twilight Time, se partageait l'air avec la boucane à couper au couteau. Le jeune homme ne remarqua pas la poitrine, en tout cas comme certains de sa table l'avaient décrite.

-T'avais l'air pas mal plus jeune...

-Ben, j'ai seize ans, quasiment dix-sept, s'empressa-t-elle de dire.

Il crut son mensonge.

À la fin de la danse, elle dit sans le regarder:

-Si tu veux revenir me chercher pour danser, je vas être là...

Alain s'attendait à des questions à son retour à sa table. Avait-il pu lui passer le genou? C'était par ce geste assez peu romantique que bien des gars interrogeaient les filles sur leur réception sexuelle. Avait-il obtenu une réponse? Et pourrait-il la reconduire chez elle après la soirée?

Rien.

Il n'y avait rien d'autre dans l'air entourant la table que de l'électricité. Un des frères Bolduc et un des Boulanger prenaient souvent la mouche pour peu de chose, parfois au premier regard posé sur eux par un étranger. Xénophobes et portés par le désir violent de supplanter, de prouver à tous l'importance de leur force physique, ils trouvaient souvent la bagarre; et selon leurs dires, c'était la provocation par l'adversaire qui en avait été la seule et première cause.

Pacifistes, lents comme des gros boeufs, les Gosselin tempéraient mais ne réussissaient pas à tout coup à sauvegarder la paix; et par solidarité, ils se laissaient parfois entraîner à rouler les poings. Une fois dans le feu de l'action, ils n'en pleuraient pas quoique parfois, ils se contentaient de s'interposer pour empêcher deux adversaires de sauter sur le même compatriote.

Il ne manquait que des drapeaux et des arbitres dans ces salles de danse de 1960.

Sourcils noirs, épais, froncés, Jules Bolduc serrait les mâchoires. Puis il les desserra pour cracher:

-Y'en a deux, des maudits cochons du club de Saint-Sébastien à la table... On s'est fait assez écoeurer sur leur patinoire... j'ai pas envie de laisser faire ça pantoute, moi, là...

-Pis moi non plus, approuva André Boulanger, un jeune homme petit au nez rempli de détermination.

-On les poignera ben l'hiver prochain, intervint un Gosselin, grand fanal calme que ses partisans avaient baptisé le Jean Béliveau du bout.

Alain garrocha bêtement l'huile que le feu réclamait pour brûler aussi bien que le torchon:

-C'est le grand Fillion, là, qui m'a rentré dans la bande par derrière... La cicatrice est là à vie...

Tous les yeux convergèrent sur son menton. On avait oublié l'incident. Mais voilà que surgie des cendres, la cicatrice devenait une preuve indiscutable de la félonie de ces gars-là.

Chacun but une gorgée. Jules Bolduc et deux des Boulanger se levèrent aussitôt et se rendirent tout droit à la table des méchants.

Ils eurent devant eux un problème de taille: le grand Fillion était lui aussi un Jean Béliveau hors de la glace. Il n'avait pas la moindre envie de se battre, d'autant qu'il s'attendait à pouvoir reconduire chez elle une des plus jolies filles de la salle et qu'une bagarre risquait de tout gâcher.

-C'est toi qui a rentré mon chum dans la bande par derrière; ben moi, j'aime pas ça pantoute!... dit Jules.

-Le hockey, c'est le hockey...

-Pas obligé de jouer en sauvage pis en traître...

-Un bon coup d'épaule, c'est normal...

Ils étaient trois à la table des adversaires. Le grand Fillion, garçon à la chevelure vaguée et au sourire plutôt bienveillant, et puis un noiraud gros-gras du genre à ne pas soulever la moindre poussière et qui attaquait par le rire complaisant, et finalement, un monsieur muscle très impassible bien assis derrière ses bras croisés tel un chef cheyenne. Ainsi placés tout près de la porte des toilettes des femmes, ils avaient beau jeu de recueillir les regards confiants de celles-là qui venaient de se remettre au maximum de leur beauté.

Sur la défensive d'abord, les saint-sébastinois avaient de plus en plus de mal à supporter les invectives qui se faisaient plus dures et vociférantes chaque minute. Ce fut le plus doux d'apparence, le petit gros, qui déclencha les vraies hostilités en lançant à la face de Jules le reste de son verre de bière. Aussitôt la table fut repoussée dans un fracas de bouteilles qui tombent et de verres qui éclatent. Un mélange de coups eut lieu. Les autres gars de Saint-Honoré s'approchèrent vivement. Accoururent des serveurs qui mirent un frein temporaire à la guerre et on fit en sorte que les belligérants se rendent finir le combat dehors.

Le grand Fillion et le sombre Jules se tinrent face à face comme des coq de combat, nez vis-à-vis nez, mains sur les hanches, semblablement à des joueurs de base-ball en train de se mitrailler de regards foudroyants et d'insultes mouillées...

On les regardait faire. Le petit gros fut tassé dans un coin par deux Gosselin, histoire de lui faire savoir qu'il avait tout intérêt à rester coi.

Les mêmes mots revenaient sans cesse: traîtrise, sauvagerie, 'envoye-donc-voir', 'jamais-eu-peur-d'un-homme-moi'...

On se prit à la gorge, au veston. Le linge fut déchiré tout aussi bien que les cris. Ça colletailla longuement, l'un poussant l'autre sur un véhicule et l'y retenant. Mais pas un coup de poing ne fut échangé. On craignait trop la riposte; et des coups de poing, ça fait toujours un peu mal...

À un certain moment donné, Alain Martin rentra et se rendit à la salle des toilettes. Il chercha des yeux Johanne Bédard mais ne la vit ni à danser ni à sa table ni nulle part. Quand il sortit, il aperçut une auto qui démarrait et alors il reconnut sur la banquette arrière l'adolescente qui le dévisageait de son grand regard d'enfant étonnée... et triste...

*****

201

Chapitre 23

On eut beau retourner à quelques reprises au Passe-Temps, jamais Alain ne revit Johanne cette année-là.

Il rencontra d'autres filles, se vanta de tâter des petits seins pointus, épisodes qu'il mit en vers parfois, puis il poursuivit ses études vers la grande 'vocation' de l'enseignement à l'université de Sherbrooke.

De son côté, la jeune fille aimait se retrouver dans des bras de garçon, de préférence de nouveaux chaque semaine. Amoureuse de l'amour et à la recherche du chevalier noir sur un fier cheval blanc, elle se sentait vivement attirée par les hommes sombres aux dehors inquiétants et douteux. Par bonheur, il y avait toujours sa soeur et Michèle ou une autre pour la retenir de trop s'offrir et même de se donner.

Léo Viger avait poursuivi son habitude de s'arrêter à la maison, même s'il habitait maintenant à quelques milles seulement, dans une maison chenue au pied même du chemin du Morne. Son état d'homme marié le mettait sous verre aux yeux de Johanne. Et pourtant, quand il vit la jeune adolescente se transformer en femme, que le temps rendit la sienne moins désirable, il recommença à montrer à la jeune fille plus que de la considération amicale. Sourires enveloppants, regards profonds, frôlements accidentels. Elle finit par lui céder par la pensée puis un jour, elle accepta son invitation de le voir en cachette.

L'automne clair étendait ses plus vives splendeurs, recouvrant la montagne d'ocre, de pourpre et d'or. Le Morne était beau. Çà et là, les terres jaunies par l'usure du temps s'ornaient d'une futaie, d'une boulaie ou d'un érable solitaire qui se déshabillait tranquillement aux allures d'une strip-teaseuse démodée lasse de travailler sans public dans l'indifférence du temps qui passe.

Johanne enfourcha sa bicyclette et, surveillant ses arrières, elle franchit la distance jusqu'au chemin du Morne. Enfin, un autre demi-mille jusqu'au lieu du rendez-vous dans une entrée de sucrerie.

La cabane à sucre se trouvait tout près. Le lieu était désert. Léo retardait. Mais il apparut soudain à côté de la cabane. Elle mit son vélo dans les aulnes et poursuivit à pied. Il avait camouflé sa voiture, une Chevrolet trop chromée et voyante, derrière la bâtisse.

Elle eut l'impression de lui parler pour la première fois quand ils échangèrent.

-Je viens d'arriver...

-Ah! Ben, moi, j'arrive à l'heure qu'on avait dit.

-C'est correct...

-J'espère que personne m'a vue...

-Quand même, tu viens de ton bord pis moi, j'arrive de l'autre bord. Comme ça, y'a personne qui pourrait s'en douter...

L'auto était garée dans un tapis de feuilles mortes. Le jeune homme se pencha et il en prit des poignées qu'il lança en l'air. D'aucunes atterrirent sur les rebords de son chapeau western. Johanne en rit:

-Tu vas avoir l'air d'un arbre.

-Ah! j'ai ce qu'il faut pour faire un arbre. La couenne épaisse comme l'écorce. Les baguettes toujours en l'air comme les branches... Les racines, on en parle pas...

Elle s'esclaffa, un peu embarrassée et s'approcha en hésitant, poussant les feuilles bruyantes devant elle.

-Viens dans l'auto, on va placoter.

La portière droite était la première accessible. Il l'ouvrit. Elle se glissa sur la banquette et il referma sur elle. Quand il l'eut rejointe, après avoir jeté son chapeau à l'arrière, il dit sans la regarder:

-Je te manquerai pas de respect, là, crains pas, hein!

-T'es marié anyway!

Depuis que son frère descendait de l'Ontario, il rapportait avec lui des mots anglais qu'il glissait dans ses bagages puis dans la conversation; Johanne aimait cela et s'était mise à faire de même.

Elle portait des pantalons beige et ses fesses déjà abondantes attirèrent les regards furtifs de l'homme.

Au fond d'elle-même, l'adolescente ne se donnait pas tort d'être là. Après tout, son sentiment pour lui datait de bien avant ce mariage qui lui avait ravi son coeur. Certes, il y avait quelque chose de très faux dans cette situation mais pas plus que dans une union où la femme n'était pas capable de conserver son homme pour elle. Se tissait en son âme et conscience le plaidoyer de non culpabilité que s'écrivent toutes les maîtresses du monde dans toutes les aventures du monde.

Elle se disait que le sentiment la rapprochant de lui n'était pas de l'amour-amour mais de l'amour-amitié, ce qui faisait toute la différence du monde.

Et lui était guidé, aiguisé par le défi au péché. Il n'avait pas l'intention de dépasser avec elle les règles de la morale. Pas plus que des baisers. Et rien de sexuel. Il se sentait bien en la présence de cette enfant-femme et puis quelque chose en lui désirait se faire pardonner pour la mort du chien. Il avait appris plus tard à quel point Johanne était attachée à cette petite bête agressive. Quant au mal fait au chien, il s'en moquait bien; la pitié envers les animaux se faisait rare à l'époque. Et son crime, il le tairait jusqu'en enfer.

Ils se parlèrent un bon moment de Ben, celui que Johanne appelait son meilleur frère. Puis elle posa des questions sur la femme de Léo:

-Quel âge elle a?

-Ben... vingt-trois ans.

-C'est vieux...

-Je dépasse trente, moi...

-Un homme, c'est pas pareil...

-Bah!

-Allez-vous avoir des enfants?

-Un en tout cas... le printemps prochain.

-Ta femme... est enceinte?

-Ben, pour avoir un enfant, faut qu'elle soit enceinte.

Un jeune écureuil nerveux arriva soudain dans leur champ de vision. Il descendait par courtes étapes vives d'un grand érable gris.

-Regarde comme il est beau!

-De ce temps-ci, ils se font des réserves pour l'hiver.

-En as-tu déjà tué, toi, des animaux?

Il pensa aussitôt au chien, s'imaginant l'espace d'un pas d'écureuil, qu'elle avait deviné, et il s'empressa de couvrir la chose d'une épaisse couche de vérités et de mensonges:

-Non... ben... oui, disons comme tout le monde. Des chevreuils à la chasse. Des cochons quand on fait boucherie... Mais toujours pour la viande, jamais pour le plaisir de tuer... Suis pas un mauvais cow-boy, moi...

Elle eût voulu qu'il la prenne dans ses bras afin de célébrer la vie en regardant cette jolie petite chose excitée qui courait sur l'écorce en ayant l'air d'hésiter, de sonder, s'inquiétant sans doute de cette présence insolite dans son univers tranquille d'un immense objet tout reluisant arrivé là dans un bruit énorme.

Sans vouloir lui lancer un signal, la jeune fille se glissa jusqu'à appuyer sa tête contre le dos de la banquette. Elle soupira et son coeur prit un grand envol gracieux vers la beauté tandis que son corps frissonnait à la naissance d'une vague de sensualité.

Lui capta les ondes et en fut troublé. Il jeta soudain:

-J'aimerais ça te prendre dans mes bras... rien qu'un peu...

-T'es marié, toi...

-Y a rien de mal à juste te prendre dans mes bras...

-Ben... O.K.!

Il se glissa contre elle et l'enveloppa de ses bras. Elle posa son front sur l'épaule forte et crut défaillir de bien-être... Lui sentit son pouls augmenter considérablement et les parfums de femme sur lesquels l'adolescente avait bien appuyé avant son départ produisaient en la chair mâle une griserie neuve et douce.

Le désir de chacun rencontrait celui de l'autre. Elle bougea la tête de façon à offrir sa bouche. Il sentit l'appel délicieux de l'haleine tiède.

-Tu veux que... je t'embrasse?

-T'es marié, toi...

-Ben... y a pas de mal à s'embrasser... On se rattrape juste pour ce qu'on a pas fait avant...

-Pourquoi tu t'es marié?

-Parce que...

-Parce que quoi?

-Ben... j'sais pas trop...

-Tu l'aimes, ta femme?

-Ben... ouais...

-On dirait pas, de la manière que tu réponds.

Il lui coupa la parole et leurs bouches se frôlèrent. Enfiévrée, elle renversa des barrières d'un seul mouvement et le baiser, à cause d'elle, devint vorace, passionné, fou, excessif...

Léo dut en finir. Sa chair lui faisait trop mal. Se laisser aller pouvait les conduire à une aventure qui ruinerait son ménage et pire, qui pourrait mettre enceinte une fille de pas même quinze ans et qui ne le trompait guère par ses efforts pour se vieillir.

Ils se retrouvèrent souvent par la suite dans la même clandestinité. Aux neiges, elle se mit à faire de longues randonnées à pied pour le rejoindre. On développa un langage codé. Quand il passait et qu'il apercevait une chandelle allumée à sa fenêtre de chambre à coucher, cela signifiait qu'elle pouvait se rendre à tel endroit. Si elle sortait sur la galerie avec son accordéon, cela signifiait une autre sorte de rendez-vous ou bien le signal d'une impossibilité... Ils s'échangèrent souvent des caresses intimes mais pas une seule fois ils ne firent l'acte au complet, craignant qu'elle se retrouve enceinte. C'était l'amour vrai qu'elle pensait vivre; c'était un amour de plus que lui savait vivre.

Anna se doutait de quelque chose mais fermait les yeux et ne voulait pas savoir la vérité. Albert aurait pu tout découvrir si seulement il avait eu le moindre sens de l'observation, en fait le plus petit intérêt pour ce qui pouvait arriver à sa fille, un membre bien peu important de la maison et qu'il avait hâte de voir partir au travail en dehors.

On traversa les Fêtes puis un hiver rigoureux et au printemps suivant, elle entra travailler dans une petite manufacture de chemises et se mit en pension hors de chez elle, à Lambton, un village voisin.

Vint l'été 1961. Alain Martin obtint du travail chez sa soeur marchande à Saint-Samuel, comme plusieurs années auparavant. Le jeune adolescent d'alors était maintenant un homme bien confortable dans ses dix-neuf ans avec une dernière année d'études en vue et enfin l'espoir de se procurer lui aussi, comme tous ses amis déjà sur le marché du travail, une bonne voiture d'occasion en attendant la décapotable neuve...

Son premier coup d'oeil à son arrivée dans le magasin par un trois juin douteux au ciel mouillé lui rappela une fois encore le souvenir de la fillette aux grands yeux. Alors il se retourna un peu et se souvint de l'événement des chaussures qu'elle n'avait pu se procurer. Un peu plus et la tête lui aurait rebondi en avant quand le rappel du coup reçu par derrière sur la patinoire le ramena trois ans plut tôt. Et enfin, cette simple danse sentimentale un soir de bagarre au Passe-Temps coiffa le train des souvenirs. Seule une âme de poète sensible avait la capacité de réunir bout à bout des images aussi distantes et lointaines... Ou bien était-ce le fait d'avoir reçu un coup soit au coeur soit au corps chaque fois qu'il avait été mis par le destin en présence de cette Johanne Bédard...

«La Johanne Bédard, elle est ben espiègle, on dirait,» avait dit madame Jacob en l'été 1950 le jour où la fillette s'était écrasé la face dans les manches à balai.

208

«La petite Johanne Bédard, ses souliers sont tout percés,» avait dit la serveuse au magasin.

«Moi, c'est Johanne Bédard, pis après?» avait-elle dit elle-même en 1958 à la patinoire.

«Je suis Johanne Bédard, pas Jeanne, là, Johanne,» disait-elle un an plus tôt sur la piste de danse.

Le nom avait été dit à chaque reprise. Le ciel désirait-il l'imprimer dans son esprit? Plus il vieillissait, plus il devenait rationnel. Et pourtant il n'arriverait jamais à échapper à cette vision de sa mère l'avant-veille de sa mort et qui lui avait fait dire d'un fils absent qu'il marchait en béquilles, chose inconnue que l'adolescent avait pu constater le soir même du décès... Pourquoi à chaque rencontre de Johanne un événement marquant, inoubliable? Et pourquoi donc son nom avait-il toujours été mentionné?

Un autre nom remplaça celui de Johanne en ses pensées nostalgiques. Celui de Nicole Therrien. Il en avait eu des échos parfois mais la Cécile comprenait qu'il valait bien mieux taire ce nom devant lui. La Nicole finirait bien par le marier, son Julien Audet, depuis le temps qu'ils sortaient. Devenue maîtresse d'école, elle vivait à Lac-Mégantic et il apparaissait probable que Alain ne la rencontre pas une seule fois de son été.

Le soir de la Saint-Jean, il y avait un feu de camp à Lambton, à l'auberge de la rivière Sauvage, hôtel situé à la confluence de la rivière et du lac Saint-François. Alain s'y rendit pour fêter le Québec. Et la Molson qui va avec...

Il prit ses aplombs durant la journée pour assurer son aller et retour. Une occasion l'emmènerait là-bas et certains de ses amis de son village natal à qui il téléphona le reconduiraient après la veillée.

Il roula le tissu d'un petit drapeau du Québec sur sa hampe de bois et le cacha dans sa poche de veston. Fêter la Saint-Jean sans ça eût été pire que sans une douzaine de bouteilles de bière. Il était d'ailleurs significatif que l'on fêtât le Québec à l'auberge...

Il s'était rendu au Passe-Temps les deux samedis précédents, nourrissant le vague espoir d'y rencontrer cette curieuse de Johanne Bédard qui semblait faite pour traverser sa vie comme un fantôme fugitif... Rien. Pas l'ombre de cette jeune fille ou de quelqu'une qui lui ressemblât le moindrement... Mais ce soir-là, c'est plutôt Nicole Therrien qu'il anticipait rencontrer à cause d'une simple analogie, celle du feu, avec cette pénible soirée de leur rupture et de l'éclatement de sa première peine d'amour.

Le cône de branchages s'élevait au bord de la rivière. Beaucoup de voitures occupaient déjà le terrain de stationnement de l'auberge. Des jeunes se promenaient sur la galerie pour se ventiler un peu car il restait à l'intérieur de solides restes d'une journée de chaleur pesante. Entourée d'eau et de bois, l'hôtel ressuait de toutes ses poutres. Mais le soir commençait à rafraîchir les environs et Alain entra dans la grande salle, y cherchant du regard ses amis qu'il ne trouva pas car ils n'étaient pas encore là.

En fait, ils ne devaient pas venir du tout et ce serait une chance pour lui plus tard en soirée.

Il but une bière, deux, appuyé au comptoir du bar, debout, bayant aux corneilles et de plus en plus ennuyé.

L'orchestre s'accorda puis commença à jouer. Tout espace disponible était rempli. Aucune table libre. Et toujours pas d'amis en vue. On annonça l'allumage du feu pour dans cinq minutes. Le musique serait crachée dehors par des haut-parleurs. Tous ceux qui voulaient danser leur patriotisme autour de la flamme nationale auraient beau jeu de le faire puisqu'un kiosque ouvert près du feu permettrait aux patriotes de s'émoustiller sur *Only the lonely* ou *Runaway*...

On avait même le droit de sortir sa bière avec soi. Quel policier oserait faire appliquer la loi dans toute sa rigueur un soir de la Saint-Jean?

Le ciel était noir, constellé d'étoiles mais sans lune. Alain se sentait seul, perdu, abandonné. Il n'avait pas emporté de crayon avec lui et ne pouvait même pas s'en remettre à quelque rêverie poétique soutenue. Il marcha dehors jusque de l'autre côté du feu jusqu'à l'eau de la rivière, bouteille à la main, moins enclin à boire, déjà un peu ivre, le front enveloppé d'un voile de déception.

Il lui semblait qu'il se trouvait là depuis un long moment et il pensa que les gars pouvaient bien être arrivés puisque, somme toute, il était encore de bonne heure. Et il tourna les talons...

Il subit un choc. En même temps que la surprise de voir quelqu'un tout près sans avoir entendu le bruit des pas et pour cause avec cette musique assourdissante, il tomba nez à nez avec deux grands yeux curieux et une bouche ouverte, sur le point de dire quelque chose qui ne venait pas...

Sûr de son identité sans l'être tout à fait étant donné que la jeune fille avait fait couper ses cheveux et qu'on se trouvait dans un clair-obscur, il marmonna:

-Salut... c'est Johanne, toi?

-Ben oui, pis toi, c'est Alain Martin...

-Tu te rappelles de mon nom?

En biais derrière elle, les flammes léchaient tout le cône en pétillant et s'élevaient dans le ciel, rejoignant les notes de *It's now or never*. Il trouvait saisissante cette image et se proposa d'en extraire un poème plus tard et qu'il assaisonnerait certes d'un zeste du fleurdelisé qu'il gardait encore enfoui dans sa poche. Du Natashquan américain!...

Elle portait une robe d'été à petites fleurs avec gros ceinturon blanc qui rougeoyait sous les reflets des flammes. Et des perles blanches aux oreilles.

-C'est la cicatrice...

Il sourit.

-Et moi, c'est tes cicatrices...

Il faisait allusion aux douleurs qu'elle avait subies ces deux fois mémorables où leurs chemins s'étaient croisés voilà plusieurs années déjà.

Elle crut qu'il faisait une de ces grosses farces mâles stupides concernant le sexe des femmes et fit semblant de rire tout en lui pardonnant.

-Je t'ai vu dans l'auberge...

-T'étais là?

-J'ai passé juste derrière toi pour aller m'asseoir avec les filles.

-Je m'en viens aveugle, ça doit!

-T'es tout seul?

-Ben oui, les gars devaient venir...

211

-As-tu un char?

-Non, je vas encore aux études.

-Ah!

-Je me suis fait reconduire de Saint-Samuel.

-Tu travailles chez ta soeur?

-Comment ça se fait que tu sais ça?

-Les murs ont des oreilles pis la montagne parle.

Il rit.

La conversation se poursuivit longtemps. Chacun parla de soi. Ils marchèrent, s'arrêtèrent, eurent le goût de s'embrasser, se retinrent. C'eût été inconvenant si tôt. Puis il s'inquiéta du reste de la soirée. Il lui proposa d'attendre un peu, le temps de se rendre chercher deux bières et de voir si les gars étaient venus.

-Les sacrements, ils m'ont oublié, fit-il à son retour.

-T'embarqueras avec nous autres. Le chum de ma soeur, il va te rendre au village de Saint-Samuel.

Tout au long du chemin jusqu'au moment où elle descendit, il fut ravagé par le désir de l'embrasser mais se contint de peine et de misère par crainte de la froisser et pour ne pas qu'elle pense à un manque de respect.

-Voyons Alain, mais va la reconduire jusqu'à sa porte, toujours! dit Jeanne qui trouvait pas mal empesé, cet étudiant fluet.

Il descendit aussi et se rendit à la porte.

Elle attendait, regardait le ciel sans rien dire, roulait des yeux brillants, soupirait. Il dit:

-Bon ben salut!

-Demain, je m'en vas chez nous, à Saint-Sébastien, veux-tu venir voir où c'est que je reste... ben où c'est que je restais... je veux dire sur mes parents...

-O.K.!

-T'auras juste à embarquer avec le chum à Jeanne... Il reste au village Saint-Samuel...

-O.K.! Salut là!

-Salut!

Le cow-boy vint chez les Bédard au début de l'après-midi ce dimanche-là. Johanne lui fit comprendre par signes qu'elle ne pourrait pas se rendre à un quelconque rendez-vous. Il apprit par son frère Benoît qu'un garçon viendrait la voir, fronça les sourcils et repartit sous le premier prétexte venu.

Une heure plus tard arrivaient les deux jeunes gens. L'ami de Jeanne, visage un peu dur mais bonne nature, présenta Alain aux parents qui se montrèrent plutôt embarrassés. Albert ne tarda pas à quitter les lieux pour se rendre chez un voisin tandis qu'Anna disparaissait dans la chambre à coucher.

Les jeunes se rendirent au salon. On examina les photos suspendues au mur avant de s'asseoir sur un divan de velours rouge adossé à une fenêtre à store fermé. Il faisait un peu sombre mais cela aidait à se sentir plus à l'aise.

Le temps passa à se dire des riens.

Anna écouta. Elle se faisait une idée sur ce cavalier de Johanne. Pas fait pour elle du tout! Instruit, beau parleur quand il parlait, rien à voir avec une fille de manufacture qui avait même pas fini sa neuvième année d'école! En plus, une fille de rang... Pas assez bien pour lui mais le temps se chargerait de le lui apprendre! Et puis, pourquoi s'en faire: ce ne devait être qu'une rencontre de deux ou trois fois, au pire d'un été. Il retournerait à son université glorieuse à Sherbrooke et Johanne regarderait dans une autre direction...

Dans l'après-midi, les deux soeurs sortirent leurs instruments de musique. Alain fut charmé par leur duo surtout quand elles chantèrent *Bleu Blanc Blond*.

Amoureux des sentiments forts comme les femmes et tous les poètes, le jeune homme commença alors à tourner deux mots sur sa langue, à les ravaler pour qu'ils se promènent dans son coeur, à les ramener au bord de ses lèvres, à en fignoler chacune des lettres... Il les lui dirait à leur premier baiser... peut-être ce soir-là.

On se fit de joyeux hot-dogs pour le souper. Moutarde, relish. Du café solide. Albert vint manger à la galopade et disparut à nouveau. Anna continua de se faire très discrète. Les jeunes ensuite allèrent au cinéma et au retour, ils se séparèrent pour un certain temps. Le couple Johanne-Alain descendit à Lambton près de la maison de pension de la jeune fille tandis que l'autre allait faire un 'tour d'auto' dans les environs.

Au loin les lumières des chalets brillaient dans l'eau du lac. Le temps doux caressait la peau. Le silence et la paix leur disaient des secrets: Johanne et son ami marchaient sans dire un mot, sans se presser comme s'ils avaient eu l'éternité pour eux seuls. Ils dépassèrent la maison et poursuivirent entre les grands arbres d'une rue en pente descendante qui, s'éloignant de la rue principale, prenait la direction d'une école silencieuse ayant pour arrière-plan le lac.

Soudain, au comble de l'émotion, il s'arrêta et lui prit le bras puis la taille. Aussitôt, elle s'abandonna à sa volonté, à sa force, à sa décision.

-J'ai quelque chose à te dire mais j'ai un peu peur...

-Peur de quoi?

-De toi?

-T'es fou: suis rien qu'une petite poussière...

-Dis pas ça.

-C'est ça...

-Tout le monde est poussière.

-C'est quoi que tu veux me dire?

Il hocha la tête. Elle se rapprocha, s'offrit à ces bras ouverts... Il se demandait s'il devait l'embrasser d'abord et lui dire ses mots ensuite ou bien faire le contraire...

Elle les lui vola:

-Je t'aime!

Il fut étonné. Elle l'embrassa. Il fut encore bien plus étonné, presque inquiet. Il la trouvait un peu trop 'chaude' pour une fille pure...

Mais le goût de sa bouche emporta son doute et le baiser se prolongea. Elle attendait sa langue qui ne vint pas. Malgré un esprit de plus en plus cartésien, il croyait encore au péché et le mot respect d'une fille voulait dire absence de toute caresse dépassant le stade romantique.

-Je t'aime! soupira-t-il avec âme après le baiser qui reprit avec beaucoup plus d'ardeur ensuite.

C'était la première fois de sa vie qu'elle entendait ces mots-là, les plus beaux mots du monde et qui avaient beaucoup de signification venant d'un étudiant qui fréquentait l'université. On sait l'amour quand on est instruit, en plus de le sentir... croyait-elle naïvement...

L'été se passa en rêves ponctués de ces exquis 'je t'aime'. Johanne oublia jusqu'à l'existence du cow-boy. Alain devint son chum officiel; elle devint sa blonde. On se verrait souvent les week-ends même s'il devrait repartir pour Sherbrooke. On s'écrirait...

**

Il adressa sa première lettre chez elle. Johanne n'y était pas et c'est sa mère qui la lui donna le samedi.

-J'ai eu envie de la jeter.

-Pourquoi?

-C'est pas un gars pour toi.

-Comment ça?

Et la femme dit le fond de sa pensée. On ne mélange pas de la balle avec du bon foin.

Une fois encore, Johanne se sentit poussière. Elle ne pourrait jamais vivre une relation égalitaire avec un gars; il faudrait donc qu'elle appartienne à quelqu'un. Comme un meuble.

-T'as qu'à pas répondre, c'est tout!

Elle monta dans sa chambre et lut les mots d'amour puis pleura.

Alain crut qu'elle n'avait pas eu le temps de lui répondre et il l'appela quand il revint de Sherbrooke le vendredi suivant. Elle n'était pas à sa pension alors il téléphona chez elle. Anna répondit puis elle passa le combiné à Johanne. Le jeune homme la trouva un peu froide mais il comprit son attitude, causée, se dit-il, par la présence de sa mère.

Il prit rendez-vous pour le lendemain soir au Café Bleu puis entendit Johanne lui dire:

-Attends, ma mère veut te parler.

-Je m'excuse, Alain, mais Johanne, elle ira pas te voir. Elle est gênée de te le dire, mais elle aime autant pus sortir avec toi... Ça me fait de la peine pour toi mais c'est comme ça, que veux-tu?

-Je peux lui parler?

-Elle est partie en haut.

-Bon... merci!

Après avoir raccroché, la femme ouvrit des mains désolées et dit à Johanne qui grimaçait de douleur:

-C'est pour ton bien, c'est pour ton bien.

L'adolescente se précipita dans l'escalier, monta à toute vitesse et se rendit hurler son chagrin dans son oreiller.

Alain resta longtemps dans la cabine téléphonique à côté du Café Bleu, à se demander pourquoi cette fille le trahissait de cette façon, à sentir un couteau qui lui tranchait la gorge, à gémir sourdement sous les frissons de l'impuissance douloureuse...

******

216

Chapitre 24

Ce fut septembre rouge dans le coeur de la jeune fille. Au travail, elle pleura souvent. Les fins de semaine, elle courut d'un hôtel à l'autre pour y danser, oublier, rire jaune et se refaire un coeur et une estime de soi de plus en plus infaisable.

Le dernier samedi, elle fit la connaissance d'un gars deux fois plus âgé qu'elle.

-Trente-trois ans, l'âge du Christ! fit-il quand elle le lui demanda lors d'une danse.

Séducteur de type machiste, il trempait son sexe dans tout orifice trouvé et qu'il parvenait à faire s'ouvrir. Le regard direct et faussement confiant, la voix mesurée et basse, il ne mettait pas une éternité à faire chavirer le coeur d'une fille, a fortiori ceux-là brisés comme il s'en trouve souvent parmi les jeunes femmes.

Il soignait son allure, ses vêtements, exigeait de sa mère des chemises impeccablement entretenues, se servait d'un rasoir à lames pour couper plus ras et, pour faire chic, il ajustait souvent ses brillants boutons de manchettes quand il parlait aux filles.

Il injectait à son propos une légère dose de timidité, juste ce qu'il fallait pour éveiller le goût de le découvrir, le désir de romance chez ses proies. Tout ce qui sortait de sa bouche était empreint de la plus grande certitude et en cela, il se faisait paternel et protecteur. Enfin, quand il reconduisait les filles chez elles, il leur servait alors de la tendresse, le plat de résistance, qui faisait fondre toute résistance comme glace au soleil.

Vivre dans un monde où depuis toujours domine le pattern prédateurs-proies, c'est devoir vite apprendre à négocier avec ce que l'on dispose de moyens et d'atouts. Le bébé ne tarde pas à le faire via ses pleurs et ses sourires. Mais l'enfant trop sensible qui est mis à part, traité autrement que les autres, humilié, s'imagine qu'il doit donner au maximum pour obtenir le minimum. Il fait un piètre investisseur.

À seize ans à peine, Johanne Bédard était à jamais marquée par une soif de la profondeur d'un gouffre sans fond, celle d'être aimée un peu, voulue par quelqu'un, protégée un brin...

Jamais un seul 'je t'aime' ne lui avait été donné dans toute son enfance et le premier de son adolescence venait de lui être ôté sitôt entendu. On craignait ses yeux trop lumineux, son âme trop blanche, son coeur trop ouvert.

Les prédateurs sont partout et sans cesse à l'affût. Chez les bêtes, on reconnaît tout de suite les carnassiers à leur ossature, à leur dentition et à leur musculature, mais l'humain, lui, dispose d'un camouflage unique: son apparence physique qui permet aux hyènes et aux chacals de se déguiser en gazelles.

Réjean Bilodeau s'emparait des corps de femme pour consommation intime en empruntant le chemin des coeurs et des faiblesses. Homme à femmes ou misogyne: tout dépendait du point de vue de l'observateur.

À leur seconde sortie, quelques jours seulement après l'anniversaire de naissance de la jeune fille et afin de le souligner, disait l'homme, on se rendit au cinéma à Lambton. Un programme double dont un des films avait pour canevas et décor un château de Transylvanie, pour sujet le vampirisme et pour vedette Dracula, le prince des ténèbres...

Le couple se rendit ensuite au Café Bleu. Il prit un hot chicken et elle un spaghetti. Puis il l'emmena au bord du lac où son premier geste fut de s'éloigner pour pisser.

Johanne frissonnait encore au souvenir frais de ces images du film d'horreur.

La peur conduit les prédateurs à l'agressivité et les proies à la résignation. L'adolescente s'enveloppa de ses bras et se mit le dos en cercle pour s'appuyer de côté contre la banquette. Lui fit un détour pour revenir et il arriva près de l'auto sans être vu ou entendu. Geste bien calculé. Calcul approfondi. La lumière de la pleine lune rendait visibles les contours des choses. Il se baissa puis tapota légèrement la tôle de la voiture. La jeune fille se tourna aussitôt croyant que c'était lui puis, n'apercevant rien, elle fut envahie par un flot d'angoisse. Soudain, une tête grimaçante, bouche ouverte et dents dehors, lui apparut à quelques pouces du visage de l'autre côté de la vitre à demi abaissée... Elle jeta un cri de terreur... Il s'esclaffa, disant:

-Ben voyons, c'est moi, pas Dracula...

Et il monta vite de ce côté. Elle tremblait comme une feuille de saule sous le vent frais du soir. Il alluma la lumière du toit et entoura aussitôt la jeune fille de son bras gauche, l'embrassa brièvement puis il lui présenta de sa main droite une petite fleur sauvage sur laquelle il avait pris soin de pisser une goutte après l'avoir cueillie.

-Sens la...

Elle obéit et porta la chose sous ses narines.

-Pis?

-Ça sent bon!

-C'est la première fois de ma vie que je donne une fleur de même à une fille.

Il pensait à l'urine et riait d'elle intérieurement.

Elle crut à une déclaration amoureuse et en fut émue d'autant que les mots suivaient une peur bleue.

Ce n'était qu'une vulgaire fleur de trèfle, ronde et brunâtre. Il lui ôta gentiment et la mit sur le tableau de bord.

-T'as quelque chose que les autres filles ont pas: t'es spéciale...

Elle baissa les yeux un court moment, embarrassée de quêter plus de détails:

-Ben... comment ça, spéciale?

-Ben... tout... Sais pas... Quand je t'ai vue à l'hôtel la première fois, je t'ai trouvée... spéciale... Ben... disons pas comme les autres... Disons... plus femme... c'est ça, plus femme...

Elle releva la tête et esquissa un sourire.

Il s'approcha. Un long baiser fut entamé. Puis il l'embrassa sur tout le visage pour bien montrer qu'il l'aimait toute; il s'attarda sur les yeux fermés et profita du moment pour commencer à palper la poitrine sous la robe fleurie.

Avant de la coucher sur la banquette, il éteignit la lumière du toit et sourit dans l'ombre. Il aurait tout d'elle, tout quasiment du premier coup...

Johanne garda les yeux fermés et elle plongea dans une rêverie qui l'emporta hors du réel, quelque part entre son passé et un monde imaginaire fait de scènes fabriquées à partir du film de Dracula...

«Il y a au centre d'une pièce immense à murs de pierre grise une table drapée de satin blanc et de taffetas pourpre et violet. S'y trouve étendu le corps d'une jeune fille qu'entourent des personnes habillées de bures. Elle est enveloppée d'un linge blanc semblable à un suaire. Les personnages d'allure moniale s'affairent. On la prépare pour un rituel. Ou bien est-ce un rituel?

L'âme de Johanne s'approche d'eux mais le visage de la fille étendue disparaît tandis que celui des deux officiants apparaît dans la blancheur éclatante d'un linceul frappé de lumière.

Pourtant, il n'y a aucune source de lumière naturelle dans les murs ou le toit si haut, si loin... Que des candélabres çà et là et de grands lustres suspendus au plafond dans l'infini... L'entité voit soudain en haut d'un escalier froid et sombre un homme à bras croisés et aux yeux injectés de sang. Il n'est pas lui-même. On dirait Dracula; on dirait son frère Bertrand. Les traits se ressemblent; l'un et l'autre constituent le même être. Un maître en deux personnes. La perception de Johanne retourne aux deux moines. Les visages se précisent. Il y a son père qui lui fait signe de venir et qui dit, la voix caverneuse:

«Il faut te préparer, le seigneur s'en vient pour toi.»

Et il y a sa mère qui la regarde avec des yeux résignés voulant exprimer:

«Tu ne t'appartiens pas, ce n'est pas grave, tu n'es qu'une femme, qu'un corps, qu'une chose...»

Une musique s'élève. C'est un mélange de deux instruments: du clavecin et de l'accordéon. *Les Roses blanches* en des notes impossibles, impensables. Un cauchemar symphonique d'une fascinante beauté. Elle surgit, cette musique, depuis un instrument aux allures de grand orgue monté sur une scène tournante. Le musicien paraît: c'est une jeune fille en robe blanche et qui balance sa tête au-dessus du clavier telle une artiste classique.

«Jeanne? Jeanne?»

Jeanne regarde sa soeur, sourit mais elle ne dit pas un mot et se remet à son oeuvre brillante.

Johanne cherche à comprendre. On la pousse vers le corps étendu. Le visage reste absent. Est-ce une morte en état de décomposition? Ou bien un mannequin? Pourquoi ses parents continuent-ils de l'appeler et pourquoi des mains s'appuient-elles sur son âme pour la faire avancer malgré elle? Ce n'est pas Bertrand qui lui, est toujours là-haut, la lèvre tremblante, l'oeil fou et fixe...

Elle a peur de tomber, de s'engouffrer dans un ravin sans fin, d'être morte avant de s'écraser, avant même de mourir...

Les mains à la glaciale immensité qui se collent à sa substance comme du métal givré brisent sa dernière résistance et plaquent son esprit sur le corps de l'être sacrifié qu'il lui est permis, le temps d'un éclair, de reconnaître: c'est elle-même. Et c'est dans son propre corps qu'elle tombe, s'engouffre et disparaît...

Un être invisible à l'haleine nidoreuse la cloue sur place, lui enfonce des chevilles dans les mains, le cou, le sexe... Elle veut lui résister, sait que c'est le prince des ténèbres lui-même mais ne le voit pas, et ça lui répugne totalement... Elle cherche à le repousser. Des mains s'emparent de ses bras: ce sont celles de son père et de Bertrand. Et sa mère lui dit par son regard estropié de se taire, d'endurer jusqu'au bout... de boire à la coupe jusqu'à la lie. On la crucifie en enfer. Elle est perdue.

221

La mort de l'amour lui donne l'amour de la mort.

Son âme abandonne. Son corps tombe, tombe. Sa vie s'écoule, s'écoule...

Alors le monstre froid à la bouche baveuse de sang émet un effroyable crissement d'entre les dents tandis que la musique s'enrage, s'enrage...»

C'était Réjean Bilodeau qui remontait la vitre de la voiture et cela produisait un bruit désagréable. Il avait froid aux fesses après les gestes de l'accouplement. La radio crachait du James Brown bourré d'emphysème. Et la lune au grand regard de cyclope embarrassé abritait son vieil oeil discret derrière un nuage gris...

**

Alain Martin attendait son autobus au coin des rues King et Wellington à Sherbrooke. Son année scolaire en arrivait presque à son terme. On était en avril et la neige après de courts adieux de printemps, revenait avertir à l'aide de quelques flocons folâtres de son retour dans peu de mois.

La ville rendue au bord du soir ralentissait un peu et se préparait pour la nuit. Le jeune homme regardait machinalement à gauche, à droite en se remémorant les événements des derniers mois, ceux-là en tout cas qui laisseraient des traces indélébiles dans son âme.

Après la défection de Johanne, il avait cloué son désir amoureux sur une tablette pour, se disait-il, une éternité au moins. Des jours tordus suivirent la rupture. Il pleura les larmes les plus profondes de son corps, chercha à se dénouer la gorge en y passant des litres de bière comme autant de débouche-tuyaux, seul un long poème de type nelliganien finit par le vider en partie et à l'apaiser assez pour qu'il reprenne ses études avec l'élan requis pour réussir.

Pas une seule fois il ne tenta de rejoindre Johanne. Et puisqu'elle fit la même chose, il crut donc que telle était bien sa volonté propre. À quelques reprises, il lui sembla la voir déambuler sur un trottoir d'une rue ou une autre mais toujours il découvrait qu'il faisait erreur. Il lui avait été donné de lire dans un roman que si l'amour rend certaines gens aveugles, par contre, il en met plein la vue de ceux qui le revivent trop intensément par le souvenir.

Un autobus sortit de Wellington et se gara au coin de King de l'autre côté de la rue. Il regarda ses voyageurs bien éclairés qui ressortaient en fond lumineux sur soir tombant. Cette fois, son coeur ne mentit pas à ses yeux: c'était elle, c'était bien elle, là, assise dans le véhicule qui s'en irait du côté est de la rivière... Un sentiment inexprimable sauta sur lui, mélange de dépit amoureux, d'espoir renouvelé, de désir bêtement sexuel.

Souventes fois il s'était accusé lui-même de n'avoir pas été assez entreprenant avec elle qui s'attendait peut-être à plus de chaleur physique entre eux. «Y'a des filles comme ça qui ont besoin de pas mal d'hommes,» avait dit son père d'un ton désinvolte quand le jeune homme s'était plaint d'elle après la rupture douloureuse.

Son pouls prit de la vitesse en même temps que le vieil autobus s'ébranlait. La jeune fille tourna la tête de son côté comme si lui parvenait soudain l'appel de ses ondes. Tout en elle aurait pu changer, mentir, se dérober, mais pas son regard. C'était Johanne Bédard. Et Johanne tourna vivement la tête de l'autre côté...

En lui ce fut alors la colère qui prit le dessus. La colère et le goût de faire l'amour avec elle comme il aurait au moins dû essayer de le faire.

Elle semblait seule: que pouvait-elle donc faire en ville sinon y demeurer et travailler quelque part dans une manufacture proche? Il consulta sa montre: l'heure pouvait correspondre à celle de quelqu'un qui entrerait avec par exemple une demi-heure de retard... Il saurait. Il saurait le jour suivant. Il attendrait le temps qu'il faut de l'autre côté et au besoin monterait dans l'autobus pour lui parler. Et s'il lui parlait, il tâcherait de la rencontrer. Et s'il parvenait à la rencontrer, il tâcherait de l'emmener à sa chambre. Et à son lit. Et à l'union dans le plaisir le plus charnel qui soit...

Le lendemain, il attendit. Déception. Rien. Même résultat deux autres jours. Puis ce fut le week-end. Sa rage sexuelle fondée sur le sentiment d'une trahison et d'un rejet s'amenuisa et peu à peu les émotions pures remontèrent à la surface. Si bien qu'il se prit à rêver et à écrire un poème d'amour...

Le lundi, il resta de son côté de la rue et à nouveau la vit. Le mardi, il changea de côté et enfin l'aperçut de près. Pour éviter que leurs regards ne se croisent, elle avait changé de côté dans l'autobus mais, de ce fait, se trouva presque nez à nez avec lui qui était debout sur le trottoir, adossé à l'édifice de la banque.

Il sourit, salua de la main; elle se dépêcha de tourner la tête.

-Ah! ben maudit, toi, si tu veux pas me voir, tu vas me voir pareil! marmonna-t-il tout haut.

Et il grimpa dans l'autobus.

Johanne baissa la tête le plus bas qu'elle put. Elle eût préféré se voir en enfer. Les bras croisés sous sa poitrine elle se cabra dans l'indifférence. Qu'il passe son chemin elle ne le verrait pas, ne le regarderait pas!

Il s'assit sur la banquette voisine, séparé d'elle par seulement l'allée. Aussitôt, elle se leva et alla s'asseoir à l'arrière. Tout ce temps, il garda la tête bien droite, se demandant si elle le reconnaissait et fuyait ou bien si le hasard l'avait conduite plus loin. Il fallait qu'il prenne le taureau par les cornes. Lui parler. L'envisager.

-Salut Johanne! Tu me reconnais pas?

Il était parvenu à elle et restait debout dans l'allée.

-Ah! c'est toi, Alain?

-Qui d'autre?

-Qu'est-ce que tu fais icitte?

-Comme tu le sais, j'étudie à Sherbrooke... Pis toi? Tu dois rester ici, je t'ai ben vue deux ou trois fois sur l'autobus, de loin...

-Non... en promenade chez ma tante...

Il avait du mal à la croire; elle se faisait si évasive, si distante...

-Pour longtemps?

-Ben... j'sais pas trop. En tout cas, suis ben contente de t'avoir revu...

Le ton lui disait de partir, de la laisser tranquille. L'autobus s'ébranla. Il restait un arrêt au coin du pont avant de traverser.

-Je te trouve un peu pâlotte, es-tu malade?

-Ben non! C'est les lumières.

-Comment ça va à part de ça?

-C'est O.K.

-Ah!

-Pensionnes-tu dans l'est?

-Ben... non...

-L'université, c'est pas par là non plus...

-Ah! je vas juste là, au coin du pont, manger un bon hot dog pas cher... Les meilleurs en ville...

Elle ne parla pas et s'assit sur la pause, bras toujours fermement croisés devant elle. Il regarda tout autour les têtes silencieuses qui bougeaient comme des épis de blé d'Inde balancés par le vent.

-Si t'avais été plus longtemps en ville, on aurait pu se voir.

-Non, je repars demain...

-Tu travailles toujours à Lambton?

-Non...

-Tu restes chez tes parents?

Elle hocha la tête et lui adressa un regard suppliant voulant dire «va-t'en et laisse-moi». Il ne put en dire plus car déjà le véhicule ralentissait. Les passagers se levaient. Elle dit quelque chose qu'il jugea superflu:

-Tu descends là?

-Oui, je te l'ai dit.

-Moi, je m'en vas de l'autre côté.

-J'aimerais ça qu'on se parle pour ce qu'on s'est pas dit l'été passé...

-J'ai rien à dire, moi.

-Moi, oui.

-Trop tard, l'autobus arrête.

-Je peux rester...

Traquée, nerveuse, inquiète de la réaction de celui qui l'attendait au restaurant du coin s'il la voyait parler avec un inconnu, elle se leva vivement alors même que le véhicule s'arrêtait puis elle marcha vers la porte qui s'ouvrait.

-Salut, on se reverra!

Il ne put répondre. La vérité crue lui sautait en plein visage et le grafignait comme un chat sauvage surpris dans un poulailler. Johanne portait un enfant: debout, cela ne se camouflait pas.

C'était bien plus qu'une mornifle sur l'âme du jeune homme, cela frôlait le mépris de sa conduite envers elle. Le souffle coupé, le coeur maché, les mots hachés, il marmotta:

-Rien qu'une... p... putain!

Il descendit à sa suite mais se laissa distancer. Elle entra et retrouva un homme qu'il jugea le double de son âge. Cela augmenta son trouble et la voix du préjugé, tranchante comme une lame de rasoir, coupa net en lui le lien sentimental qui le retenait encore à sa mémoire.

«À quoi bon respecter ces enfants de putes là?» se dit-il en reprenant à pied la direction de la Wellington.

Johanne risqua un oeil dehors. Elle aperçut son ancien cavalier qui s'en allait tête basse. Il devait savoir maintenant et quelle importance! Mais cela avait de l'importance en elle. Il avait été son premier «je t'aime» tandis que ce Réjean à côté sur le siège, père de son enfant, devenait de plus en plus rude envers elle.

-Qui c'est celui qui te parlait dans l'autobus?

-Personne m'a parlé dans l'autobus...

Il sourit et posa son verre de Coke sur le comptoir.

-Passe-moi ton portefeuille que je paye mes hot-dogs.

Elle s'empressa de fouiller dans son sac et lui donna ce qu'il réclamait. Il paya puis remit le portefeuille dans ses poches. Et il pivota sur le siège et partit.

-On s'en va déjà? L'autobus va prendre dix minutes au moins.

-Moi, je prends pas l'autobus, je m'en vas au Lasalle prendre une bière.

-Ben oui, mais moi, j'ai pas d'argent pour retourner à la maison...

-Toi, tu marches...

Il sortit. Elle courut tant bien que mal et le rattrapa.

-Donne-moi de l'argent pour mon billet...

Il se tourna, la regarda droit dans les yeux en disant:

-Toi, tu marches, compris?

Elle acquiesça et le vit s'en aller.

Puis elle tourna les talons et regarda la côte là-bas, la longue côte King qu'il lui faudrait monter par cet air de printemps qui ressemblait à un temps d'automne.

Elle se mit en marche. Sur le pont, elle s'arrêta pour regarder l'eau noire...

Longtemps après, rendue à son logement, elle pensa que sa clef était restée dans son portefeuille. Elle s'assit dans le portique et attendit plus de deux heures en se rappelant ses amours décomposées.

Réjean n'habitait pas avec elle mais dans un logement voisin de la même maison. Il finit par arriver en taxi. Il paya avec de l'argent qu'elle avait gagné à la manufacture et ajouta un généreux pourboire qui fit s'exclamer le chauffeur:

-À votre service quand vous voudrez!

L'arrivant marcha du trottoir au portique en titubant. Ses premiers mots pour elle furent:

-Ben... t'avais ben hâte que j'arrive... T'as ben raison parce que tu vas y goûter à soir... j'ai ça dans le moyeu...

******

227

Chapitre 25

L'accouchement se déroula sans problème.

Sauf un. Personne ne lui rendit visite. C'est que personne ne savait sauf Réjean et lui fêtait sa propre existence dans un bar de la ville. Au moment même où elle enfantait, il pénétrait une jeune fille rencontrée ce soir-là et emmenée à son appartement.

A l'arrivée de Johanne à l'hôpital, le docteur accoucheur se plaignit de ce qu'elle n'avait pas vu un médecin auparavant durant le cours de sa grossesse. En cas de complications, il manquerait d'information sur son dossier à page blanche. On sut alors que c'était une fille-mère et on se demanda ce qu'il adviendrait de l'enfant.

Ce fut une fille. Vigoureuse. Bien en chair. Sa mère jouissait d'une excellente santé et la lui avait transmise. Johanne avait travaillé dans une manufacture jusque vers la fin. À part la souffrance morale de se faire pointer du doigt par des collègues, parfois dire des méchancetés, et celle de toujours être seule à son appartement en dehors des heures de travail sauf les moments où Réjean venait assouvir ses besoins ou lui prendre son argent, elle ne manquait pas de force. La jeunesse nourrit les espoirs les plus vains.

Elle avait son plan. L'enfant resterait à l'hôpital puis elle lui trouverait une place dans une garderie afin de pouvoir retourner travailler. À parler avec Réjean, elle finirait par le convaincre et peut-être se marieraient-ils. Il disait vouloir acheter la ferme de ses parents à Lac-Mégantic. On s'y installerait avec le bébé.

Une soeur lui emmena le nouveau-né mais elle ne dit pas un mot. C'était l'enfant du péché: comment sourire à sa mère?

Comme une bête lèche son bébé qui vient de naître, Johanne parcourut des yeux tout le petit corps agité qu'elle découvrait un moment pour l'examiner...

Elle lui dit:

-Tant mieux que tu sois pas défectueuse!

Puis elle la recouvrit à nouveau et lui prodigua la chaleur de son corps et de son coeur. Longtemps après, elle l'appela par le nom qui lui serait donné lors de son baptême:

-Gabrielle... Gabrielle...

La voix se faisait d'une incommensurable tendresse. Comme si à répéter ainsi son prénom, elle avait voulu lui insuffler des millions de mots doux que la vie ne lui permettrait peut-être pas de lui dire.

Le lendemain, la jeune fille demanda au médecin s'il était possible de laisser la petite à l'hôpital le temps pour elle de trouver une garderie. On comprit son désarroi. Le docteur et une infirmière s'échangèrent un regard. Il paraissait de plus en plus certain que le bébé serait abandonné. Sa requête fut agréée...

Quelques jours après, Johanne obtint des renseignements. Un organisme gouvernemental de santé et bien-être veillait à régler des cas comme le sien. Elle appela, se rendit au bureau. Une femme à bon sourire la questionna. Elle prit en note le nom choisi pour l'enfant, demanda l'identité du père...

Le jour suivant, elle téléphona pour annoncer qu'on se rendait chercher le bébé à l'hôpital, dit qu'on le baptiserait puis qu'on le placerait dans une garderie. La jeune femme fut soulagée. Il lui suffirait de payer un léger montant mensuel et, le moment venu, lorsque Réjean aurait pris une décision favorable, elle retournerait reprendre le bébé...

Un jour, Réjean se rendit chez ses parents à Lac-Mégantic. En chemin, il but. Et à la maison, il avoua sa paternité. Sa mère lui fit une sérieuse leçon; de retour à Sherbrooke, il annonça à Johanne que le mieux serait qu'ils se marient aux Fêtes pour qu'ils puissent reprendre le bébé et espérer ensuite s'installer sur le bien familial, une ferme de belle valeur au voisinage de la ville de Lac-Mégantic.

Le calcul de l'homme consistait à céder à l'idée d'un mariage pour pouvoir obtenir la ferme puis de refuser à Johanne la possibilité de reprendre l'enfant. La dernière chose au monde qu'il voulait voir entrer dans sa vie était ce que souvent il appelait des petits 'morveux'...

Dans les mois qui suivirent, sa conduite fut odieuse. Plus encore que dans les mois de grossesse. Un geste qui le gavait de plaisir consistait à conduire la jeune fille dans une salle de danse, à y danser avec d'autres toute la soirée puis à s'envoler avec l'une d'elles en laissant Johanne à sa table comme une dinde esseulée, sans argent et obligée de marcher une heure ou deux pour regagner son logement.

Il lui ôtait à mesure ses payes pour boire. Et quand elle osait dire un mot de trop sentant le reproche, il faisait en sorte que le ton monte puis la bousculait et la poussait sauvagement contre les murs.

Fainéant, lâche, ivrogne, coureur de jupons, bébé gâté, brutal et très sournois: Réjean Bilodeau possédait l'entière panoplie des vices d'un parfait salaud. Mais pour les gens, il se cravatait en gentleman. Il emmenait souvent des amis chez lui et alors faisait venir Johanne pour rire à ses dépens.

Le mariage eut lieu sept jours avant Noël en l'église à Saint-Sébastien. Le visage sérieux, étiré, comme étonné, elle coupa le gâteau en se demandant si elle devait lui parler ce jour-là même de Gabrielle qui en arriverait bientôt à son sixième mois à la garderie de Sherbrooke.

Elle n'avait pas pu verser un seul sou pour les soins prodigués à son enfant. Mais pas une semaine ne s'était passée sans qu'elle ne se rende la prendre dans ses bras, la bercer, l'aimer, lui faire des promesses, lui dire des secrets... Puis elle ramenait avec elle plein de sourires précieux de la petite, qu'elle conservait soigneusement dans le tiroir le mieux décoré du plus beau meuble de son âme.

Il y avait sur les murs de la salle plein d'objets de Noël, bas décoratifs, cannes rayées rouge et blanc, guirlandes, et ce décor parlait à la mère bien plus qu'à la mariée en Johanne. Avoir Gabrielle pour Noël, ce serait le plus merveilleux cadeau de mariage que l'on puisse lui offrir.

En s'asseyant après les applaudissements, elle osa dire:

-Notre fille, on va la gâter à Noël, hein!?

Il la regarda, incrédule, l'air méprisant.

-Ouais, ben, tu vas te faire passer le manche à balai à soir...

Elle revint à la charge:

-On va-t-il aller la chercher cette semaine?

-Hein?

-On va-t-il aller chercher notre fille cette semaine?

Les bruyants couteaux sur les tasses commandèrent aux nouveaux mariés de s'embrasser et il n'eut pas à lui répondre.

-Vu qu'on va retourner à Sherbrooke cette semaine, on pourra aller chercher Gabrielle...

-Veux-tu ben pas m'écoeurer avec ça aujourd'hui! C'est un mariage, ça, pas des funérailles, sacrement de bon Dieu!

Johanne eut le coeur gonflé durant un bon moment. Lui bougonna pendant le même temps. Mais quand eut lieu une première danse de la mariée, il retrouva son plus large sourire. La chose payait. Des 'mon-oncle' y allaient allégrement d'un vingt, d'un cinquante et on finit par récolter plusieurs centaines de dollars.

Réjean encaissa en dépiquant lui-même les billets de la robe de mariée. C'était naturel, c'était l'homme.

On fit des photos. L'une d'elles montra la mariée dans un grand état de tristesse. Il venait de la traiter de colonne parce qu'elle se plaignait du froid extérieur. Celle-là fut prise après qu'ils eurent monté à l'arrière d'une auto. La neige tombait maintenant à gros flocons et le photographe se plaça sur la banquette avant.

-Chanceux, mon Réjean, t'as la plus belle mariée de l'année. Fallait attendre les Fêtes pour la trouver...

Il sourit d'un seul côté du visage et ne fit aucun commentaire. La caméra fut braquée et le déclic fut entendu.

-On va en prendre une deuxième si vous voulez... Peut-être que vous devriez tenir votre bouquet un peu plus haut, mademoiselle...

Distraite, elle ne bougea pas. Réjean lui pinça une cuisse.

-Relève ton bouquet...

-Pas trop...

Elle le baissa.

-Parfait! Bougez pas...

Réjean dit pour se faire aimer du photographe:

-Parlez-moi de ça, un professionnel comme vous!

-Je fais du mieux que je peux... Un sourire sérieux?

Mais la jeune mariée demeura triste et le marié donna à la caméra un regard de séduction comme il en distribuait si souvent aux femmes.

Johanne portait un diadème sur le devant de la tête et des cheveux gonflés qu'elle avait laqués d'une brume blonde amincissaient son visage et accentuaient le profil fin de son menton. Il faisait très froid dans l'auto et elle frissonnait de partout sauf des épaules que couvrait une étole de fourrure brune.

Elle l'aimait profondément, cet homme dur, et les côtés sombres de la journée se limitaient à la tristesse de l'amour et à son inquiétude quant au retour avec elle de sa petite fille laissée en garderie.

-Arrête de penser à ça, on en reparlera à soir! ordonna-t-il quand elle fit allusion une fois encore à son désir de ne pas voir Gabrielle vivre son premier Noël dans une espèce de crèche déguisée.

Il n'y aurait pas de voyage. Ce soir-là, on coucha chez les parents de Réjean près de Lac-Mégantic. Une grosse maison grise recouverte de bardeaux burinés par de nombreux et fiers étés, et des hivers mordants. Leur chambre se trouvait à l'étage. Les parents du marié avaient la leur en bas. Réjean étant le benjamin, il ne restait pas d'autre enfant là. C'est pourquoi on voulait repasser le bien au seul fils de la famille qui soit intéressé à prendre la relève.

La mère couvait son fils comme une oie à qui il ne reste qu'un seul oiseau à dorloter. Toutes les frasques de Réjean, sa fainéantise, son insatiable soif de femmes, ses abus connus envers sa jeune compagne devenue sa femme ce jour-là avaient tôt fait de trouver son pardon. Il se fiait sur la grande grange remplie d'excuses à larges portes à battants, que sa mère ouvrait et fermait au besoin et à volonté.

Quand les mariés furent au lit, nus, collés, prêts pour l'amour, un geste que Réjean précipitait toujours, Johanne revint à la charge:

-Y as-tu pensé pour la petite, pour pas qu'elle passe Noël toute seule?

Il soupira sans rien dire puis voulut monter sur elle.

-Réponds, au moins...

Il soupira exagérément encore et déclara en mordant dans chaque syllabe:

-Ça, là, oublie ça, pense pus jamais à ça, parle-moi pus jamais de ça... C'est le passé, c'est fini... fi-ni... Pis si tu m'en reparles rien qu'une maudite fois, t'as compris, rien qu'une maudite fois, tu vas te faire crisser la plus tabarnac de volée que t'auras jamais eue de ta vie... As-tu compris?

Elle éclata en sanglots.

-As-tu compris ce que je t'ai dit là?

Elle bougea la tête.

-Je le sais pas ce que ça veut dire, ça, il fait trop noir icitte.

-T'as dit qu'on irait la chercher.

-Jamais dans cent ans! Enterre-la dans ta tête. Elle mourra pas où c'est qu'elle est. Y a du monde qui vont la prendre en adoption pis c'est toute... Moi, des 'morveux', tu le sais, ça m'intéresse pas pantoute, pantoute, pas une maudite minute!

-T'as dit que quand on serait marié...

-Ta gueule, compris!

La voix éclatait dans une violence assourdie par la retenue et ça lui donnait un accent plus dur encore.

-Installe-toi que je me place...

Elle ouvrit les jambes.

Il se vida vite en soufflant comme une baleine et en bavant comme un chien essoufflé.

-Je te dis que c'est beau de faire ça avec une maudite brailleuse.

Elle se tut et pleura en silence le reste de la nuit... de sa très longue nuit de noces.

******

Chapitre 26

Le lendemain, ils retournèrent à leur logement à Sherbrooke. Réjean ignora sa tristesse jusque là-bas. Il se disait qu'elle devait avaler et digérer la décision de laisser l'enfant à la garderie et à jamais.

Mais il y avait beaucoup plus important: Johanne devrait se trouver un nouvel emploi pour le mois de janvier. Quelque chose de plus rémunérateur. Après tout, on formerait maintenant une famille avec des besoins plus définis...

Il fallait recoudre certaines choses avec elle et c'est la raison pour laquelle il la prit dans ses bras pour lui faire passer le seuil de la porte. Elle en fut surprise et il n'en fallait pas plus pour ranimer en elle les flammes de l'amour et de l'espoir.

-C'est pour ça que tu voulais pas emporter la valise tout de suite? dit-elle pour souligner son intention louable de la surprendre.

-On va faire de la chaleur et se colletailler un peu sur le divan, dit-il en la déposant.

Le seul chauffage possible était celui généré par une chaufferette à l'huile, appareil de la grosseur d'une cuisinière et qui répandait ses calories dans une grande pièce mi-cuisine mi salon.

Il l'alluma à l'aide d'une torche fabriquée à même un morceau de papier-journal tandis qu'elle allait aux toilettes pour se préparer à ce qu'elle savait devoir se passer aussitôt que lui serait prêt: chose imminente puisqu'il avait montré son désir.

On avait aménagé la place auparavant de sorte qu'il n'y manquait plus que ses habitants et de la chaleur. L'homme ôta son manteau qu'il accrocha dans un placard à l'entrée puis il se rendit au réfrigérateur et en sortit une bière.

Johanne se maquilla avec soin et amour. Il devrait la trouver plus belle et désirable que jamais. Elle insista sur l'ombre à paupières, seule chose qu'il disait trouver belle chez les prostituées de la Wellington, ces filles qu'il voyait parfois mais ne fréquentait jamais selon ses dires.

Quand elle fut prête, une sorte de lumière émana de son regard et y revint par le reflet du miroir. Une folle espérance. Une espérance à rendre folle de joie. Peut-être reviendrait-il sur la décision de ne pas prendre l'enfant. Le chemin pour y arriver, c'était de lui donner une montagne d'amour, de l'amener à consentir à prendre la petite pour quelques jours seulement, juste le temps de Noël rien d'autre... Dieu ferait le reste. Elle pria quelques secondes mais fut interrompue par l'homme qui lui cria:

-Qu'est-ce que t'attends? Tu viens?

-O.K.! J'arrive...

Il était étendu sur un étroit divan de cuirette noire capitonnée, l'oeil lubrique, la main sur le sexe érigé dans son pantalon...

La jeune femme fut étonnée une autre fois quand il se redressa et l'invita à s'asseoir sur ses genoux.

-Ah! t'es belle en maudit à soir!

Elle ne sut quoi dire. Il reprit:

-J'aime ça, de la couleur au-dessus des yeux... Y'a des filles qui se servent de ça pour séduire les gars...

-C'est pour ça que je l'ai fait...

-Embrasse-moi un peu...

Elle ne se fit pas prier mais fut brève et se coucha la tête sur son épaule pour lui parler encore de la fillette abandonnée.

-Quoi c'est que tu dirais de ça si on allait chercher Gabrielle pour Noël... juste pour Noël, là...

-Ben je vas te dire mieux que ça... tu veux?

Elle sentit son coeur s'envoler.

-Ben oui!...

-Y a trop de changement de température icitte pour un jeune bébé. Mais c'est pas pour Noël qu'on va aller la chercher mais pour tout le temps...

Elle n'arrivait pas à la croire et quelque chose lui disait de demander à en savoir plus.

-Pis ça, ben c'est quand on va s'en aller reprendre la terre, au mois de juillet. Comme ça, la petite aura un an. Toi, tu pourras travailler... pis moi aussi, c'est sûr... L'idéal pour tout le monde... Même qu'à Mégantic, ma mère pourra garder le bébé le temps que toi, tu vas travailler...

Il pensait: «Crois-moi dur comme mon cul!»

-Pis pour Noël? osa-t-elle dire puisqu'il montrait tant de bonté et de compréhension.

Il susurra:

-Mon petit minou d'amour, pense donc à elle au lieu de penser juste à toi. Aller la chercher, elle va pleurer en partant de la garderie... elle est habituée là, elle... c'est son chez-eux... Pis elle va vouloir rester avec toi parce qu'elle le sait que t'es sa vraie mère...   Pis ça va lui faire un autre choc après Noël... L'aimer comme il faut, c'est la laisser à la garderie pour Noël... Fais le sacrifice pour elle... Quoi, j'aimerais ça, moi itou, l'avoir. C'est le fun, des enfants à Noël... Tu comprends tout ça?

Johanne ne put retenir des larmes. Des larmes de peine de se savoir séparée de son enfant pour le premier Noël de la petite, son petit ange comme elle le disait et qu'elle avait voulu voir baptisée sous le prénom de Gabrielle. Des larmes de bonheur à la pensée de pouvoir l'espérer avec elle pour l'été suivant, d'avoir alors la possibilité de l'emmener avec eux à Mégantic quand ils reprendraient la terre paternelle...

-Ah! que j'ai envie de t'embrasser... Donne-moi ta belle bouche... Et tes beaux yeux de chat... En même temps, fais-moi un petit câlin... j'ai une grosse chaleur entre les jambes... Veux-tu?...

Elle glissa sa main sur lui...

**

Il l'aida à se trouver un emploi en appelant à dix endroits. Il se renseignait lui-même sur les conditions de travail: horaire et surtout salaire. Et possibilités pour elle de faire des heures supplémentaires.

En janvier, elle reprit le collier.

Ses deux grandes joies consistaient à lui donner son enveloppe de paye sans l'avoir touchée. Il la débouchait, se servait et laissait des grenailles. Mais son grand bonheur, c'était de se rendre à la garderie chaque samedi matin quand Réjean cuvait son vin, si d'aventure il se trouvait à la maison.

La fillette possédait de grands yeux bruns. Et un sourire de printemps éternel, toujours en fleur et qui séduisait les coeurs les plus sévères. Pas une seule fois son père ne se rendit à la garderie. Pas une seule fois Johanne n'eut la facilité de s'y rendre en autobus. Même si elle avait quelques sous pour acheter de l'épicerie, il lui fit défense de se rendre là-bas autrement qu'à pied.

Il répétait sans cesse: «Tu dois faire des sacrifices pour cette enfant.» Mais il n'allait pas plus loin...

Ces phrases mystérieuses, son attitude et l'existence même de sa fille et leur départ de Sherbrooke faisaient en sorte de tenir Johanne en cage. Chaque jour, il la chosifiait un peu plus et il inventait tous les scénarios pour l'idiotifier devant les gens. Il lui donnait rendez-vous quelque part et ne s'y présentait pas. Il se rendit seul à une noce après lui avoir ordonné de l'attendre à la maison, pour, prétendument venir la prendre. Et aux gens de la noce, il dit que sa femme était un peu malade et très capricieuse.

Son sport favori consistait à boire et à coucher avec des femmes: séducteur de première! Beaucoup d'entre elles lui cédaient vite, surtout les plus vulnérables. Pas une seule fois de tout le temps séparant janvier de leur départ de Sherbrooke, il n'avertit d'un retard ou d'une absence. Pas un week-end, il ne coucha les trois soirs à la maison. Pas un soir il ne resta sobre. Parfois il se trouvait du travail pour faire semblant et sauver la face devant sa propre famille et ses amis. Inévitablement, il quittait sous un prétexte ou un autre: justice assassinée, imbécillité du patron, incompétence des gens du milieu de travail.

Au printemps, il s'acoquina quelques semaines avec un groupe de fiers-à-bras et agissait comme une sorte de leader aux allures sophistiquées. Il en vint à la maison. Chaque fois, Johanne reçut des violences verbales après leur départ: elle avait toujours trop souri, trop parlé, trop ri... Une fois par mois, il la sortait dans de ces bars qu'il fréquentait et faisait en sorte de la faire tomber dans un piège, emmenant un ami à leur table pour ensuite l'accuser de l'avoir provoqué. Cela finissait de deux façons. La première par laquelle il la plantait là et disparaissait avec une autre; la seconde, pire, par laquelle il l'humiliait devant tous avant de la ramener à la maison pour l'y faire demander pardon ou la jeter contre les murs.

Isolée de sa famille qu'elle avait d'ailleurs rejetée, fille-mère en une époque implacable, encore si jeune et surtout, habitée par une âme trop donneuse, elle eût cru que le monde s'écroulait sans lui et sentait qu'elle n'avait que lui au monde. Et continuait de nourrir un sentiment amoureux envers lui et de haine envers elle-même.

Un soir vint Benoît, le frère de la jeune femme. Il fut témoin de ses misères et Réjean faillit recevoir une dure correction; mais il s'en tira avec des mots avertisseurs. Et pour éviter la bagarre, il fit servir sa vieille aptitude à la séduction.

L'été arriva. Pas une seule fois il ne lui fut donné de remettre le sujet de Gabrielle sur le tapis. Quand elle en parlait, il coupait ses phrases en deux comme le font si souvent les affreux que tout le monde tolère à tort.

Le sept juillet, elle put aller avec la fillette toute la journée ayant obtenu son congé final de la manufacture. Chaque soir ensuite, elle tenta de remettre le sujet sur le tapis; il l'esquiva par tous ses moyens diaboliques.

Certains jours, elle se prenait à douter de sa parole. D'autres, elle se rejetait dans l'espoir et l'amour qu'il recréait par quelques mots sucrés bien emballés. Puis elle résolut d'agir seule puisqu'elle avait sa permission depuis avant Noël et qu'il n'était jamais revenu sur son engagement.

Mais en ces jours approchant celui de leur départ, il la surveillait pas à pas, redoutant une démarche de sa part pour récupérer l'enfant, et résolu à l'en empêcher par tous les moyens, y compris la pire violence, sachant trop bien qu'on ne peut déchirer un sentiment maternel à moins. Chaque heure, chaque minute, elle fut cernée, emprisonnée dans ses ordres incessants, la nécessité de l'emballage des choses à déménager, son perpétuel harcèlement pour faire l'amour...

La veille du départ, elle prit le téléphone pour appeler à la garderie. Il lui coupa la ligne sans dire un mot autrement que par ses yeux bourrés de colère. Plus tard, elle essaya à nouveau; cette fois, il trancha le fil du combiné sans rien dire de plus que:

-On n'a plus besoin d'appeler personne à Sherbrooke d'abord qu'on s'en va demain.

Alors elle courut vers la porte de sortie. Il la rattrapa et la cloua sur un mur en disant:

-C'est que tu veux faire, où c'est que tu veux aller, là?

-Chercher ma fille.

-On arrivera pas comme ça à la maison avec tout le bagage pis le bébé en plus. On va revenir plus tard... la semaine prochaine...

-Je ne te crois pas.

Il se fit menaçant:

-Ça serait-il que je suis un menteur ou quoi?

-Pourquoi c'est faire d'abord que tu m'empêches de téléphoner pis de partir de la maison?

-Parce que c'est un homme que tu veux rejoindre pour lui faire tes adieux pis tu prends prétexte du bébé. Je te connais, t'es rien qu'une maudite putain de Saint-Sébastien.

-Quand est-ce qu'on va revenir?

-La semaine prochaine que je te dis.

-Pis si tu veux pas encore?

-La semaine prochaine, je craindrai pas que tu retrouves un autre homme...

-Y a pas d'autre homme.

Il ricana et l'empoigna à la gorge:

-Tu veux que je te le fasse cracher?

-Non...

-Tu sais que je pourrais, hein?

-Oui...

-Bon... là, je te laisse tranquille mais si tu t'énerves encore, c'est moi qui vais m'énerver pour de bon. Compris, la petite?

-Oui...

Elle étouffait. Il lâcha prise mais ne prit pas la plus petite chance et il ne devait pas la quitter d'une semelle jusqu'au lendemain, samedi, vingt juillet, jour de leur départ définitif de Sherbrooke.

******

Chapitre 27

Ce jour-là, Réjean changea tout à fait d'attitude. Sa femme était brisée; le moment venait de la replâtrer, de la requinquer.

Le ciel crachouilla un peu durant l'avant-midi puis il exauça le voeu populaire d'obtenir du soleil afin qu'on puisse le voir disparaître quelques minutes puisqu'on était jour d'éclipse solaire totale, un phénomène unique en ce siècle, et qui aurait son point central quelque part entre le lac Mégantic et le lac Saint-François.

Tous les médias en parlaient depuis une semaine et quand tous les médias parlent de quelque chose, de n'importe quoi, de la plus inutile patente à gosses, tous les Québécois s'imaginent que l'absolu va leur tomber aux pieds depuis les nues. On se sentait une fois de plus un peuple élu. Qui ne possédait pas ses verres fumés bien polis et vérifiés pour leur sécurité ce vingt juillet-là? Qui n'était lui-même possédé par les commandements médiatiques?

Réjean conduisit sa jeune femme au restaurant. Il était heureux comme un prince de conte. Il possédait maintenant le bien paternel mais par son habileté à manoeuvrer, il avait réussi à éviter d'aller travailler aux foins. De plus, il étrennerait une voiture neuve à la sortie des nouveautés d'automne. La décision avait été prise à la lumière de son nouveau bilan et de ses possibilités financières obtenues grâce au prix plutôt raisonnable consenti par ses parents à la vente du bien familial.

Leur seule condition un peu lourde avait été qu'ils pourraient continuer de vivre dans la maison jusqu'au moment de leur choix. Mais cela, au fond, arrangeait bien Réjean puisque sa mère exercerait une influence favorable sur Johanne, c'est-à-dire en sa faveur à lui.

On était assis près de la fenêtre qui donnait sur le trottoir de la rue King est. Lui feuilletait lentement les pages métalliques d'un sélecteur à disques tandis que la jeune femme regardait les passants déambuler. Il mit de la monnaie et commanda quatre chansons.

-Ça, c'est bon en maudit... c'est Roy Orbison qui chante ça... C'est nouveau, hein! *Pretty woman*. Dans les bars, les salles de danse, partout, je te dis que ça swinge en sacrement...

-On l'entend à la radio...

-Ça te ressemble, ça, toi, Pretty woman...

-Je sais pas l'anglais...

-Ça veut dire: Jolie femme.

Elle sourit faiblement. Comment croire encore un pareil menteur et coureur de jupons? Elle devinait que son attitude de la veille visait à la priver de reprendre Gabrielle et qu'il s'était servi du prétexte de la jalousie amoureuse pour camoufler ses véritables intentions.

Par contre, elle s'accrochait à des espoirs que ne valent que pour de jeunes femmes amoureuses. Peut-être que de vivre sur une ferme à la campagne ferait de lui un mari plus respectueux et tranquille? Peut-être que les parents l'aideraient à le convaincre de prendre la petite fille avant qu'elle ne soit mise en adoption?

-Tu t'es mis un bon parfum aujourd'hui...

-Ben, c'est le même que de coutume.

-Ah! c'est peut-être parce que la journée est belle, que t'es belle, que tout est beau, que le parfum sent ben meilleur!

Elle ne l'écoutait plus. Une jeune femme passait en poussant une voiturette d'enfant. Il eut beau pirouetter tout le temps du repas, elle resta lointaine et abattue.

Alors il pensa à la soûler. L'alcool n'est-il pas le breuvage de l'oubli? Ça lui donnerait l'occasion de rencontrer une dernière fois une serveuse qu'il avait eue dans son lit une bonne douzaine de fois ces derniers mois. Il trouva un prétexte parfaitement vide mais qu'elle ne saurait pas évaluer à sa faible mesure:

-On est mieux de partir plus tard, comme ça, on va pouvoir mieux voir l'éclipse en chemin. Autrement, on arriverait à la maison et on pourrait oublier ça...

Elle accepta de boire. Il lui fit emporter trois fois plus de bière qu'elle ne pouvait en ingurgiter. Ensuite, en revenant des toilettes, il s'accrocha les pieds près du bar et parla à voix basse à la serveuse.

C'est à moitié ivre que Johanne monta dans la voiture au coeur de l'après-midi. Elle se laissa emporter comme un pantin désarticulé. Il était satisfait de sa journée. La vie serait encore plus belle à Lac-Mégantic car il disposerait de plus d'argent.

-T'as rien qu'à te coucher, tu vas être ben...

Ce qu'elle fit. Allongée sur la banquette, la tête près de la cuisse de son mari, elle se mit à hoqueter. C'était la bière qui agissait en son estomac et gardait ses larmes au creux de sa poitrine...

On fit ainsi plus d'une trentaine de milles. La radio vociférait du rock and roll. Le soleil brillait en attendant le passage de la lune devant lui. On parla encore du phénomène de l'éclipse aux dernières nouvelles. Réjean consulta sa montre. Le mieux serait de s'arrêter à Bury à un carrefour de pleine campagne où se trouvait un hôtel. De là, on pourrait assister au spectacle inévitable tout en sirotant une bonne bière fraîche. Une ou bien plusieurs...

Il gara l'auto dans la cour où se trouvaient quelques autres véhicules des gens d'une noce dont le banquet avait été célébré durant la journée et se rendit acheter deux bouteilles. À son retour, il remarqua une voiture verte qui ne se trouvait pas là un peu plus tôt. Et le couple qui l'occupait, des nouveaux mariés, en tout cas leur allure et une inscription au rouge à lèvres sur le coffre arrière l'indiquaient clairement, semblait avoir raisonné comme lui puisqu'il restait dans l'auto et que le jeune homme manipulait des verres fumés, sûrement en vue du spectacle solaire. Ils devaient venir de la Beauce et entreprendre leur voyage de noces.

Il remonta dans sa voiture en regrettant de mal apercevoir la jeune femme. La portière de sa compagne donnait sur celle du marié mais Johanne divaguait, encore couchée sur la banquette, un bras flasque tombé à terre. Il but une gorgée puis jeta un coup d'oeil du côté du couple. Son sang se réchauffa. La mariée avait le genre qu'il préférait: une blonde grassette aux yeux, semblait-il, verts ou gris.

Le moment de l'éclipse arrivait. Le soleil commença à se faire découper par le cercle de la lune. Réjean finit sa première bière puis entama la seconde. Les mariés ne s'intéressaient qu'à eux-mêmes... Le temps passa.

Au moment le plus sombre, Johanne reprit un peu de conscience afin d'être malade. Elle en donna les signes et son mari pour éviter de faire salir l'intérieur de l'auto en descendit et courut la faire sortir. Il arriva juste à temps et après avoir ouvert la portière à pleine grandeur, tira la malade par les bras pour lui mettre la tête à l'extérieur; et quand elle se mit à vomir, il retourna à sa place pour finir de voir l'éclipse.

Dans l'auto des mariés, on entendait les coups de coeur de la jeune femme. L'homme dit à sa compagne à voix retenue:

-As-tu vu sa femme, le gars, elle est malade comme une truie... C'est-il Dieu possible qu'une femme se soûle de cette manière-là?

-Y a du monde qui fait pas mal dur dans le monde.

-Non, mais ça se peut pas de fêter aussi fort que ça!

Peu à peu, ce fut la pénombre suivie d'une nouvelle clarté. Écoeuré par les agissements de cette jeune femme dont il n'apercevait que les cheveux désordonnés, il fit démarrer le moteur de son auto et la voiture partit. À cet instant, Johanne leva la tête et son regard et celui du marié se rencontrèrent.

Meurtrie à mort, elle ne reconnut pas Alain Martin.

Et Alain Martin ne reconnut pas lui non plus dans cette soûlarde sans classe la Johanne Bédard aux yeux toujours si grands et si remplis de son âme belle.

Un monde les séparait.

Réjean adressa un sourire à la jeune mariée qui en fut troublée un moment et qui voulut vite s'en excuser comme si son mari avait deviné son âme:

-J'espère que ça m'arrivera jamais de ma vie d'être basse comme ça!

-J'espère moi aussi!

******

Chapitre 28

Raoul, le père de Réjean sortit de la maison pour les accueillir. Mais pas la mère. La femme voulait montrer par son geste qu'elle se sentait toujours maîtresse des lieux.

L'homme arborait un bon sourire confiant d'un côté du visage et cet air, il l'offrait à sa belle-fille tandis que la partie gauche reflétait l'inquiétude et un certain espoir plutôt mitigé. Réjean n'était pas son meilleur fils, loin de là; en fait, il était le plus mauvais et d'un bout. Mais les circonstances avaient conduit tous les autres dans une autre direction que la reprise de sa ferme.

Rosa, sa femme, répétait sans cesse et toujours que le jeune homme finirait par s'amender et prendrait peu à peu ses responsabilités. «La terre façonne son propriétaire!» se plaisait-elle à répéter. Elle avait lu cela un jour dans le Bulletin des agriculteurs et le citait à toute occasion. Il suffirait de patience, de bonne influence, de le sortir de la ville qui fainéantise, de l'aider à se bâtir une vie, une vraie vie d'agriculteur artisan qui, disait-elle pour l'avoir lu, deviendrait avant la fin de la décennie, comme tous les autres, un véritable industriel.

On descendit de la Buick. Johanne avait repris tous ses esprits mais elle présentait une image de désolation, de délabrement moral. La robe fripée, les cheveux désordonnés, le visage exsangue et surtout le regard vide, elle attendait, silencieuse, qu'on lui dise quoi faire.

-Rentrez vous reposer du voyage pis de la chaleur, dit Raoul, on videra le char plus tard.

-Une bonne idée! dit Réjean qui aussitôt compta sur la possibilité de laisser à son père et à Johanne le soin de disposer des bagages et objets emportés remplissant le coffre et l'arrière jusqu'à la hauteur de la banquette.

-Viens me donner un petit bec, Johanne, dit Raoul en ouvrant les bras.

-Elle a été malade pis elle pue, intervint Réjean qui, en les meilleures circonstances eût quand même préféré une distance certaine entre ses parents et sa femme.

C'était lui qui devait garder leur attention et occuper le centre de leur vie, pas elle, cette rechigneuse qu'il sentait lourde à traîner partout...

-Pis après?

Mais c'est Raoul qui s'approcha de sa belle-fille pour l'embrasser. Elle se laissa faire. Réjean en profita pour sauter sur la galerie par deux vives enjambées dans les marches de l'escalier et il entra. On put entendre sa mère s'exclamer:

-Ben, je vous ai entendus arriver, mais j'avais les deux mains dans la pâte à tarte. Viens que je te donne un bec farineux...

-T'es malade en machine, probable? s'enquit Raoul qui entraîna Johanne vers l'escalier.

-C'est mon dîner pis de la bière... On est allé au bar avant de monter...

-Ouais, soupira l'homme. Le Réjean, il crache pas dedans, hein!

-Pis moi non plus des fois! osa-t-elle dire.

-Toi, ça se comprend au moins...

On fut bientôt à l'intérieur.

-Quen, salut Johanne! fit sa belle-mère sans grand enthousiasme.

Le ton plut à Réjean. Et comme sa mère roulait une abaisse, elle ne put montrer de sentiments par les gestes et elle le fit constater:

-Tu m'excuseras si je t'embrasse pas, hein, mais regarde-moi les mains. Je le ferai un peu plus tard pis ça retardera pas mes tartes...

Johanne ne répondit pas et resta debout sans bouger, dans l'attente d'un ordre, d'un désir...

Raoul sentait son désarroi. On savait déjà par Réjean que l'enfant ne serait pas avec eux. On savait aussi mieux que Johanne qu'il refusait catégoriquement de prendre Gabrielle. L'homme compatissait avec sa belle-fille et il voulait lui rendre l'adaptation dans sa nouvelle demeure le moins dure possible.

Il tira une chaise pour elle.

-Quen, assis-toi! Si t'aimes mieux monter dans ta chambre, vu que t'as été malade, tu pourrais te reposer.

Elle opta pour la chaise.

Rosa gardait toujours un aspect sévère dans son visage. C'était la bouche tombante qui lui clouait à la face cet air de femme autoritaire mais aussi des lunettes rondes sur une figure carrée. Et sa voix que certains disaient échignante, semblait provenir d'une corde de guitare au son légèrement fêlé.

-Sais-tu faire ça, des tartes, toi, Johanne... Ça doit que ta mère t'aura montré...

Adossé au comptoir, Réjean se moqua à travers un sourire narquois:

-Elle en a fait une bonne dans la cour de l'hôtel à Bury tantôt... Une tarte-pizza...

-T'as été malade? dit Rosa qui savait déjà par son fils avant que Johanne n'entre dans la maison. Veux-tu aller à la chambre de bains pour te laver pis te nettoyer la bouche. On est mal quand on a vomi...

-Envoye, envoye, la p'tite, tite, tite... fit Réjean pour allier mépris et apparence de complaisance affective, le sous-entendu de sa parole empruntée à une chanson de folklore signifiant la p'tite jument...

Dans la bouche d'un autre, l'expression eût passé pour une agacerie affectueuse, dans celle d'un homme qui s'arrangeait pour arracher son enfant plusieurs fois au coeur d'une mère, cela devenait une affreuse risée.

Elle se rendit à la chambre de bains, une pièce exiguë jouxtant la chambre des Bilodeau et pleura en tâchant de se redonner un visage sortable...

**

Dès le lundi suivant, Rosa téléphona à la plupart des manufactures de la région pour trouver du travail à sa belle-fille. Elle lui trouva trois places. On en discuta le soir à la table. Il fut décidé d'opter pour celle qui offrait les meilleures chances de pouvoir y faire du temps supplémentaire.

L'esprit de Réjean envahissait la maison.

-Quand un ménage commence, faut tout prendre! statua-t-il en se léchant les lèvres avec sa langue après une gorgée de café chaud.

La vie reprit aussitôt le même cours qu'à Sherbrooke. Monsieur commença à courir les bars et les bras des femmes, à ne pas revenir coucher un soir ou deux par fin de semaine. Johanne se tut puis un jour, elle éclata. Il la lança contre le mur de leur chambre et disparut pour trois nuits.

Rosa crut bon de parler à sa belle-fille comme elle le faisait souvent avec son fils. En effet, elle s'enfermait avec lui deux, trois heures à chaque rencontre et ce, une fois par mois, mais c'était toujours elle qui finissait par se rendre à ses vues à lui, par lui pardonner, par clore la conversation sur l'espoir qu'il changerait mieux à son rythme à lui comme doivent évoluer toutes les personnes humaines.

Ce qui fut dit, redit et encore redit à Johanne revenait toujours au même:

«Sois patiente. Un homme qui fait des folies, il faut le prendre tel qu'il est, ne pas essayer de le changer, endurer et petit à petit, il va changer de lui-même... Si tu le chicanes, si tu lui cries après, il sera dix fois pire, il fera cent fois pire... Et s'il devient pire avec le temps, c'est de ta faute, c'est parce que t'auras pas su l'aider comme il faut à devenir un homme...»

La pauvre femme n'avait pas conscience qu'elle parlait d'un homme de trente-sept ans à une femme de vingt. Elle faisait partie de cette race détestable qui se plaît à dire aux autres: «Si moi, je le fais, toi, tu le peux itou!»

Et Johanne croyait que la vérité se trouvait en tous sauf en elle. Tel que recommandé, elle se montra dévouée et patiente.

Il lui arriva de reparler de Gabrielle, de la promesse qu'il avait faite de la reprendre une fois rendus à la ferme. Réjean lui fit une réponse cinglante et définitive:

«Pas de morveux dans la maison! Ni celle-là, ni jamais un autre. Ça fait que t'es pas mal mieux de t'organiser quand on fait l'amour parce que te vas être obligée de te faire avorter.»

Elle n'eut que de rares occasions d'appeler à la garderie et un soir des environs de Noël, seule dans sa chambre, agenouillée près de son lit, elle pria le ciel de lui pardonner pour la décision qu'elle était forcée de prendre. Gabrielle vivrait bien mieux avec des parents adoptifs qu'avec un père comme Réjean Bilodeau qui avait les enfants en horreur.

Cette prière sonna le glas du sentiment amoureux qu'elle gardait pour son mari. Désormais, elle rêverait de partir à jamais, de mourir ou bien de s'envoler par-dessus les montagnes pour s'en aller au bout du monde loin de ces souffrances perpétuelles que la vie lui jetait au visage depuis sa naissance.

Sa mère tomba gravement malade et fut alitée. Reconduite à Saint-Sébastien par son beau-père, un dimanche, Johanne se rendit à son chevet. La pauvre femme ne put que s'attrister au récit des misères de sa fille. Et elle lui promit de s'occuper d'elle quand elle serait de l'autre côté...

-Ben non, vous mourrez pas, vous avez rien que cinquante-trois ans...

-J'suis toute défaite par le dedans, souffla la femme ravagée. C'est plus rien qu'une question de mois...

On l'enterra plus vite encore qu'elle ne l'avait prévu. Et Johanne se sentit plus que jamais seule au monde. Sans le soutien de son beau-père, elle se serait jetée dans la Chaudière à Mégantic.

Fort de l'appui de sa mère, Réjean noçait sans arrêt. Raoul s'occupait des travaux de la ferme. Johanne allait et venait de la maison à la manufacture et son mari ramassait toutes ses payes.

Un jour, elle apprit que Gabrielle n'était plus à la garderie de Sherbrooke et qu'on l'avait prise en adoption. Elle en fut heureuse et une lueur au fond de l'âme lui dit que la fillette la prendrait dans ses bras un jour, dût-il se passer un demi-siècle avant ce bonheur infini.

1967 emporta beaucoup de gens dans l'euphorie du renouveau et du changement.

Johanne serait majeure dans quelques mois et Raoul proposa de lui montrer à conduire une automobile. Il convainquit sa femme en faisant valoir que sa belle-fille pourrait la conduire en ville quand lui ne le pourrait pas. Réjean s'opposa à son tour un moment puis il pensa aux avantages de la chose. Johanne le servirait bien mieux sachant conduire.

En juin, elle obtint son permis et une paire de clefs.

Quand il les lui remit, Réjean l'avertit:

-T'es mieux de t'en servir comme du monde!

-Crains pas, je vas en prendre soin, du char.

La jeune femme travaillait dans une manufacture de soutien-gorge. Il arrivait parfois que l'on fasse des présentations à des acheteurs venus de Montréal et pour cela, on avait besoin de mannequins. Johanne accepta l'offre qu'on lui fit. Une seule soirée de parade lui donnerait droit de garder une des robes utilisées, celle de son choix.

À son départ, elle parla d'heures supplémentaires mais quand elle revint avec la robe gagnée, il lui fallut avouer à sa belle-mère comment elle l'avait eue.

Le soir suivant, Réjean la prit à part dans leur chambre et l'aborda de sa manière la plus gentille. Il l'amena à lui laisser se faire l'amour à lui-même en elle puis la questionna:

-Comment ça va à Canadelle?

-C'est correct...

Il s'était rhabillé jusqu'à la ceinture et Johanne portait un peignoir de ratine d'un bleu qui soulignait bien celui plus prononcé de ses yeux luisants.

Étendus sur le lit parce qu'il l'avait voulu ainsi, ils échangeaient comme toujours: à sa manière à lui. L'heure de dormir n'arrivait que pour les parents en bas.

-T'as fait des heures de plus hier soir?

-Hum, hum...

-Comment ça?

-Parce que y'avait de l'ouvrage...

Il chantonna:

-Tu me dis pas tout...

-Ben, j'ai paradé du linge...

-Pourquoi tu me l'as pas dit?

-T'étais pas là.

-T'as décidé ça hier?

-Non.

-Quand?

-La semaine passée quand ils me l'ont demandé.

Il dit d'une voix douce presque suppliante:

-Mon petit minou, j'aurais donc aimé ça que tu m'en parles...

Elle soupira mais demeura silencieuse.

-C'était quoi au juste? As-tu paradé en brassière?

-Ben... oui pis non...

-Comment ça?

-J'avais une robe...

-Pis ensuite, tu l'ôtais?

-Ben oui, jusqu'à la taille, pas plus... Faut ben, ils font pis ils vendent des brassières à Canadelle...

-Qui c'est qu'il y avait là?

257

-Les propriétaires, les contremaîtresses, les mannequins, les acheteurs...

-Qu'est-ce qu'il se passe au juste?

-Tu parades, c'est tout... Des fois, ils prennent des mesures pour voir si ça fait bien...

-Y a-t-il quelqu'un qui t'a touchée à la poitrine?

-Ben non...

-Pour prendre des mesures...

-Ben oui, mais juste de la brassière là, pas de la poitrine...

-Ah!

-Combien ils te payent pour ça?...

-À l'heure... le tarif de l'overtime.

-Rien que ça?

-Plus une robe.

-Ah! oui?

-Je sens que t'es pas trop content...

-Qui, moi? Pantoute... Au contraire, j'aimerais ça te voir dans ta robe... Si tu parades pour les acheteurs à Canadelle, tu pourrais parader pour ton mari, non? Envoye, envoye, j'aimerais ça te voir... Même si on vient de faire l'amour, on pourrait recommencer...

Disait-il la vérité? Comment savoir? Et puis comment se dérober à son exigence: il était le maître.

Pendant qu'elle enfilait un soutien-gorge puis la fameuse robe, il parlait:

-Ben, j'aurais jamais pensé que ma femme pourrait être un mannequin... Une petite soeur à Élaine... Johanne Bédard, Élaine Bédard... Bédard, ça doit être un nom pour la parade, ça... Malgré que ton nom asteur, c'est Bilodeau... Des fois, j'oublie que t'es une femme mariée... C'est peut-être parce que t'as eu un enfant avant de te marier...

Il prit un coupe-ongles sur la table de chevet et se lima les ongles sans lever la tête.

Enfin, elle parut devant lui. L'éclairage des lampes exhaussait l'éclat de son regard. Elle se sentait plus belle que jamais malgré un certain désordre de sa chevelure. Il serait troublé qui sait de la voir ainsi sous un nouveau jour...

C'était une robe-manteau d'allure aisée et de grand chic, coupe tailleur adoucie et manches chauve-souris. Toute noire avec aux épaules de la broderie en soutaches décoratives de couleur bleu moyen.

-Elle est belle, hein?

Il sauta sur ses jambes et fit trois pas jusqu'à elle, disant:

-Pour être belle, elle est belle...

Il la prit dans ses bras et la jeta sur le lit. Elle crut à un jeu sexuel.

-Tu me laisses pas parader comme hier?

Les mots décuplèrent sa rage. Il mit son genou sur son ventre et s'empara des deux pans du décolleté et à grands coups bourrés de haine féroce, il déchira le vêtement. Quand la robe fut en lambeaux, il ajouta à sa jalousie méprisante plusieurs gifles au visage associées à des insultes de bas étage.

Après sa crise, elle put enfin se libérer et se rendre dans la salle de bains. Un miroir se chargea d'achever l'humiliation et la douleur.

Un autre morceau de sa jeunesse venait de se faire lacérer, briser, assassiner...

**

À la même heure ce soir-là, dans un petit bureau d'affaires qu'il avait loué à Saint-Georges où il résidait, Alain Martin travaillait. En dehors de son travail d'enseignant, il vendait des produits de lessive et voilà qu'il planifiait son été, devant le partager entre des semaines d'études à l'université pour compléter les crédits nécessaires à l'obtention d'un plein diplôme de professeur et la nécessité de gagner beaucoup de sous supplémentaires pour non seulement boucler le budget familial mais aussi ramasser le comptant requis pour l'achat d'une maison.

Il fallait aussi prévoir trois jours pour emmener les siens à Expo-67 à Montréal.

À un moment donné, il leva la tête de sa page posée sur son bureau et sa pensée se tourna vers sa fille déjà rendue à trois ans.

Puis il se dit que chaque année à son anniversaire, il devrait rédiger un poème sur elle et pour elle... Mais le temps, le besoin d'argent, le travail... et ce goût de liberté qui le tenaillait souvent...

******

Chapitre 29

Le 3 mars 1968

À Saint-Jean-Vianney, tout près de Lac-Mégantic, les frères Audet annonçaient depuis une grosse semaine l'ouverture de leur cabane à sucre. Un party digne de Réjean Bilodeau. Bière, rires, danse et le goût de se moquer un peu beaucoup de sa volaille, la Johanne qu'il déplumait à plaisir quand, selon ses affirmations, elle ne se servait pas assez de sa cervelle de poulette.

Le plaisir atroce et féroce ressenti à déchirer sa belle robe l'année d'avant, il se l'était offert deux autres fois depuis lors, notamment à Noël où elle avait paradé un peu trop fièrement à son goût un nouveau vêtement de sa confection: un ensemble qu'elle avait fabriqué de ses mains pour économiser...

-T'aurais plus de succès à t'habiller au Bon Marché! commenta-t-il au dépouillement de l'arbre.

Il lui avait offert des bottes de prix pour donner une bonne image mais les avait choisies trop grandes afin de pouvoir les remettre au magasin après les Fêtes.

Il commença à boire le matin alors pourtant que la fête commencerait, elle, au milieu de l'après-midi et se poursuivrait après le traditionnel souper aux oreilles de Christ et autres aliments santé

261

qu'on finit par faire passer dans la tuyauterie intérieure en sautant, en se courant autour de la cabane et en dansant longtemps...

Réjean gara la Chevrolet blanche, une 68, dans un stationnement graveleux au bord de la route. La cabane se trouvait là, grise dans la neige blanche, à quelques pieds, à moins de trois minutes de marche sur un étroit chemin de neige battue.

Johanne lui serait utile pour le retour à la maison s'il devait continuer à boire; et il en avait la joyeuse et ferme intention.

Il manquait la vapeur dans le soupirail de la bâtisse mais les érables n'étaient pas encore entaillés et on ne pouvait donc faire bouillir de la sève qui courait toujours dans les racines et les troncs. La fête en était une de pré-ouverture permettant de rallonger la rentabilité de cette place d'affaires qu'était devenue la cabane à sucre du père Audet.

Une dizaine de voitures étaient déjà là. La plupart indiquaient par leurs caractéristiques, des propriétaires plutôt jeunes. Du chrome brillant, du neuf, des allures sportives.

Au bord de la quarantaine, Réjean aimait bien la compagnie des gens de vingt ans. Et de sexe féminin de préférence. Mais boire avec des gars de cet âge lui donnait un sentiment de jeunesse; et dans les bars, il rencontrait de moins en moins de vieux biberons moyenâgeux dans son genre.

Plutôt ivre, il était encore au stade de l'amusement pacifique. Et Johanne ne le craignait pas: pour l'heure du moins. Il prit les devants. Elle suivit en le regardant et en le méprisant. Et pourtant, il eût suffi qu'il se retourne, la prenne dans ses bras et lui demande pardon pour les souffrances qu'il lui avait fait endurer et elle lui aurait sans doute rouvert son coeur.

Cela pourrait arriver un jour, lui répétait sa belle-mère. Un événement, qui sait!

«Un miracle, ça se peut-il?» pensait-elle.

La neige formait du sel qui brillait sous le soleil fort. L'homme y laissait ses traces qu'il faisait exprès de traîner derrière ses pas. Elle posait ses pieds et avançait dans son sillage...

Une autre voiture se stationna et deux hommes en sortirent. Leurs pas plus longs leur permirent vite de rejoindre les Bilodeau.

Ils les dépassèrent. On ne se connaissait pas. L'un portait une chemise lâche à larges carreaux rouges à lignes noires. Un gars brun à la fine moustache et qui marchait comme un pisteur...

-Hey, Roger, t'en vas-tu au feu? lui demanda son compagnon.

-Non, je vas à la bière pis j'ai soif en maudit.

Réjean le trouva sympathique de dire pareille chose. Ça promettait pour la fête.

«Un autre biberon!» pensa Johanne.

Au moins avait-il l'excuse de son âge. Guère plus vieux qu'elle donc de vingt-quatre, vingt-cinq ans tout au plus... Pour la première fois de sa vie, elle se demanda si son destin ne la condamnait pas à devoir subir des ivrognes et des abuseurs? Se trouvait-il seulement des hommes qui ne maganaient pas leurs compagnes? Étaient-ils donc tous des fauves, des prédateurs en quête de proies de l'autre sexe? Ce n'étaient pas des mots qui posaient ces questions dans sa tête mais des impressions encore floues... Pourquoi toute cette gentillesse quand ils cherchaient à séduire puis toute cette petitesse quand ils se mettaient à détruire?

Réjean entra le premier par la porte laissée à moitié ouverte par les deux jeunes gens. Tout en s'habituant les yeux à ce qui donnait l'illusion de la pénombre, il put comprendre qu'une bonne quarantaine de personnes se trouvaient déjà là et aussitôt, il se composa un sourire à l'intention des jeunes chairs fraîches qu'il découvrirait par la suite.

L'image s'éclaircit aux yeux de Johanne. D'un côté, il y avait un comptoir-bar où s'appuyaient des buveurs et un peu plus loin une porte donnant sans doute sur la cuisine et la grand évaporateur. Partout des tables grossières de bois usé, des gens qui regardaient dans sa direction, beaucoup de fumée et sur la gauche, un poêle coiffé d'une panne de métal où devait cuire du sirop à en juger par l'odeur.

Dans le coin opposé, des instruments de musique sur une scène basse annonçaient déjà la danse et la fête. Son mari avait voulu la conduire là, Johanne danserait quoi qu'il arrive par la suite. Consciente de la puissance de son regard, elle le ferait agir sur un gars à l'insu même de Réjean qui ne pourrait pas s'interposer...

Elle le suivit à une table pas loin de la salle des toilettes, un lieu qu'il savait stratégique pour pénétrer le regard des filles et donc établir le premier contact si important... Sitôt qu'ils furent assis, l'homme repéra des connaissances et partit les rejoindre à l'autre bout de la grande salle. Seule et sans argent, Johanne resta là à l'attendre. Comme d'habitude.

Un jeune serveur vint lui offrir à boire mais elle dut refuser.

-Plus tard!

-Je vas me faire payer par Réjean, je le connais...

-Ben O.K.! Je vais prendre une bière... une 50...

Quand elle fut servie, elle but lentement. C'était pour occuper ses dix doigts. Elle avait l'intention de ne boire que deux ou trois bières afin de garder toute sa tête et sa dignité et pour mieux observer la conduite des gars envers leurs compagnes et entre eux.

Réjean était un ami des deux frères Audet. Il discuta long-temps avec l'un d'eux puis disparut, sans doute parti dans l'autre pièce ou dans la sucrerie...

Chaque cinq ou dix minutes, d'autres jeunes gens arrivaient, parfois un couple dans la trentaine mais personne dans la quaran-taine ou plus. Ainsi, le mari de Johanne faisait figure de doyen du groupe. Repérée depuis son arrivée même par le jeune assoiffé qu'elle savait s'appeler Roger, Johanne le vit s'approcher. Il la regarda intensément, sourire de bisc-en-coin et passa son chemin vers les toilettes. Quelques minutes plus tard, il vint occuper une table voisine avec son ami. Elle les entendit parler. Une bonne partie de leurs propos lui passa deux cents pieds par-dessus la tête mais quelques phrases retinrent son attention et elle ne savait trop pourquoi.

-Ben moi, disait Roger, je fais la 'ronne' du tabac pis je re-tourne dans le nord de l'Ontario... C'est là qu'est l'argent... Tra-vailler au moulin Cliche à Mégantic à neuf piastres par jour, ça m'intéresse autant qu'aller me jeter dans le lac...

Johanne pensa à son frère Jean-Luc, l'aîné, qui avait si sou-vent raisonné de cette façon. Elle se souvint une fois encore de son vieux désir de partir n'importe où mais ailleurs... Ferma les yeux et pensa à La Sorcière bien-aimée qu'elle écoutait chaque semaine avec ferveur et joie.

-Des yeux de même, on ferme pas ça! dit-on à son oreille.

Elle les ouvrit et vit tout à côté, juste penché sur elle, si proche qu'elle pouvait sentir son haleine de bière le jeune homme à la petite moustache . Elle le remercia avec un léger sourire. Il poursuivit:

-Je m'appelle Roger Rodrigue, toi, c'est qui?

-Johanne...

-Ah! Johanne comment?

-Bédard... Ben... Bilodeau... Suis mariée...

-Elle est mariée... C'est encore mieux... Pis où est le mari?...

-Sais pas... il est allé de l'autre bord là-bas...

-Sais-tu ça que quand le chat est pas là, les souris sont supposé de danser?

-À condition que y'ait de la musique, hein?

Il rit:

-Je comprends... pis bon, quand il va y avoir de la musique, le chat va être revenu... C'est ben maudit pareil, la vie, hein, quand on est belle comme toi?

Grâce à l'alcool et à un petit défi lancé par son copain, Roger avait osé parler à la jeune femme, et ce qu'il apprenait lui causait de la déception. Si l'autre homme, ce vieux de quarante ans qu'il avait aperçu avec elle pouvait donc n'être que son frère ou un ami pas trop branché sur elle...

-Ben salut, là!

-Salut!

Et Johanne revint à ses réflexions. Il n'entrait de lumière extérieure par les murs de la salle que celle acceptée par deux étroites fenêtres voilées de rideaux à petits carreaux rouges et blancs. Elle fixa l'une d'elles tout en espaçant de petites gorgées de bière et elle oublia les gens de la salle, ceux qui entraient, les musiciens qui s'installaient et s'accordaient et ce Roger qui s'était rivé le nez à son état de femme mariée...

Réjean la sortit bientôt de sa torpeur. Il emmenait deux jeunes filles avec lui et les fit prendre place avec eux. Joyeux, plus 'chaud' que précédemment, ce qui signifiait qu'il était allé boire ailleurs, en dehors de la salle, il héla aussitôt le serveur...

Roger dit à son copain des mots qui glissèrent bas entre ses dents:

-Il est capable, celui-là, t'as vu ça, une femme de notre âge pis deux filles en plus... Falloir se grouiller si on veut pas se faire faire la moustache par un vieux de quarante ans...

-Ces maudits vieux-là, ils ont le tour avec les petites jeunes... Elles cherchent leur père...

-Ouais...

Et Roger but plus vite. Quand le serveur s'approcha, il lui commanda une double ration de bière. Réjean paya la tournée. Une fille s'appelait Sylvie et travaillait dans un bar de Mégantic et l'autre était une de ses amies au prénom de Suzanne.

Johanne se sentait humiliée une fois encore. Depuis des années qu'elle le savait courailleux, qu'il l'avait nombre de fois plantée seule dans une salle de danse pour s'en aller avec une autre, c'était la première fois depuis qu'ils vivaient à Mégantic qu'il la mettait en la compagnie de deux de ses blondes. À Sherbrooke, elle se fichait de l'opinion des gens, mais dans ce petit milieu, il se trouvait toujours quelqu'un pour la connaître et savoir ce qu'elle endurait avec son salaud d'homme...

Il multipliait les folies. On jouait à la main chaude et Johanne devait participer. Il leur souhaita la bonne année en se désolant du retard de deux mois. Les deux jeunes filles se prêtèrent à ses jeux en s'esclaffant à tout propos...

Enfin la musique commença. Johanne consulta sa montre. Trois heures de l'après-midi. Une heure de danse annonça-t-on. Puis tout un repas aux oreilles de Christ. Et une veillée digne des noces de Cana...

Quand il entendit le chef des musiciens dire cela, Réjean lança:

-Icitte, c'est Tit-Paul Audet qui change l'eau d'érable en whisky... un vrai homme à miracles...

Johanne se sentit fort mal à l'aise malgré l'hilarité générale d'une salle aux trois quarts remplie et logeant certes plus de cent personnes, et à cause de ces rires aussi. Incroyante sauf en occasion de détresse, et non pratiquante, elle avait toujours grande crainte lorsqu'on blasphémait ou que l'on méprisait les choses de la Bible.

L'orchestre comprenait cinq membres en tout soit un guitariste, un guitariste-chanteur, un drummer, un organiste et une chanteuse pulpeuse. On entama avec La Bolduc 68, un air folklorique bien connu et repris dernièrement par la jeune chanteuse Marthe Fleurant. Soudaine et enlevante, l'attaque musicale fit bondir les fêtards et aussitôt la piste de danse se remplit. Réjean s'y rendit avec ses deux blondes et y tourna avec elles dans un cercle d'ivresse et d'excitation...

De retour à la table, il se moqua de Johanne.

-Ma petite femme, depuis six ans que j'sus avec elle, pas capable de me donner un héritier... Que voulez-vous, pas d'enfants dans la maison, faut ben que je noye ma peine comme je peux...

Cette fois, il n'obtint pas les rires des deux filles. Une femme ne rit pas d'une autre sur une question pareille. Il détourna l'attention, saluant les gars de la table voisine:

-Moi, ben c'est Réjean Bilodeau de par icitte, pis vous autres?

-Roger Rodrigue de Ste-Cécile... Pis lui, c'est Claude Boutin de Saint-Ludger...

-Ah! ben maudit, de la belle grande visite à Mégantic! Comment ça?

-On connaît les Audet: on a travaillé avec eux autres.

-Pis c'est nos bons amis... Les amis de nos amis sont nos amis... On lève nos verres à la santé des amis...

Il incita tous les autres à lever aussi leur verre. Celui de Johanne était vide. Il s'exclama:

-Ah! ben, joual vert, ma pauvre femme qui a le cul sec... Waiter, waiter...

Puis à l'adresse des nouveaux amis:

-Hey, les gars, venez vous asseoir à notre table, on va rire...

Le musicien en chef dit de sa voix rallongée et grossie par le système de son:

-Et voici main-te-nant une pièce de... Johnny Cash... Fol-som... Prison... Blues...

-Ah! ben sacrement des fesses, dit Roger, ça, j'ai écouté ça quand j'ai fait de la prison...

267

Il prenait place à un bout de la table tandis que son copain s'en allait à l'autre bout. Johanne resta seule de son côté face à son mari qu'encadraient les deux filles.

-J'avais trop d'ouvrage, dit Réjean pour se vanter sous le couvert du rire. C'est comme ça qu'il faut que ça soit: trois gars, trois filles... Oui mais... mais je vas être obligé de me retrouver avec ma femme, là, moi... C'est pas un cadeau que je viens de me faire là...

Cette fois, Johanne rit avec les autres. Mais c'était à un projet de vengeance qui prenait corps dans son esprit. Elle exciterait sa jalousie; il devrait lâcher les filles et il les perdrait aux mains des deux nouveaux amis...

Roger fit venir le serveur et il lui commanda deux bouteilles de bière par personne afin de garnir la table à la manière macho du temps. On eut des propos à bâtons rompus. Puis de façon imprévue, le jeune homme proposa à Johanne de danser. Elle dit:

-Faut que tu demandes à mon mari, c'est lui, le boss.

Réjean pensa vite à ses vieux pièges. Qu'elle danse: ça lui donnerait l'occasion de la dompter à la maison!

-T'es pas jaloux, toujours?

Il montra Johanne et dit:

-Jaloux, moi? Je vois pas pourquoi...

Cent fois pire que jaloux, il la considérait comme sa chose. La prêter un petit moment, peut-être, mais que ça n'aille pas trop loin... Il l'aurait à l'oeil...

Après la pièce de rock and roll, ce fut un slow et Roger garda sa compagne sur la piste.

«Fais du feu dans la cheminée, je reviens chez nous. S'il fait du soleil à Paris, il en fait partout...»

-Il a de l'air à te faire manger de la marde pas mal, ton mari...

-N... ben non...

-Je sens ça.

Elle reprit le vieux truc des gars et lui passa le genou. La bosse du sexe masculin augmenta encore.

Il la fit parler. Des banalités. Où elle vivait. Depuis quand.

Son travail... Au milieu de la danse, il lança de sa manière brutale et imprévue:

-Ben, moi, je crisse mon camp dans l'Ontario pour un bout de temps. Viens-t'en avec moi.

-T'es malade...

-Pas malade pantoute...

-C'est quoi ton affaire de prison?

-Ah! ça? Pas grave. J'ai défoncé un garage v'là un an ou deux... à Mégantic. C'était juste pour se faire du fun mais la police a pas trouvé ça drôle...

-Quel âge que t'as?

-Vingt-quatre ans. Pis toi?

-Vingt-deux?

-Pis ton mari, lui?

-Trente-neuf.

-Ben trop vieux pour toi, ça!

Réjean riait, serrait les deux filles contre lui mais lorgnait sombrement du côté de la piste de danse. La maudite, il lui en ferait voir après la veillée... Pis peut-être ben avant la veillée...

La pièce achevait. Roger répéta sa proposition:

-C'est sérieux, hein! Embarque avec moi la semaine prochaine pis on crisse notre camp dans le fin fond de l'Ontario, sacrement des fesses. D'abord, tu l'aimes pas ton mari, pis ça paraît en mau-dit.

-C'est juste parce qu'il fait des folies aujourd'hui.

-Penses-y, je te le dirai pas vingt fois.

Par la suite, elle refusa de danser avec lui et accepta les pro-positions de Claude. Il y eut quelques chansons à répondre, du rock and roll, le souper, le retour de la musique... Tout ce temps, Johanne ignora Roger et ce fut cette attitude précisément qui aga-çait le plus Réjean. Il flairait quelque chose entre ces deux-là. Parfois son regard pointu et ricaneur se posait sur elle et il s'en promettait pour leur retour à la maison.

Pas une seule fois il ne dansa avec elle.

Fatigué de cette place, pris par le goût de retrouver une femme de Mégantic qui lui ouvrait toujours la porte, abandonné par ses deux jeunes conquêtes qui maintenant flirtaient avec Claude et Roger, il ordonna un départ prématuré au beau milieu de la soirée.

En revenant, il se promettait de faire subir à Johanne la pire volée de sa vie. Ses parents étaient partis depuis trois jours et ça lui laisserait le champ libre.

Elle le savait; elle le sentait. Mais elle ne pouvait pas se soustraire à sa menace à peine voilée. Même à moitié soûl, il possédait assez de force physique pour la tuer. Si elle devait se faire battre, le mieux serait que ça se produise dans leur chambre. Peut-être pourrait-elle se défendre comme plusieurs fois déjà, en lui caressant le sexe et en le suçant.

Ils entrèrent dans la maison. Elle mit le cadenas sur la table puis, leurs yeux se croisèrent. Elle tourna la tête et regarda vers l'escalier. Il fit pareil. Leurs yeux se croisèrent encore: elle comprit sa férocité. Poussée par la peur, elle se rua vers et dans l'escalier mais ne parvint qu'à la moitié... Une force irrésistible l'attrapa par les jambes et elle bascula à pleine face. L'homme la tira jusqu'au pied, il la retourna et lui mit un genou sur l'estomac.

-Ma maudite, asteur, on va parler.

Elle chercha son sexe. Il lui enferma le poignet dans sa main et serra jusqu'à voir une grande souffrance dans son visage.

-C'est qu'il te voulait, le Roger Rodrigue, hein?

-Rien, j'y ai même pas parlé...

-T'as pas dansé avec, non?

-Rien qu'après-midi... Pèse pas trop, je vas étouffer.

-Étouffe-toi donc, ça serait une maudite bonne idée.

-J'ai mal partout, Réjean, lâche-moi... on va monter pis je vas te faire l'amour...

-Tu penses que ça m'intéresse?

Elle ne dit rien. Il répéta en crachant:

-Tu penses que ça m'intéresse, hein?

-N... non...

-Maudite... sale de pas bonne que t'es! Dis-le, c'est quoi qu'il a dit...

Elle mentit à pleine lèvres:

-Il a parlé de toi... Il a dit que t'étais un gars ben le fun pis que tu parlais avec ta tête...

-C'était pour rire de moi, je suppose?

-Non, pantoute! Appelle-le pis demande-z-y...

-Ça me dérange pas: quand même qu'il aurait voulu coucher avec toi... C'est toi, la maudite qui a fait de la façon à son chum, le Claude Boutin, tout le temps de la journée...

-T'étais avec Suzanne pis Sylvie...

-Un homme, c'est pas pareil, maudite putain, tu sais pas ça encore?

-Je l'ai pas fait pour te faire choquer...

-T'es mauditement chanceuse que je sois pas trop de mauvaise humeur...

Il relâcha les étreintes et se leva.

-Asteur, je sacre mon camp pour le restant de la nuit. Ça va te montrer, ma maudite volaille...

Johanne se sentait délivrée. Presque heureuse. Il y avait eu bien pire déjà. Et pour beaucoup moins. Qu'il s'en aille, elle irait dormir en paix.

Il fit des pas vers la porte. La jeune femme se remit sur ses genoux puis ses jambes et elle reprit l'escalier. Trois marches plus loin, un choc brutal la jeta en avant et elle s'assomma. Un moment adouci, il regretta de ne pas l'avoir bousculée davantage et avant de partir, il avait couru sur elle pour lui donner cette poussée.

-C'est ça, fais la morte, cria-t-il en claquant la porte.

Le corps de Johanne s'écoula le long des marches et elle resta sans connaissance plus d'une demi-heure. À son réveil, l'oeil droit la faisait souffrir. Elle se rendit à l'évier de la cuisine et se regarda dans un miroir. Tout le pourtour de l'oeil était enflé et noirci.

Alors une lueur toute nouvelle traversa son regard.

L'appareil de téléphone mural se trouvait là à portée de sa main. Elle décrocha le combiné, demanda à la téléphoniste le nu-

271

méro de téléphone de la cabane à sucre des Audet puis le composa.

Là-bas, Tit-Paul se rendit dans la salle et il y trouva Roger Rodrigue.

-Y a une donzelle qui t'appelle...

Une demi-heure plus tard, Roger frappait à la porte des Bilodeau. Assise dans l'escalier, la tête couchée sur un bras, elle l'attendait.

-Entre, c'est ouvert, cria-t-elle.

Il apparut et resta au bord de la porte, mal assuré à cause de son état d'ivresse et parce qu'il se trouvait à la résidence d'une femme mariée.

-Viens icitte...

-Réjean...

-Parti pour la nuit.

-Personne d'autre?

-On en vaut dix, non?

Il aimait ce genre de répliques et s'avança. Quand il fut près d'elle, Johanne se leva, prit sa main en disant:

-Viens, on va faire l'amour dans ma chambre, en haut...

-Si on se fait poigner, on se fait tuer...

-La meilleure manière de mourir...

La répartie lui plut et il la suivit sans avoir vu son oeil au beurre noir.

Elle voulut qu'ils restent dans l'ombre sous le seul éclairage d'une petite veilleuse.

-Reste debout devant moi, fit-elle, s'asseyant sur le lit.

Elle caressa son sexe par-dessus les vêtements. Il se sentit envahi par une flamme brûlante comme jamais il n'en avait connu. Cela se transforma en une faim enragée, inexorable. Il la poussa sur le dos tout en libérant son propre sexe de ses pantalons. En un mouvement éclair, elle ôta sa culotte et la laissa enfilée sur sa jambe gauche seulement. Quelques brèves secondes d'ajustement et il s'enfonça en elle comme si son corps d'homme eût été un gros clou qui pénètre du beurre à température de la pièce.

Sans besoin d'autre chose, de rien de plus, pas la moindre caresse, pas le moindre soupir, pas le plus petit geste, Johanne monta de manière quasi instantanée au sommet de l'orgasme total. Orgasme du corps, certes, mais surtout celui de l'esprit et du coeur...

Le sexe de Roger Rodrigue, c'était le doux poignard qui traversait enfin la férocité de Réjean Bilodeau, ce salaud qu'elle avait longtemps aimé et à qui elle avait donné toute sa fidélité depuis le premier jour.

Quand il aperçut son oeil maché un peu plus tard, Roger lui rappela sa proposition de partir avec lui pour le fin fond de l'Ontario. Elle dit simplement:

-Asteur, tu peux t'en aller, je me sens libérée!

******

Chapitre 30

Johanne voyageait à son travail avec l'auto de son mari qui avait vu la chose d'un bon oeil un matin, ayant compris que ça pouvait bien rapporter. Quatre filles du rang descendaient en ville avec elle.

Et lui, au besoin, utilisait celle de ses parents.

Repu de violence pour un temps, Réjean se fit plus doux dans les jours d'après, en même temps que le soleil de mars coulait sur le flanc des collines et se gorgeait d'eau fraîche qu'il emportait dans tous les ruisseaux et rivières de l'Estrie. Il alla même jusqu'à dire:

-Si tu penses que je suis rien qu'un sale, ben tu vas te tromper, hein... Tiens, on va pas faire l'amour tant que t'auras ton oeil noir...

Elle fit un sourire derrière lequel se cachaient des pensées qu'il ne connaîtrait pas.

Au début de la semaine suivante, Roger Rodrigue relança la jeune femme à son travail. Il lui refit sa proposition. Elle la repoussa. Il rappela le mercredi pour l'inviter à sa chambre d'hôtel à Mégantic. Elle dit non une autre fois. Il rappela le vendredi. Elle lui répondit sur le ton le plus définitif qu'elle put trouver:

-Demain, dix mars 1968, je vais te retrouver à ton hôtel avec ma valise. Pis je veux jamais revenir de ma vie...

Le jeune homme jubilait.

-Tu veux que j'aille te chercher?

-Même pas besoin, je vas descendre avec son char.

-Il va t'accuser de l'avoir volé.

-Je vas l'appeler de venir le chercher en arrière de l'hôtel...

-Il va vouloir me tuer mais j'ai pas peur de lui pas une minute. Toi, t'es ben mieux de pas te retrouver seule avec lui...

-On va voir à ça...

Vint le grand matin de sa vie. Johanne avait pris son rendez-vous du samedi avec Roger après avoir entendu, sa belle-mère demander à son fiston de la reconduire en ville chez une coiffeuse ce jour-là.

Elle en profiterait pour déguerpir et avec son auto de surcroît pour au moins lui donner une chiquenaude sous le nez à la dernière minute...

Dès leur départ, après le repas du midi, elle monta dans sa chambre et prépara ses affaires. Son seul problème consistait à mettre sa valise dans l'auto sans que Raoul ne s'en rende compte. Quand elle eut terminé, elle écouta le silence de la maison. Peut-être que son beau-père s'était couché ou qu'il était parti à la grange? Elle mit son manteau et descendit. En bas, elle rencontra le regard de l'homme qui se posait sur elle. Alors elle s'approcha pour lui parler. Mais il la devança et dit:

-Tu vas me manquer, ma petite fille, tu vas me manquer mais... tu fais ben de t'en aller, tu fais ben... Je pense que y'aura jamais rien à faire avec lui... c'est du bois coti... C'est le coeur qui est tout mangé par les termites... Qu'il boive, qu'il couraille, j'aurais toujours pu fermer ma boîte, mais qu'il t'ait privée de ton enfant pis d'en avoir d'autres, pis qu'il te magane comme il l'a fait, ça, faut que ça lui retombe en pleine face... La mère a pas aidé dans tout ça, elle a pas aidé pantoute... En tout cas, refais-toi une vie meilleure pis considère que je vas toujours penser à toi de la meilleure façon.

Elle posa sa valise un moment et s'agenouilla devant l'homme assis dans sa berçante et l'embrassa sur les deux joues en disant:

-Merci, merci pour tout! Je vous oublierai jamais.

Pendant plusieurs minutes, ils restèrent là à pleurer comme deux bébés...

-Je vais l'appeler pour lui dire où c'est que je vas laisser son char...

L'homme caressa sa chevelure, sa joue et dit à voix blanche:

-Vas-y, pis je te souhaite bonne vie, tu le mérites!

Deux heures plus tard, Réjean revenait à la maison le sourire aux lèvres. Sa mère était contente de lui. Et il l'était aussi. Il l'avait attendue au salon de coiffure et les clientes en étaient toutes devenues folles un moment.

Fierté, quand tu nous tiens! Vanitas, vanitatum!

Il trouva que son père le regardait étrangement. Mais l'homme ne dit pas un mot. Il écouta Rosa relater et vanter sa prestation au salon puis détourna les yeux.

Le hasard voulut que le téléphone sonne presqu'au même moment.

-Ça doit être pour toi, Réjean, dit Raoul.

-C'est la Johanne qui est allée faire des commissions pis qui est encore embêtée...

-C'est peut-être ça, murmura le père.

La voix nette et tranchante de Johanne pénétra alors jusqu'au fond de l'âme de Réjean:

-Ton char est en arrière de l'hôtel Queen. Les clefs sont dedans. Moi, je m'en vas en Ontario avec Roger Rodrigue... J'ai couché avec lui samedi passé pis je l'ai trouvé meilleur que toi, pas mal meilleur... Salut là!

Réjean raccrocha et éclata de rire.

-Non, mais c'est une farce! Une maudite farce plate! La Johanne doit avoir pris un coup... Je vas aller la chercher... Venez me reconduire, le père...

-C'est pas une farce, c'est pas une farce pantoute, fit Raoul qui se leva et marcha jusqu'à une fenêtre.

Réjean s'avança au milieu de la cuisine près de la table, bras ballants, sourire jaune et rouge cloué sur le côté droit du visage, l'oeil traversé par la rage de son impuissance et celle de se sentir trahi et de se savoir trompé par une femme infidèle...

L'homme ne se rendait pas compte que le score au chapitre de l'infidélité était de deux cent contre un en sa faveur à lui. Celle de Johanne était mille fois pire que toutes les siennes réunies... Pourquoi avait-elle fait cela? Pour quelle maudite raison? Il lui apportait sa force, sa protection, et sa présence surtout... Et puis la sécurité financière grâce à un bien qu'il travaillait à payer... L'enfant laissée à Sherbrooke, au fond, ce n'était pas si important... On pouvait finir par en avoir d'autres... Et puis la Gabrielle n'était après tout qu'une erreur de jeunesse et une fille de surcroît... Et puis tout ça datait...

Raoul sembla avoir deviné toutes ses pensées et il leur répondit point par point:

-Tu courailles, tu bois, tu la bats mais surtout, tu la bafoues et ça, c'est encore pire que tout. Ça fait que... ben arrange-toi avec tes troubles asteur.

Rosa était sidérée. Figée par ce départ imprévu et plus encore par les propos de son mari. Comment la Johanne avait-elle pu se conduire comme une putain de la Wellington? Réjean avait ses torts mais pourquoi ne pas s'être assis pour en discuter au lieu de partir en vraie sauvage?

-Tabarnac! venez me reconduire le père...

-Pourquoi faire? Tu veux t'en prendre à elle?

-Venez ou ben venez pas, moi je prends votre char pis j'y vas.

Raoul dut se rendre à la nécessité du moment.

Le voyage fut d'un silence total. Réjean se grugeait les ongles ou bien il regardait au loin. Il descendit dans la cour de l'hôtel et il referma la portière d'un coup rageur. Et il entra dans le bar de l'établissement sans doute pour rechercher Johanne. Raoul souhaitait qu'il ne la trouve pas. Puis il crut bon intervenir en douce. Il entra dans le lobby de la réception et parla un moment avec l'employé de service qui acquiesça de plusieurs signes de tête.

Johanne reçut un appel dans la chambre. Elle sut aussitôt qui c'était même si son premier interlocuteur n'avait pas la voix de Réjean.

-Écoute, je vais te laisser partir, mais faut que je te parle avant... je veux juste te parler, c'est tout, pas plus... Descends en bas dans le bar...

-Attends un peu, là...

De sa main, elle bloqua l'entrée des ondes dans le combiné et s'adressa à Roger qui, assis sur le bord du lit, tendait l'oreille, le front un peu sombre empreint d'une certaine anxiété.

-Il veut que je descende au bar.

-On est mieux d'y aller tous les deux.

-La bagarre va prendre s'il te voit.

-Tu vas descendre mais je vais me tenir au bord de la porte en cas de besoin... Dis-lui que tu vas descendre dans dix ou quinze minutes, que t'es pas prête... Il aura le temps de se calmer. Pis moi, je vais appeler des gars que je connais et qui restent pas loin...

Elle répéta la substance.

-C'est l'autre là, qui te dit de dire ça?

-C'est lui pis c'est moi...

-Si tu descends pas, c'est moi qui vas monter.

-Je te le conseille pas... Je vais descendre dans dix minutes. C'est comme ça ou ben c'est pantoute...

Et elle raccrocha.

Réjean revint dans le bar où se trouvaient à boire et jaser une bonne dizaine de clients. Il sourit de manière à investir afin qu'on approuve plus tard par sympathie ce qu'il se préparait à faire. Il discuterait avec elle, la mettrait dans son tort puis la ramènerait à la maison par la couette comme le méritent les infidèles. Et là, elle en mangerait une maudite.

Roger parvint à rejoindre deux de ses amis et leur demanda de venir. Un seul le pouvait. Le temps passa vite. Saisie par l'émotion mais aucunement par la peur, la jeune femme descendit, suivie de son nouveau compagnon qui, s'il possédait la force physique pour la protéger au besoin, se sentait en infériorité morale, d'autant qu'il était le faiseur de mari cocu...

Seul à sa table, Réjean entamait une deuxième bière. Il avait choisi un endroit stratégique lui permettant de voir l'entrée par laquelle arriverait sa femme, et assez près de la porte de sortie pour être capable d'agir vite quand il l'entraînerait avec lui. De plus, on entendrait leur discussion et les gars approuveraient sans aucun doute. On ne pardonne pas à une tricheuse. Un homme qui couche avec une autre que sa femme est un fêtard; une femme qui se permet la même chose est coupable de haute trahison. «C'est dans la nature de l'homme d'être infidèle et dans celle de la femme d'être fidèle,» disait-il souvent quand il se trouvait sur le party. La farce prenait toute sa profondeur maintenant...

Elle entra et se dirigea vers lui. Il ne releva la tête qu'au dernier moment. Lui cravaté, elle savatée, lui bien peigné, elle échevelée, lui l'air dégagé, elle figée et sombre, le combat était gagné d'avance pour lui.

Il fit signe au serveur le temps qu'elle s'asseyait.

-Fait beau aujourd'hui!

La voix éclata. Des gars se tournèrent vers eux. On regarda la jeune femme même si c'était Réjean qui venait de parler.

Elle resta muette.

-C'est le père qui est venu me reconduire.

Elle ne dit mot.

-D'après lui, tu fais une erreur de partir.

Elle questionna du regard.

-C'est sûr qu'il me donne mes torts, pis mes torts, suis capable de les prendre, mais il pense, lui, que ça serait mieux pour toi de revenir...

Elle fut sur le point de révéler ce qu'il avait dit mais se contint pour ne pas faire de tort à Raoul. Que cet homme mente à pleine bouche, elle s'en moquait tout à fait maintenant.

Roger resta au pied de l'escalier, à trois pas de l'entrée du bar. Il s'assit et se mit à l'écoute...

-Où c'est qu'il est, ton... ton amant?

-J'ai pas d'amant...

-Hum, hum... ha, ha, ha, ha... elle a pas d'amant. Là, t'étais dans la chambre de qui? La mienne?

-Celle à Roger...

-Pis c'est pas ton amant?

-Non.

-Qui c'est?

-C'est mon ami.

-Ha, ha, ha, ha... ton ami? Un gars qui te fait sauter ton mariage dans une semaine, t'appelles ça un ami?

-Y en avait pus de mariage, ça fait que c'est pas un amant mais un ami...

Le serveur vint poser des bières. L'homme but un grand coup et déposa son verre en chantonnant de la voix la plus suave qu'il put composer:

-C'est la deuxième fois en une heure que tu me dis en pleine face que t'as couché avec ce gars-là et tu dis que c'est pas un amant... T'es pas allée à l'école trop longtemps, ma pauvre enfant...

-Assez pour savoir ce que ça veut dire 'sacrer son camp'...

Il devint autoritaire:

-Tu sacreras pas ton camp, parce que tu vas revenir à maison...

-Non.

-C'est ce qu'on va voir. D'abord, on va jaser. Ensuite, on va s'en aller. Comme de coutume depuis qu'on s'est mariés pis même avant...

-Ça sert à rien, c'est fini. T'as tout brisé...

Il fit l'étonné:

-Tu couches avec un sacrement de bon à rien pis moi, je viens te dire que je te pardonne pis de revenir à la maison pis c'est moi qui passe pour briser de quoi?

-Ça fait des années que tu brises.

-C'est qu'il faut pas entendre, sacrement. Je t'ai sortie de ton petit maudit trou du fond d'un rang de Saint-Sébastien pour t'emmener en ville pour pas que tu sois trop gênée d'avoir le ventre par-dessus la tête pis ensuite, je t'ai mariée pis je t'ai donné une maison, un char que tu peux te servir quand tu veux, un bien, une terre qui va prendre de la valeur... parce que quand je vas mourir, il va te rester vingt, trente ans de vie pis dans ce temps-là, tu pourras vivre à l'aise en venant une fois par année mettre des fleurs sur ma tombe... C'est comme ça que tu me remercies? T'as rien que pas de coeur, Johanne Bédard, t'as pas de coeur... Sans-coeur!

Plusieurs hommes sombres appuyèrent leurs yeux réprobateurs sur la jeune femme qui ne se défendit pas. Il arriva un nouveau client qui se rendit au comptoir-bar et se commanda une bière. C'était l'ami appelé par Roger: il fit le discret.

La conversation se poursuivit un gros quart d'heure. Il la cernait chaque fois qu'elle prononçait le moindre mot et cela lui donnait l'occasion de répéter sa version. Il coiffa son discours par une perle:

-Si je te respectais pas, je te traiterais de putain pour avoir couché avec ce bon à rien là, mais comme je te respecte, je te dis que t'es encore ma femme pis que tu vas t'en venir à maison asteur.

-C'est-il tout ce que t'as à me dire?

Et elle se leva. Il s'empressa d'en faire autant et lui empoigna le bras. Elle résista mais ne réussit pas à se défaire de l'emprise trop solide. Alors Roger parut dans l'entrée. Réjean blêmit même s'il s'attendait à cela et il accéléra le processus établi d'avance dans sa tête...

-Toi, bonhomme, bouge pas de là parce que j'y casse le poignet. C'est pas dans une semaine que tu peux aimer cette femme-là; moi, elle est avec moi depuis cinq ans...

-C'est elle qui décide, mon gars.

-Elle va revenir à maison, on va en reparler pis si elle décide de s'en aller, elle s'en ira...

-Elle te croit pus ça fait longtemps...

-Laisse-la parler pour elle-même.

-Dis-y...

-C'est vrai...

Toute la salle se faisait silencieuse maintenant. On prenait pour le mari et contre les amants. Réjean jeta un oeil et il le perçut aussitôt... Il tira et réussit à l'entraîner. Elle voulut résister mais il la poussa en avant et elle s'écrasa sur le mur près de la porte...

Vif comme l'éclair, l'ami de Roger arriva et prit Réjean par l'épaule en disant:

-Garçon de salon, laisse-la tranquille...

Réjean mit son avant-bras sur la poitrine de Johanne et enfonça. Elle perdait le souffle.

-Qui c'est que t'es, toi? De quoi tu te mêles?

-Lâche-la, autrement ça va aller mal pour toi.

L'homme hésitait. Roger vint se mettre en travers de la porte.

Johanne eut alors une inspiration. Dans un seul geste, elle se libérerait non seulement de son emprise physique mais aussi de sa griffe morale; de plus, elle se viderait d'un coup de tout ce qu'il lui avait fait endurer. L'espace de deux secondes, elle le fixa comme s'il eût été Satan incarné puis elle lui cracha au visage.

Réjean recula son poing pour la frapper. Les deux amis se ruèrent sur lui et l'attrapèrent par le dessous des bras. Johanne sauta à la porte qu'elle ouvrit et le mécréant fut jeté dehors sans ménagements aux pieds d'un policier qui arrivait et que Raoul avait fait prévenir.

Bavant de rage, Réjean se précipita à l'intérieur mais il s'arrêta net sur le pas de la porte. Johanne recula.

Il voulut lui donner un ultime frisson et du regret pour les jours où, inévitablement, ça n'irait pas très bien dans son nouveau couple:

-T'es pas sortie du bois avec ce gars-là, toi, t'es pas sortie du bois, tu vas voir!

-Too bad! lui jeta-t-elle au visage avant de s'en aller.

Il la suivit du regard jusqu'à sa disparition de l'autre côté de l'entrée du bar. Le policier lui mit la main sur le bras, disant:

-Viens faire un tour avec moi...

-Suis un cocu au cas où tu le saurais pas...

-Je le savais pas mais je te comprends... Viens...

******

Chapitre 31

Plus personne n'entendit parler de Johanne pendant plusieurs mois. D'abord, Réjean appela son beau-père à Saint-Sébastien. L'homme en savait moins que tous. Et il fut porté à croire une partie de ce que son gendre lui disait malgré ce que Benoît lui avait rapporté déjà quant au martyre de sa soeur.

On savait assez mal tout ce qu'elle avait enduré. Et son mari, avec une habileté diabolique, la noircissait au crayon de couleur, d'une façon lui attirant la sympathie. Tous en vinrent à croire qu'il fallait tenter de replâtrer ce mariage. Mais où trouver la Johanne? Elle finirait par donner signe de vie? Ou peut-être que Roger, lui, se manifesterait aux siens. On entra donc en contact avec la famille Rodrigue. Ce fut Rosa qui s'en chargea...

**

-J'ai jamais été ben de même de ma vie! fit la voix de Johanne dans le noir.

-Moi, c'est tout pareil, commenta une autre voix de femme.

-En veux-tu une autre? demanda Roger.

-Oui, la mienne est finie.

-Tu bois plus vite que moi.

-J'avais soif. Avec la chaleur...

On put alors entendre le bruit d'un ouvre-bouteille qui décapsulait. C'était la bière offerte par Roger à son ami d'été et compagnon de travail.

Non seulement Johanne se sentait fort bien de vivre obscurément mais elle adorait l'obscurité maintenant. Ses peurs enfantines lui semblaient enterrées à jamais. Son nouveau compagnon se montrait protecteur, viril, fort. Il lui prenait parfois des sautes d'humeur mais cela avait allure de fleurs pour elle à côté de ces rages destructrices de son mari maintenant enterré de distance et d'oubli.

On dormait sous la tente au bout d'un champ de tabac et le jour on y travaillait dur. L'argent entrait à pleins paniers mais chaque week-end, il en ressortait une bonne partie en boisson et folies impossibles. Roger avait la manie du pourboire et ça lui coûtait aussi cher à 'tiper' qu'à boire.

Mais quelle importance quand on vient d'entrer dans la vingtaine, qu'on est bourré d'énergie et surtout d'avenir!

-On devrait laisser le fanal allumé, dit le deuxième homme. On garde le feu bas... Là, on se voit même pas le bout du nez...

-C'est ben vrai, ça! approuva Roger.

-Où c'est qu'il est le fanal?

On le trouva. Il passa de main en main et ce fut l'ami de Roger qui alluma la mèche. Il était le seul à toujours posséder des allumettes sur lui. Tabac oblige!

Quand la flamme se mit à danser sur son visage, il déclara:

-C'est moi, Tit-Luc Robert, le roi des pieds fourchus.

Cette allusion au diable donna le frisson à Johanne qu'avaient toujours impressionnée les histoires et récits mettant en vedette le Malin. L'esprit du mal exerçait sur elle une sorte de pouvoir comme si, tout en se sachant son ennemie jurée, elle eût été incapable de l'empêcher d'en faire sa victime.

Le tonnerre se fit entendre.

-Ah! je le savais qu'on aurait un orage, dit Roger Espérons que les piquets sont ben plantés...

-Crains pas, dit Johanne qui avait monté la tente suivant les instructions de son compagnon.

Seul le poteau du centre séparait les deux couples. L'autre femme riait souvent à tout propos ou bien elle camouflait des sourires muets derrière ses longs et blonds cheveux.

Quand son mari eut raccroché la lanterne à un bout de broche suspendu, il se rua sur elle et commença à la minoucher. Elle protestait joyeusement:

-Tu me chatouilles!

-Tu prends pas ta bière, interrompit Roger en lui tendant la bouteille.

-Bois-la pour moi... Le diable a le feu au cul...

En fait, ce n'était pas l'éclairage trop mince qui dansait mais bien plutôt l'obscurité; et elle chargeait les images d'impressions insolites et diaboliquement belles.

À moitié étendu sur elle qui était enfouie dans son sac de couchage, Luc se mit à promener ses mains sur ses parties les plus rondes et il continuait de l'embrasser dans le cou en la mordillant...

Roger restait assis et buvait tout en les regardant. Elle aussi dans son sac de couchage, Johanne sentait l'orage venir dehors mais également chez son nouveau compagnon qu'elle ne parvenait pas du tout à bien situer psychologiquement par comparaison avec les hommes qu'elle avait connus.

Des bizarreries s'inscrivaient dans les traits du jeune homme; il gardait son regard petit mais cillant; surtout il buvait à petites gorgées...

Le tonnerre se rapprocha.

Luc incita sa compagne à sortir du sac. Depuis deux semaines que l'on campait ensemble, au début on s'était retenu puis il y avait eu l'amour silencieux, chaque couple feignant de ne pas entendre l'autre et ensuite, ç'avait été le sexe bruyant... Et voilà qu'on s'accouplerait dans la pénombre, au su et au vu de l'autre couple.

Les gars étaient en caleçons et les filles en sous-vêtements: soutien-gorge et slip... Le fanal bougeait et indiquait que le vent se levait dehors, devant la pluie sans aucun doute. Il n'y avait pas autre chose sous la tente que leurs vêtements et une glacière remplie de bouteilles de bière et de glace à moitié fondue.

-Vous devriez peut-être faire comme nous autres, dit soudain Luc sans cesser de lécher la bouche de sa Lise d'amour, ainsi qu'il surnommait son amie.

Roger regarda Johanne qui lui lança un regard approbateur; mais il tourna aussitôt la tête comme en proie à une colère étrange.

Le tonnerre claqua soudain avec une grande violence et la pluie se mit à battre la toile. Roger se prit une autre bière. Chaque chose, chaque scène s'accélérait comme si elles devaient toutes se rencontrer, en s'y mélangeant, dans un même goulot d'étranglement. D'un côté de la tente, l'amour progressait. La nervosité augmentait de l'autre. Le fanal se balançait de plus en plus fort. Et dehors, l'orage frappait maintenant comme un vrai déchaîné. On eût dit qu'un monstre enragé était en train d'accoucher d'un autre monstre.

Soudain un piquet de coin fut extrait de terre par la force du vent et la tente se mit à se soulever du sol et à s'y rabattre.

-Je le savais que t'avais mal monté la tente, je le savais, dit Roger à sa compagne... Maudit que t'es cave, sacrement des fesses...

Luc ne le prit pas au sérieux et ôta son slip en riant. Faire l'amour sous l'orage et devant un autre couple lui prodiguait des vibrations neuves et délicieuses.

-On le fait entre nous autres pis ensuite on change de femme! suggéra-t-il tout en s'étendant sur Lise.

-C'est pas un orage ordinaire! se défendit Johanne.

-Ah! écoeure-moi pas, toi, ma sacrement!...

-Je dis pas ça pour t'écoeurer...

-Tu m'as écoeuré toute la journée...

Elle se fit suppliante:

-Voyons, Roger...

Il en fut encore plus enragé:

-Ça prend pas un génie pour planter un piquet...

Alcool et jalousie profonde formaient un mélange affreux à l'intérieur du personnage et l'homme était en train de perdre le

288

nord, de se laisser départir de la simple notion du temps et du lieu. Une colère aveugle, imprévisible s'emparait de tout son être et le bousculait comme s'il eût été la tente secouée par les éléments.

Trop longtemps avec son mari, elle s'était tue. Roger ne commencerait pas à ambitionner sur elle si tôt dans leur union.

-Ben achale-moi pas, moi, je dors!

Elle allait se tourner quand il s'élança sur elle et la frappa durement à main ouverte au visage. La foudre n'aurait pas eu sur elle un effet plus terrible.

Luc eut conscience de ce qui se passait et il se tourna vers le couple. Son sexe durci se balança alors entre ses cuisses. Johanne regarda dans cette direction mais sa pensée était bien loin de la tente, du champ de tabac, de l'Ontario, de la réalité elle-même...

Elle entendit comme en écho Réjean lui cracher au visage: «T'es pas sortie du bois avec ce gars-là, toi...»

Rendu au paroxysme de la jalousie par le fait que sa compagne regardait vers la nudité de l'autre homme, Roger la frappa à nouveau à main ouverte et la tête était vivement secouée d'un côté et de l'autre à chaque coup.

-Es-tu fou, Roger? Reprends tes esprits, sacrement!

-Toi, mêle-toi pas d'ça, hurla l'agresseur sans s'arrêter.

-Certain que je vas m'en mêler... On va la replacer, la maudite tente...

Roger cessa brusquement et se jeta contre la toile près de la glacière où il éclata en sanglots... Johanne se leva et quitta la tente... Affolée, mutilée dans son coeur et son âme, et avec pour seul guide les éclairs, elle courut dans l'orage, jusqu'à leur auto où elle parvint bientôt dégoulinante, terrifiée, sanglotant.

Elle monta à l'arrière et se terra dans un coin sans pouvoir s'arrêter de pleurer... D'horribles mots venaient marteler son cerveau:

«T'es pas sortie du bois avec ce gars-là, toi... t'es pas sortie du bois avec ce gars-là...»

Quand l'orage se calma, le couple vint la voir. Ils s'étaient enveloppés chacun dans un sac de couchage. Lui monta devant et

289

Lise retrouva Johanne à l'arrière. On rassura la jeune femme. On plaida pour Roger. Il avait trop bu. C'était un peu leur faute d'avoir fait une sorte d'exhibitionnisme devant lui.

Quand elle eut retrouvé une certaine sérénité, qu'on lui eut fait accepter de lui pardonner, elle regarda dans le lointain le ciel noir qui s'éclairait parfois. La tempête se dirigeait vers le Québec...

Plus tard, les Robert cédèrent leur place à Roger qui s'excusa.

-Je veux retourner à Saint-Sébastien, fit-elle moitié pour le menacer, moitié pour le sonder...

Il finit par la ramener à la raison... à sa raison...

**

Les mois passèrent.

On travailla dur à la récolte des pommes de terre au Nouveau-Brunswick puis à celle des pommes dans la région de Montréal, vivant de tente en cahute et au jour le jour. Roger n'eut pas d'autre sursauts d'humeur. Elle s'adaptait peu à peu à lui.

En novembre, elle tomba enceinte et donna signe de vie à sa famille mais sitôt après, le couple changea à nouveau d'adresse et alla s'installer dans le nord de l'Ontario, région où ils voulaient tous les deux s'établir à demeure. Il fut discuté d'avortement. On repoussa vite l'idée. Dans l'âme de la jeune femme, le nouveau bébé remplacerait cet autre qu'on lui avait arraché.

Aux Fêtes, après avoir vécu d'autres mois d'hôtel en hôtel, on vint au Québec pour la Noël et le jour de l'An. Rosa en fut aussitôt informée. On convoqua Johanne. Elle n'accepta de se rendre chez les Bilodeau qu'avec son père et sa soeur.

La mère de Réjean s'était fait des alliés.

«Il s'amende. Il a fait des gaffes mais c'est un bon gars, le meilleur gars du jour... Un ménage, on brise pas ça... Johanne a tout pour être heureuse... un bel avenir... son coin de pays... tout... Au moins, il faudrait leur faire faire un autre essai: ça pourrait marcher mieux asteur que chacun a eu le temps de réfléchir...»

Ils parlèrent longuement ce soir-là au salon chez les Bilodeau. Maints arguments prônant une réconciliation furent exprimés mais pas un seul ne s'y opposait.

Le plus fort fut celui de Rosa:

-Nous autres, si tu reviens icitte avec ton mari, on va s'en aller. On a trouvé une belle petite maison à Fatima pis dans le mois de janvier, on va s'installer là-bas...

-Comme ça, t'auras plus la belle-mère dans les jambes, enchérit Réjean qui se faisait miel et sirop.

Il savait que malgré l'air, l'argument portait. Au fond de sa pensée tordue, quelque chose lui disait que sa mère constituait un obstacle majeur à la réconciliation. La femme elle-même en avait pris conscience. Ils ne se l'étaient pas dit, n'ayant pas eu besoin de le faire pour le comprendre et se comprendre...

Les pressions familiales, sociales, son vieux fond de culpabilité, sa vulnérabilité, une certaine peur latente de son nouveau compagnon, les promesses entendues, tout cela emporta la volonté de Johanne.

Milieu janvier, les parents quittèrent la maison et elle y entra avec ses maigres bagages.

Roger ne protesta pas. Le seul reproche qu'il lui fit au téléphone quand elle lui annonça sa décision fut le fait qu'elle n'ait pas avoué être enceinte.

-Il ne le prendra pas, dit-il.

-Quand il a été question de ma vie avec toi, il a dit qu'il me reprenait telle que je suis pis que de mon côté, il fallait que je le prenne comme il est... L'important, c'est d'avoir la volonté de s'améliorer... Il a réfléchi, je te dis, depuis qu'on s'est laissés...

-J'ai été dur avec toi une fois ou deux mais si tu dois changer d'idée, tu pourras revenir avec moi pis je te dis que je recommencerai pas.

La bonne volonté de la jeune femme fut excessive et devint servilité. Indompté parce qu'indomptable, Réjean reprit peu à peu au fil des semaines ses vieilles habitudes de fêtard. Les soirs de week-end, il partait le plus souvent seul et revenait ivre, le col de chemise coloré de rouge à lèvres, l'auto jonchée de bijoux perdus et même de collants oubliés... Et quand il emmenait Johanne avec lui, elle finissait invariablement la soirée dans le mépris et l'humiliation.

Avant même d'entrer chez son mari, la jeune femme s'était trouvé une place dans une manufacture. Cela prit de l'importance. Mais plus encore compta pour elle cet enfant dans son sein auquel, déjà, elle donnait un nom, convaincue qu'il s'agirait d'une autre fille. Caroline ou bien Céline, peut-être même Nathalie, le prénom le plus à la mode en ce temps-là.

Elle en vint à s'accrocher à l'illusion que son mari, par le choc certain qu'il subirait à l'entendre dire qu'elle attendait un enfant, lui témoignerait plus de respect.

Au moins ne l'avait-il jamais bousculée depuis son retour, autrement que par sa conduite dissolue et ses attaques verbales à base de mépris et d'insolence.

Le soleil du printemps incline la grande nature et les personnes au renouveau. Mars vagissant en donnait déjà en abondance, de cette chaleur régénératrice. Le moment arrivait pour Johanne de révéler son secret. Elle attendait le jour où il serait sobre et dans un état mental favorable: cela se produisit un vendredi soir au souper.

Ils étaient revenus ensemble à la maison après avoir acheté un souper de restaurant emporté dans des boîtes de carton. Du poulet pané et des frites avec de la grosse sauce épaisse et poivrée. De quoi faire honte au colonel Sanders... ou le faire chier à s'en lécher les doigts...

-Tu sais la différence entre une femme et une poule?

-N... non, hésita-t-elle.

Il porta la cuisse à sa bouche et en déchira un large morceau en riant:

-Y en a pas...

La farce était vieille comme le machisme et Johanne la connaissait, mais elle fit semblant de l'ignorer pour qu'il en soit plus heureux.

-Comment ça?

-C'est pareil, toutes les deux... Petite tête, gros cul pis elles mangent des graines...

Et il s'esclaffa.

Elle rit autant puis, alors qu'il grugeait encore la cuisse, jeta abruptement:

-J'attends un enfant... Enceinte de trois mois...

Il resta les dents plantées dans la chair brune et tapota la cuisse avec ses doigts, jusqu'à trois... En fait, il calculait vers l'arrière ce qu'il n'avait aucunement besoin de faire pour constater que le père était ce Roger Rodrigue qui l'avait tant humilié...

-Eh ben!...

-Si tu le veux pas, je vas me faire avorter.

C'était un mensonge. Jamais de toute sa vie elle ne subirait un avortement: elle avait trop le coeur aux enfants et les enfants dans le coeur pour ça.

Imaginative, elle voyait déjà chaque jour au travail, chaque soir en s'endormant, la fillette courir autour de la maison, grandir, sourire, être belle...

Réjean garda sur son visage son vieux sourire fendu en deux. Il laissa le poulet dans la boîte, se leva et se rendit consulter un calendrier suspendu à un mur.

-Trois mois, osa dire la femme, ça remonte au début de novembre quand j'étais dans l'Ontario.

-On dirait, hein!

Et il reprit sa place à table.

Ce n'était pas ça qu'il était allé voir sur le calendrier mais autre chose, un petit signe qu'il avait inscrit sur une date très prochaine...

-Que veux-tu, fit-il en fouillant parmi les os pour trouver d'autre chair à manger, ça surprend un peu d'une manière mais falloir vivre avec ça, hein!

Elle se sentit soulagée et la tension baissa d'un cran.

Il finit son repas et repoussa la boîte.

-Ouais, ben, je pense que je sortirai pas loin à soir. On va en profiter pour faire du lit. Si ça te le dit...

-Ben oui!

Il ne lui donna pas plus de caresses préliminaires que naguère mais se laissa utiliser comme coussin pour assouvir l'immense besoin affectif de sa compagne.

Le samedi, il travailla à la maison toute la journée.

Le dimanche matin, il se rendit voir sa mère et dans l'après-midi, il garda Johanne dans leur chambre pour l'amour.

Au repas du soir, il regarda à nouveau l'inscription du calendrier.

-C'est que tu cherches?

-Ah! c'est une surprise... tu verras...

Il neigeassa tout l'après-midi. Après un doux temps qui avait répandu en bien des nez l'odeur de sucrerie, voilà que le revers s'annonçait sévère et très froid. Cela plaisait à Réjean pour son projet du lendemain.

Pas une seule fois de la fin de semaine il ne fut à nouveau question de l'enfant à naître. Et il ne se montra jamais agressif ou méprisant.

Johanne se leva ce lundi matin, le coeur à l'espoir malgré un moyen vent d'hiver venu des montagnes et qui balayait la neige de la veille. Ce n'était pas une tempête toutefois, et l'homme conduisit sa femme au travail puis il se rendit à un garage où il travaillait à temps partiel dans la vente de voitures usagées.

On se prit de ce même poulet que le vendredi puis on rentra à la maison vers six heures. Il faisait presque noir déjà à cause du ciel bouché qui sifflait encore au-dessus des habitations.

Ce fut la réplique quasi point par point de la scène du vendredi. Il posa des questions anodines et au moment de manger, il remit sur le tapis la question de l'enfant:

-Comme ça, on va faire baptiser...

-Ben... ça dépend... si tu veux...

-Comment que t'as dit déjà que ça va s'appeler, ça?

-Ben... Caroline, Nathalie...

-Si c'est un gars...

-Ça va être une petite fille, je le sais...

Elle avait un regard brillant qui éclatait sous le lustre quand elle parlait de son enfant qui en vaudrait deux en ayant sa propre existence ajoutée au remplacement de Gabrielle, perdue à jamais...

Dans le geste-éclair d'un serpent venimeux qui attaque,

l'homme balaya soudain la table de tout son contenu qui tomba pêle-mêle par terre et il sauta sur ses pieds. Sa chaise bascula vers l'arrière. Il courut à elle sans même qu'elle n'ait eu le temps de réagir encore et il l'empoigna par un bras.

-Viens dans la chambre, maudite chienne, viens donc!

Elle ne résista pas et le suivit malgré le mal qu'il lui infligeait au poignet.

Jurant, le blasphème à la bouche, des phrases inintelligibles se succédant, il chercha jusqu'à la chambre -celle des parents occupée maintenant par eux- à lui tordre le bras quitte à le démettre pour qu'elle souffre longtemps. Il la jeta au pied du lit puis trouva sa valise dans le placard et la posa sur le lit en criant:

-Tu le sais pas, hein, mais aujourd'hui, c'est notre anniversaire. Le dix mars... Tu te rappelles? J'ai fait une marque sur le calendrier. C'est ce jour-là que tu m'as crissé là pis que tu m'as craché dans la face... Ben aujourd'hui, c'est ton tour...

-C'est que tu fais?

-Ton morveux d'enfant, c'est pas icitte qu'il va courir pis qu'il va grandir... Tes guenilles pis dehors!

Il vida ses tiroirs un à un et garrocha les biens de la jeune femme dans la valise, puis ses quelques robes et boucla tant bien que mal la valise qu'il ramassa en même temps qu'il s'emparait de nouveau du bras de Johanne.

Il leur fit traverser la cuisine, contourner la table, marcher dans les déchets jonchant le plancher.

-Tu peux pas me mettre dehors, j'ai même pas de manteau pis de bottes.

Sa prière ne fut pas entendue. Il mit la valise à terre, ouvrit la porte et la poussa dehors avec une violence telle que Johanne tomba sur la galerie puis roula en bas de l'escalier. Il lui jeta la valise qui s'ouvrit, se défit, le tout s'éparpillant sur la neige glaciale.

Vêtue seulement d'une jupe et d'un chandail, elle se dit que le mieux serait de courir à l'étable pour ne pas geler et prendre son coup de mort. L'homme prévint ses intentions et quand il lui jeta à la tête ses bottes et son manteau, il l'avertit, une grave menace dans le doigt:

-Pis reste pas icitte dans le bout parce que tu vas te faire passer à la 'chain-saw'... T'as compris? Disparais pis que je te revoye jamais...

Le coeur figé, incapable de pleurer, elle s'habilla et ramassa quelques affaires puis marcha lentement dans la nuit profonde jusqu'à la route sans se retourner, impassible sous le froid qui pinçait. Un samaritain la recueillit et la déposa à Mégantic chez une amie et collègue de travail.

Le lendemain, elle se rendait chez son père.

Elle raconta l'événement. Il ne dit pas un mot.

L'homme avançait dans sa soixantaine maintenant; la souffrance morale et les années le poussaient à mieux réfléchir sur lui-même, sur le passé, sur ses enfants, sur la nature humaine...

Le regret et la tristesse s'attachent souvent aux pas des hommes vieillissants surtout les veufs; comme des spectres malvenus, ils venaient rôder dans sa maison parfois le soir quand la dernière de la famille s'en allait veiller... Il tomberait fin seul quand elle se marierait et cela ne saurait tarder...

Ils étaient assis dans la cuisine, Johanne dans une berçante devant le congélateur et lui dans un fauteuil près du poêle. L'homme se penchait souvent en avant et il passait sa main noueuse dans ses cheveux tassés, noirs et courts.

Elle raconta sa vie depuis le nouvel emménagement avec son mari. À la fin de son récit, il pleura. Quelques larmes venues du passé lui disaient qu'il avait sûrement erré gravement dans l'éducation de celle qu'il savait maintenant être la plus sensible et vulnérable de ses enfants. Il l'exprima:

-Y a de ma faute en maudit dans tout ça!

-Ben non, comment ça?

-La manière qu'on élevait les enfants... On a appris aux plus forts à se défendre mais par le fait même, vu qu'on traitait tous les enfants pareil, on a montré aux autres à se laisser maganer...

-C'est toujours pas de votre faute si Réjean Bilodeau est Réjean Bilodeau: pas vous qui l'avez fait, ce gars-là...

-Pis je me demande si du monde, moi le premier, c'est pas porté à ambitionner sur le dos des plus faibles?

-Ben non, je vas me débrouiller, craignez pas...

-C'est justement ça que je crains... J'ai peur que tu te fasses maganer encore plus dans l'avenir... Si on t'avait laissé continuer à sortir avec le petit Martin, les affaires auraient été autrement... Il aurait pris soin de toi, lui... Il avait un bon fond, ce petit gars-là...

-Tout ça, c'est le passé. Faut regarder en avant pis se servir de ce qui nous est arrivé pour faire que ça se passe mieux ensuite.

-C'est sûr que y a rien de perdu!... Souffrir, c'est une grande richesse mais on veut empêcher ça à tout prix en se disant que c'est mauvais...

**

Quelques jours plus tard, mis au courant par de la parenté qui surveillait pour lui, Roger Rodrigue vint de l'Ontario. Il appela Johanne.

Elle refit sa petite valise... Une fois encore...

******

Chapitre 32

D'un hôtel à l'autre. D'une 'jobinette' à la suivante.

Roger et sa compagne se sentaient en sécurité dans la grande insécurité. Qu'importe le lendemain pourvu que le lendemain soit!

On quadrilla l'Ontario du nord, allant de Sudbury à Sault-Ste-Marie en s'arrêtant pour quelques jours à Iron Bridge, à Thessalon, à Blind River avec un crochet ou deux à Elliot Lake.

Partout des franco-ontariens à drôle d'accent et qui, tous, inséraient des mots carrément anglais dans un discours carrément français voire vieux français... Cela plaisait à Johanne qui en avait déjà l'habitude.

On était sur la ligne séparant le printemps de l'été, époque de drave par là. Le jeune homme se trouva un emploi mais il fallait faire quarante milles dans la forêt pour y accéder. Une route de terre, étroite et droite, pleine d'ornières, menait à un camp d'hommes où il eût été impossible pour une jeune femme de demeurer.

Il fut décidé que Johanne l'accompagnerait quand même. Elle pourrait rester dans les environs et coucher dans l'auto. Cela ne durerait qu'une quinzaine de jours. Ainsi, il pourrait la retrouver au besoin, ce qui voulait dire surtout pour faire l'amour.

Les sept mois de grossesse ne paraissaient pas trop. Johanne portait aisément et toute son âme appartenait à l'enfant qu'elle s'amusait à taquiner chaque fois qu'il se mettait à bouger.

Elle garait la voiture près d'une rivière à quelques arpents du camp et attendait que le temps s'écoule avec l'eau calme et scintillante.

Il lui arrivait d'imaginer les branches bouger et en voir sortir un bébé ours qui viendrait se faire caresser la tête. Ou bien son esprit vagabondait vers le futur, un futur avec trois ou quatre enfants qui grandissent dans une maison à eux, avec des amis qui viennent en visite. La vie de gens ordinaires paraît extraordinaire à ceux qui y aspirent...

Un matin tandis qu'elle dormait encore, une ourse vint rôder avec ses petits. Elle sentait l'odeur de la nourriture. Il y avait dans le coffre arrière des sandwiches en perdition et les effluves avaient conquis le museau de l'animal.

Dans son rêve, Johanne se sentait bouger. Elle se réveilla et se rendit compte que ce n'était pas un rêve. Alors elle se redressa sur la banquette et aperçut la bête qui se levait et grimpait sur le coffre. Son coeur fit un bond et aussi le foetus en elle. S'il fallait que l'animal la sente, l'aperçoive et vienne défoncer une vitre...

Elle se recoucha, fit la morte. Un bon moment après avoir perçu que l'ourse se détachait du véhicule, elle se redressa jusqu'à voir d'un seul oeil dans la lunette arrière. Plus rien! Elle put donc se redresser tout à fait mais à ce moment précis apparut dans une vitre de côté la grosse tête noire et renifleuse. Johanne crut défaillir. L'image de Réjean qui lui avait joué un tour après ce film de Dracula se mélangea à celle de la bête et la terreur doubla dans sa poitrine. L'ourse la vit. Leurs yeux se rencontrèrent. Johanne se terra dans le coin. Peu familière avec les humains, la bête fut tout aussi terrifiée. Elle se remit sur ses quatre pattes et déguerpit aussitôt, suivie de ses petits.

La jeune femme ne voulut pas descendre de la voiture de toute la journée. Elle ne mangea rien. Roger viendrait après souper et il apporterait quelque chose du camp.

Quand il fut là, elle se plaignit de sa situation. Il retourna au camp et s'arrangea avec des collègues pour que l'on y fasse entrer Johanne. Et sans qu'il n'y paraisse, autrement, on l'aurait sûrement remercié de ses services comme draveur. Au camp: femmes interdites! C'était formel!

Deux nuits, elle put s'abriter à l'intérieur mais la jalousie de son compagnon refit surface. Des gars voulaient emprunter Johanne pour une heure ou deux... À force de l'entendre dire en farce, il finit par le prendre plus au sérieux. Le soir suivant, elle sortit du bois pour remplir le réservoir d'essence et put coucher au village le plus proche mais les quatre nuits d'après, elle les passa avec les moustiques et dans la crainte des bêtes sauvages.

Une fois ou deux comme en écho lointain, les mots ce Réjean survolèrent le Québec et l'Ontario pour venir la hanter jusque dans la forêt et l'attente:

«Avec lui, t'es pas sortie du bois...»

À ce jour, en tout cas, elle se plaisait beaucoup mieux avec Roger malgré la misère du moment à traverser, qu'avec cette espèce de salaud de mari. Et qu'il se les fourre à la bonne place, ses échos!

Enfin ce fut terminé; on descendit au 'bord'.

Roger trouva à louer un chalet d'été près de l'eau et l'on s'y installa. C'était le minimum qu'il leur fallait en attendant la naissance de l'enfant. Johanne se prépara un petit trousseau, beau et pas cher.

Au coeur de juillet, par un samedi torride, il lui offrit une randonnée en voiture. Son premier geste fut de se rendre à l'épicerie pour y acheter une ou deux caisses de bière. Il y croisa un ami de la drave, on se parla.

-Viens-tu faire un tour?

-Où ça?

-Sais pas, n'importe où.

-T'es seul?

-Y a ma perdrix dans le char mais c'est pas grave.

-On devrait aller chercher Larry.

-Allons chercher Larry...

La fête venait de commencer et Johanne qui alors dépassait

les huit mois de grossesse aurait à en souffrir à cause de la chaleur écrasante.

Larry, grand blond à cheveux longs, au sourire large et laid, monta à l'arrière avec l'autre ami de Roger, un personnage balafré que l'on surnommait Al Capone. On retourna à l'épicerie et le coffre fut chargé de quatre caisses supplémentaires, puis l'on bourra la glacière de bouteilles et de glace.

On fit de la route une demi-heure. Les gars riaient et buvaient, sauf Roger qui ne voulait pas risquer de se faire prendre au volant avec facultés amoindries. On avait beau être tôt le samedi, les policiers d'Ontario ne badinaient pas avec la boisson.

-Ben j'ai hâte de prendre un coup...

-Encore un demi-mille pis on est au pic de gravelle, dit Larry.

-Bonne idée!

On y fut bientôt.

Les gars descendirent. Johanne voulut rester dans l'auto. Elle savait que cela arrangerait bien les gars qui pourraient mieux jaser entre hommes.

Et ils jasèrent.

Midi vint. La chaleur devenait insupportable. L'air ne bougeait pas dans cette cuvette formée par la voracité des bennes mais les rayons solaires y descendaient à flots et s'y accrochaient aux pierres luisantes, moyennes petites ou minuscules qui s'y trouvaient par milliards.

Johanne se rendit auprès du groupe. Chacun s'était sculpté un semblant de chaise dans le gravier et l'on buvait en se parlant d'argent, de cul, de chasse et de hockey, autant de sujets correspondant à une certaine masculinité millénaire, vindicative, ambitieuse, compétitrice et destructrice.

-On est-il à la veille de partir?

-C'est que t'en penses? ironisa son mari.

-Qu'on devrait aller dîner?

-On n'a pas faim, nous autres, on boit.

-Moi, j'ai faim...

-T'es venue dans le bois le mois passé pis t'as passé deux

semaines sans manger: ça t'a pas fait mourir...

-C'est la chaleur... c'est parce que j'ai de la misère, arrangée comme ça...

-Inquiète-toi pas avec ça, tu vas pas accoucher après-midi.

Larry eut pitié tant elle paraissait misérable avec son ventre lourd et ses yeux éclaboussés de soleil. Il dit:

-Ben... on peut s'en aller...

-T'es pas pressé, t'as pas de femme qui t'attend!

Roger voulait montrer que la Johanne ne le menait pas par le bout du nez et il résolut de la faire attendre comme elle le méritait, à venir se plaindre ainsi quand on avait commencé à prendre la brosse.

-Va-t'en dans le char, t'auras pas de soleil sur le dos. Nous autres, on n'est pas prêts à partir pantoute...

Elle retourna en espaçant des pas élargis par son état. Il n'y avait aucun arbre dans les environs et pas la plus petite ombre n'était disponible. Elle se rendit de l'autre côté de la cuvette à l'endroit qui, le premier se protégerait lui-même du soleil, mais pas avant trois heures, et s'assit tant bien que mal sur une roche plate. La surface brûlait, elle dut se relever. Elle retourna à l'auto et prit une couverture...

Les gars semblaient tout à fait immunisés contre la force du soleil. Ils étaient à moitié ivres et parfois l'un d'eux s'aspergeait la tête avec de la bière, ce qui à tout coup provoquait l'hilarité des deux autres.

Chaque demi-heure, Johanne criait:

-On s'en va-t-il, là?

-La semaine des trois jeudis! fit Roger en riant fort.

Ils se décidèrent enfin à six heures.

C'est elle qui dut prendre le volant pour revenir tant ils étaient soûls. Ils prirent place tous les trois sur la banquette arrière et chacun éclatait de rire à son tour, entraînant les deux autres à sa suite.

À un moment donné, Roger dit à Johanne:

-Tu sais quoi... hein... c'est de ta faute si... t'as attendu...

D'abord, c'est toi qui a voulu faire un tour en auto... Deux, t'avais rien qu'à pas te plaindre... Pis trois, t'aurais pu revenir à pied... Ha, ha, ha...

**

Depuis son retour avec lui au mois de mars, c'était le premier affront qu'il lui faisait et la première douleur qu'il lui causait. Elle se rendit responsable. C'était vrai qu'elle avait demandé pour faire cette randonnée... Il la lui avait offerte, mais c'est elle qui, la veille, en avait parlé la première.

Et puis dans fort peu de temps, l'enfant viendrait au monde. Un enfant, ça change un homme en père et cela compte gros.

L'accouchement tout comme celui de Gabrielle se déroula sans le moindre problème physique sauf qu'une fois encore, le père était absent. Roger fêtait ce soir-là. Elle se fit reconduire à l'hôpital par un voisin. Et une heure plus tard naissait l'enfant.

Une fille. «On dirait qu'elle sourit déjà!» dit une garde pour encourager la mère esseulée.

Tard le soir s'amena Roger. On le laissa entrer. Il était à moitié ivre et il promenait un long cigare en chantonnant du délire de gars chaud:

-Père, pardonnez-leur... car ils ne savent... ce qu'ils font... Alouette! ah! ah! ah!...

Une infirmière de garde le conduisit jusqu'à la chambre et resta pour voir à ce que la visite soit brève.

L'homme portait un habit à larges carreaux dont le veston froissé semblait dire qu'il avait dormi longtemps tout habillé.

Il marcha gauchement jusqu'au lit en marmottant:

-Pis... c'est quoi qu'on a... qu'on a réussi à faire?...

-Une belle petite fille, dit l'infirmière à voix mielleuse.

-Une belle p'tite fille... si c'est pas beau, ça... Quen, que je t'embrasse, toi, la mère d'une belle p'tite fille...

-T'es chaud pas mal, constata Johanne qui le dit sur un ton expurgé de tout reproche.

-Y a qu'un jour dans sa vie... où c'est qu'on devient pa-pa... pa...pa... pour la première fois... Faut fêter ça!

-Je l'ai pas avec moi, la p'tite, tu pourras pas la voir avant demain...

-Pas grave: j'ai toute la vie pour ça!

-Tout s'est ben passé.

-La mère, la fille... pis le père... se portent très bien. Parlez-moi de ça, sacrement des fesses!

-Bon, ben va te coucher parce que c'est plus l'heure des visites...

Il fit un semblant de salut militaire, cigare entre les doigts et dit avant de précéder l'infirmière:

-À vos ordres, madame, à vos ordres!...

Johanne hocha la tête et pensa, demi-sourire aux lèvres: «Les hommes, vous êtes donc chanceux, vous autres!»

**

En septembre, on déménagea au village.

Le chalet n'aurait pas convenu pour l'hiver et puis Benoît, le frère de Johanne prendrait pension chez eux pour un temps indéterminé. Il avait trouvé du travail dans les environs.

Et la vie se poursuivit.

Johanne adorait sa fille qui le lui rendait naturellement. Sans doute plus qu'une autre mère ne l'aurait fait. Elle en aimait deux à la fois: Gabrielle et celle-ci, que l'on prénomma Nathalie...

La présence de Benoît dans la maison empêcha Roger de se montrer trop dur envers sa compagne. Mais à chaque quinze jours, il 'revirait une maudite brosse' de quarante-huit ou soixante-douze heures avec ses amis...

******

Chapitre 33

Johanne sortit du camp et marcha sur la galerie vers le côté de la bâtisse de bois rond avec un plein plat d'eau de vaisselle entre les mains. Juste avant d'y parvenir, elle mit le plat de travers et banda les muscles...

Un rugissement se fit entendre alors et presque au bord de ses tympans. À peu près au même moment, à des fractions de seconde d'intervalle, se déroula une scène dramatique, un de ces événements forts qui ne se produisent qu'au cinéma... ou bien au fin fond de la forêt quand on n'est qu'une jeune femme seule qui attend le retour de son homme et s'occupe de sa petite fille. Une scène du temps des pionniers se déroulant en 1970.

Son regard se leva. Un ours debout aux allures de bête géante se trouvait à trois pas du bout de la galerie basse. L'année d'avant, dans l'auto, elle avait pu faire la morte, se dissimuler à la vue de l'animal puis les vitres l'avaient protégée mais là, nulle barrière, pas même une rampe de galerie. Son coeur lui donna une drôle d'impression comme s'il devenait de glace mais en s'accélérant tel un de ces moteurs d'auto que Roger s'amusait à faire ronfler parfois au maximum pour mieux montrer la puissance de l'engin et la sienne.

Elle pensa à Nathalie qui marchait depuis trois mois et qu'elle avait laissée sur la galerie parfois quand elle allait quérir de l'eau à la rivière coulant à quelques centaines de pieds.

Il n'y avait ni eau courante ni électricité dans ce camp que l'on habitait depuis plus de deux mois et qui se trouvait à vingt-cinq milles de plus proche village. Roger s'en allait toute la semaine travailler beaucoup plus haut dans le bois et Johanne n'aurait pas pu vivre dans une voiture à cause du jeune enfant.

Roger n'aimait guère la présence de Benoît dans leur appartement à Iron Bridge et ce travail et le 'nécessaire' déménagement en pleine forêt avaient solutionné son problème. Le jeune homme s'était niché ailleurs.

L'ennui et le désoeuvrement que signifiait pour elle cet étroit réduit possédaient comme toute chose négative, une contrepartie heureuse: elle passait le plus clair de son temps avec sa petite fille et il se créait entre elles un lien que cimenteraient à jamais les états d'âme de la jeune femme.

La nuit, l'isolement, parfois l'orage, l'absence totale de confort moderne à l'exception d'un poêle au propane, cet autre camp pas très loin, désert celui-là et qui lui semblait parfois contenir l'âme d'un bûcheron mort dans les environs des suites d'un tragique accident, blessé qu'on aurait pu sauver sans la distance séparant ce lieu de l'hôpital le plus proche, tout cela fabriquait les pensées de Johanne en ce vingt-troisième été de sa vie difficile.

S'il devait arriver quelque chose, à elle ou à Nathalie, que faire sans voiture, sans téléphone, sans personne? Il lui arrivait souvent de pleurer en regardant le ciel, un ciel bleu et impassible...

Et le soir, à la lueur jaune du fanal, quand l'enfant dormait en paix, elle souffrait en silence avec pour seule consolation mais ô combien grande, cet amour infini qu'elle ressentait envers cette douce petite fille au grand sourire toujours éclatant de lumière.

Et elle se disait que le ciel lui donnait d'une main ce qu'il lui refusait de l'autre.

Quand Roger revenait le vendredi, on descendait vers la civilisation pour y quérir de l'épicerie, surtout des boîtes de conserves, des pâtes alimentaires et toutes choses non périssables.

-Ça sera mieux cet hiver, lui disait-il, tu pourras monter de la viande...

Et ainsi, il lui annonçait qu'elle devrait vivre là durant la longue saison de poudrerie et de glace...

-C'est d'aller chercher de l'eau qui va être le plus dur, ne trouvait-elle alors qu'à dire.

-Tu fais fondre de la neige ou ben tu descends à la rivière pis tu casses la glace...

-Si le vendredi, t'es pris en haut?

-Je vas descendre en motoneige pis on ira au bord de la même manière...

C'aurait été bien plus simple qu'elle continue de vivre à Iron Bridge dans leur logement...

On dit que celui qui est confronté avec la mort voit se dérouler le film de sa vie en une fraction de seconde en son esprit, c'était sa vie en ce lieu dont Johanne prenait conscience en ce seul instant de danger et de peur.

L'ours fit un pas en avant, un pas de chaque patte et ce geste donna l'air d'une progression assez importante, surtout à cette proximité...

Toute l'énergie de la femme se transporta dans les bras et les poignets, et elle fit un geste devenu routinier, celui de se débarrasser du liquide sale et poisseux. Le pauvre ours reçut toute l'eau savonneuse en pleine face. Douleur aux yeux, surprise, peur, il se mit à tourner sur lui-même comme une toupie, grognant, soufflant, dégoulinant... Puis il retomba sur ses pattes et s'enfuit en hochant la tête comme en se disant: «Non, mais ces sacrements d'humains-là!...»

Ce soir-là, elle mit un vieux fauteuil contre la porte et laissa le fanal allumé près de la petite fenêtre en se demandant si une lueur éloignerait les bêtes sauvages ou bien les attirerait...

Elle se barricada à l'intérieur le reste de la semaine. Quand il lui fallait aller quérir de l'eau, elle attendait que Nathalie dorme et ensuite, elle examinait du regard avec le plus grand soin tous les environs.

-Crains pas, les ours sont gras comme des voleurs à ce temps-ci de l'année... Pis au mois de novembre, ils se cabanent pour l'hiver...

-Pis les loups, eux autres?

**

Le vendredi, premier octobre, Roger descendit d'en haut avec deux amis. Il passa tout droit et se rendit au bord. La jeune femme s'inquiéta pour en mourir. Il ne parut pas non plus de tout le lendemain. Et le dimanche, il revint soûl comme la botte.

Son copain avait dû prendre le volant. C'est lui qui sortit l'épicerie de la voiture et la rentra dans le camp.

Roger titubait en marchant; il se rendit à la galerie et s'assit. Le troisième larron dormait sur la banquette arrière.

-Mon bon ami Larry... j'ai de quoi à faire en dedans, tu comprends... c'est la fête à ma femme aujourd'hui... Elle a... sais pas cinquante-cinq ans... quelque part par là... Faudrait ben que j'y fasse... un p'tit frère à sa petite... qui se trouve comme par hasard... itou la mienne, sacrement des fesses... Ça fait que... ben tu t'en vas par là-bas pis quand... que je vas sortir avec le fanal allumé... tu reviendras me chercher... C'est comme la lumière rouge... au bordel... Ha, ha, ha... sacrement des fesses de 'son-of-a-gun qu'on a du fun'...

Et c'est ainsi que Johanne devint enceinte de son troisième enfant le jour même de ses vingt-quatre ans...

**

Quatre hommes vinrent occuper le camp voisin au mois de novembre. Ils prirent en pitié cette pauvre femme perdue au fond des bois avec son enfant et se mirent à veiller de près sur elle.

310

Employés du gouvernement d'Ontario, ils ne craignaient pas d'utiliser de leur temps pour aller quérir de l'eau pour elle ou venir lui porter des repas chauds mieux cuisinés que ceux que pouvait préparer Johanne. Eux disposaient de beaucoup d'équipement moderne dont une génératrice d'électricité et souvent, le soir, la nuit, la jeune femme regardait par sa fenêtre pour se rassurer à voir des lueurs émerger du camp voisin.

Ils se montrèrent dignes et respectueux.

Pourtant Roger en conçut une crainte jalouse qui le poussa à pisser aux quatre coins de son territoire afin de bien leur montrer qu'ils devaient garder leurs distances. Et cela voulut dire qu'il pratiqua le tir à la carabine la moitié d'un samedi, que dans ses conversations avec eux, il glissa des messages avertisseurs. Il fit savoir que Johanne lui appartenait et qu'il pouvait disposer d'elle comme de sa carabine.

À leur tour, les hommes lui firent savoir subtilement qu'ils étaient tous mariés et sérieux.

Roger menaça Johanne.

«Fais-leur pas de façon! Quatre hommes dans le bois avec une femme pas loin, c'est dangereux. Par chance que je suis pas jaloux! Faut pas être jaloux pour laisser faire ça comme ça!...»

«Sont ben à leur place...»

«Arrange-toi donc pour aller chercher ton eau toi-même, t'en mourras pas...»

Le bois se vida pour Noël. Johanne se sentit soulagée de revivre à Iron Bridge. On logea chez des amis.

Mais janvier, février et mars la gardèrent dans le camp et elle s'arrangea pour aller chercher son eau elle-même. Chaque matin, à l'aube, tandis que Nathalie dormait encore, elle partait avec une hache et deux seaux... Certains jours, il faisait si froid que même les employés du gouvernement ne sortaient pas. Et quand ils entendaient les coups de hache dans la glace, ils s'échangeaient des soupirs de tristesse...

On osait frapper à sa porte parfois et demander:

-Madame Rodrigue, tout va bien? Vous gelez pas trop? Laissez-vous pas geler, là! Si c'est trop froid, venez chez nous: on est pas du monde dangereux...

Elle répondait:

-Non, non, c'est correct icitte-dans!

Nathalie et elle vécurent vingt-quatre heures sur vingt-quatre tout habillées depuis janvier jusqu'à la mi-mars...

******

Chapitre 34

En avril la famille revint à Iron Bridge.

On se prit un appartement et Roger quitta aussitôt pour deux mois. Il travaillait au loin et ne revint pas une seule fois à la maison. De rares appels. Il envoya de l'argent à deux reprises, mais en quantité insuffisante pour répondre à tous les besoins. Johanne se trouva des petits emplois à gauche et à droite, serveuse à temps partiel, des ménages, se fit gardienne d'enfants.

Elle en vint à son huitième mois de grossesse.

Fin mai revint l'oiseau rare.

Et l'oiseau, qui subissait aisément l'influence de ses amis, s'acoquina avec une vieille connaissance afin de cambrioler un petit garage dont l'accès était protégé de la vue par la distance des voisins, par des arbres et une haie, comme si on avait voulu distribuer aux mécréants des cartes avec blancs-seings.

Le vol se fit tout seul. Pas de chien de garde, pas de système d'alarme. On prit des piles, des petites pièces pour auto, des cigarettes depuis une distributrice qu'il fallut défoncer. Et le butin fut caché dans le hangar d'un troisième larron parti dans la bois. On avait la clef et on s'y réunissait pour boire et jouer aux cartes: c'est lors d'une telle rencontre à deux que le projet de dévaliser le petit commerce était né. On aurait le temps d'écouler la marchandise avant le retour de l'ami et jamais il ne saurait qu'il avait été receleur malgré lui.

On avait très grand besoin d'argent. Les gains des dernières semaines s'étaient envolés en fumée dans des bars, en beuveries interminables. Roger trouvait le rire fou à jeter son argent par les fenêtres tandis que les siens manquaient du nécessaire. Boires et pourboires se partageaient ses poches. Il était le parfait rejeton d'une certaine culture québécoise dont le Québec préfère ne pas trop parler pour ne pas avoir mal à sa 'fierté fière'...

Le jour suivant, l'homme se rendit dans un village voisin où il avait des connaissances et il vendit une partie de la marchandise. Puisqu'il avait eu l'idée du vol, qu'il avait pris le plus de risques en fournissant le véhicule ayant servi à le faire, qu'il avait montré le plus d'audace, il se mit en tête que sa part devrait être d'au moins les trois quarts du tout dérobé... Il décida de mettre son associé devant le fait accompli c'est-à-dire de le voler; l'autre n'irait sûrement pas se plaindre à la police...

Et pour ne pas prendre le plus petit risque, justement quant à la police, il prit Johanne avec lui. Quiconque en autorité s'approchant du véhicule serait convaincu de l'innocence et de la blancheur de ses occupants grâce au ventre de sa femme.

Il se trouvait brillant de penser à tout ça, d'avoir la jarnigoine de se servir de sa jarnigoine...

Et pour être encore plus fort puisqu'il fallait selon lui agir en plein jour, il but depuis le petit déjeuner jusque vers deux heures de l'après-midi, sans manger, gardant le silence. Un silence nerveux que Johanne redoutait au plus haut point: elle le lui connaissait et il ne portait jamais rien de bon pour elle, ce mutisme bourré des plus angoissantes menaces .

Quand Nathalie s'approchait en arborant son sourire du dimanche, il lui adressait des regards effrayants et l'enfant retournait vers sa mère et ses jeux.

-Tu vas venir avec moi à Thessalon, fit-il sèchement avec le geste coléreux de poser sur la table à côté de son fauteuil sa bouteille de bière dans un bruit qui ordonna au temps de s'arrêter.

Nathalie sortit de la chambre et questionna du regard en tournant sa langue derrière sa lèvre inférieure...

-Elle, tu vas la faire garder...

-Pourquoi faire, tout ça comme ça, sans avertir?

-Je t'ai pas demandé l'heure. Fais ce que je te dis pis dis pas un mot...

-O.K.! boss!

Il la fixa durement en plissant les paupières puis jeta un oeil devenu presque invisible sur ce ventre derrière lequel il se cacherait dans les heures à venir.

Elle hocha la tête en biais.

-Correct, correct, t'as pas besoin de me dire pourquoi qu'on va à Thessalon...

-J'ai du stock à aller porter...

-Bon... je téléphone à Suzie...

Une demi-heure plus tard, ils se trouvaient derrière le hangar recelant la marchandise. L'homme descendit puis commença à charger le coffre. Johanne comprenait maintenant. Il avait perpétré un vol par effraction et la faisait servir de paravent pour le transport des biens volés.

Quand il fut de retour derrière le volant et prêt à faire démarrer le moteur, elle lui adressa un regard dur et d'autorité en disant:

-Ton stock volé, tu peux aller le porter tout seul quand tu voudras, à Thessalon...

-Quand on va s'en aller sur le chemin, tu pourras toujours débarquer si tu veux... grosse comme t'es là, tu te feras pas mal, tu vas rouler...

-C'est quoi, ce stock-là?

-Du stock volé, tu l'as dit...

-Avec Larry?

-Larry est dans le bois... Avec Gustin...

315

-Quand ça?

-Avant-hier...

-Pis là, tu vas le vendre à Thessalon?

-C'est déjà vendu pis je vas être payé cash rubis sur l'ongle comme ils disent.

-Pourquoi que c'est pas Gustin qui va le porter?

Il s'esclaffa:

-Parce que Gustin, il le sait pas. Il a quasiment rien fait là-dedans, ça fait que je me sers en premier...

-Autrement dit, tu voles ton complice?

Il rit encore:

-Ça ressemble à ça, oui. Le voleur volé... l'arroseur arrosé... c'est comme le film à Charlie Chaplin...

-T'es complètement fou...

-Va donc chier!

-Ça va pas dans ta tête...

Il frappa le volant et son visage se teinta d'une moue boudeuse et menaçante:

-Ta gueule!

-Non, je me la fermerai pas, pis c'est pour toi que je parle. Pour toi pis ta femme pis ta petite fille... Le Gustin, il va ou ben te casser la gueule ou te dénoncer à la police... si c'est pas les deux...

-Ta gueule!

-Non, je me tairai pas...

-Tu vas te taire que je te dis!...

-Non...

Il plongea sur elle avec ses deux poings fermés qu'il lui enfonça dans les seins.

-Ta gueule, ta gueule, ta gueule...

À chaque fois, il poussait violemment avec ses poings sur une partie différente de son corps excepté le ventre. Le visage, la tête, le cou, les épaules: il la machait tant qu'il pouvait partout...

Puis, jurant et comme sanglotant, il recula son poing fermé et le lui montra, l'avançant parfois sous son nez:

-Veux-tu que je te le rentre dans le ventre, hein, veux-tu?

Elle se replia un peu vers l'avant et s'enveloppa du mieux qu'elle put à l'aide de ses bras afin de protéger l'enfant. Le regard terrifié et suppliant, elle dit:

-Non, non... fais pas ça, Roger, fais pas ça...

-Hey... ma sacrement de sacrement... hey...

-Fais pas ça, je t'en supplie, je t'en supplie... Je vas me fermer, je dirai pus un mot mais fais pas ça...

Il savait qu'il reprenait plein contrôle sur elle mais il ne voulait pas montrer trop de calme si vite. Il fallait que ça se finisse dans la douleur et la terreur pour elle, aussi, s'empara-t-il de ses poignets qu'il serra pour lui laisser des marques bleues qui y resteraient dix jours.

-À l'avenir, tu vas te fermer la gueule quand je vas te le dire parce qu'autrement, je vas te la casser... je vas te casser tes deux dentiers dans la bouche... pis le nez... pis la mâchoire...

À Thessalon, village à pas quinze minutes de Iron Bridge, il livra la marchandise et resta longtemps avec son acheteur, à boire et à rire. Johanne réfléchissait en attendant. Pour la première fois depuis leur rencontre, elle se dit que leur ménage finirait par se disloquer et cela l'attristait...

Il fallut qu'elle conduise au retour. Il fut sur le point de s'endormir et marmotta ce qui ressemblait à des excuses pour l'avoir battue.

On reprit Nathalie et on rentra à la maison.

L'homme s'affala sur un divan et commanda à sa femme de lui apporter une bière qu'il se mit à siroter.

La fillette tourna longtemps en l'observant de loin, hésitant à s'approcher. Puis elle osa et vint le regarder près de la table de salon. Il rejeta sa tête en arrière et l'appuya au dossier. Alors la petite osa davantage. Elle souriait, posait ses yeux un peu partout, sur une peinture bon marché accrochée au mur, sur la bouteille, sur le visage de son père... Elle fit trois pas rapides et s'appuya au divan, se tournant les doigts et donnant l'air de s'y intéresser totalement.

Dans l'autre pièce, Johanne, douloureuse, s'affairait aux préparatifs du repas du soir; elle fut sur le point de dire à l'enfant de ne pas déranger son père mais elle se contint. Qui sait, peut-être que Nathalie, elle, arriverait jusqu'à ce coeur d'homme si loin, si terriblement loin...

Elle jeta un oeil. Nathalie montait sur le divan.

"Pourvu qu'il ne la bouscule pas!» se disait la mère.

La petite s'approcha les fesses en les faisant glisser. Rendue tout près mais sans le toucher, elle le regarda, grand sourire dehors, mais l'inquiétude dans la main. Elle le toucha à la main du bout du doigt... Il se gratta vivement comme si une mouche l'avait piqué... Le geste amusa l'enfant qui osa toucher le bras de l'homme. Il souleva la tête et posa sur elle son petit regard incrédule.

La fillette le prit pour une acceptation et entoura le bras avec le sien. L'homme rejeta sa tête en arrière. Sa petite fille se blottit contre lui...

Elle ne se souvenait pas avoir jamais été si près.

L'homme s'endormit en rotant et en pétant.

L'enfant éclata de rire et dit en direction de sa mère d'une voix quasi suppliante:

-Maman... papa, il pète...

Johanne sourit. La famille avait fait un tout petit pas vers son chef...

******

318

Chapitre 35

Les mains et les mots se mélangeaient intimement.

Dans le noir, Alain humait le parfum doux et frais de sa compagne. Et il en goûtait l'ivresse dans de longues et profondes respirations.

Depuis deux ans qu'il travaillait avec Soeur Danielle, son coeur s'était peu à peu emparé de sa volonté et de ses principes pour les rassurer et pour les endormir.

Après tout, on était en 1971, pas en 1961! Pouvaient-ils compter pour la vie, ces engagements prématurés pris à vingt ans? Quand on est humain, qu'on soit des pires ou des meilleurs, n'est-il pas naturel et sain de questionner ses choix dix ans ou presque après les avoir posés?

Ils en discutaient pour se sucrer la conscience.

-Qu'est-ce qu'il y a d'inexorable sinon la mort?

-Et l'amour, ne crois-tu pas?

-Et l'amour, oui, je crois...

Ils s'arrêtèrent pour se sucrer le bec. Le baiser fut long et doux comme tous les autres depuis six mois, depuis ce soir d'hiver où emportés par le désir et la joie de se courir dans la neige ensoleillée, de se rattraper, de se jeter à terre près d'une grange isolée, leurs pensées s'étaient fondues dans une incomparable élégie.

Ils étaient là, à ce même endroit, tout près, à l'abri de tous les regards, cachés derrière cette grange grise aux reins brisés où personne n'allait jamais et qui, elle non plus, n'avait plus à tenir la moindre promesse grâce à la complicité du temps qui use. C'était leur cachette préférée pour se parler, se livrer l'un à l'autre, échapper à la dureté des jours et des gens et se lire de la poésie quand le coeur leur en disait.

Pas une seule fois encore l'échange physique n'avait dépassé la ligne de démarcation entre la sensualité et la sexualité. Ils restaient purs; ils restaient affamés. La peur de briser quelque chose de sacré dans la vie de l'autre contredisait la certitude de leurs propos.

-Ce fut long, cet été-là, que ce fut long!

-À qui le dis-tu? Chaque soir, ma dernière prière avant de m'endormir s'envolait vers le ciel sur une belle image de toi, Alain...

Ils n'avaient pu se voir qu'à la sauvette au cours des vacances estivales mais par bonheur, le fil du téléphone était resté bien enroulé autour de leurs deux coeurs, les abreuvant de grandes vibrations et de cette si magnifique tristesse qu'adorent femmes et poètes.

Le ciel étoilé leur livrait tous ses mystères. Ils étaient heureux. Mais incomplets...

-Tu permets que je fume une cigarette?

-Bien oui voyons!

Il fouilla dans sa poche de chemise, prit son paquet et bientôt la cigarette se balançait entre ses lèvres dans le clair-obscur créé par le quartier de lune qui allumait leurs regards.

La flamme d'un petit briquet jaillit, séparant leurs visages et les réunissant. Avant de lui faire lécher le bout de la cigarette, il la tint à sa pleine force car les regards maintenant se pénétraient en se délivrant des ondes lumineuses...

Soeur Danielle avait un visage rond et fin comme celui d'une petite fille. Sa voix était calme et pure:

-Tu devrais t'arrêter de fumer...

-Ce serait la plus grande victoire de ma vie.

-Tu ne dois pas le faire pour remporter une victoire mais pour ta santé, pour ton avenir, pour ton équilibre...

Il hésita, baissa les yeux, les releva puis dit d'une voix sereine et décidée:

-Prends ma cigarette et brise-la. Prends mon paquet et détruis-le...

Elle fit ce qu'il voulait sans que leurs regards ne se quittent une seule seconde. Quand ce fut terminé, elle dit d'une voix sereine et décidée:

-Je veux que nos corps s'unissent aussi profondément que nos âmes le font... Faisons l'amour, Alain, faisons l'amour pour sceller à tout jamais un serment indélébile, pour que notre amour soit... pour de vrai... inexorable... et fasse de nous ses prisonniers les plus enchaînés...

Il resta muet un moment.

-Marchons un peu sous la nuit de septembre puis allons à notre chambre...

-Le ciel nous bénisse!

Quand l'union physique fut terminée, il s'assit sur le lit. Une lampe de chevet dispensait un éclairage réduit. Leur nudité était pudiquement cachée par le drap. Il dit en riant un peu:

-Bizarre! mais je ne m'attendais pas que tu sois...

-Vierge?

-Oui.

-Et pourquoi ne l'aurais-je pas été? Je suis soeur depuis l'âge de dix-huit ans... Tu sais, en 1959-1960, ce n'était pas encore la grande frivolité...

-Des regrets?

-Non, aucun. Et toi?

-Pourquoi en aurais-je?

-Ta femme...

-Je ne l'aime pas moins parce que je t'aime, toi.

-Les femmes ne comprennent pas la vie ainsi.

-Moi oui!

-Je suis très heureuse.

-Moi aussi.

Mais il y avait de l'incertitude dans leur trop grande certitude. On insistait et cela sonnait légèrement faux. Un soupçon de fêlure craquelait imperceptiblement le vase de leur amour.

-Parle-moi d'elle, tu ne l'as jamais fait.

-D'elle?

-De ta femme...

-Ah! quoi dire?

-Ce qu'il en est.

-Elle... n'a rien de spécial...

-Tu l'aimes?

-En général oui.

Soeur Danielle rit à la réponse:

-Est-ce qu'on peut aimer en général et ne pas aimer en particulier?

-Ça dépend.

-Ah?

-De la définition qu'on donne à l'amour.

-Et quelle est la tienne?

-Je ne sais pas.

-Tu m'as souvent dit 'je t'aime'... Tu ne savais pas ce que tu disais...

-C'est le cas de tout le monde. Personne ne sait ce qu'est l'amour... C'est comme s'il y avait une grande force qui nous pousse à dire 'je t'aime' à quelqu'un de merveilleux et ensuite qu'une certitude de ce que l'on dit se loge dans le 'je t'aime'...

On n'est pas maître de dire 'je t'aime'... C'est pour ça que je dis que l'amour est inexorable, implacable...

-Quelles sont ses qualités, ses défauts?

-À ma femme?

-Qui d'autre?

-Bah!... elle me fait une crise de colère une fois par semaine mais il paraît que c'est chose normale dans un ménage...

-Pourquoi?

-Pourquoi quoi?

-Les crises de colère?

-Bah! pour rien.

-Ça ne détruit pas l'amour, ça?

-Peut-être à mon insu.

-Chez elle?

-Une demi-heure après, elle vient s'excuser et elle oublie tout ça... jusqu'à la prochaine chicane.

-Et si je tombais enceinte?

Alain fut tout à fait abasourdi. Il n'avait pas songé à cela le moindrement. Sa femme prenait la pilule depuis des années déjà et en homme de son époque, il croyait le fardeau de la contraception sur les seules épaules de la femme.

-C'est ta supérieure qui grognerait.

-Je ne resterais pas religieuse longtemps.

-Sinon tu vas le rester?

-Je ne sais pas.

-Ça dépend... de l'évolution de mon mariage?

-Je dois te répondre oui...

-On a péché aujourd'hui?

-Non. L'amour n'est pas un péché. Seul le mépris de l'amour l'est.

-Tu lis la Bible?

-Oui.

-Chaque jour?

-Non... une fois par semaine ou par quinze jours.

-Il y a un verset, une citation qui nous approuve ou nous réprouve?

-Je ne me mets pas la Bible dans la mémoire mais dans le coeur. Les citations, j'oublie vite, mais l'esprit reste... Et l'esprit de la Bible ne saurait nous condamner d'avoir uni nos corps au même diapason que nos âmes.

Le conversation se poursuivit à bâtons rompus. Ils se couchèrent l'un contre l'autre et elle s'endormit. Alors lui se dégagea avec précaution, se leva et remit son pantalon, puis il alla s'asseoir à une table devant un papier et un crayon qu'il avait préparés pour les utiliser avant l'amour, ce qu'il n'avait pas fait.

Il réfléchit intensément en traçant trois cercles semblables. Dans le premier, il inscrivit le prénom de sa fille, dans le second celui-là de sa femme et dans le troisième celui de sa nouvelle maîtresse.

Il crayonna maintes et maintes fois sur le pourtour de chacun des cercles. Un poignard s'approcha de sa poitrine et la transperça soudain: c'était une douleur indéfinissable par laquelle s'échappèrent des sanglots muets et retenus.

Il avait grand mal sans savoir exactement pourquoi.

******

Chapitre 36

Déjà fort sombre, le ciel s'assombrit davantage au-dessus de la tête de Johanne Bédard. Son vieux rêve de quitter le Québec s'était réalisé et voilà que son sort ne s'améliorait guère au fond de l'Ontario. De plus en plus, elle se sentait prisonnière de son destin, un destin qui pourrait bien lui dispenser du malheur fort longtemps, dût-elle courir au bout du monde.

Début juillet arriva le nouveau bébé, un garçon affligé d'une malformation légère susceptible quand même d'être pour lui un handicap social et psychologique plus tard à compter du jour où il commencerait l'école. Sa peau tout le tour de la bouche y compris le menton et une partie du cou était couverte d'une tache de naissance dite tache de vin et sa lèvre inférieure était proéminente.

Cela fit aussi craindre d'autres malformations plus graves, intérieures celles-là, par exemple au cerveau. La médecine rassura tout à fait la mère. L'enfant était normal de partout ailleurs et cette tache n'augmentait en rien les chances de problèmes internes.

Roger travaillait au loin, à Timmins, et ne saurait qu'à son retour cet accident de la nature.

Johanne commit l'erreur de lui rappeler que la conception s'était produite un jour de soûlade. Le résultat en sera qu'il prendrait l'enfant en grippe pour de longues années, se montrant plus dur envers lui qui pourtant eût demandé plus de souci moral peut-être que Nathalie.

Le bébé fut baptisé à l'hôpital et reçut le prénom de Éric. L'événement rappela à sa mère que Nathalie, elle, n'avait jamais reçu le sacrement de baptême. Il faudrait y voir, mais elle n'en dit rien devant le prêtre aumônier qui avait l'air si sévère; il la blâmerait sans doute et elle en avait plein ses bottes de reproches et rebuffades...

Il y a des gens sur qui le sort s'acharne et en plus le leur fait savoir de façon toute particulière le jour de leur anniversaire de naissance. Le trois octobre, Roger vint à la maison et annonça leur départ pour Sault-Ste-Marie. Elle n'avait plus qu'à préparer les bagages. Il venait de trouver du travail là-bas et d'y louer une petite maison. Ce fut pour elle un arrachement bien pénible. Car elle connaissait de plus en plus de gens attachants à Iron Bridge. Et à Blind River, le village voisin qui constituait côté scolaire et commercial un centre d'attraction des environs. Aller s'établir au Sault, c'était devoir une fois de plus revenir à la case départ.

On y fut en novembre.

L'homme prit un associé et ensemble, ils achetèrent une débusqueuse. L'argent se mit à lui tomber dans les poches, mais il sortait plus vite encore puisque Roger entra dans une beuverie qui devait durer plus de six mois. Il buvait au travail, la fin de semaine, les jours de fête, le matin, le midi, le soir, ne gardant que le strict nécessaire de ses esprits pour soutenir un minimum d'efficacité dans les tâches professionnelles à accomplir, mais pas assez pour que le ménage ne se rode et ne se tisse.

On avait peu de meubles, des vieilleries, à peine le minimum d'accessoires de cuisine; elle s'en plaignait sans jamais obtenir de réaction.

Elle prépara la Noël sans beaucoup d'entrain. Et joua le jeu pour Nathalie puisque son frère n'avait encore que six mois. Il y eut un arbre décoré. Elle fit de l'épicerie comme les autres femmes. On fut bientôt au vingt-deux décembre. Ce jour-là, Roger fut sobre. Cela ne s'était pas produit depuis nombre de mois. Il n'en fallait pas plus pour faire renaître l'espoir dans le coeur de sa femme. Se pouvait-il que l'étoile de Bethléem se mette à briller pour elle? Elle lui servit de bons repas généreux et se rendit armer sa caméra d'un film en couleurs.

L'homme regarda la télévision après souper. Elle en profita pour le prendre en photo malgré ses gestes de protestation aux allures d'indifférence. Puis elle prit le bébé et l'assit sur le divan avec lui.

-Au moins, pas celui-là, y'est assez laid! Sa mère en peinture...

Le ton contenait du mauvais goût mais pas de hargne et Johanne le prit en riant.

-Y a un peu de toi dans lui itou.

-Emporte-moi Nathalie, ça va faire un ben plus beau portrait.

La fillette guettait du coin de l'oeil à l'entrée du salon. Sa mère n'eut pas besoin de lui faire signe, qu'elle courait déjà vers son père en riant aux éclats. Johanne retira Éric et l'assit plus loin. Nathalie se glissa auprès de l'homme et se colla à lui, heureuse comme un petit poisson dans une eau propre et calme, et gloussant telle une poulette joyeuse.

-On va faire une belle photo, maman...

-C'est sûr, fit Johanne en s'ajustant. Bon, ben, il faut sourire là...

Nathalie qui riait dut se retenir pour ne faire plus que sourire mais même en ce cas, il y avait dans son visage de quoi éclairer tout le village. Son père regarda droit dans l'objectif et se composa une esquisse de sourire; il n'aimait guère se revoir en photo par la suite, cela lui rappelant trop souvent l'état dans lequel il se trouvait au moment où la caméra avait capturé son image.

D'un appétit sexuel très prononcé, l'homme se fit fort vigoureux cette nuit-là. Pas tard dans l'avant-midi, il se rendit en ville pour y faire, dit-il, son magasinage des cadeaux, ce qu'il n'avait pas pu réaliser avant.

-Je vas prendre le temps qu'il faut, dit-il avant de se mettre en route. Attends-moi pas pour dîner...

Johanne était à l'évier en train de remplir un seau d'eau dans lequel le dindon congelé serait plongé toute la journée et jusqu'au lendemain pour y dégeler avant la mise au four.

Elle vit l'auto revenir et se stationner devant. Mais une femme se trouvait au volant. Elle la reconnut, c'était la fatigante à son associé qui donnait toujours l'air de se moquer éperdument d'elle. Johanne devina. Roger avait bu depuis son départ et il fallait venir le reconduire tant il était soûl. Mais pourquoi tant de monde? Une autre voiture arriva et se stationna près de la première. Des deux descendirent plein de gens tandis qu'il en arrivait une troisième. Quinze personnes en tout dont seulement deux femmes furent bientôt là, à rire et à se poussailler dans la neige.

Et Roger qui discourait, les baguettes en l'air et les mains vides. Il paraissait donner des ordres. Des gars prirent des caisses de bière dans chacune des autos et on suivit le maître de maison.

Il entra le premier en criant:

-La mère, j'emmène un peu de visite. On va prendre une bière ou... ou ben une bière et demie...

On rit à l'entendre.

Il ôta ses bottes tandis que d'autres entraient et que la suite attendait de l'autre côté de la porte ouverte. La maison devint une glacière avant que tout le monde ne soit entré. Roger les réunit au salon et chacun se trouva une place, soit sur le divan, soit sur l'une des deux chaises s'y trouvant, et la plupart carrément assis par terre. Les caisses de bière furent alignées sur la table de salon qu'on libéra d'abord de son contenu et le party se mit en marche.

Johanne en connaissait quelques-uns mais pas tous. Alyre, l'associé, sa femme, une malpropre à la face hypocrite et narquoise, le propriétaire de la maison et que tous surnommaient le bootlegger en raison de certaines activités de trafic d'alcool frelaté, sa femme, une silencieuse qui subissait tout sans broncher et dix gars mal embouchés qui juraient, blasphémaient et se racontaient des histoires de cul cru sans la moindre subtilité.

La maison devint un véritable capharnaüm. Ça riait, ça criait, ça buvait, ça rotait... L'un se rendit aux toilettes et pissa par terre, un autre cracha et un troisième vomit: les humains aiment bien se vautrer dans leurs propres excréments et il semblait qu'on faisait exprès de ne pas se servir correctement des accessoires servant à l'hygiène. Seuls des hommes sont capables de fêter la naissance de celui qu'ils appellent leur Sauveur en se servant de leur aptitude à rire. Des animaux, ce n'est bon que pour la viande!

Johanne prit un seau qu'elle remplit d'eau chaude savonneuse et se rendit nettoyer la salle de toilettes. Mais il lui fallut courir dans la chambre vers Éric qui pleurait et que tout ce vacarme terrorisait. Quand elle revint à sa tâche, son seau avait été vidé et toute la place était encore plus souillée qu'auparavant. Femme de propreté impeccable voire tatillonne, elle remit le bol des toilettes et le plancher de même que le bain dans un état que, dans des circonstances moins dévalorisantes, elle appelait «spic-and-span».

Pour enseigner le respect et manifester sa présence malgré sa tête le plus souvent courbée, elle apposa un message sur le mur: «Soyons propres, même ailleurs!»

On entendit un bruit effroyable, suivi de rires pires. Un jeune homme s'était fait enfarger par un drôle et il avait trébuché pour finalement s'assommer sur le coin de la table de salon.

Roger le conduisit à la chambre de bains. Le gars saignait d'un sourcil comme un cochon égorgé pisse le sang par sa blessure.

-La mère, as-tu ce qu'il faut pour soigner Tit-Guy la Gornouille? Je te dis qu'il s'est fendu la face, en vieux sacrement des fesses...

Elle eut du sang sur les mains, sur ses jeans, ses souliers, et la tâche du nettoyage de la salle de bains fut à recommencer.

Quand les provisions de bière baissaient, quelqu'un allait en chercher dehors ou même à l'épicerie. Johanne travaillait à la cuisine maintenant, seule avec la radio française qui présenta une nouvelle chanson des Fêtes ayant pour titre: Noël 71.

On l'ignorait. Elle jetait un oeil parfois à travers une cloison ajourée sur ces fêtards à qui devait appartenir le monde entier et plus encore.

Colette, la femme de l'associé, sortit des toilettes avec dans la main l'avis donné par l'hôtesse. Elle le tendit à Roger qui en prit connaissance. On lorgna du côté de la cuisine. Puis l'homme cria:

-La mère, viens icitte.

Elle savait pourquoi il désirait la voir. Son premier mouvement fut de ne pas répondre puis elle se dit que sa présence et une discussion sur le message feraient en sorte que ces sales invités soient plus réservés.

Quand elle fut là, il dit:

-Sais-tu pourquoi t'es gnochonne d'écrire une affaire de même? Ben moi, je vas te le dire... D'abord, c'est une insulte à mes amis... pis... pis... ça invite à faire tout le contraire... Ma femme, les amis, c'est la reine des idées de génie... C'est elle qui a inventé les boutons à six trous pis le 'timber jack'...

Johanne ne se démonta pas:

-Au moins, lis-le, le papier, si t'as le courage de t'en moquer, tu dois avoir le courage de le lire...

-Va donc chier, christ de bon Dieu! Si tu penses que c'est comme ça que tu vas te mériter un cadeau de Noël! Je vas le donner à Colette, ton cadeau. Ça, Colette, c'est une femme! Pas toi! Toi, t'es une grafigneuse de papiers sur les murs des toilettes... On va t'envoyer dans le métro à New York... ha, ha, ha... Sacrement de 'son-of-a-gun qu'on a du fun'...

Johanne retourna dans la cuisine et prépara à manger aux enfants et à elle-même. Elle dut les revêtir. Le chauffage ne suffisait jamais à compenser pour les incessants va-et-vient de l'intérieur à l'extérieur de chacun de ces insouciants où il ne se trouvait même pas un seul qui lui témoignât la moindre sympathie.

Roger la disait sauvage et entêtée; on la craignait malgré tout ce qu'on lui faisait endurer.

Une heure plus tard, alors que tout se poursuivait au même rythme et qu'elle plongeait sa main dans l'eau du seau contenant la dinde afin de voir, geste mécanique et inutile, si l'oiseau commençait à dégeler, Nathalie vint la voir et dit:

-Maman... le monsieur, il m'a montré son pissou...

-Quoi?

-Le monsieur, il m'a montré... ben... son pissou...

La main resta un moment dans l'eau glacée. Toute son enfance remontait par son bras jusqu'à son coeur qui devint froid. Elle dit machinalement:

-Quel monsieur?

-Lui... lui qui... qui a mal à son oeil...

La jeune femme prit le seau par l'anse et se rendit au salon où elle vociféra:

-Ma maudite gang de sales, vous autres, sacrez votre camp de c'te maison-là...

En même temps, elle vira le seau à l'envers. L'eau et le dindon s'écrasèrent sur le plancher et l'oiseau durci rebondit et frappa le genou de Roger pour revenir au milieu de la place. Pendant que son mari se lamentait de douleur, Johanne continuait à hurler dans le silence solennel qu'on daignait lui accorder:

-J'veux pus voir un maudit écoeurant de vous autres icitte, christ de tabarnac, dehors, gang de chiens sales!

Nathalie ne comprenait pas, sentant que sa mère avait raison, et restait près du comptoir, à l'intersection de la cuisine et du salon, surveillant de son regard étonné et que la crainte dotait d'un nouveau charme enfantin.

Un des hommes, le bootlegger, obéit et emmena sa femme. Puis ce fut Alyre et les autres qui s'égrenèrent, le caquet bas, devant Johanne et le dindon. Parfois l'un d'eux, sans le vouloir ou bien le faisant exprès, heurtait l'oiseau du pied, le faisant pivoter comme une toupie.

Tit-Guy la Gornouille fut l'avant-dernier.

-Arrête une seconde, lui dit Johanne qui lui barra le chemin. Je veux voir ton pansement...

L'homme se sentit rassuré et tendit la tête. La femme introduisit son index derrière la gaze et l'assemblage de sparadraps et donna un coup sec. Le pansement fut brutalement arraché et la plaie se rouvrit. Le jeune homme se mit la main en panier sur le sourcil pour recueillir le sang qui jaillissait de nouveau et il sortit en pleurnichant.

-Toi, ma sacrement, tu vas me le payer, marmonna Roger qui suivit et referma la porte sur l'une des pires scènes de la vie conjugale de Johanne Bédard.

La femme découragée regarda tous ces dégâts, ce plancher qui ressemblait tant à sa propre vie. Elle s'assit sur le divan et se pencha en avant. Inquiète, Nathalie vint la toucher comme pour lui transmettre un peu de sa lumière.

La porte se rouvrit brusquement et Tit-Guy se rua à l'intérieur. Il courut au salon et, sans dire un mot, s'empara du dindon qu'il emporta comme un ballon de football. Il laissa sa trace par des gouttes de sang çà et là...

Roger ne reparut pas ce soir-là. Ni le suivant qui était la veille de Noël. La jeune femme demeura seule avec les enfants. Il n'y eut pas de dinde, seulement des oeufs et des pommes de terre.

On déballa les cadeaux. Ceux qu'elle avait préparés. La fillette ouvrit les siens et ceux de son petit frère. Chaque geste la remplissait d'un immense bonheur: sa mère souriait à nouveau. Et même si elle sentait une grande douleur en son âme, elle cherchait à l'effacer par ses becs et ses finesses.

Le jour de Noël, Johanne appela des amis de Iron Bridge et téléphona au Québec à sa soeur. Et ne parvint pas à s'empêcher de pleurer.

Roger ne revint pas le jour de Noël...

******

Chapitre 37

Trois jours plus tard, Roger revint à la maison au beau milieu de la nuit. Plus que chaudasse, il entra en chantant, les bras chargés de cadeaux.

Johanne se leva.

-Quen, sacrement, des cadeaux de Noël... L'autre fois, je les avais, mais je les ai pas entrés... C'est pas pire que dans le vieux temps, ça va faire des cadeaux du jour de l'An...

La femme s'appuya au comptoir et se croisa les bras sur son peignoir rouge.

-Quoi, tu veux pas les voir?

-C'est pas une journée, pis c'est pas une heure pour arriver avec des cadeaux de Noël. C'est fini, ça, Noël pour c't'année, tu penses pas?

-Non, j'pense pas pantoute... T'es jamais contente, mais à soir, tu vas l'être. Ben depuis le temps que tu te plains qu'il te manque des poêlons pour travailler dans ta cuisine, j'en ai un qui fait les meilleurs oeufs frits au monde, que la vendeuse a dit...

-So what?

Il prit le paquet concerné qu'il reconnaissait par la forme et l'emballage argent et blanc, et le déballa lui-même puis tendit fièrement le poêlon qu'il tenait par sa poignée d'acier.

-T'as déjà vu mieux?

-Oui, souvent.

Il redevint sérieux et mit l'objet sur le comptoir.

-En tout cas, tu pourras pus te plaindre que t'as rien pour faire cuire le steak.

-C'est pas beaucoup mieux que rien, ça, pour faire cuire le steak.

-Comment veux-tu, sacrement des fesses, que moi, ça m'intéresse de vivre dans une maudite maison de même... T'es jamais contente... T'es pas contentable...

-Parce que tu te trouves correct de m'avoir amené ta gang de malades deux jours avant Noël pis ensuite de disparaître avec eux autres jusqu'à aujourd'hui? Tu penses que ça se trouve, ça, dans la province de Québec?

-Ontario...

-Le Canada si tu veux...

Il fit un geste de la main et une moue du visage.

-Ah! j'avais un coup dans le corps...

-C'est toi qui te l'étais passé en arrière de la cravate, le coup que t'avais dans le corps.

-Pis après? Suis pas tout seul à fêter les Fêtes dans le monde...

-J'ai pas bu, moi.

-Pis?

-Pis c'est ça: j'ai pas bu, moi.

-Tu devrais, tu comprendrais mieux... Si tu penses que la vie est facile pour un homme, tu te trompes. Le temps que tu fais ta cuisine à chaleur, moi, je crève de frette au fond du bois...

-Si j'avais les muscles, je le ferais pis suis pas sûre que ça me pousserait à prendre un coup, moi.

-Bah! tu fais tout mieux que moi! Y'a rien qu'une personne

334

qu'a de l'allure dans la cabane, c'est madame Johanne...

On continua à se tirer la pipe un bon moment.

Puis il retourna à l'auto se quérir quelques bières. Johanne avait jeté aux vidanges tout ce que la maison pouvait contenir de liquides alcoolisés. Quand il rentra, elle était repartie se coucher.

Pour se consoler, il décida de se faire des oeufs dans le nouveau poêlon et il le mit à chauffer. Puis s'assit au salon et but. Ensuite, il retourna à la cuisine et trouva la boîte de graisse dans un garde-manger; il l'ouvrit et y plongea la main pour se faire une noix qu'il jeta dans le poêlon. En une fois encore retourna boire...

-Mes oeufs, sacrement des fesses, dit-il soudain.

Et il courut à la cuisine. La graisse fumait. Il voulut ôter le poêlon du rond et s'en empara par la poignée. Jamais avant vingt ans Sault-Sainte-Marie n'entendrait aussi fort toute la liturgie fleur-delisée.

Toute la maisonnée se réveilla. Johanne se leva, fut sur le point de sortir de la chambre puis se ravisa, se disant qu'il valait mieux écouter pour savoir...

L'homme n'avait enduré le poêlon qu'une seconde, une seconde suffisant à lui brûler cruellement la paume de la main. Il sauta sur une mitaine isolante suspendue à l'armoire devant lui et reprit le poêlon qu'il considérait comme un affreux coupable et le garrocha de toute la force de son bras sur le mur derrière lui.

Puis il courut dehors en hurlant de rage.

Johanne sortit de la chambre et se rendit à la cuisine où elle constata de visu par la graisse coulant sur le mur et le poêlon sur le plancher, ce qu'elle savait déjà par le ouï-perçu... Elle vit par la fenêtre son mari qui grattait dans la neige avec sa main comme un chien qui cherche un vieil os enfoui depuis l'automne et 'ben poigné' dans la glace...

Alors elle se mit à rire.

Il sauta dans sa voiture et partit en trombe.

**

335

Trois jours plus tard, il revint à la maison avec un regard de 'régleur' de comptes et un pansement autour de la main.

C'était le soir. Il avait bu. Beaucoup bu.

D'abord, il voulut faire l'amour. Il disait souvent à ses amis qu'un homme intelligent fait l'amour d'abord et qu'ensuite seulement il se chicane avec sa femme...

Elle refusa net.

-Pourquoi?

-J'ai pas envie. Quand t'en as pas envie, toi, tu le fais pas, hein, pourquoi c'est faire que moi, je le ferais?

-Devoir conjugal...

-Devoir mon oeil: va dire ça aux pompiers, ils vont t'arroser.

Roger était estomaqué. Il venait de sauter sur le premier argument du bord, celui qu'il avait souventes fois entendu déjà et qui avait fait ses preuves dans le passé d'autres couples. Pourtant, Johanne s'en moquait. Quoi penser? Comment agir? Que dire?

Il sirotait une bière au salon, l'oeil fixé sur la bouteille, gesticulant à demi à chaque phrase. Elle s'occupait à des petites choses dans la cuisine.

-Pis l'amour, hein?

-Pour ce que t'en fais...

-Ah! come on, on oublie tout ça! C'est le temps des Fêtes...

-Et du pardon...

-Justement.

Elle étira narquoisement:

-Pardonnez-leur car ils ne savent ce qu'ils font?...

-Là, tu parles comme du monde!

-O.K.! je te pardonne d'abord... mais j'ai pas envie plus de faire l'amour.

-Ça veut dire que tu me pardonnes pas... Des lèvres seulement comme ils disaient au catéchisme...

Elle roulait de la pâte et mit trop de pression, il lui fallut redoubler la pâte qui devenait trop mince.

-Essaye pas, Roger, obstinons-nous pas pour rien: non, c'est non!

Il se fit une longue pause. Puis elle crut entendre des soupirs. Elle releva la tête et l'aperçut à travers la cloison: il pleurait, semblait-il, le visage entre les mains.

-Sais-tu ce qui fait pleurer? demanda-t-elle avec un brin d'ironie dans la voix.

Il ne dit mot.

-Hein! le sais-tu, c'est quoi qui fait pleurer un gars comme toi?

Il hocha la tête négativement.

-C'est la bière. Faut que ça ressorte quelque part... Ou ben ça fait pleurer, ou ben ça fait pisser. Ça fait que... ben pleure, tu pisseras moins...

Alors l'homme rugit comme un fauve en même temps qu'il soulevait la table du salon et la renversait avec son contenu, une sorte de grand cendrier à longues cornes, un plat contenant des chips, sa bouteille de bière et son verre. Bizarrement, rien ne se cassa.

-Je vas sortir dehors tout ce que y a icitte-dans pis toi avec, sacrement de sacrement...

Dans la savane, les animaux de proie côtoient les fauves d'assez près quand ils les savent repus, mais du moment où le carnassier se met en chasse, ils le sentent par un transport d'ondes inconnu encore de la science, processus semblable à celui d'autres bêtes comme les oiseaux quand elles perçoivent à l'avance les tremblements de terre. Johanne sut par le regard de son mari, par sa gestuelle, par sa voix, qu'il devenait dangereux. Elle pensa aussitôt aux enfants.

Déjà Nathalie accourait vers elle.

Roger sauta par-dessus les dégâts vers le téléviseur posé sur une autre table, petit appareil en noir et blanc qui faisait les délices de la fillette aux heures de la programmation pour enfants. Il le souleva à bout de bras et le rabattit sur le plancher. L'écran se fracassa...

Terrifiée, Johanne courut vers le placard et en un geste éclair,

337

elle trouva le manteau de Nathalie et son propre jacket puis s'empara de leurs bottes, et sans perdre une seule seconde, se précipita à l'extérieur sans même prendre le temps de refermer la porte.

Elle conduisit l'enfant jusqu'à la galerie de la maison voisine et finit de l'habiller en lui recommandant de rester là en attendant. Il fallait qu'elle retourne dans la maison prendre Éric endormi dans une chambre: il risquait de se faire maganer.

Elle approchait de l'escalier à deux marches quand l'appareil de télévision vola par la porte et atterrit dans la neige. Il pouvait l'assommer, la tuer... Elle hésita, pensa au mieux à faire pour protéger les enfants. Ce fut un tourne-disques qui suivit puis des disques... Alors il l'aperçut et cria:

-C'est rien que des maudites guenilles que je sacre dehors, pas du monde...

Cette phrase de reproche mettait Éric un peu à l'abri dans l'esprit de la jeune femme.

L'appareil de radio et un grille-pain planèrent à leur tour et s'écrasèrent sur le sol enneigé. Il mit sa tête dans la porte et hurla:

-Tu dis tout le temps que du monde, c'est ben plus important que des guenilles, hein! Ben, scandalise-toi pas si je crisse des guenilles dehors, toi, t'as crissé mes amis dehors. Pis du monde, ben c'est pas des guenilles!

Des assiettes, des chaudrons, des bibelots, il semblait résolu à vider la maison et à chaque chose qu'il projetait, il répétait:

-Dehors la guenille, dehors la guenille!

Durant toute sa crise, il prit bon soin de ne pas lancer d'objets sur la Camaro stationnée dans l'entrée. Mais un miroir grossissant dont il se servait pour se raser frappa le capot et ça le ramena à une certaine réalité. Il prit son jacket, courut à l'auto et s'en alla sans plus.

Johanne courut à l'intérieur.

Elle se rendit à la chambre où se trouvait son fils. Il dormait à poings fermés comme un petit bébé. Peut-être commençait-il dans son inconscient, à s'y faire, à ces scènes de violence répétées...

**

338

La vie se poursuivit sans incidents marquants. Les semaines s'écoulaient d'une chicane verbale à l'autre.

En février, il entra joyeux pour annoncer leur départ.

Elle eut un court moment de bonheur, croyant qu'on retournerait à Iron Bridge.

-Thunder Bay, sacrement des fesses. On va faire du chemin comme dans le temps qu'on courait au tabac en Ontario pis aux patates au Nouveau-Brunswick...

Elle se laissa faire quand il la voulut ce soir-là. Mais alors qu'il s'introduisait dans son corps, elle pensa que ces incessants déménagements devenaient du viol moral et se demandait si elle devrait le suivre si loin...

Lui avait toujours la même bonne raison pour partir et emmener la famille: son travail. Mais n'en avait-elle pas une meilleure encore? Sa survie morale, son devenir psychologique... Ne fallait-il pas donner aux enfants un milieu stable et sécurisant?

Elle se tut et le suivit à Thunder Bay.

Écoeuré au bout de deux mois, il décida d'un retour à Sault-Ste-Marie. On put reprendre la même maison. Les choses qui remplissaient l'auto furent à nouveau sorties et les boîtes restèrent sur le plancher du salon. Johanne devrait tout installer elle-même car il annonça qu'il se rendait voir son ami Alyre.

-J'y vas à pied pour lui faire la surprise!

Et il partit sans plus.

Elle murmura:

-Toi itou, tu vas avoir une surprise.

Et plutôt d'installer les choses dans la maison, elle remit toutes les boîtes dans la Camaro puis attendit qu'il revienne et quand elle l'aperçut dans la rue avec son air chaudasse, elle se rendit dans l'auto avec les enfants.

Il s'approcha en clignant des yeux, cherchant dans sa mémoire. Il lui semblait pourtant qu'on avait vidé la Camaro... Elle baissa la vitre et lui dit sur le ton de la dérision:

-Ah! ben, sacrement des fesses, mon mari à moitié paqueté à

339

côté de la Camaro complètement paquetée... Son-of-a-gun qu'on a du fun!

-C'est que tu fais, sacrement?...

-Je pars pour Iron Bridge... Je t'attendais, tu vois comme j'sus smart pour toi... Je t'ai gardé une place en arrière...

L'homme leva les yeux et promena son regard sur les environs.

-Sais-tu que je peux le vider, ce char-là, pis t'ôter les clefs ad vitam aeternam?

-Oui... pis tu peux me sacrer la volée si tu veux... Mais la prochaine fois que tu vas partir, quand tu vas revenir, il va rester dans la maison sais-tu quoi? Rien que les guenilles...

Elle mit le bras de vitesses à 'drive' en disant:

-Pis c'est moi qui mène pis t'as rien qu'à te laisser 'driver'... T'as quinze secondes pour te décider...

L'homme regarda Nathalie assise sur la banquette avant et qui lui lançait des sourires par la tête... Il leva les yeux de nouveau et promena son regard un peu partout puis, sans dire un mot. Et contourna la voiture. Après tout, Sault-Ste-Marie, c'était pas la fin du monde. Il trouverait bien à rire à Iron Bridge...

Il monta à l'arrière et s'endormit bientôt à côté de son fils qui lui dormait déjà à poings fermés.

******

340

Chapitre 38

On s'installa dans un des chalets habitables l'été dont il y avait presque toujours deux ou trois unités libres et louables près du lac voisin du village. Un lieu familier. Un bel endroit calme et frais.

Malgré les absences prolongées de son compagnon et de nombreuses occasions parsemées le long de sa route, Johanne demeurait fidèle à un seul homme.

L'affirmation récente de sa volonté parut donner de bons résultats. Roger travailla fort, ramassa des sous et trouva du capital pour acheter une machine à débusquer qui fit sa fierté.

L'argent entrant plus vite, il acheta une roulotte dans un parc de maisons mobiles situé près du village et on y emménagea...

«Pour une escousse!» affirma-t-il.

Beaucoup de femmes possédaient leur propre voiture et Roger ne voulut pas être en reste. Il trouva une Monte Carlo propre et l'offrit à Johanne. Deux mois plus tard, il lui fit une crise de colère et de jalousie:

-Je t'ai pas acheté un char pour que tu sois tout le temps partie sur la 'go'...

-Je pars pas sur la go, je vas voir des femmes...

341

-Es-tu aux femmes?

-Niaiseux!

-Pourquoi que tu passes tout ton temps avec d'autres femmes, c'est pas bon pantoute pour un ménage, ça... Vous parlez contre nous autres, vous vous crinquez la tête... Je te dis que trois, quatre femmes ensemble...

-Tu le sais pas ce qu'on se dit...

-Tout le monde le sait que les femmes s'en viennent avec le coton raide...

La chicane se passait au salon. Les enfants jouaient ensemble dans une chambre. Johanne répondait mais gardait de la mesure dans le ton afin de ne pas briser quelque chose, de ne pas régresser... Le ménage était en progrès et il fallait que ça se continue...

Elle manoeuvra de façon à ramener la paix.

-Écoute, t'étais accoutumé de toujours me voir à la maison... Je vas faire attention pour pas m'en aller trop souvent... Faut ben que je fasse les commissions...

Les mois passèrent. Tumultueux encore mais au moins endurables pour Johanne. Tout son coeur allait aux enfants; elle savait que le sentiment amoureux dans son couple se promenait en chaise roulante, porté uniquement par les biens matériels communs.

Son vieux rêve de bras protecteurs, solides et aimants avait du plomb dans l'aile. Et pesant de plomb...

L'homme travaillait, rentrait chaque soir, chassait, pêchait, tempêtait, rachetait sa conduite par des tas de cadeaux aux enfants qu'il emmenait parfois au centre commercial où il leur disait: «Choisissez ce que vous voulez!»

Quand il prit conscience de son problème de peau, Éric demandait souvent à sa mère pourquoi lui avait cette tache sur la bouche et pas les autres. Elle répétait la même explication ou en trouvait une nouvelle.

«Un jour, on la fera disparaître, ça, c'est certain!»

«Quand ça?»

«Sais pas, mais ça va venir!»

Elle avait consulté sur ce sujet. La technologie n'est pas assez avancée, disait-on. Impossible par chirurgie comme pour un tatouage! Un jour peut-être?...

Ces réponses vagues suffisaient à la mère pour se convaincre des possibilités futures...

Lors d'un voyage au Québec -on en faisait deux par année- l'on fut remis en la présence de ce couple avec lequel on était parti en vadrouille en 68, les Robert.

L'amitié se renoua vite. Ces gens avaient défendu et supporté Johanne en des temps difficiles pour elle; la jeune femme les porterait éternellement dans un coin bien décoré de son coeur.

Ils vivaient à Elliot Lake donc à pas même cinquante milles de Iron Bridge et on put donc s'échanger des visites. Une fois entra dans la vie des Rodrigue un personnage en grande recherche de lui-même, gars de vingt-sept ans, noceur à ses heures tout comme Roger, originaire de Lac-Mégantic et s'appelant Émilien Martel.

Il posait sur Johanne des regards singuliers qu'elle fuyait et que Roger, par chance, ne voyait jamais.

On ne le croisa qu'à deux reprises au cours de 1973 et Roger le trouvait fort sympathique. Il eût voulu que le gars soit plus qu'une connaissance. On s'entendait bien. Émilien possédait les meilleures idées mais il donnait l'impression à Roger que c'était lui qui raisonnait plus justement. Et surtout, on riait aux mêmes farces, aux mêmes folies et aux mêmes 'niaiseries', selon ce que disait Johanne de leurs blagues plates.

Fin 1973, -appel du destin ou fruit de sa recherche -il apparut soudain dans le décor de Iron Bridge. Il avait fait la connaissance d'une jeune femme de trente-six ans, mère de cinq enfants, et emménageait avec elle à peine un mois après l'avoir rencontrée. Leur demeure était située près du parc de maisons mobiles, de l'autre côté de la rue. Tout le monde était content bien que Johanne fût un peu troublée et inquiète par ce nouvel ami de Roger, personnage quelque peu insolite.

Les choses allèrent plus mal pour les Rodrigue au début de 1974. Il se remit à faire la fête plus souvent, à découcher, à crier dans la maison. Elle marchanda la sexualité. Ça l'aigrissait, lui, le propriétaire de ce corps de femme, privé de son accès à son bien privé... Quelque part en mars, il déclara:

-D'abord que c'est de même, ton cul, garde-le!

C'était pour ne pas céder à son chantage sexuel, se disait-il. Et il fut un mois plein sans la toucher, sans la demander, sans même l'approcher. Fin avril, un soir, il entra à la maison, les bras remplis de cadeaux.

-Pour que ça aille mieux dans le ménage!

Il y avait des bijoux, des jouets pour les enfants, des bons d'achat d'une boutique de vêtements pour dames. Et des dessous érotiques.

-Viens essayer ça!

-J'ai pas le temps...

-Juste essayer, c'est tout!

Son attitude contrastait si fort avec ses manières trop souvent brutales que Johanne se laissa entraîner un moment dans le rêve, si éphémère l'envisageait-elle.

C'était un ensemble tout de frange et de satin, rouge et noir, et qui accusait les formes féminines tout en les cachant juste assez pour enflammer les hommes les plus ignifuges.

Elle ne l'avait pas remarqué, mais Roger en entrant dans la chambre avait verrouillé la porte. Ainsi, les enfants ne pourraient venir. Tout était en place pour un troisième enfant puisque Johanne avait négligé de prendre la pilule ces dernières semaines en raison de la bouderie masculine qu'elle espérait longue... De toute manière, en cas de besoin pressant, elle ferait en sorte de le vider hors d'elle...

Cela ne se produisit pas comme elle l'avait voulu. Et peu de temps après, elle se savait enceinte.

Non, pas un autre! Celui-ci était de trop. Malvenu dans une famille bancale qui risquait à tout moment de dérailler: elle pensait sérieusement à l'avortement. On en parlait de plus en plus partout; elle ne serait pas la première ni la dernière... Il fallait penser à l'enfant, à son avenir... Il fallait aussi le taire à Roger, taire même le fait qu'elle était enceinte. Ça ne paraîtrait pas: elle se ferait avorter et le jour même, elle serait à la maison à faire cuire du poulet...

Comme pour se faire pardonner par le ciel son futur geste de trancher la vie d'un embryon, elle voulut faire baptiser Nathalie et se rendit au presbytère de Blind River. Car il ne se trouvait pas d'église catholique au petit village de Iron Bridge.

Le prêtre l'accueillit lui-même, sachant à qui il avait affaire à cause d'un appel précédent.

-Madame Rodrigue, entrez donc dans mon humble demeure. Je suis l'abbé Jean Lachance. Mais nombreux sont ceux qui m'appellent le père Lachance... pourtant, je n'ai jamais fait partie d'une congrégation... Et voici la jeune demoiselle que nous allons baptiser aujourd'hui? Comment t'appelles-tu, ma belle fille?

La petite se gratta le nez, regarda sa mère et dit:

-Ben... je... je viens m'en faire donner un, un nom...

Le prêtre s'esclaffa et les suivit dans le presbytère qui n'était en fait qu'un simple bungalow voisin de l'église. Il les fit asseoir sur des chaises modernes, de celles qu'on trouve dans les salles d'attente médicales.

-On va remplir tout de suite les papiers et ensuite se rendre à l'église pour baptiser mademoiselle... qui n'a pas de nom... sur les fonts baptismaux... enfin, à côté...

L'homme avait la gueule de l'emploi: moyen en tout. Les cheveux moyennement foncés, yeux moyennement bruns, ni gros ni maigre et accrochant toujours aux commissures de ses lèvres un demi-sourire d'une bonté pas toujours en action dans son coeur.

Il portait veston noir et cravate bleue.

-Et le papa, il n'a pas pu se rendre? Je sais, vous me l'avez dit au téléphone... Il travaille très fort? Un homme rude, je suppose. Encore que la rugosité ne rend pas le coeur dur, bien au contraire, souvent le polit...

-Ah! pas si poli que ça!

-Quelque chose va de travers, ma petite dame?

-La petite dame, elle prend ça chaud des bouts.

Il jeta un coup d'oeil à Nathalie et dit sur le ton de la confidence:

-Il faudra me raconter ça, si vous avez l'envie. Il est fréquent que je recolle -et fort bien, il faut le dire- les morceaux brisés.

Elle soupira:

-Un mariage collé avec de la Crazy Glue... je vous dis...

Le front du prêtre s'assombrit.

-Faut pas me prendre pour un pot de colle, madame!

-Je voulais pas dire ça, monsieur le curé...

-Vous pouvez m'appeler père Lachance comme tout le monde...

-J'aime autant pas parler...

Il acquiesça d'un large sourire.

-Vous avez bien raison: on ne doit jamais se livrer sous la pression mais tout à fait librement...

Plus tard, on se rendit à l'église où l'on se regroupa auprès des fonts baptismaux.

-Ça doit pas être tous les jours qu'on vous amène une petite fille de cinq ans pour être baptisée....

-Tut, tut, tut, vous seriez surprise, madame...

-D'abord qu'elle va à l'école au mois de septembre...

La cérémonie eut lieu et Nathalie reçut le prénom de Nathalie auquel furent ajoutés ceux de Marie et de Sylvie pour le cas sans doute -dans l'esprit du législateur catholique- où elle ait besoin un jour d'un alias...

-Voilà, c'est fait, ma belle fille; tu peux maintenant jouer comme tu veux même si c'est une église ici. Dieu aime les jeux des enfants... Tu peux même crier si tu veux... Essaie, tu vas voir comme ça résonne... Dis AH!

Elle obéit puis éclata de son rire fin comme du cristal, et les notes lui revinrent en écho, ce qui provoqua encore des rires...

Le père Lachance en profita pour faire du ministère auprès de la maman:

-Vous avez d'autres enfants?

-Oui... un autre...

-Et il est baptisé?

-Oui. Il l'a été à l'hôpital...

-Une belle petite famille!

-En réalité, je viens de vous conter une menterie.

-Ah!? fit-il, l'oeil inquiet.

-J'ai été... fille-mère y'a une bonne dizaine d'années.

-Ah?

-Mais j'ai pas pu garder l'enfant; le père voulait rien savoir...

-Comme c'est triste!

-Et puis... ben j'en attends un autre.

-Ah! mais quel bonheur!

-C'est pas un bonheur pantoute. J'en veux pas...

La femme se disait qu'elle voulait un avortement mais en réalité, elle cherchait quelqu'un qui l'empêche de le faire et c'est pourquoi elle se confiait au prêtre. Car qui de mieux pour défendre la vie que les officiels d'une religion défendant la contraception elle-même?

L'homme se mit la main sur le coeur et composa des rides souffrantes sur son front:

-Ne me dites pas que vous souhaitez un avortement?

-On peut rien vous cacher.

-Ne faites pas ça, ne faites surtout pas ça! Cet enfant-là un jour vous sauvera du pire, je le sais, je le sens... Croyez-moi, il faut lui donner la vie: vous l'aimerez et il vous aimera peut-être plus que vos autres petits... Dieu donne la vie et la reprend... Ne faites pas violence à sa main sacrée... Non, bien sûr, il ne se vengera pas mais vous perdrez...

Elle l'interrompit:

-Envoyer à Dieu un petit ange avant qu'il se fasse maganer par la vie, je vois pas ce qu'il y a de mal à ça.

Le prêtre sentait qu'elle voulait discuter et désirait une main qui retienne son bras avant que ne s'enfonce le poignard dans le petit être sans défense qui s'accrochait à la vie dans son ventre. Il jugea bon ne pas continuer la conversation pour le moment. C'est au couple qu'il devait parler et non pas à un seul partenaire.

Avant qu'elle ne parte, il dit:

-Écoutez, laissez-moi essayer d'aider votre couple. Si vous n'y gagnez rien, au moins, vous n'aurez rien perdu alors à quoi bon hésiter? Je vais appeler votre mari afin de vous inviter tous les deux et on se partagera un bon repas d'orignal...

**

Roger fut flatté de voir que le curé de Blind River les invitait à sa table. Pas beaucoup de notabilités s'étaient intéressées à lui au cours de sa vie. Une amitié forte prit naissance d'un coup entre les deux hommes.

Le curé leur répétait à chaque rencontre:

-Je vous aime tous les deux, comme je vous aime! Ah! mes enfants!...

La bonne fortune voulut qu'en cette même époque, les revenus du couple devinrent plus substantiels. On parla de l'influence bénéfique d'un homme de Dieu dans leur vie.

Son tout premier soin fut d'annoncer à Roger que sa femme était enceinte. Puis de lui conseiller de persuader Johanne de garder l'enfant.

-J'ai jamais voulu qu'elle se fasse avorter, je savais même pas qu'elle attendait un enfant!...

-C'est peut-être que vous ne vous parlez pas assez!

On se vit presque chaque semaine et Roger délaissa son ami Émilien pour passer du temps avec le prêtre.

Quand vint l'hiver, on prit l'habitude de randonnées en motoneige. Au coeur même de novembre, le ciel dans sa générosité fit tomber beaucoup de neige et il fut donc possible de sortir les engins. Johanne était trop avancée dans sa grossesse pour risquer de les accompagner. Et puis, on ne possédait encore qu'une seule machine.

Elle participait en préparant les repas que les deux hommes engouffraient au bout de samedis passés à voyager de par les sentiers, à chasser et à rire.

Prêtre moderne que le père Lachance, il ne se faisait pas de reproches à boire un coup avec son ami. Un soir, ils revinrent des pistes à moitié soûls tous les deux. La brosse continua jusqu'au milieu du samedi alors que le prêtre retrouva un brin de lucidité et de son sens des responsabilités.

Ce dimanche-là, les fidèles crurent que leur bon curé était malade et louèrent son courage qui l'avait conduit à remplir quand même les devoirs de sa charge malgré l'épreuve.

Depuis quelque temps, Roger devenait jaloux. Une chimère de gars chaud trottait dans son cerveau. Il y croyait de moins en moins à cette histoire de Johanne qui voulait se faire avorter. Même qu'il doutait le père Lachance d'être le véritable père de l'enfant. On lui avait peut-être monté un beau bateau avec toute cette histoire d'avortement.

Ce soir-là, après le départ du prêtre, il conduisit sa femme dans leur chambre. Elle se faisait plus soumise de ce temps-là et lui moins violent. Il lui demanda de se revêtir de l'ensemble érotique qu'il lui avait offert et ils se retrouvèrent au lit.

On se parla un peu du père Lachance puis Roger dit abruptement:

-Tu devrais coucher avec lui.

-Es-tu malade?

-Je trouverais ça le fun, moi, que tu couches avec lui. C'est un bon gars. Il est marié avec le ciel. Ça montre que je suis pas un homme jaloux...

-J'ai pas envie de coucher avec le père Lachance.

-Tu le trouves laid?

-C'est pas la question... mais je l'aime pas...

-Pas besoin de l'aimer... Je te dis pas de l'aimer, je te dis de coucher avec lui...

Ne sachant trop s'il était sérieux ou non, elle glissa sa main sur lui et s'empara de son sexe pour que l'acte se déroule plus vite. Il se dit qu'il avait raison. Probable qu'elle pensait au prêtre en ce moment même et que ça la portait à faire de telles avances...

La semaine suivante, Roger refusa sèchement une invitation

349

du prêtre et il prit un coup tout seul en se rongeant les ongles et les sangs. Quand il fut ivre, il se rendit au presbytère de Blind River avec sa motoneige. Le curé le reçut avec chaleur.

Dès qu'il eut le pied à l'intérieur, Roger lui sauta à la gorge, le bouscula, le jeta contre les murs, le frappa dans les côtes et sur les cuisses avec ses bottes. Le prêtre en vint à se protéger la tête et le visage et à confier le reste de son corps à la Providence. Mais le ciel ne fut pas capable d'empêcher les contusions, bleus et blessures.

Blessures morales par-dessus tout. Car, homosexuel resté dans l'armoire, le prêtre aimait Roger au secret de sa chair et de son coeur, et cette correction épouvantable démolissait son sentiment.

Dès le départ de son agresseur, le prêtre téléphona à Johanne; à travers d'irrépressibles sanglots, il raconta de peine et de misère ce qui venait d'arriver. Elle le consola un peu et s'en alla chez les Martel avec les deux enfants, craignant que Roger ne survienne et finisse de déverser sur elle le trop-plein de sa jalousie maladive et engrisée.

Elle revint tard. Il était rentré et dormait. Au matin, il se rendit compte de ce qu'il avait fait et il retourna à Blind River faire ses excuses au prêtre inconsolable.

La veille de Noël, en après-midi, Émilien Martel vint prendre une bière chez les Rodrigue. Johanne en profita pour prendre une photo.

Nathalie prit place entre les deux hommes. Elle portait une robe bleue sur blouse blanche et des bas blancs. Sa mère avait découvert que le visage de lumière encadré par sa chevelure foncée resplendissait dans ces deux couleurs.

Éric regardait la scène avec l'envie d'y participer aussi. Émilien lui dit:

-Va t'asseoir sur les genoux à ton père, là...

L'enfant questionna son père du regard. Roger eut envie de sourire et décroisa la jambe. Le garçon courut à lui, fou de joie gamine. L'homme l'aida à monter et le petit se tint droit comme un I.

La photographe cadra. Elle prit un coin de l'arbre de Noël et les quatre occupants du divan. Roger fixa l'oeil de la caméra et ne réussit pas à sourire. Son fils le fit pour deux.

Johanne se sentit particulièrement misérable en ces Fêtes de fin d'année. Roger se montra brutal et la frappa au visage à quelques reprises. Elle avait repris sa vieille habitude de se taire. Enceinte et surtout vers la fin de la grossesse, elle se sentait plus vulnérable et dépendante.

Le père Lachance continuait de veiller de loin malgré son chagrin. Il soutenait le moral de la jeune femme. Entre-temps, le prêtre avait demandé à son évêque une nouvelle affectation pour cause majeure. Il eut le ministère de Val-Caron en banlieue de Sudbury. Il s'y rendrait à la mi-février.

Le vingt-six janvier, jour de son anniversaire de naissance, le prêtre reçut un appel de Johanne. Elle partait pour l'hôpital. Le même jour lui naquit un fils. Au cours de la soirée, le prêtre la visita. Il suggéra le prénom: Daniel. Pour une raison personnelle. Elle lui devait bien ça.

Roger se présenta à l'hôpital à quatre heures du matin, en état d'ébriété, cigare à la main, chansons tout tordues à la bouche. On lui refusa d'aller plus loin que le poste de garde. Il s'effondra en sanglotant...

Quelques semaines plus tard, le père Lachance s'en allait. Six mois passèrent. Roger lui rendit visite. Trop ivre pour conduire, il coucha là-bas et au beau milieu de la nuit le prêtre le réveilla pour lui avouer son amour impossible...

******

Chapitre 39

Ottawa, le 31 juillet 1978.

Une immense T-Bird beige avec sangles de cuir sur le coffre arrière roula dans la cour du McDonald's et se stationna à pas dix pieds de la vitrine derrière laquelle, assis à une banquette, Alain Martin mangeait tout en tâchant d'écrire des vers nouveaux.

Il sursauta. Pour arriver ainsi en trombe, il fallait un conducteur mâle. Même pas besoin de lever la tête, il le devinait. Poursuivant ses deux tâches, l'une d'avaler un Big Mac, bien plus lourde que l'autre de pondre des alexandrins, il perçut dans son champ de vision périphérique une trâlée de monde crachée par le rutilant véhicule.

Il lui parut un moment qu'un des passagers adultes venu du côté du conducteur, donc peut-être lui, l'épiait. Et pourtant, il garda ses yeux rivés à son imagination et à sa feuille désespérément blanche.

Le temps passa. Des gens circulaient dans l'allée à côté de lui et jamais il ne leur adressait le moindre regard, perdu qu'il était dans son univers de poète. Mais les mots restaient accrochés comme des poissons morts dans un filet d'idées et il ne parvenait pas à les libérer pour ainsi leur donner la vie dans des phrases neuves et belles.

Deux enfants coururent à côté vers la porte qui les menait à la salle des jeux comprenant une glissade de métal et un petit manège pour les plus petits de tous. Puis un troisième marcha lentement à leur suite et le rêveur se demanda quelle sorte d'âme l'animait puisque d'après la grosseur de ses pieds et de ses jambes on eût pu le juger de trois ans et que, d'autre part, il espaçait des pas presque matures. Cela méritait un regard.

Mais quand il leva la tête afin de se tourner pour voir l'enfant, c'est une image exceptionnelle qui remplit ses yeux. Venait dans l'allée une fillette de neuf ans environ et qui lui adressa un incomparable sourire de lumière si rempli de confiance qu'il douta de son état mental à lui.

Car comment imaginer en un temps de violence si présente partout, à la télévision, entre les peuples, dans les ménages, en une époque étrange où chaque semaine, des enfants sont enlevés, abusés, tués, en des années troublées où triomphent l'individualisme le plus rageur, l'ambition atroce et la compétition féroce, qu'une enfant puisse dire par son visage éclatant à un pur étranger: «Je n'ai pas de raison de ne pas t'aimer, toi, donc, je t'aime!»

Ou bien c'est la mère qui n'avait pas inculqué à sa fille la plus élémentaire prudence ou peut-être ces gens-là venaient-ils du fond des bois et avaient-ils l'habitude de sourire aux animaux, et croyaient-ils que de le faire aussi devant les humains pourrait donner les mêmes résultats favorables? Beaux naïfs!...

Plus elle s'approchait, plus elle lui souriait comme pour dire: «Pourquoi es-tu si triste, monsieur?»

Alain fut sur le point de lui répondre mais il refoula son sourire très haut sur son visage, ce qui, sur le front, le transforma en rides inquiètes. On le prendrait pour un séducteur de petites filles, un kidnappeur d'enfants et quoi encore. Et puis un poète absorbe les images mais n'en dispense jamais autrement que par sa plume.

L'enfant ne se découragea pas mais dut bien passer son chemin avec son cabaret. Elle était suivie d'un garçon d'à peu près sept ans qui gardait les yeux levés et cherchait à y concentrer tout son sourire pour faire oublier sa tache de naissance sur la bouche. Et aussi sur son menton qu'il essayait de retenir vers le bas, comme s'il avait été déchiré entre un grand besoin de séduire et la crainte de repousser...

Alain se remit à la tâche et il ne vit pas venir celle qui ne pouvait être que leur mère et qui réduisit son pas au moment de passer à son tour près du poète réfléchissant. Bientôt, il perçut une vague rumeur derrière lui. Des enfants piaillaient, allaient et venaient par la porte de la salle de jeux, des femmes se parlaient. L'image belle et rafraîchissante de la fillette à longue chevelure brune aviva sa créativité tout en lui remémorant le souvenir de sa propre fille à cet âge. Et en moins de dix minutes, l'oeil étincelant et le coeur de velours, il aligna une douzaine de vers hexamètres.

Dans mon coeur, un long soir
Il faisait froid et noir.
Je vis ton beau visage
Traversé par les âges;
Tu avais cent dix ans,
Et toujours la lumière
De tes yeux jaillissant
Disait une prière
Pour tes petits enfants
Qui riaient, t'écoutant.
Dans mon coeur, ce long soir
Se tourna vers l'espoir.

Satisfait, Alain plia le napperon en huit parties et le fourra dans sa poche de chemise puis regarda l'heure sur sa montre. Il réagit vivement: aucun doute, il serait en retard à l'université... Il mit les contenants vides sur son plateau et se rendit le déposer sur le meuble servant de poubelle à rebuts.

Avant de repartir, il ne put résister à la curiosité de voir à nouveau le visage qui l'avait si vite inspiré en un moment où son cerveau donnait l'idée d'un désert sur la lune. Il jeta un oeil aux allures d'indifférence au groupe qui occupait trois tables d'un ensemble sans s'arrêter à personne d'autre que la fillette qui, vive comme l'éclair lui relança un autre sourire...

L'homme baissa la tête et s'en alla sans se rendre compte qu'une des deux femmes le dévisageait comme s'il elle l'eût pris pour un extra-terrestre... Elle confia à l'autre:

-Je le connais ben, ce gars-là, il a été quasiment mon premier amour... Ou ben il me reconnaît pas ou ben il fait son snob de Québécois...

-De Mégantic?

-De la Beauce... en tout cas dans le temps... Sa soeur tenait magasin à Saint-Samuel...

-À Lac-Drolet...

-Ah! Saint-Samuel, Lac-Drolet, je m'accoutume pas à dire Lac-Drolet...

-Maman, ça fait dix ans que le nom est changé, dit Nathalie, hein ma tante?

-Comment ça se fait que tu sais ça, toi? Je te dis que t'étais pas haute sur pattes...

-Je pense ben, j'étais dans le ventre de ma mère... Ben je l'ai lu dans le livre du centenaire de Lac-Drolet.

Alain fut ralenti par des gens qui sortaient. Et il se dit qu'il vaudrait peut-être mieux aller aux toilettes sur-le-champ puisque de toute façon, il devrait le faire avant son cours. Il rebroussa chemin et alla pisser. Lorsqu'il émergea du couloir quelques minutes plus tard, il tomba nez à nez avec Johanne qui le regarda intensément. Il hésita, secoua la tête, ferma à demi son oeil gauche...

-C'est-il Alain Martin? demanda-t-elle.

-C'est-il Johanne Bédard?

Le temps s'arrêta tout net. Au diable le cours, il se rattraperait bien. Ce n'est pas tous les jours qu'on peut se retremper dans son vieux passé.

-Ça fait pas loin de vingt ans? Qu'est-ce qu'il t'arrive de bon?

C'est tes enfants avec toi?

-J'en ai trois...

-La petite fille qui sourit tout le temps...

-Elle séduit tout le monde, celle-là, je te dis qu'elle est mieux que sa mère...

-Es-tu pressée, as-tu le temps de jaser un peu? On va retourner à la banquette où j'étais...

-Je t'ai reconnu dehors...

-C'est toi avec la T-Bird? Je pensais que c'était un gars, à la manière que tu t'es stationnée...

-Il paraît ça, que je 'drive' comme un gars...

-Viens qu'on se raconte des bouts de vie...

Ce qu'ils firent.

Mais Johanne omit les moments durs et Alain resta sur l'impression qu'elle vivait la meilleure vie familiale qui se puisse être.

-Moi, c'est plus compliqué, dit-il en soupirant quand elle eut terminé de livrer les grandes lignes de son long cheminement. Ma femme, c'est une personne... disons pas mal matérialiste, comme la plupart des gens, tandis que moi, paraît que j'ai toujours la tête dans les nuages. Ça fait que mon côté romantique m'a poussé à prendre une... petite amie: ma femme l'a su et elle ne l'a pas pris du tout... J'essaie de recoller les morceaux, encore que dans ma tête, j'avais pas le sentiment de briser quoi que ce soit, mais ça marche pas. Son éducation, vois-tu: un homme infidèle est un salaud dont il faut se débarrasser quel que soit le prix à payer pour tous les deux et pour les enfants. La vie nous force à nous engager et la chaîne de l'engagement nous force à mentir et à tromper pour ne pas faire de mal...

-C'est la nature humaine, pas son éducation... En tout cas la nature de la femme...

-On dit que les femmes sont naturellement fidèles et que les hommes sont naturellement infidèles...

Johanne ne sourit pas. Et elle se dépêcha d'enterrer sa réaction négative:

-Tu dis les enfants, t'en a plusieurs toi aussi?

-Non, une seule et la voilà rendue à quatorze ans. C'est à cet âge-là qu'on commence à les perdre petit peu par petit peu chaque semaine...

-Ben moi, j'veux pas les perdre jamais...

-Les oiseaux finissent par s'envoler...

Il raconta qu'il vivait à Sherbrooke où il enseignait et que l'été, il faisait des stages à Ottawa afin d'obtenir un diplôme en bibliothéconomie.

-Ma mère avait ben raison quand elle m'a arrêté de sortir avec toi...

-Quoi? C'était pas toi?

-C'était moi mais à cause de mes parents. D'après eux autres, j'étais pas assez bien pour toi. Un gars qui allait aux études pis moi, une fille de manufacture... Les classes sociales, ça se mélange pas...

-C'est comme ça que ça s'est passé?

-Exactement comme ça!

-Saint sacrement de la messe!

-Dis pas ça, tu me rappelles trop quelqu'un...

-Qui donc?

-Sans importance!

Il se fit une pause et leurs regards s'échangèrent de la nostalgie puis il se reprit:

-Ben, je vais te dire une chose: les parents voient plus clair qu'on pense... Tu vois, t'as un ménage qui va sur des roulettes même si tu dis que t'as eu de la misère avec ton premier... tandis que moi, ça déraille... Sans doute qu'il m'aurait fallu une femme comme la petite religieuse que j'ai eue comme... maîtresse, disons le mot, mais les circonstances nous ont séparés. Elle a choisi de rester mariée avec le Seigneur et moi avec ma femme.

Il eut un sourire malin et poursuivit:

-Peut-être qu'il aurait fallu un échange de couples: ma femme avec le Seigneur et moi avec la soeur...

-C'est la grande mode...

-Quoi?

-Les échanges...

Arriva Nathalie qui attendit la permission de parler.

-Ma tante Louise dit qu'elle peut nous ramener avec elle si tu veux placoter avec ton ami...

-Non, non, je vais m'en aller que ça sera pas long. Le monsieur doit partir à ses cours...

-C'est mademoiselle Nathalie aux yeux de lumière...

Johanne interrogea du regard. Alain fouilla dans sa poche et tendit son papier:

-Lis ça: c'est elle qui me l'a inspiré tantôt...

La femme lut puis s'exclama:

-Tu veux me le donner en souvenir? Fais une copie sur quelque chose... Nathalie, va chercher un napperon à la caisse...

-Fais venir les deux autres que je les connaisse...

Quand ils furent de nouveau seuls, après qu'il eut recopié le poème qui fut confié à la fillette émerveillée, il dit, joyeux:

-Sacrifice, mais t'as fait des beaux enfants comme ça se peut pas!

-Pis ils sont beaux en dedans aussi... Ces enfants-là sont proches de moi comme on voit ça rarement...

-Et de leur père aussi?

-Leur père est pas souvent là...

-C'est comme le mien quand j'étais jeune: toujours parti dans le fond des bois pour gagner de l'argent pour nous faire vivre... Ça l'a tué, la poussière de charbon, la misère... Des hommes durs en dehors mais tendres en dedans. J'ai déjà appelé ça des *coeurs de granit*... pas pour signifier des coeurs de pierre comme le veut le dictionnaire mais plutôt pour montrer leur humanité en-dessous de leurs apparences rocailleuses...

-Y a des coeurs qui sont en vrai granite, du vrai de vrai granite...

-T'en connais?

-Ben... on peut dire, oui... Là-dessus, va falloir que je parte. Contente de t'avoir revu.

Traversé par une émotion puissante, il se laissa aller en lui serrant la main:

-Suis heureux que tu aies fait ta vie en dehors de moi: j'envie ton bonheur, crois-moi...

-J'espère que le hasard va nous jouer un autre bon tour comme celui d'aujourd'hui...

-On sait jamais...

Quand elle partit, Johanne entendit comme en écho dans sa tête deux expressions: 'on sait jamais' et 'coeur de granit'...

Alain quitta le premier dans son auto. Depuis la T-Bird, Nathalie lui fit une bise volante. Il lui sourit pour la première fois...

Et elle relut son petit poème pour la nième.

******

Chapitre 40

Entre femmes du coin, entre femmes du pays, entre femmes du monde, on se conseillait en ces années-là, on s'influençait, on s'affirmait, on se révoltait et les gars ne comprenaient pas, qu'ils soient doux, qu'ils soient durs, qu'ils soient mous, qu'ils soient agressifs.

«Pardonnez-leur, elles ne savent pas trop ce qu'elles veulent!» se disait-on parfois entre gars autour d'une table à vieilles odeurs de rires, de savoir infaillible et de bière tablette. On avait raison: elles ne savaient pas trop ce qu'elles voulaient et ne le savent pas encore; mais par contre, elles commençaient à savoir ce qu'elles ne voulaient plus et cela tisonna les braises de leur volonté sous les cendres de la routine et de l'humilité.

Depuis leur retour à Iron Bridge, Roger n'avait cessé de mal-traiter sa compagne. Dans un monde où tout est négociation, il savait les meilleures cartes d'atout dans son jeu. Risquerait-elle de perdre ses enfants, un certain confort, un certain avenir, un mi-lieu, une voiture? Il la connaissait mère poule: elle ferait tout pour ses enfants. Et cela incluait d'endurer l'insulte, les coups, le mépris, les désagréments apportés par un homme qui boit et cet odieux chantage par-dessus le marché.

Après l'épisode du père Lachance, Roger n'eut qu'un seul véritable ami: Émilien Martel. Les deux hommes travaillèrent pendant trois ans ensemble dans la forêt et ils en vinrent à se ressembler comme des frères. Et en 1979, les choses allaient aussi mal dans un ménage que dans l'autre.

Au printemps, les deux femmes entrèrent en contact par téléphone et l'échange de visites en l'absence des maris. Elles n'avaient jamais été de véritables amies et s'étaient peu fréquentées, l'une, Johanne, Québécoise pure laine transplantée en pays franglais et l'autre, Linda, anglophone perdue en milieu franglais... Mais voilà que l'adversité, les mêmes problèmes et l'amitié des maris les rapprochaient sous une même bannière, celle de l'émancipation. En fait, dans leur cas, libération et plus...

Elles se donnèrent le mot et organisèrent un souper du samedi pour les deux couples. Personne d'autre à la maison: les enfants se gardaient chez les Martel. Avant que les gars ne soient trop ivres, pas longtemps au-delà du barda d'après souper, elles les retrouvèrent au salon et leur annoncèrent carrément leur désir de vivre séparées d'eux pour un temps. Histoire de se repenser en tant que couple! Et suggérèrent aux hommes de partir et d'aller vivre ensemble pendant quelques mois pour, eux aussi, réfléchir...

Ce fut l'hilarité à répétition. On buvait une gorgée de bière entre deux rires. On vidait une bouteille entre deux exclamations:

«Maudite bonne idée, sacrement des fesses: enfin des hommes libres!»

«Si on nous prend pour des homos comme le père Lachance, on s'invitera des danseuses... pas pour faire des péchés, juste pour que le monde, ça jase moins...»

«Y'a juste une chose: passez pas votre temps à nous téléphoner pour faire réparer des poignées de portes...»

Le dimanche matin, malgré la gueule de bois, ils se levèrent assez tôt et mirent leurs affaires dans la grande roulotte de camping de Roger et avant même le repas du midi, ils partirent en chantant jaune s'installer sur un terrain à sept milles de là.

Au cours des deux semaines qui suivirent, ils ne se rendirent au travail que trois jours et burent le reste du temps. Puis ils eurent une violente chicane verbale qui les amena proche de l'empoignade.

Chacun s'en prit à l'image de l'autre et on s'accusait mutuellement de porter le chapeau quant à ce qui allait de travers dans son ménage.

«T'as une femme qui a de l'allure pis des enfants à toi en bonne santé pis beaux et bons... C'est toi, le pas bon chez vous...»

«De quoi que tu te mêles? Serais-tu en amour avec ma femme? Je t'ai toujours redouté là-dessus, à la manière que tu la regardes...»

«Si t'étais pas là, oui, si tu veux savoir!»

«T'es ben mieux de pas en avoir des enfants à toi, je sais même pas si tu serais capable de les garder... Peuh! tu serais peut-être même pas capable d'en faire, des 'ben à toi'...»

«Le mieux, sais-tu ce que ça serait, le mieux, hein? Vous tuer toute la gang... Ça libérerait ta femme pis tes enfants d'un écoeurant comme toi, Roger Rodrigue... Pis je commence à me demander si c'est pas ça que je vas faire...»

Sur ces paroles redoutables, Émilien quitta la roulotte et partit chez lui dans sa voiture. Le ton qu'il avait, l'air étrange de son visage et des paroles qu'il avait échappées ces derniers temps firent craindre le pire à Roger qui après un quart d'heure de réflexion retourna au village à la maison.

Il était neuf heures du soir et la nuit venait d'étendre son drap sur le ciel qu'allumaient des étoiles et une lune pleine. Il y avait de l'éclairage dans la maison mais rien n'y bougeait. Roger eut peur. Ça n'avait aucun bon sens et pourtant, il pressentait le drame... Il sonna. Nathalie vint ouvrir. L'homme fut soulagé. Il entra en prévenant:

-Y a le fou à Émilien qui veut venir vous tuer... C'est pour ça que je reviens...

Johanne allongea le cou et lança:

-Comme excuse pour revenir, ça vaut pas cher!

-Sacrement, c'est pas une excuse: il est fou raide pis dangereux que je te dis!

Il paraissait si sérieux qu'elle en fut ébranlée.

-Fermez les lumières: on sait jamais, il peut aussi ben tirer par les châssis...

Nathalie fit ce que son père voulait et bientôt, on fut dans l'obscurité totale.

-C'est quoi qui est arrivé?

-Me suis chicané avec lui pis il a pris le feu au cul comme il faut...

L'homme s'apprêtait à en dire plus quand un coup de feu retentit à une distance qui pouvait correspondre à la maison d'Émilien...

-Ça peut-il être lui qui s'en prend à sa femme?

-Ben non, il ferait pas ça...

-Je te dis qu'il avait l'air bizarre... Il était chaudasse mais pas soûl...

Le téléphone sonna. Roger répondit et il ne prononça que des onomatopées puis raccrocha.

-Il s'est tiré lui-même dans son char... C'est sa femme qui vient de me le dire. Les ambulances pis la police s'en viennent...

L'homme se rendit à son auto et en revint avec un quarante-onces de boisson et il se mit à boire en pleurant et en se donnant la responsabilité du geste de son ami.

Johanne se coucha mais demeura éveillée, craignant une bifurcation de son humeur. Elle avait vu juste. Au milieu de la nuit il vint ouvrir sa porte et vociféra:

-Émilien... il était en amour avec toi... pis c'est de ta faute... Tu lui faisais le tour de la tête... C'est de ta faute si y'est mort, de ta faute... Comprends-tu ça, Johanne, comprends-tu ça?

Plutôt de se défendre en le contredisant, elle dit de sa voix la plus calme:

-T'as peut-être raison: on va en reparler demain...

L'homme resta un moment dans l'embrasure de la porte où le reflet de la lumière du salon silhouettait son ombre noire et terrible. Puis il referma et retourna boire. Johanne put l'entendre sangloter jusqu'au petit jour...

**

Il demeura quelques jours à la maison puis un matin, profitant d'un de ses rares moments de sobriété, elle le mit à la porte. Il ne s'objecta pas. Quand il avait toute sa raison, il redevenait comme un enfant à qui l'on donne des directives.

Il fit sa valise mais n'emporta que le strict nécessaire et se rendit vivre à Thessalon. Le tragique événement survenu à son ami lui fit prendre conscience qu'il était en train de perdre aussi sa femme et sa famille. Mais il refusait de l'envisager de front.

Désemparé, perdu, profondément malheureux, il revint un soir et frappa à la porte. En le voyant venir, sa femme avait tout barricadé. Il lui cria. Elle vint et lui répondit sans ouvrir, à travers la vitre.

-C'est que tu veux?

-Je veux revenir...

-Tant que tu boiras, reviens pas...

-Tu m'empêcheras pas d'entrer dans ma maison pour voir mes enfants...

-Oui, je vas t'en empêcher.

L'homme chambranlait et sans autrement bouger, il se tenait au pied de l'escalier...

Elle referma sans plus et lui fit l'affront d'éteindre la lumière de la galerie. Il se mit à frapper et à hurler:

-C'est Émilien qui avait raison... il faut que tout le monde disparaisse... Moi, suis le diable, le diable tout pur... Je vas te tuer... Je vas te tuer...

Pendant qu'il poursuivait son vacarme, Johanne réunit les enfants dans une même chambre puis elle appela la police.

Roger arracha la poignée de la porte extérieure et il se rua dans l'autre qui, sous son poids, céda. C'est la serrure qui fut démise du cadre et l'élan qu'il s'était donné entraîna l'homme à l'intérieur où il s'écrasa au fond d'une garde-robes, brisant ainsi d'un seul air d'aller deux portes plutôt qu'une.

Johanne se réfugia avec les enfants qui pleuraient. Roger criait:

-Où c'est que vous êtes? Je vas chercher le fusil pis je vas vous trouver, ça sera pas long...

Les armes ne manquaient pas dans la maison: il y en avait sept en tout et une seule aurait suffi pour que le pire arrive...

Il faisait du bruit, frappait sur les murs, brassait les portes... Les policiers arrivèrent et il se calma. Ils restèrent sur place une partie de la nuit; au petit matin, le forcené les suivit et ne donna plus signe de vie à sa famille pendant plusieurs jours.

**

-Marriage Encounter...

-Quoi?

-Marriage Encounter.

-C'est quoi, ça?

-Des rencontres de couples... C'est 'terrific'...

-De couples?

-C'est des couples qui passent une fin de semaine dans un hôtel... Une sorte de retraite fermée moderne et qui aide les gens à se raccorder ou à s'aimer encore plus si leur ménage va bien. C'est pour tout le monde...

Une voisine à l'âme noble et au coeur généreux avait appelé un couple de Blind River qui, lui-même rescapé de la dérive, s'occupait maintenant de répandre l'esprit du mouvement à la mode.

Ils étaient au salon avec Johanne, venus dans le but de la convaincre de se laisser appliquer cette thérapie formidable qui en trois jours permettait la résurrection de tant de couples ébranlés voire en ruines...

Leur mot d'ordre était d'ailleurs: «Détruisez durant des années et l'on rebâtira en trois jours!»

-C'est le père Dulac qui s'occupe des couples: il est fantastique, vous verrez.

-Mon mari va rire de tout ça.

366

-Attention, avertit l'homme, un blond court frisotté, moi j'ai ri aussi mais pas longtemps...

-Vous le connaissez pas: il veut pas s'aider. En fait, son problème, c'est la boisson pis la jalousie. Il boit parce qu'il est jaloux et il est encore plus jaloux quand il boit... C'est un cercle vicieux...

-Le Marriage Encounter a mis beaucoup de gens sur le chemin des AA, vous savez, dit la femme qui à tout moment se serrait le nez entre le pouce et l'index.

Le vieux rêve de bonheur de Johanne, son immense besoin de s'accrocher à quelque chose, de croire en la vie, vint lui mettre le combiné du téléphone entre les mains, combiné que lui tendait l'autre femme pendant que son mari disait:

-N'hésitez pas, madame, le Marriage Encounter, c'est non seulement une bouée de sauvetage mais une embarcation, quasiment un bateau qui vous empêchera de faire naufrage...

Pour balayer la toute dernière hésitation de Johanne, l'autre femme supplia:

-Mais pensez à vos enfants, ma bonne dame!...

Johanne appela Roger qui arriva un quart d'heure plus tard. Il sourit souvent à les entendre puis déclara:

-On peut ben essayer ça, sacrement, on n'a rien à perdre comme disait Réal Caouette...

**

Peut-être selon le principe de la fusion nucléaire, dit Roger, on séparait les couples à leur arrivée. Chacun des partenaires occupait sa propre chambre. L'idée était qu'ils soient à même de réfléchir, de se concentrer au maximum, de rire ou de pleurer à volonté sans aucune 'interférence'. Redevenir libre d'aimer quoi! Libre de se lier à nouveau, de s'attacher, de s'enchaîner...

L'homme se parla à lui-même tout haut en même temps qu'il déposait sa valise sur le lit et examinait la chambre d'un regard circulaire:

-Trois jours au régime sec, c'est pire que mourir.

Malgré son très faible engouement pour cette retraite miracle, il jouait le jeu et n'emportait avec lui aucune sorte d'alcool.

Il repoussa sa valise et s'étendit à côté en lissant sa moustache comme il aimait le faire avant de réfléchir. Les murs étaient recouverts de tapis brun en lisières que séparaient des bandes de miroir de même largeur et qui allaient du plancher au plafond.

Son esprit le ramena à la pêche qu'il avait faite deux mois plus tôt alors qu'il avait ramené des douzaines de grosses truites. On avait même photographié les trois enfants avec les poissons étendus sur l'herbe devant eux. Puis il pensa à sa machinerie, à ses autres biens matériels, aux amis...

Dans une chambre semblable, Johanne pensait au père Dulac qui les avait reçus en bas dans le lobby de l'hôtel-motel. Lui aussi tout comme l'abbé Lachance, on l'appelait 'père' bien qu'il ne fasse partie d'aucune congrégation. Il était plutôt bel homme dans ses six pieds généreux, sa chevelure noire comme du charbon, haute et fournie, et cet accueil plein sourire et d'une chaleur enveloppante.

Des gens comme lui détenaient-ils un pouvoir apte à régénérer l'amour voire la vie? Des hommes imposent les mains, guérissent... Elle doutait en raisonnant trop. Pourquoi seulement des hommes? Pourquoi dans toute l'histoire des faiseurs de miracles, ne se trouvait-il que des hommes pour détenir les grands pouvoirs? Était-ce à cause du sexe de Dieu?

Le vendredi soir était consacré à de l'introspection. C'est la recommandation qu'avait faite l'abbé Dulac en leur remettant la clef de leur chambre. «Regardez votre intérieur dans vos miroirs intérieurs!»

Mais Roger continua de penser à ses affaires et à ses loisirs tandis que Johanne s'endormit en doutant des messagers de la nouvelle thérapie... Ainsi, machisme et féminisme ronflèrent dans chacune des chambres et ce fut le père Dulac en personne qui réveilla les époux l'un après l'autre en ce samedi de la grande réconciliation et du grand pardon.

Il frappa tout d'abord à la porte du mari qui sauta du lit et se présenta à la porte en slip.

-Ne soyez pas du tout embarrassé, lui dit le prêtre, je suis habitué aux gens en petite tenue. Et vous savez, les femmes sont plus... réservées... C'est pas grave, j'arrive à si bonne heure...

Roger consulta sa montre: six heures tout juste. Il fit une moue signifiant 'en effet' et d'un geste de la main, il fit voir au prêtre qu'il l'accueillait.

On prit place de chaque côté d'une table ronde. L'un tâchait de dompter ses épis de cheveux qui encornaient l'air tandis que l'autre, de sa voix la plus mielleuse, se mit à la tâche d'apprivoiser:

-Aujourd'hui pourrait s'avérer le plus grand jour de votre vie, plus important sans doute que celui même de votre mariage. Bâtir sa maison, c'est fondamental, mais la sauver de l'inondation ou de l'incendie, c'est capital.

Ce langage terre à terre plaisait à Roger qui avait en horreur tous ces pelleteux d'idées qui embrouillaient tout sans jamais rien régler des problèmes rattachés à la condition humaine. Mais si tôt le matin, il ne trouvait à dire que des onomatopées.

-Hum hum...

-Vous avez pu rentrer en vous-même hier soir?

-Ben...

-Très bien! Et aujourd'hui, vous aurez l'occasion de sortir de vous-même: n'est-ce pas merveilleux comme le disait le poète Adamo?

-Qui?

-Le chanteur belge, vous savez...

-Non...

-Qu'importe! Je connais un peu, -mais si peu- votre histoire qui me fut résumée par le couple qui vous a si bien persuadés de venir ici cette fin de semaine... Est-ce que ce qu'ils savent de vous correspond à la réalité?

-Heu...

-Il paraît que vous avez exercé une certaine violence envers les vôtres? Probable qu'on en a exercé une contre vous lorsque vous étiez enfant?

-Ouais...

-C'est toujours ça! En fait, vous reproduisez le même pattern que celui dans lequel vous avez grandi... Ah! ah! Seigneur du ciel! Et puis, on m'a dit que votre meilleur ami s'était suicidé?

-Hum hum...

-Voilà une combinaison d'événements terribles: une enfance misérable et une tragédie irréparable...

Roger se sentait le coeur grossir. On pleurait sur lui et on avait bien raison.

-C'est ça qui vous a mené à défoncer la porte et à... disons proférer des menaces... Vous avez pourtant l'air d'un homme qui adore ses enfants...

-Sure!...

-Ça se voit, vous savez... Ah! que je me sens triste! Une si belle famille que la vôtre!

Et le prêtre se mit à sangloter. Et Roger ne parvenait plus à retenir ses larmes. Et ils sanglotèrent en choeur.

C'est le regard brillant d'émotion et hochant la tête que le prêtre quitta son hôte. Il devait maintenant voir sa femme et frappa à la porte voisine non sans avoir laissée ouverte celle de Roger afin qu'il puisse voir sa pudeur précautionneuse. Les maris jaloux, ça le connaissait bien...

Johanne se présenta en robe de chambre blanche. Plutôt de lui parler, le prêtre dit à Roger qui restait au bord de sa porte:

-Si vous avez besoin de quelque chose, entrez sans frapper et dites-le: ce sera un merveilleux dérangement.

-O.K.!

Et à l'adresse de Johanne:

-Allons nous asseoir à la table, nous avons à parler.

En refermant la porte, il fit à l'endroit de Roger un geste de la main accompagné d'une moue du visage qui signifiait: «je vais vous ressouder tous les deux»...

En même temps qu'il réprimait un désir sexuel et que sa vertu lui donnait de la fierté, il prenait place en disant:

-Je vous dis que votre mari est ému, madame. Il a pleuré, vous ne pouvez savoir comment...

-Quand il a pas un coup dans le corps, il pleure pas mal souvent...

-Je suis sûr que c'était exceptionnel... et d'une telle sincérité!

-Vous êtes de bonne heure!

-Je dois voir quinze couples au cours de l'avant-midi, vous savez... Trente personnes à neuf minutes chacune, cela fait deux cent soixante-dix minutes soit donc quatre heures et demie... ce qui nous amène à l'heure du repas du midi... en comptant un arrêt d'une demi-heure au milieu de l'avant-midi...

-Ah!

-Mais qu'il s'en passe, des choses, en neuf minutes! Saviez-vous que l'explosion initiale qui a donné naissance à l'univers que nous connaissons n'a pas duré plus de un milliardième de seconde... Ce fut le Big Bang que certains drôles ont appelé le divin pet...

-Ah!

-Est-ce que je puis vous toucher la main?

-Ben...

Il enveloppa la main de Johanne et dit:

-Ainsi, les ondes passeront mieux. Dites-moi ce qui ne va pas dans votre couple. Vous savez, la femme, c'est le pivot, le centre de la famille... Je crois qu'elle est plus grande aux yeux de Dieu et c'est pour ça qu'il lui a mis plus de responsabilités entre les mains qu'entre celles des hommes... Vous avez pu entrer en vous-même hier soir? Voir en vous ce qui ne va pas en vous-même? On a tendance à éviter de regarder ses propres faiblesses, ses propres manquements... Un sage a dit un jour ceci: «Si nous connaissions les autres comme nous-mêmes, leurs actions les plus condamnables nous paraîtraient mériter l'indulgence.»

-Moi, j'ai pas de reproches à me faire. J'élève mes enfants comme du monde pis ça fait des années que je me fais battre pis insulter comme si j'étais pire qu'un chien méchant... Il traite ben mieux les chiens pis les chats que moi...

-Ah! laissez-moi vous interrompre...

Et le prêtre reprit son discours préliminaire avec des mots différents pour que le message passe, en vertu du principe de la répétition qui imprime...

Quand il partit, Johanne se sentait bouleversée. Qui sait, le problème du couple au fond, c'était peut-être bien elle, après tout?

En sortant, le père Dulac fit un court crochet, à peine un soupçon de visite à Roger pour lui confier à mi-voix:

-Je vous dis que votre femme, monsieur, elle est à l'envers là... Croyez-moi, elle a les larmes... au coeur...

Dans l'après-midi, le père réunit les couples dans une petite salle sombre où il fit asseoir les femmes d'un côté et les hommes de l'autre. Tout d'abord, pendant que l'on faisait connaissance entre gens d'un même sexe, une serveuse vint distribuer de grands verres colorés remplis d'un punch non alcoolisé.

Il y avait à l'avant une table qui servirait à dire la messe le lendemain matin. Elle contenait plusieurs bons livres sur les problèmes conjugaux. L'on pourrait s'en servir entre le petit sermon du père Dulac et le repas du soir afin non seulement de remplir le temps mort mais pour se disposer à s'écrire...

-S'écrire, mes bons amis, veut dire deux choses, pas rien qu'une, déclara le prêtre vers la fin d'un touchant et douillet sermon au cours duquel il s'était employé à rassurer chacun sur lui-même. Cela veut dire s'envoyer des lettres mutuellement entre partenaires d'un couple bien entendu mais aussi, cela veut dire se livrer. Le S' de s'écrire veut dire écrire son soi... livrer son âme... se coucher, si vous me passez l'expression, sur le papier...

-Une bonne idée avant de se coucher au lit, lança un assistant du prêtre qui redisait cette phrase chaque fin de semaine, chaque fois que l'abbé Dulac lui donnait le signal soit le mot papier...

Et la salle s'esclaffa.

-Un peu de pudeur, monsieur l'abbé Matte, voyons! dit l'abbé Dulac à l'adresse de son collègue qui restait debout à l'arrière. Ah! ces jeunes prêtres modernes!

L'assistance se tourna et l'abbé Matte se mit la main en panier sur le côté du front comme pour cacher son embarras tout en regardant timidement vers son patron. On comprit qu'il avait un peu honte et l'effet recherché fut obtenu: tous rirent, les moins amusés emboîtant les mâchoires aux autres déjà vendus à n'importe quelle idée mièvre qu'on tâcherait de leur faire gober.

Entre le sermon et le repas du soir, c'est l'abbé Matte qui avait pour tâche de visiter les couples. L'abbé Dulac fit une exception ce jour-là et lui glissa à l'oreille:

-Il y a un cas qui fait problème particulièrement et je voudrais rencontrer la dame qui me semble la personne la plus compliquée du couple, c'est madame Rodrigue.

-Je pourrai la voir quand même, ça ne me dérange pas du tout. J'irai la voir disons entre quatre heures et cinq et vous plus tard ou bien l'inverse?...

C'est ainsi que Johanne eut droit à deux visites. Au cours du tête-à-tête, l'abbé Dulac se composa des rides de souffrance sur le front pour dire:

-Pardonnez-moi d'aller dans votre intimité, mais... excusez-moi, ce n'est jamais facile... votre vie sexuelle avec votre mari, elle est... elle est comment?...

-Comme le reste: il pense rien qu'à lui...

-Peut-être... pourriez-vous l'amener à faire mieux... Vous savez, les hommes de cette génération ne furent pas enseignés du tout à ce chapitre... Ils sont un peu... comment dire, rustres... Manquent de poésie...

L'esprit de Johanne se transporta loin en arrière dans une auto avec Alain Martin puis sur le chemin du lac sous la lune et les étoiles...

Vint enfin l'heure de vérité, celle de la soirée où chacun devait s'attabler devant sa feuille de papier pour 's'écrire', geste qui constituait la potion magique de la grande thérapie.

On avait deux heures pour s'écrire et à neuf heures du soir, les deux prêtres passaient par les chambres et ils exerçaient alors leur ministère, allant d'une porte à l'autre pour échanger le merveilleux courrier régénérateur.

Johanne lut ce que son mari lui écrivait. Il donnait l'air de quelqu'un qui aime. En tout les cas, il le disait et il le répétait...

Roger quant à lui ouvrit son enveloppe et parcourut la feuille du regard; son front s'assombrit et il composa le numéro de la chambre du père Dulac qui ne tarda pas à venir. L'oeil menaçant, Roger dit:

-Votre sacrement de patente à gosses, ça marche pas pantoute: ma bonne femme, elle m'a pas écrit un hostie de mot, pas un mot. Je me suis forcé le cul pour écrire, moi, pis elle, rien.

Et il montra la page blanche. Le prêtre prit un air ahuri mais ce problème servait sa cause.

-Donnez, je vais aller la voir...

Il mit une heure à convaincre Johanne de participer. Elle avoua avoir fait une prise de conscience: c'était fini l'amour dans son coeur et depuis longtemps. Impossible d'aimer quelqu'un qui la rapetissait chaque jour, qui la méprisait, qui la menaçait de mort...

-Pour le bien de vos chers enfants, dit le prêtre en dernier recours.

Fatiguée, encore une fois rendue vulnérable, elle dit oui et le jour suivant accepta de faire l'amour ainsi qu'il était recommandé de le faire en signe de résurgence du beau grand sentiment.

Au repas des adieux, tous les yeux étaient remplis des brillances d'une pulsion sexuelle assouvie. Même ceux du père Dulac qui lui, s'était masturbé deux fois dans sa chambre. Mais pas ceux de Johanne... Et le bon abbé le perçut. Ces yeux-là étaient trop grands et francs pour lui mentir à lui, le rafistoleur professionnel qui, bien plus que le père Lachance, eût pu se servir de Crazy Glue pour coller des morceaux de ménage...

Malgré quelques hésitations au milieu de la thérapie, Roger y trouva tant de satisfaction, somme toute, qu'au lieu des deux cents dollars à payer, il donna au père Dulac une enveloppe en contenant quatre cents.

Le prêtre écrivait une lettre à tous et chacun le jour suivant leur départ. En fait, il disposait de quinze modèles de base et choisissait parmi eux celui qui convenait le mieux à tel ou tel couple... Il fit autrement pour les Rodrigue. Et au lieu de leur dire comme à tous les autres qu'ils formaient un beau petit couple bien spécial, il leur révéla qu'ils constituaient le vrai couple idéal...

Dans les jours qui suivirent, il les appela pour leur dire bonjour et le soir tard pour dire bonne nuit. Le plus souvent Roger était soûl et c'est à Johanne qu'il parlait.

Le mari finit par prendre le feu contre lui, puis contre sa femme qui lui disait tout -tel que recommandé-, via des papiers qu'elle mettait dans la boîte à lunch de son mari ou sous son oreiller ou dans l'oreille de sa tasse à café. Les petits billets bourrés de grands X qui devaient servir de Crazy Glue devinrent vite des mèches à pétard.

Johanne s'en plaignit au prêtre qui la fit venir chez lui. Via un processus diabolique, à travers de subtils raisonnements auxquels elle n'avait pas l'habileté de s'opposer, jouant à fond sur sa faiblesse et ses émotions, il la fit éclater en sanglots coupables. Et au moment où elle se rendit à la porte, il la suivit. Avant qu'elle ne la touche, il lui entoura les épaules de ses mains en disant:

-Ah! vous êtes comme une petite fille, Johanne! Je voudrais vous serrer dans mes bras comme si vous étiez mon enfant, le voulez-vous...

Elle le laissa faire.

L'étreinte dépassa les limites normales. L'homme se colla le sexe contre la cuisse de la femme, s'excita et le temps de le dire, éjacula en haletant...

Dégoûtée, elle retourna chez elle en pleurant. Et elle raconta à Roger ce qui s'était passé. S'il avait battu le père Lachance pour rien, au moins aurait-il le coeur de semoncer cet abuseur!

-C'est rien que de ta maudite faute! dit-il sans plus.

Un mois passa.

Les choses revenant au mal fixe c'est-à-dire à ce que toujours, elles avaient été entre eux, lasse de sans arrêt devoir reprendre à zéro, elle décida de s'en aller et partit s'installer dans la banlieue de Sudbury dans la paroisse du père Lachance.

Ce prêtre au moins, lui avait beaucoup apporté sans jamais rien lui prendre de force ou par la ruse...

******

375

Chapitre 41

L'homme tournait en rond tel un fauve mal nourri dans une cage trop étroite. Il lui arrivait d'expédier un crachat quelque part comme s'il avait essayé de se vider de quelque chose.

Les événements passés lui revenaient en tête et l'un d'eux plus que les autres: la mort tragique de son ami Émilien. Il se souvint avoir vu le pitoyable spectacle de sa compagne qui à l'aide d'un grand seau d'eau et d'une éponge, nettoyait les morceaux de chair et les taches de sang restés collés partout dans l'auto et jusque sur le mur extérieur de leur maison...

C'est là que devait se trouver la clef, là, dans ce geste fou mais ô combien frappant! C'était par la menace de le poser lui aussi qu'il parviendrait à ramener Johanne et les enfants à la maison. Un plan germa dans sa tête. Et pour le réaliser, il avait besoin de quelqu'un. Quelqu'un du voisinage: pourquoi pas la voisine Kathy qui aimait tant les enfants et ne demanderait pas mieux que de les voir revenir avec leur mère.

Il sortit et se mit à tourner en rond comme un perdu autour de la maison. Kathy l'aperçut et lui parla depuis l'intérieur de sa roulotte:

-C'est votre famille qui vous manque, hein, Roger? dit-elle en anglais.

-Elle me manquera pas longtemps.

-Ils reviennent?

-C'est moi qui vas sacrer mon camp...

-Où ça?

-En haut... avec mon ami Émilien. Lui, il a fait ce qu'il fallait...

D'abord, elle ne le prit pas trop au sérieux:

-Voyons donc, c'est pas une solution!

Il discuta encore avec elle mais prit soin de ne pas trop en mettre afin de ne pas risquer de l'alarmer outre mesure. Car la bonne femme aurait pu tout aussi bien téléphoner à la police...

Puis il rentra et se rendit dans un placard prendre une de ses carabines, une de calibre 22.

Et depuis l'appareil du salon, il appela Johanne à Sudbury. Les premiers mots qu'il prononça furent dits à voix blanche:

-Là, c'est pour te dire que c'est fini... Moi, la vie, ça m'intéresse pus pantoute...

-Ça veut dire quoi, ça?

-Facile à comprendre: ça veut dire que je m'en vas retrouver Émilien...

Johanne ne réagit pas à l'instant:

-Quécé que tu veux aller faire avec Émilien?

-Réveille, sacrement des... sacrement, j'ai le fusil dans la main... C'est fini pour moi pis c'est tant mieux de même, tu trouves pas?

-C'est que tu veux faire encore? demanda-t-elle, sur le ton de la plus totale incrédulité.

L'homme était assis à terre, adossé au divan et il tenait à la verticale la carabine armée, crosse contre terre, le doigt sur la gâchette. Quand il obtiendrait l'effet recherché durant la conversation, il tirerait dans le plafond puis se blesserait à la main avec un couteau de sorte que la voisine puisse prendre au sérieux la mise en scène. Car il ne doutait pas une seule seconde qu'après

378

avoir entendu le coup, Johanne téléphonerait de suite à Kathy et lui demanderait d'aller voir à la roulotte...

-Ce que je veux faire? Te débarrasser pour tout le temps, toi, pis les trois enfants... ad vitam aeternam...

-Pis tout ce que ça va donner, c'est de priver trois jeunes enfants de leur père. Ça montre que tu les aimes pas pantoute, ces enfants-là...

-Qui c'est qui les prive de leur père, ces enfants-là, hein, qui c'est? Le coupable dans ça, c'est pas moi, c'est toi, Johanne Bédard, toi pis rien que toi...

-Tu le sais que ça va pas être vivable avec toi le temps que tu prendras de la boisson.

-Le meilleur moyen de m'arrêter d'en prendre, c'est de me tirer une balle dans la tête.

-Pourquoi c'est faire que tu m'appelles? Tu veux que je te dise si tu dois le faire ou pas le faire?

Il ne répondit pas et se contenta de soupirer fort.

-Ben réponds Roger!

Silence et souffle...

-Écoute, là, arrête de faire le fou...

Il cria à travers des sanglots sans larmes:

-Ah! ben sacrement, oui je vas le faire, je vas le faire...

Johanne entendit une détonation puis plus rien. Elle gardait du doute mais le souvenir de la mort d'Émilien lui revint en tête. Elle raccrocha et aussitôt téléphona à la voisine Kathy et lui demanda de se rendre à la maison voir ce qui était arrivé... Cinq minutes s'écoulèrent et à nouveau la voix se fit entendre au bout du fil:

-Il est blessé... Il a une main qui saigne mais il n'est pas mort... Peut-être que tu devrais revenir, Johanne, avec les enfants? Cet homme-là, il est comme une âme en peine. Sa famille lui manque. Il pense rien qu'à une chose: le suicide...

Johanne soupira:

-Autrement dit, j'ai le choix entre le laisser se tirer une balle ou vivre avec lui et me laisser tuer à petit feu d'une heure à l'autre, d'une journée à l'autre?

-Il y a une solution et tout le monde la connaît: il doit cesser de boire. Ça fait que je vais appeler les AA et si tu peux, de ton côté, envisager revenir...

-Sûrement pas tant qu'il sera pas débarrassé de son maudit problème de boisson... S'il est capable d'essayer de se tirer, s'il a été capable de défoncer la porte pis de nous menacer, s'il a été capable de me frapper comme il m'a frappée, il peut faire n'importe quoi... Pour le bien des enfants, je retournerai pas tant qu'il boira... Pis j'ai peur que ça s'arrête jamais. Qui a bu boira!

**

En pleine révolte, écoeurée d'avoir si peu reçu de la vie, Johanne entra dans une période d'exaltation pas du tout mystique. Elle commença à fréquenter des bars, à connaître d'autres femmes en rupture avec leur conjoint soit des divorcées, séparées ou décrochées...

Beaucoup de mâles en chaleur rôdent en ces lieux où paissent les brebis, espérant qu'elles s'égarent dans leur territoire; mais souffrante, Johanne leur résista.

Un soir qu'elle visitait le père Lachance chez lui, elle confia son désir d'obtenir l'annulation de son mariage avec Réjean Bilodeau. Il lui conseilla de se rendre visiter un curé d'une paroisse voisine, un spécialiste de telles questions.

Elle obtint un rendez-vous.

La première chose de lui qu'elle aperçut quand il lui ouvrit fut une croix qu'il portait à la boutonnière de son veston foncé. Puis elle fut éblouie par son apparence et sa lumière. Engageant, doux, serein, une tête à la Delon et des manières élégantes et raffinées, l'homme l'invita à prendre place sur une causeuse devant son bureau. Il préférait ce meuble par le fait qu'il rencontrait souvent des couples et disait qu'une proximité physique aidait à les rapprocher moralement si tant est qu'on se trouvait là pour régler des différends.

C'était une grande pièce imposante, haute, avec des meubles bibliothèques bien garnis de livres reliés aux allures de grand savoir. Derrière l'homme, une lourde tenture bleue silhouettait sa personne. Il se fit détaché, sérieux et posa les questions d'usage tout en remplissant soigneusement les blancs du formulaire à faire parvenir à l'évêché et à Rome.

Quand elle avoua avoir eu un enfant hors mariage et alors qu'elle n'était encore qu'une adolescente, le prêtre se racla la gorge comme si quelque chose l'avait troublé. Il déposa son stylo et demanda:

-Mais pourquoi avez-vous abandonné votre enfant?

Elle parla du père, expliqua.

-Je comprends, je comprends. Et... est-ce que dans votre coeur, il y a du regret, de la douleur...

-Je pense à elle tous les jours...

-Elle était belle, cette petite fille? Parlez-moi un peu d'elle... Son visage, ses cheveux... La preniez-vous sur vos genoux quand vous la visitiez à la garderie?

Johanne ne fournissait pas à répondre aux questions qu'on posait avec tant de condescendance qu'elle finit par éclater en sanglots, tout ce qui lui arrivait de plus dur depuis lors, lui remontant aux yeux par les mêmes larmes.

Le prêtre ajouta au dramatique de la scène:

-Madame, j'ai quarante-cinq ans et de toute ma vie de prêtre, jamais je n'ai entendu raconter un récit aussi poignant... Ah! que vous avez souffert!

Les belles âmes aiment aisément ceux qui souffrent; l'abbé se leva et se rendit auprès de la malheureuse. Il entoura ses épaules de son bras pour la réconforter. Elle pleura davantage. Il y mit du zèle. Et le zèle se fit baisers qu'il ne cessait de lui appliquer sur les joues comme une relique sacrée et investie d'un pouvoir miraculeux.

Elle tourna la tête pour le questionner de son grand regard emperlé; il crut que c'était pour offrir ses lèvres et il les prit avec appétit.

Il leur arriva souvent de se rencontrer par la suite. Au restaurant, au presbytère, chez elle, puis, un soir, dans une chambre d'hôtel. Il y eut un côté mystique à cette liaison d'une seule nuit, et quelques jours plus tard, on décida d'un commun accord qu'il vaudrait mieux en laisser là les choses avant qu'elles ne se gâtent...

**

Un samedi matin pas tard, l'on sonna chez Johanne. Roger s'identifia par le système de communication. Elle hésita. Il dit:

-Je viens avec quelqu'un des AA de Elliot Lake; pis il voudrait te rencontrer...

Quand elle ouvrit, Roger n'eut pas besoin de faire les présentations; l'homme prit les devants:

-Johanne, serrez-moi la main... j'ai déjà envie de dire serre-moi la main étant donné que je te connais via ton... compagnon...

Roger fronça les sourcils puis entra et porta toute son attention à l'intérieur de l'appartement, scrutant toutes les choses tout en se demandant où se trouvaient les enfants. Elle répondit à sa silencieuse question:

-Les trois enfants sont derrière, dehors, ils sont en train de s'organiser un petit pique-nique...

-Je m'appelle Martin Boisvert et je suis originaire de Elliot Lake. Je travaille depuis plusieurs années dans le mouvement AA et j'agis un peu comme un conseiller auprès des couples dont un des partenaires fait partie du mouvement... Et... ça me fait un immense plaisir de te présenter, Johanne, un nouvel homme: ton mari, Roger Rodrigue.

Roger se tint devant elle, la main tendue.

-Vois-tu, reprit Martin, c'est pour ça qu'il ne m'a pas présenté à toi en arrivant. Parce que dans le fond, tu le connais moins, cet homme, que tu ne me connais, moi étant donné qu'il ne boit plus depuis un mois et que c'est donc un personnage tout renouvelé... en tout cas en voie de renouvellement, qui se tient là. Tu peux lui serrer la main, tu peux...

Elle obéit et ça lui parut bien étrange et insolite, ce geste d'accueil envers un homme qui lui avait valu tant de pleurs et de peur.

Il portait des jeans usés et une chemise à carreaux blancs lignés en bleu foncé; son habillement qu'elle lui connaissait bien tranchait avec le costume de ville de son 'parrain' des AA.

Elle les fit asseoir au salon et leur offrit à boire. On ne voulut que du Coke et la demande en fut faite sur le ton de la victoire: triomphe de la raison sur la boisson... Mais Roger n'attendit pas et il sortit par la porte arrière. On entendit des cris de joie...

-Tu vois, dit Martin, tu vois comme c'est heureux, une belle famille réunie...

Elle hocha la tête en soupirant:

-Avec lui, ça dure le temps que ça dure...

Elle servit le verre et s'assit dans l'autre fauteuil en face du visiteur.

-Mais c'est la première fois qu'il s'arrête de boire, il faut considérer cela, Johanne...

Elle était fort impressionnée par la mesure et la force morale de ce personnage. C'était un homme de quarante ans à cheveux foncés, clairs sur le milieu de la tête, et aux tempes poivre et sel. Il parlait avec autorité, d'une voix chaude et persuasive, avec l'assurance que confère l'expérience et le triomphe sur plusieurs embûches.

Marié, heureux en ménage à ce qu'il en disait, il travaillait à la mine d'uranium de Elliot Lake mais il accumulait des crédits pour devenir psychologue tout en s'attelant souvent via les AA, à la tâche de conseiller matrimonial, une tâche qui lui donnait la satisfaction de taille que celle d'exercer un pouvoir sur les âmes.

Roger s'était livré à lui en lui racontant sa vie entière depuis le plus loin qu'il se rappelait. Et parce qu'il se sentait tordu dans toute sa psychologie, il en était vite venu à lui donner aussi sa volonté. Ce que disait Martin, Roger le disait; ce que pensait Martin, Roger le pensait; ce que décidait Martin pour lui, Roger le faisait.

Et maintenant, Martin avait besoin de faire parler Johanne pour la connaître mieux que par les dires sans doute déformants de son mari.

-Et toi, Johanne, comment t'en sors-tu maintenant?

-Bien mieux qu'avec lui.

-Je suis surpris...

-Est-ce que j'ai l'air de quelqu'un pour qui ça va mal?

-Oui, justement!

-Regardez et vous verrez...

-Je te demande une faveur: dis-moi donc 'tu'...

-O.K.!

-Je suis surpris, oui et non. Non si je considère que tu parais forte; oui quand je pense que pas une femme, ni un gars d'ailleurs, ne se sort aisément d'une rupture surtout si les derniers milles furent difficiles comme ce fut votre cas à vous deux.

Il remarqua les plus petits indices démontrant que ce n'était pas facile pour elle non plus. Des pilules de fraîche date dans la salle de bains. Des aveux aussi... Elle faisait garder les enfants plus souvent qu'à Iron Bridge. Elle sortait. Oh! qu'avec d'autres femmes, mais sortait tout de même.

Soudain, il la piqua au coeur:

-Et les enfants ont l'air de manquer leur père, fit-il en s'approchant de la porte arrière.

L'homme disait croire que le maximum devait être tenté pour sauver un ménage. Son problème consistait à ne pas savoir où la ligne maximale devait se tracer dans des démarches de recyclage matrimonial.

Dès ce moment, les constatations préliminaires lui permettaient de croire que le couple était récupérable, que la famille pouvait se rebâtir, que l'amour même se pouvait renaître... Il avait circonscrit à sa façon l'âme de Roger. Un enfant capricieux qui fait du mal aux autres, et ensuite le regrette et pleure mais qui est tout à fait incapable de s'empêcher de toujours recommencer. En le libérant de l'alcool, on le libérerait aussi de lui-même à force de le conseiller, de l'amener à s'autopsier. Certes, il en souffrirait mais y trouverait santé morale et harmonie intérieure.

-Tu peux aller voir les enfants, si tu veux, dit-elle.

-J'allais le faire... Et en revenant, je vais peut-être te demander une chose: j'ai une amie religieuse à Sudbury et on va la visiter, rien que toi et moi, tandis que Roger pourra passer du temps seul avec ses enfants ici à la maison, qu'en dis-tu?

-Ben... moi, ça me fait rien; ça dépend de lui...

-Laisse-moi faire avec lui!

Le ton était impératif.

Plus tard, ils entraient dans la grande bâtisse des soeurs de la charité. On attendit dans une sorte de pièce qu'on eût appelée parloir naguère puis vint la religieuse amie, petite femme maigre et qui souriait à tout, même aux mouches.

Déshérités du coeur ou de la vie pouvaient passer une nuit en cet endroit et on leur payait un taxi le lendemain pour les reconduire à un terminus d'autobus.

Un lieu de bien. Un lieu de Dieu. Un lieu de gueux.

Martin y envoyait souvent des âmes en peine et il lui arrivait de les y accompagner. On jasa puis il fut décidé de faire une visite au Seigneur à la chapelle. La soeur prit l'initiative d'une prière: un Avé suivi d'une fervente demande de bénédictions roses pour Johanne...

Malgré ses efforts répétés, l'homme ne parvint pas à faire s'ouvrir la jeune femme qui restait enroulée sur elle-même quand il s'agissait de lever le voile sur sa vie. En questionnant habilement les enfants, il sut que leur mère sortait pas mal souvent mais comment auraient-ils pu savoir ce qu'elle faisait lors de ces soirées?

Vint l'heure du départ.

Johanne avait transmis aux trois enfants via leur héritage génétique une soif immense de tendresse et ne s'en prenait jamais devant eux à l'image de leur père. Ils ne s'y entendaient guère dans ces chicanes d'adultes et ce qui leur importait le plus, à eux comme à tous les enfants, c'était la présence dans la maison de leurs deux parents.

On avait longuement discuté en leur absence. Et il n'était absolument pas question pour Johanne de se remettre en ménage avant d'avoir obtenu la preuve par le temps que son mari ne buvait plus ni ne boirait à nouveau de toute sa vie.

-Combien de mois? dit-il quand les enfants furent hélés pour venir le saluer.

-Sais pas... six mois certain...

-C'est que tu vas faire en attendant?

-Ben... je vais élever les enfants...

Ils entrèrent à la file indienne, Nathalie devant, avec son sourire déjà attristé, Daniel au milieu à qui sa soeur avait confié un sandwich pour qu'il l'offre à son père puis Éric, timide et beau.

Les deux hommes s'approchèrent de la porte. Martin dit:

-En général, trois mois sont suffisants...

-Six mois, répéta-t-elle avec fermeté, les bras croisés sur sa poitrine amaigrie.

Sans la regarder dans les yeux, Roger lui dit::

-Écoute, je te l'avais dit que je finirais par arrêter de boire; asteur que c'est fait, j'aimerais que t'essaies un peu d'oublier... Si tu veux revenir à Iron Bridge... si tu veux revenir chez nous, ben tu vas mieux vivre que tu le faisais avant...

-J'aime autant être franche avec toi: ça sera pas pour avant six mois... Dans six mois, on verra...

Elle y tenait mordicus à cette garantie que seul le temps pouvait lui donner. Il n'insista pas, ni son ami non plus et l'on ouvrit la porte. Ce fut alors l'explosion de douleur chez les trois enfants. D'abord Daniel courut porter le sandwich puis il s'accrocha à une jambe de son père comme pour le retenir de force. Puis, d'un même élan, les deux autres vinrent s'emparer chacun d'un bras.

-Daddy, daddy, reste avec nous autres, ne cessait de répéter la fillette.

Et les deux autres l'appuyaient de leurs pleurs.

Martin Boisvert sentit une lame lui traverser la gorge et une larme qui remontait à son oeil. Ce n'était pas la première du genre à laquelle il assistait mais aucune jusqu'à ce jour ne lui était apparue plus pathétique.

Johanne dut décrocher le petit Daniel et l'entraîner avec elle.

-Allons-nous en, demanda Martin que cette réaction des enfants servait dans son dessein-défi de ramener de la cohésion chez ces gens.

Roger pleura aussi.

Johanne se demanda jusqu'où allait sa sincérité.

Il serra les mains des deux plus vieux entre les siennes et quitta sans plus.

Il fallut à la mère plus d'une heure pour ramener chacun des trois enfants à un état moral passable. Ils auraient besoin d'une journée pour s'apaiser.

**

Dans l'auto qui les ramenait à Iron Bridge, Martin déclara:

-Elle a bien raison, c'est une question de temps. Si tu tiens le coup sans boire, tout va marcher.

Sous le coup de l'émotion mais aussi avec l'intention d'être plaint, Roger soupira:

-Ah! sacrement, ça vaut pas le coup de vivre un jour comme celui-là!

-Roger, chaque jour vaut ce que t'en fais toi-même. T'as fait une belle prise de conscience aujourd'hui: celle que tes enfants, c'est la plus belle valeur de ta vie...

L'autre dit:

-Peut-être que j'serais mieux de demander le divorce pour avoir la garde des enfants... Elle s'en sortira pas toute seule avec eux autres tandis que sans eux autres, ça serait mieux pour elle...

-Non, non, faut pas envisager ça! D'abord, ce n'est pas certain qu'un juge te donnerait la garde des enfants. Pis ensuite, y'a autre chose à essayer avant d'en arriver là.

-On dirait qu'elle veut plus rien savoir.

L'autre protesta à voix pointue:

-Donne-lui le temps et surtout donne-toi le temps à toi-même. Tu verras dans quelques mois que tout va s'éclaircir. Le beau temps vient après la tempête...

-La tempête... ouais... la tempête... Le beau temps avec une femme de même, c'est pas garanti, ça!...

******

387

Chapitre 42

Pendant le mois qui suivit, Johanne courut d'un bar à l'autre.

Un mois de vie d'homme!

Un mois qui, s'additionnant à trois autres à venir un peu plus tard après trois autres d'accalmie, lui serait imputé comme une faute mortelle, un mois qu'on lui reprocherait un jour pas si lointain et qui lui coûterait fort cher devant la Cour de justice.

Ce fut Larry, ce fut Johnny, ce fut Marcel, ce fut Dick et ce fut aussi l'alcool, les nuits sans sommeil, les rires faux comme les notes d'un vieux piano rongé par les années, la rouille et l'humidité.

Ce furent aussi les pilules, les enfants confiés à une gardienne, la peur de vivre, le mal d'être et l'incessante envie de disparaître à jamais.

Et ce fut Joe St-Pierre, un séparé de fraîche date, père d'une fillette de huit ans, grand, mince, frisé, brun... Il avait l'air de la comprendre. De la vouloir surtout.

Le gars travaillait dans un centre d'achats. Il la vit au restaurant où elle prenait un café, trouva une raison et lui parla. Guidée sans le savoir par son vieux rêve de trouver le bras protecteur, vigoureux et doux, la femme se remit dans son collimateur et après quelques jours, ils prirent trois cafés ensemble.

L'endroit était sombre, brun et engoncé dans un faux style québécois-cossu... Leur table-banquette se trouvait dans un coin tout près du mail mais, grâce à une porte coulissante, protégée de la vue des passants et à l'abri du bruit excessif.

On se parlait à voix retenue.

-Qu'est-ce qui n'a pas marché? Avait-il des choses à te reprocher dans le quotidien?

-On lui a demandé, dit-elle, quand un couple est venu nous convaincre de faire le Marriage Encounter. Il a avoué que tout était O.K.! Ses repas toujours à l'heure, mangeables parce qu'il ne s'est jamais plaint. J'avais si peur de faire quelque chose de pas correct... La propreté: les gens qui venaient à la maison disaient qu'il aurait été possible de manger à terre. Sur ma personne, c'était toujours le mieux que je pouvais faire...

-Dépensière ou quoi?

-Moi? Jamais de la vie... Lui par exemple... Des fois au Sault, on allait au restaurant avec un autre couple, et il payait des gros lunches à Colette et son mari tandis que je faisais attention pour commander le minimum. Je me souviens que des fois, on allait au bar pis que tout d'un coup, monsieur payait la traite à tout le monde avec l'argent qui restait. Le lendemain, il me restait rien pour acheter du lait à la petite Nathalie...

-Il était soucieux de son image, ton gars...

-Un homme qui boit pis qui est jaloux cherche tout le temps à montrer à tout le monde une belle image quitte à massacrer l'image des autres pour se relever. Tiens, je me rappelle d'une fois où, devant des amis, il avait pris en pitié une femme sur le bien-être social et s'était rendu lui porter cinquante piastres; nous autres, à la maison, on n'avait même pas le strict nécessaire.

Elle raconta l'épisode de cette veille de Noël alors qu'on avait envahi son intérieur, n'y laissant que saleté, mépris, solitude et rien à manger. On avait même chipé la dinde. Quelqu'un du voisinage mis au fait avait pris la petite famille en pitié et était venu ensuite porter un panier de provisions recueillies par les quêteurs de la Guignolée...

Johanne pleura. Joe mit sur la table un autre sujet. Et elle rit. Il ramena le premier sujet:

-Il était l'homme de la cruauté quotidienne à ce que je vois.

-J'ai vu des fois l'attendre quatre heures dans l'auto; j'étais avec un jeune enfant. Il fallait donner du lait froid au bébé et ça le rendait malade. Nathalie a quasiment été élevée dans l'auto. Je l'ai attendu des heures et des heures des centaines de fois. Je me rappelle un jour que j'étais tannée d'attendre en arrière d'un bar, je me suis décidée à entrer: monsieur était assis avec deux filles. Une s'appelait Florence Mallette pis elle avait les boules à Dolly Parton... Quand il m'a vue, il a payé la traite à tout le monde, il m'a demandé ce que je voulais pis il s'est mis à donner des becs à la fille...

Ce récit fit prendre conscience à Joe que cette femme représentait la proie facile et idéale. Il s'arrangea pour la revoir dans un bar, lui paya quelques verres, lui offrit une écoute attentive et compatissante.

Ce soir-là, elle coucha avec lui.

Leur liaison dura trois mois au bout desquels Joe dit qu'il retournait avec sa femme.

-Mais j'aimerais bien qu'on continue à se voir, lui confia-t-il la dernière fois qu'ils se rencontrèrent dans une chambre de motel.

Elle commençait à s'attacher. Sa proposition arrivait mal à point et lui parut méprisante et insultante. À quel homme se fier, se confier; elle devint méfiante, défiante.

-Non, c'est mieux qu'on se sépare comme il faut.

Aigrie et perdue, elle se relança dans les excès et se remit à vivre la vie d'homme. Alcool, bars, rencontres, one-night-stands, usant de son regard pour appâter, de sa féminité pour aguicher, de sa vulnérabilité pour emprisonner dans un filet dont on se défaisait sans grand mal autre que pour elle-même.

Martin appelait chaque deux jours, enquêtait sans en donner trop l'air. Il apprit qu'elle descendait aux enfers et cela augmentait le défi qu'il s'était lancé de sauver leur couple. Il rapportait à Roger tout ce qu'il entendait et il empirait les choses:

-Elle se drogue aux pilules. Elle sort... couche avec le premier venu et avec tous ceux qui croisent sa route. Le diable est en train de s'emparer d'elle... C'est de valeur que ça arrive tandis que toi, mon Roger, tu es à te sortir de ton impasse. Tu fais un homme de toi et elle s'enfonce dans un gouffre dont il faut absolument l'aider à se sortir...

Ce soir-là, à travers ces mots-là, ces hommes-là se complurent à déplorer la faiblesse de la femme. Mère en perdition, future épave ballottée par les flots de la vie, vautrée dans l'alcool et la luxure: l'inconscient des deux gars signait l'arrêt de mort d'une relation et peut-être aussi celui d'un être humain.

-Moi, je pense fort que tu devrais lui enlever son auto. Tu sais, moins l'occasion lui sera facile, moins le mal ne s'emparera d'elle. Elle peut devenir alcoolique et c'est justement contre l'alcool que nous travaillons. Elle peut devenir folle. Elle peut se suicider. Elle peut se tuer à cause d'un état d'ébriété au volant...

Ce geste pourrait diminuer l'autonomie jugée trop grande de Johanne. Elle survivait grâce au bien-être social et n'avait donc pas besoin de voiture pour aller à son travail. Qu'elle vive entre quatre murs à élever ses enfants! Et quand il aurait fini sa quarantaine de six mois, elle lui reviendrait avec la plupart de ses plumes.

Martin prenait un plus grand contrôle chaque jour; il savait utiliser tous les moyens qu'il jugeait bons afin d'y arriver. Un soir, il appela Johanne et il lui répéta à dix reprises au moins:

-Dès que t'as besoin de quelque chose, de quoi que ce soit, n'hésite pas à m'appeler!

Le matin suivant quand elle embrassa Nathalie et Éric sur le pas de la porte, elle se rendit compte que la T-Bird avait disparu. Elle s'apprêtait à appeler la police quand le téléphone sonna. Roger lui annonça qu'il s'était rendu à Sudbury chez elle durant la nuit et qu'il avait ramené la voiture.

-C'est pour ton bien! Tu vas arrêter de courailler...

Elle ne pensa pas à demander qui l'avait reconduit et sitôt l'appel terminé, elle téléphona à Martin.

Il compatit. Et en plus, lui offrit de la voir ce jour-là. En pleurs, elle accepta. Le soir, il se rendit à Sudbury et la consola par ses mots d'encouragement et une somme d'argent pour l'aider à payer ses voyages en taxi durant le mois à venir. Elle se sentit soulagée quelque peu et remplie de beaucoup de reconnaissance.

Johanne sombra dans un état dépressif profond qui dura plusieurs jours. Elle resta prostrée au fond de sa chambre, assise à terre, visitée tour à tour par chacun des enfants inquiets, comme vidée de toutes ses larmes et de ses esprits, sans s'habiller, sans manger, sans se laver...

Nathalie préparait à manger à ses frères et répondait au téléphone. Martin sut par elle ce qui se passait et il rencontra Roger. Mais les deux hommes, pour une fois, ne s'entendirent pas sur la stratégie à adopter.

«Elle doit descendre encore plus creux,» soutenait le conseiller.

«Ben moi, je pense que si j'arrive avec un char neuf, elle va s'apercevoir qu'elle est pas mal mieux avec moi que contre moi...»

**

Un soir, Johanne se releva. Elle appela la gardienne, une adolescente du voisinage, puis se prépara à sortir. Au moment de s'en aller, elle réunit les trois enfants au salon, les fit asseoir côte à côte sur le divan et les couvrit de baisers comme si elle les voyait pour la dernière fois, puis elle quitta la maison en pleurant, son sac à l'épaule bourré de misère et de pilules.

Elle marcha longuement jusqu'à un téléphone public et s'y fit venir un taxi qui l'emmena à un bar qu'elle avait fréquenté à quelques reprises durant sa descente aux enfers.

Elle s'attabla dans un coin et but. Des gars-mouches furent attirés: l'un d'eux la conduisit à une chambre. Qu'importe son nom, son âge, son adresse, son poids, sa valeur, sa fortune, la longueur de son pénis, sa capacité de baiser longtemps ou pas, qu'importe tout puisqu'elle ne désirait qu'une chose: faire l'amour pour la première fois de sa vie en homme, c'est-à-dire sans du tout penser à l'autre personne. Pour elle et pour elle seule!

C'était pour se prouver une dernière fois que son corps lui appartenait, qu'il n'appartenait qu'à elle seule et qu'elle pouvait en disposer de la façon dont elle voulait en disposer.

Quand l'homme eut terminé, il la laissa seule.

Elle se réveilla le lendemain midi, un samedi au ciel chagrin et limoneux, et demeura prostrée dans son lit jusqu'au soir, se demandant parfois à qui téléphoner et repoussant l'idée à chaque reprise. Qui en un moment pareil eût pu faire quelque chose pour l'aider à en finir avec sa misérable vie? On aurait voulu l'en empêcher, un point c'est tout. Les adieux aux enfants étaient faits, la parenté du Québec vivait à l'autre bout du monde, Roger méritait mille silences et elle l'imaginait devenir sourd et muet pour le restant de sa vie. Quant à Martin, il inventerait un stratagème pour la condamner à vivre et la garder sous sa tutelle. Il restait cette amie fidèle qu'elle s'était faite après la naissance de Daniel, femme au bon regard maternel vivant à Blind River. Partir sans lui donner signe de vie serait un geste sauvage, pensa-t-elle. Mais l'appeler, c'était appeler quelqu'un au secours et cela, elle l'avait mis hors de question. Alors elle lui écrivit un mot qu'elle mit sous enveloppe et adressa. Il fallait un timbre: elle n'en trouva pas dans son sac.

Elle se rendit au lobby du motel et en obtint un. Il lui manqua d'argent pour payer la deuxième journée de sa chambre. Devant son désarroi, le propriétaire lui remit deux dollars et la laissa s'en aller.

Errant à la recherche d'une boîte aux lettres, elle eut une dernière pensée lucide et ce fut envers Dieu. Elle devait absolument lui demander pardon avant même de le rencontrer, le supplier de bénir ses enfants et surtout de les protéger.

Pour la première fois depuis son départ du motel, elle releva la tête et repéra une flèche de clocher. Mais les portes étaient closes. Dieu lui-même pouvait-il la rejeter? Elle poussa plus loin sa démarche, et parvint devant la bâtisse des soeurs de la charité.

Tout alors se mélangea en son esprit. Elle devait avaler les pilules, poster la lettre, sonner... Commencer par quoi? Entrer là, c'était pénétrer dans l'univers des laissés-pour-compte, des gueux, des déshérités de la vie mais n'y pas entrer, c'était manquer le bateau, c'était ne pas rencontrer Dieu là où il devait sûrement se trouver.

Reprit alors sa longue errance et l'instinct en elle la reconduisit vers sa demeure. En chemin, elle entra dans un bar et y trouva de la compagnie masculine qui lui offrit plusieurs verres. Un de ces amis de passage vit qu'elle absorbait des pilules et il lui subtilisa sa bouteille.

Peut-être que Dieu l'avait vue et suivie jusque là.

Elle reprit son chemin et marcha jusqu'à la maison.

La gardienne reçut la promesse d'être payée le jour suivant. Puis Johanne se rendit dans la chambre de bains afin d'y trouver d'autres pilules. Elle n'eut pas le temps de chercher. Les murs commencèrent à tourner, le plafond s'abattit sur sa tête: elle perdit conscience et son corps heurta lourdement le plancher.

Nathalie accourut, lui cria, se pencha sur elle, aperçut ses yeux ouverts, noyés dans l'errance et la demi-mort. Les autres enfants vinrent; chacun s'approcha, voulut la secouer, l'aider à se relever: efforts dérisoires.

Terrifiés, éperdus, abandonnés à leur impuissance, ne sachant ni que dire ni que faire, ils sortirent et s'en allèrent au salon s'asseoir sur le divan.

Nathalie se rappelant l'image de son père soûl se demandait si sa mère ne se trouvait pas dans un tel état...

Un temps que Johanne ne saurait jamais évaluer se passa et elle reprit une partie de ses esprits, juste assez pour se relever et marcher comme une automate court-circuitée...

Dieu peut-être ou quelque instinct de vie avait poussé les enfants à se regrouper sur le divan. Daniel, le petit blond à visage angélique prenait place entre les deux autres, enserré par eux et tous les trois pleuraient à chaudes larmes...

Les apercevant dans le brouillard, Johanne grimaça et se rendit dans sa chambre où elle se laissa tomber sur son lit. Tout se remit à tournoyer...

**

Un bon samedi matin, après s'être annoncé par téléphone, Ro-

ger s'amena avec une voiture Aspen flambant neuve qu'il stationna dans la rue devant la maison. Assurances payées, plaques,
tout... Il entra et tendit les clefs, le regard triomphant.

-Pour ce qui est des biens qui sont à nous deux, pas de problème si je vends, t'auras ta moitié...

Pourrait-il jamais lui redonner la moitié de son âme, la moitié
de sa dignité, la moitié de ses rêves de femme!

Le pourrait-il jamais?

******

Chapitre 43

C'était déjà chose faite. Johanne finissait d'installer ses affaires dans la maison de Iron Bridge. À force de subir des pressions, d'entendre des voeux, des appels, de voir les enfants seuls avec la gardienne, au bout d'un autre écoeurement, celui que lui inspiraient tous ces gens rencontrés d'un soir à l'autre et dont les valeurs ne dépassaient guère la ceinture, rendue au milieu d'un certain dégoût d'elle-même, elle avait fini par céder...

Sa conversation avec son amie portait sur cette drôle de décision si peu convaincue.

-Ça fait rien que trois jours mais au moins, tout s'est bien passé. Au moins, il ne boit plus.

-Tu fais bien d'essayer encore une fois. Si ça ne va pas, il sera toujours temps de t'en aller.

Martin Boisvert fut le premier visiteur du couple. Il avait été pris de court par leur décision et le sentiment de les voir échapper à ses conseils le tracassait.

Il vint un dimanche après-midi. C'était le quatrième jour de la nouvelle cohabitation.

Nathalie le détestait, cet homme étrange qui avait l'air d'exercer un si grand pouvoir sur l'un et l'autre de ses parents. Quand elle le vit entrer, elle se réfugia dans sa chambre et dans ses jeux. Le chat de la maison entra dans une grande phase d'agitation comme si quelque esprit maléfique venait tout à coup de pénétrer dans son espace à défendre.

On parla de bonheur, de paix, de Dieu. Puis Martin demanda à Johanne de rester seul avec son mari.

-Tu n'as qu'à sortir et à te promener un peu. C'est pour parler de choses qui concernent les AA...

Les garçons jouaient déjà dans leur maison dans les arbres derrière la roulotte et Nathalie qui entendait de loin se dépêcha de sortir pour aller avec sa mère.

-Allô! Nathalie! lui dit Martin quand elle passa.

-Allô! fit-elle sèchement.

Et elle précéda sa mère à l'extérieur.

Martin se sentait fort de son entrée de jeu. Il dit:

-Roger, mon bon ami, tu sais à quel point ton couple me tient à coeur... mais de ce que je sais sur ce qui s'est passé avec Johanne à Sudbury, je pense qu'il va falloir que je l'aide à sortir du trou. Parce qu'il faut le dire, elle est encore dans l'abîme... J'ai besoin de ton appui, de ton approbation, et même de ton soutien.

-Qu'est-ce que tu veux dire avec ce qu'il s'est passé à Sudbury?

-Ben... je te l'ai pas trop dit, mais Johanne, elle s'est fait aller pas mal par là-bas...

Roger fronça les sourcils. Il hésitait entre les appels de sa jalousie maladive et la confiance aveugle qu'il était enclin à donner à ce personnage qui l'avait guidé mieux qu'un père, croyait-il, depuis qu'il était entré dans sa vie quelques mois auparavant. D'autre part, de la curiosité morbide quant à la conduite de sa femme à Sudbury lui grafignait l'intérieur de l'âme.

-Je te donne carte blanche, mon ami. Si je te fais pas confiance à toi, à qui c'est que je ferais donc confiance?

**

Quelques jours plus tard, Martin se présentait chez les Rodrigue avec une personne dans sa voiture. Il disait aller à Sudbury et voulait que Johanne les accompagne. On irait voir soeur Françoise puis on se rendrait à un centre de désintoxication où la femme serait laissée pour un mois.

Malgré sa réticence à les laisser partir, Roger n'en laissa rien paraître. Martin n'était-il pas un homme de parole, un personnage devenu légendaire dans tout le territoire de Elliot Lake par son implication généreuse dans divers mouvements altruistes -ou pas mais à caractère religieux- dont les charismatiques et les AA?

Sorte de pape du bénévolat, il passait aux yeux de bien des gens pour un de ces hommes qui, par leur énergie, leur façon de s'investir de la vérité en utilisant volontiers des citations de la Bible, semblent en contact direct avec le ciel comme si eux possédaient le numéro de téléphone de Dieu, et pas les autres.

L'autre femme fut laissée chez elle quelques minutes plus tard. Martin donna une explication à Johanne: par une vérification de son calepin de rendez-vous, il venait de constater qu'on faisait une erreur de date. C'était dans trois jours qu'il fallait la reconduire là-bas pour sa cure. La femme en question, un être abasourdi, obéissait à tous les ordres sans aucun problème.

Et on se mit en route à deux.

-C'est mieux de même, fille, dit l'homme à Johanne, de sa voix la plus persuasive, je vais donc pouvoir me consacrer à toi le restant de la journée. Au lieu d'aller à Sudbury, on va se rendre chez moi à Elliot Lake. Tu vas pouvoir mieux connaître ma femme...

Elle le prit comme une marque de considération et lui en fut reconnaissante.

Tout le long du chemin, il lui parla de péché, de mal, de culpabilité, de la vie dissolue et coupable qu'elle avait menée pendant de longs mois à Sudbury. Les phrases bibliques l'aidaient à s'emparer de la volonté affaiblie de la jeune femme. Il progressait au même rythme que les réponses obtenues, usant alternativement du bâton et de la carotte pour mieux doser les effets grandissants.

Pas loin de la ville, il emprunta soudain un chemin de bois et on arriva bientôt à un lac entouré de chalets, mais avant d'aller trop près d'une habitation, il stoppa l'auto en bordure de la voie étroite en un endroit où l'on risquait peu de se faire déranger.

Son tout premier soin fut de sortir la bible d'un sac qu'il avait sur la banquette arrière. C'était un livre brun à couvert dur orné des mots «La Sainte Bible». Il le tendit à Johanne et lui commanda de l'ouvrir à la page 1152, plus précisément à 1 Corinthiens 13.

-Lis ça, fille!

Elle obéit en silence.

-Non, non, tout haut... tiens la partie marquée là...

Elle lut:

«L'amour est patient, il est plein de bonté; l'amour n'est point envieux; l'amour ne se vante point, il ne s'enfle point d'orgueil, il ne fait rien de malhonnête, il ne cherche point son intérêt, il ne s'irrite point, il ne soupçonne point le mal, il ne se réjouit point de l'injustice, mais il se réjouit de la vérité; il excuse tout, il croit tout, il espère tout, il supporte tout. L'amour ne périt jamais...»

-Stop! stop! stop!... As-tu compris tout ça? Sûr que non! C'est simple, mais on ne comprend jamais du premier coup. Il faut des années et des années. Ah! on sait ce que ça veut dire, mais on ne le comprend pas... Et pourquoi ne le comprend-on pas? Simplement parce qu'on ne l'a pas vécu? As-tu vécu l'amour, Johanne Bédard, dans ta vie? L'as-tu vécu?

-Non, jamais!

-Il faut que tu apprennes l'amour, que tu apprennes tout. Que tu changes, que tu te refasses, te reconstruises et ça, tu ne peux le faire sans aide. Demandez et vous recevrez. Je suis là pour te donner, pour t'aimer... Viens ici, viens dans mes bras que je te conforte...

Le mensonge triomphe toujours à court terme. Il est comme une plante maléfique venue d'un autre monde, poussant en orgueil en l'espace de quelques heures. C'est que **le mensonge est sûr de lui**, sûr de sa propre vérité pernicieuse, et que les êtres purs, vulnérables et confiants s'y font prendre comme dans un mirage où se jettent les assoiffés du désert.

Il trompe, il veut absorber la lumière, l'engouffre dans son propre trou noir et cela provoque de la souffrance chez les enfants de lumière auxquels il s'attaque.

Il n'aide pas ses victimes et veut les assimiler, les rendre noires, les effacer, mais la vérité qui est lente à germer en vient toujours à traverser, à transpercer le mensonge, à le rendre honteux de sa défaite, à l'obliger à se replier dans son propre trou noir du désespoir et de la mort.

Et quand pousse la vérité chez les enfants de lumière, leurs souffrances, le mépris qu'on leur a servi en abondance deviennent alors richesses, nutriment du coeur, magnitude et beauté.

Ainsi le mensonge, grâce au ciel, finit par se mentir à lui-même à son insu. Et c'est lui-même qui porte sa main à sa propre gorge pour la broyer à jamais...

La vérité n'a pas à se défendre du mensonge. Il lui suffit de le laisser se détruire par lui-même...

Elle s'abandonna moralement. Il la serra sur lui... Lui frictionna le dos en signe de réconfort...

-L'amour humain est une forme de l'amour divin, fit-il avant de l'interroger par une caresse de la poitrine.

Il devint plus osé par le baiser.

-Il faut lâcher prise parfois, il faut se laisser aller à la volonté de Dieu, fille...

Il prit la main de la femme et la mit entre ses cuisses où son corps s'érigeait en désir et en impatience.

-Même le Seigneur a dit: «Je remets mon âme entre vos mains, mon père!» Lui aussi a dû se laisser aller...

Il la conduisit à tout ce qu'il voulait.

Peu de temps après l'amour, une voiture de police passa par là et s'arrêta pour effectuer une vérification. La jeune femme s'inquiéta à les voir venir.

-Pas de problème, dit Martin, je connais tout Elliot Lake...

Il descendit de l'auto, jasa quelques instants avec les policiers qui s'en allèrent en le saluant de la main.

Puis Martin se fit raconter par le détail une seconde fois toutes les rencontres que Johanne avait eues durant sa descente aux enfers.

Alors il cita un extrait de l'extrait de la bible qu'il lui avait fait lire:

-L'amour ne cherche point son intérêt... Tu as vécu l'amour en belle égoïste; tu as péché, Johanne, beaucoup péché... Et le péché conduit à la folie et à la mort... Sais-tu cela? Le sais-tu?

-Je sais...

Il fouilla dans sa poche et en sortit une médaille qu'il lui donna.

-Prends ça et touche-la chaque jour et prie avec elle, et quand les choses iront mal, elles iront mieux grâce à ce simple geste et si elles ne s'améliorent pas, téléphone-moi... J'ai reçu le don d'aimer... C'est un don, aimer et Dieu me l'a donné. Hallelujah!

**

Quelques jours plus tard, il rencontrait Roger dans un bar. On se commanda un Coke vertueux et l'on jasa. Il déplora le fait que Johanne se soit vautrée dans la boue à Sudbury et raconta certains détails choisis parce qu'ils croustillaient.

-Y'a un des gars qui avait une patente du diable: longue comme ça... Elle lui a fait une passe... Il est venu comme t'as jamais vu dans les films pornos: le jet est revolé à quatre pieds... Elle a descendu creux, et elle est pas encore sortie du gouffre... L'avoir laissée faire, elle me violait quasiment. Je dois te le dire, mon ami, elle est quasiment en amour avec moi... Par chance que je la tiens au bout de mon bras...

Toute la conversation tomba comme de l'acide sur la jalousie effrayante de Roger; et Martin ne l'ignorait pas. Il devait non pas tempérer ses dires mais prévenir une action trop violente contre Johanne. Cela était la seule façon de garder le contrôle des deux âmes.

-Je sais que tout ça te met à l'épreuve, mais si t'es assez fort pour passer par-dessus comme t'es capable de passer par-dessus ton alcoolisme, t'es sauvé et aussi, tu sauves ton mariage. C'est ça qui va faire de toi un vrai homme, Roger, c'est ça. T'es en train d'émerger, mon ami, il faut se donner la main pour la faire émerger, elle aussi... Ne pas lui tenir rigueur de sa conduite de mère indigne, si tu me passes l'expression...

Saisi, blême, fou de rage, Roger réussit à dire:

-Ouais, on va essayer!...

-Tu vas essayer pis tu vas réussir.

Il fouilla dans sa poche et tendit un chapelet.

-Prends ça et touche-le chaque jour et prie avec lui, et quand les choses iront mal, elles iront mieux grâce à ce simple geste, et si elles ne s'améliorent pas, alors téléphone-moi... J'ai reçu le don d'aimer... C'est un don, aimer et Dieu me l'a donné. Hallelujah!

Puis il sortit sa bible brune de sa poche de veston et l'ouvrit à la page 1152...

-Tiens, lis ça..

**

Roger conserva son calme jusqu'au lendemain soir.

On était devant le téléviseur. Les garçons jouaient dans leur maison dans les arbres et Nathalie travaillait sur son album de photos dans sa chambre. Johanne reposait dans un lazy-boy et l'homme somnolait sur un divan, de l'autre côté d'une table basse.

-C'est que t'as fait à Sudbury? demanda-t-il soudain. - J ' a i vécu...

-C'est pas une réponse.

-Tu veux savoir quoi?

-Avec les hommes, c'est que t'as fait?

-Ben, suis allé un peu dans les bars...

-T'as couraillé?

-J'ai sorti...

-Moi, je dis couraillé...

-Comme toi... T'as sorti avec des filles, moi, j'ai sorti avec des hommes. C'est le passé, on oublie ça...

Le silence revint et dura longtemps.

En l'esprit tordu de Roger, l'image de sa femme en situation d'amour physique avec un autre homme que lui-même, excitait à la fois sa libido et sa rage. Les mots de Martin lui revenaient en tête, mais seulement ceux-là qui font se hérisser l'orgueil et le conduisent aux pires excès, au paroxysme...

Brutalement, il attaqua tel un serpent, à la vitesse de l'éclair. Son corps emporté par la passion violente sauta par-dessus la table et les poings se mirent à s'enfoncer dans les chairs de la femme.

Johanne ne savait pas encore ce qui se passait quand elle fut renversée à l'arrière et que son poids s'ajoutant à celui de l'attaque la cloua dans le fauteuil. Elle voyait des étoiles à chaque coup reçu à la tête et il lui fallut un bon nombre de chocs avant de se mettre à crier.

Nathalie accourut et s'écria:

-Daddy, daddy, qu'est-ce que tu fais là?

Il continuait. La fillette le poussa, le prit par un bras pour le retenir en répétant sa phrase. L'homme revint sur terre aussi soudainement qu'il avait perdu l'esprit. Il courut dehors et disparut.

Johanne avait le visage tuméfié, enflé, bleu, sanguinolent; une prothèse était cassée et elle en cracha les morceaux...

Plutôt d'appeler la police, elle téléphona à Martin qui vint le soir même et arriva une heure plus tard.

Les choses n'évoluaient pas comme il l'aurait voulu. Roger ayant cédé la jalousie, il fallait l'éloigner de la maison...

Il put les réunir vers dix heures et alors, il pontifia en hochant la tête:

-Pour votre bien à tous les deux, séparez-vous encore un petit bout de temps...

Roger mit quelques chemises dans une petite valise et il coucha au motel voisin ce soir-là puis le lendemain se rendit prendre pension à Thessalon, le village d'à côté sur le chemin du Sault.

En l'esprit de Johanne, cette séparation était sans retour, définitive. Elle consulta un avocat et confia la chose à Martin qui la répéta à Roger à qui il conseilla de mettre ses possessions à l'abri en les vendant. Ce que l'autre s'empressa de faire. Tout y passa sauf la maison elle-même qui se trouvait copropriété de Johanne et lui-même et la petite Aspen jaune. Motoneiges, roulotte de camping, il ne resta rien et les comptes de banque furent modifiés pour les rendre inaccessibles à la femme. -Ils ne l'étaient que depuis son dernier emménagement avec lui.-

Après un semblant d'accalmie, ses jours entraient à nouveau dans l'obscurité et le tumulte. Ceux des enfants redevenaient sombres...

-Il ne peut pas te faire expulser de la maison, assura Martin devant Johanne qui craignait la chose. Vous en êtes les copropriétaires.

En ce temps-là, Roger gagnait énormément d'argent. Et quand il reçut une lettre de l'avocat de Johanne, il se moqua et réserva les services du meilleur du coin. À un professionnel payé par l'aide juridique, il opposerait un professionnel motivé par le gros bacon.

On prépara la cause en misant tout sur la conduite de Johanne à Sudbury. Elle ne pourrait nier quand on lui jetterait des faits au visage.

-Même pas besoin de ça, fit l'avocat. Je vais faire en sorte que ce soit le juge Towers. Chaque avocat fait des représentations préliminaires avant l'audience. Ce juge hait les femmes trop modernes, surtout si elles boivent et couraillent. Ou qu'elles l'on fait après avoir laissé leur mari. Il va suffire de mettre juste la bonne dose pour qu'il accorde un minimum de pension alimentaire. La garde des enfants va lui rester étant donné que vous travaillez à l'extérieur et ne pouvez donc leur apporter les soins nécessaires... Et puisque vous ne la requérez pas, cette garde...

Johanne traversa tout le processus comme si elle eût été une morte-vivante et ce n'est qu'après coup qu'elle se rendit compte que la justice aussi s'était liguée contre elle dans un monde bâti par les gagnants pour les plus forts.

Elle obtint une pension alimentaire de cent cinquante dollars par mois. On lui donnait trois ans pour quitter la maison sans quoi il y aurait expulsion légale et elle devrait seule assumer les paiements sur l'hypothèque.

Seule contre le juge, les avocats -car le sien ne fit pas le moindre effort pour lui obtenir une pension décente- les préjugés, la vie, sa propre faiblesse, elle en était venue à ne compter que sur son ami Martin. Le jour de l'audience, il arriva en compagnie de Roger et de son avocat bien payé. Il accourut auprès d'elle et lui dit:

-Tout va bien aller, fille, tu vas voir.

Elle se plaignit du fait qu'il semblait du bord de son mari.

-Je vous aime tous les deux, mais je reste neutre en matière de justice. Quand tu auras besoin de moi, fille, je serai là. Tiens une médaille... Et même un chapelet... J'irai te porter de l'argent aussi dans les jours à venir...

**

Plus démolie que jamais, elle l'appela au secours un soir via le téléphone.

-Salut fille! Je sais que les choses doivent être dures, mais je suis là, parle...

Elle pleurait sans parvenir à exprimer le commencement de ce qu'elle voulait dire.

Il fit un long rappel des pires événements survenus depuis leur rencontre comme pour tourner encore plus le fer dans toutes les plaies.

Elle finit par pouvoir lui raconter son désir de suicide et l'incident de Sudbury alors qu'elle avait avalé toutes ces pilules plus de la boisson...

-T'avais pas besoin de me le dire, fille, je savais tout ça...

-Comment ça, je ne te l'ai jamais dit?

-Ah! je sais des choses que tu ignoreras toujours. Je te l'ai dit: **j'ai le don d'amour**, j'ai celui du discernement et j'ai aussi celui de la clairvoyance.

-Dans ce cas-là, tu dois savoir que j'ai le même désir aujourd'hui?

Il fit mine de se mettre en colère:

-Oui, je le sais! Et je vais te dire une seule chose, si tu veux vraiment te suicider, c'est moi qui vais aller te porter un fusil... Si t'en veux un, je pars de Elliot Lake ce soir même et je vais chez toi...

-Viens...

-Tu veux? O.K.! j'arrive!

-Non...

-Fais-toi une idée, fille! Tu veux pas prendre soin de tes enfants, tu veux les abandonner, les repousser de ta petite vie égoïste? Ben moi, je te fournis le fusil...

Angoissée, torturée, elle rejeta l'idée.

Quand il eut refermé l'appareil, Martin sourit. Puis il sortit la caisse contenant l'argent recueilli auprès des membres des AA ces dernières semaines et il prépara une enveloppe pour Johanne.

Son regard brilla quand il lécha lentement le rabat de l'enveloppe: l'homme redevenait le maître...

**

Au même moment, au téléphone, la meilleure amie de Johanne lui disait, persuadée, effrayée:

-Éloigne-toi de cet homme, il est pire que le diable...

-Mais il m'aide beaucoup...

-Il fait semblant de t'aider, mais il te manipule...

-Non, je ne pense pas... Tu ne le connais pas assez.

******

Chapitre 44

-Depuis qu'elle vient aux rencontres ouvertes des AA qu'elle est approchée par ce gars-là. Moi, à ta place, mon Roger, je surveillerais de loin... Le Seigneur a dit: «Priez et veillez...»

-Qu'est-ce tu veux que je fasse? Suis pas là...

-Faut que tu lui montres que tu l'as à l'oeil comme on dit. Si elle sait que tu la suis de loin, elle va se faire un peu plus sérieuse et c'est tant mieux pour elle et aussi pour les trois enfants. Je pense que tu dois la suivre sans le montrer...

Martin manipulait une fois encore comme le font si souvent ceux qui s'affichent sous une enseigne de psy, qu'ils soient diplômés ou non et ce, sans toujours le savoir mais le pressentant parfaitement.

Sous le prétexte de choses à aller quérir à la maison, Roger appela un vendredi après-midi. C'était une jeune gardienne qui lui révéla que Johanne serait absente pour la soirée puisqu'elle était partie en compagnie d'un homme dans sa voiture pour aller souper au restaurant.

Roger raccrocha.

Son regard devint une ligne par laquelle passèrent tout de même des lueurs rouges et bizarres...

**

Dehors, novembre neigeassait. Les flocons folichons se berçaient dans l'air cru avant de se poser sur le sol. De sa place à leur table près de la fenêtre, Johanne leur pensait une âme d'enfant; le couple mangeait. Elle du bout des dents sans grand appétit.

Elle sortait pour la première fois depuis des mois.

Il lui fallait reprendre vie, ou bien tâcher de renaître après toutes ces années de combats incessants et invariablement perdus. Perdus d'avance. Lutte de la vulnérabilité contre l'agressivité dans un monde fait sur mesure pour la dernière.

Ils avaient commandé du poulet chasseur, le menu à la table d'hôte. Elle était habituée à demander le minimum pour ne pas indisposer le payeur. Il l'avait pris pour une préliminaire à l'amour. Et pour rester sur un pied d'égalité, il mangeait la même chose, ce gars brun et bouclé à verres épais.

-Je commençais à avoir hâte que tu te décides, dit-il en levant son verre de vin puisé d'une carafe pas chère.

-C'est comme t'as dit: j'ai besoin de rencontrer une personne qui a le même besoin. On peut se parler pis se comprendre...

-Lève ton verre!

Elle obéit, et eut alors lieu le cliquetis des verres dans un toast sans signification.

Ce furent des propos à bâtons rompus, légers, sans la moindre profondeur et qui baignaient dans la convoitise inavouée de l'homme qui rêvait de posséder cette femme depuis des mois.

En quittant l'endroit trois heures plus tard, après le dessert et de nombreux cafés, il lança:

-On peut toujours pas retourner chacun chez nous à cette heure-là? On devrait prendre une chambre pour aller placoter en paix...

-Si c'est rien que pour ça, c'est comme tu voudras.

410

Il le prit pour un oui à tout et loua une chambre dans le premier motel venu. Et quand il voulut l'approcher à l'intérieur, elle se déroba. L'homme se mit en colère et la jeta sur le lit, mais elle se remit plus vite sur ses pieds et l'abreuva de reproches:

-Il n'était pas question de ça. T'as pas de parole ou quoi?

-Une femme qui suit un homme dans une chambre, ça parle tout seul.

-Non puisque tu m'as dit que c'était pour jaser et que je t'ai dit qu'à cette condition-là seulement, je venais.

-C'est pas ça que t'as dit.

-Ce que j'ai dit était la même chose.

-La christ de chambre va me coûter trente piastres pour rien.

-Se parler, c'est pas rien, ça...

-Pas besoin de ça, moi...

-C'est pas ce que t'as dit... D'abord que tu respectes pas l'entente, viens me reconduire...

-Ah! oublie ça! On va parler, c'est tout...

-Si tu veux que je te paye la moitié de la chambre, je vais le faire.

-T'es cassée comme un clou.

-Même là, je vais trouver quinze piastres pour payer ma part, crains pas...

-Bah! come on!... Laisse faire...

**

Une heure plus tard, il la reconduisait.

-Laisse-moi au bord du chemin, je vais faire le reste à pied.

Elle descendit et lui dit avant de refermer la portière:

-J'espère que tu m'en veux pas trop. Je lève pas le nez sur toi, mais je ne suis pas prête encore à sortir de la manière que les gars veulent qu'on sorte...

Onze heures du soir. Il tombait encore des flocons de neige qu'éclairaient les maigres lueurs des réverbères de la route et du terrain des maisons mobiles. L'homme remit en marche et Johanne, l'âme inquiète, le regarda disparaître dans la nuit.

Deux cents pieds la séparaient encore de la porte d'entrée: ils allaient devenir un effroyable, interminable chemin de croix.

Une ombre sortie du bois apparut soudain près d'elle sur le côté. Une ombre silencieuse comme un spectre de la nuit. En fait, son agresseur profita des derniers bruits de l'auto s'en allant pour franchir, dans un silence à l'indienne, la distance le séparant de la femme qu'il guettait en embuscade depuis des heures. En fait depuis la brunante alors qu'il était descendu au motel voisin, un autre que celui où se trouvait Johanne.

Elle se sentit frappée comme par un char d'assaut et tomba à la renverse puis une botte cuir et acier frappa sa chair à la cuisse. Suivit un formidable coup de poing à l'épaule. Une lueur éclaira le visage de l'homme qu'elle reconnut aussitôt. Ce répit-éclair fut assassiné par une main qui lui frappa la joue puis écrasa son visage dans la terre humide et froide.

-Roger, laisse-moi tranquille... es-tu fou?...

-Ma christ de sale, tu vas mourir icitte à soir...

Elle le crut et ramassa toutes ses énergies pour se dégager sous une pluie de coups de poing qui la touchaient partout et n'importe où mais qu'elle ne sentait pas encore.

Il s'agrippa à son manteau que par chance, elle avait laissé ouvert et dont elle put se défaire en hurlant; elle put alors franchir une cinquantaine de pieds. Mais il la rattrapa et, cette fois, la jeta en avant, face contre terre. Et pour la retenir, il l'écrasa de son genou sur son dos, son omoplate et son épaule.

-T'es finie, ma tabarnac, tu sortiras jamais pus avec personne de ta maudite vie. J'vas t'défaire en morceaux.

Il poussa sur sa tête avec sa puissante main afin de l'étouffer dans la terre. Elle pensa que tout allait bientôt finir. Ce serait la mort, la liberté, la paix définitive...

Oui, mais que ferait-il ensuite? Laisserait-il vivre les enfants alors que dans sa folie furieuse il aurait pris sa vie à elle? Elle devait réagir, combattre, crier pour qu'on vienne... elle l'avait fait et personne n'avait bougé dans les alentours...

De forte constitution, les muscles des bras et du dos bien trempés, elle trouva en sa détermination une force décuplée; mains à plat, elle canalisa la rage de son énergie vers l'effort à faire. L'homme en fut déséquilibré et quand il voulut se rajuster, elle banda à nouveau le moindre de ses muscles. Il fut rejeté sur le côté... Elle se projeta vers l'avant, marcha sur les genoux puis se leva et courut...

Il la rattrapa de nouveau mais ce fut pour la retenir debout dans une effroyable prise de l'ours.

Elle ne parvenait plus à crier. De la lumière apparut dans la maison mobile puis chez la voisine. Roger le vit et il relâcha son étreinte. Johanne parvint à la porte et frappa du poing...

La gardienne ouvrit et la femme monta. Elle arriva face à face avec les enfants qui en pyjama, se serraient épaule à épaule en pleurant et en criant.

Ils aperçurent leur mère le visage barbouillé de terre et de sang, la blouse déchirée, la terreur dans le regard puis leur père qui se ruait à l'intérieur à sa suite, bousculant la jeune gardienne qui réagit vite et courut à l'appareil de téléphone.

Aucune prise de conscience au monde ne saurait être plus cruelle que celle que fait un enfant devant pareil drame, l'affreux spectacle où l'être qu'on aime le plus au monde, sa mère, est attaquée, poursuivie, menacée de mort par l'autre être qu'on aime le plus, son père déchaîné, devenu une bête sans contrôle.

Johanne le sut derrière elle. Les enfants auraient une chance si elle l'entraînait à l'autre bout de la maison. Son obsession de les sauver permettait à son intelligence de raisonner vite et quasi froidement. Elle courut. Il la rattrapa et fit pleuvoir les coups en dépit des cris aigus que Nathalie lui lançait, la fillette espérant réussir à les séparer comme la dernière fois.

Il fallut la voisine pour que la peur et la honte enfin s'emparèrent du forcené: quand il la vit venir par un coup d'oeil involontaire à la fenêtre, il courut et sortit par la porte arrière.

Johanne se laissa tomber sur un lit et se mit à gémir en se tenant le ventre non pour tenter d'y soulager un mal physique mais pour tâcher de contenir l'explosion d'un désespoir atroce.

Tous vinrent à elle et l'entourèrent. D'instinct, les enfants la touchèrent comme pour lui transmettre de leur force, de leur énergie vitale. Nathalie courut prendre une débarbouillette imbibée d'eau pour laver le visage. La voisine se rendit chez elle quérir du mercurochrome.

Lorsqu'on put enfin voir le regard de Johanne, il était entouré d'enflures bleues. Ses lèvres étaient grosses et sa bouche de travers; et quand elle voulut parler, sa prothèse dentaire tomba en morceaux. Elle dut les ôter et les mit dans un papier-mouchoir.

-Il faut appeler la police, dit la voisine qui par là en demandait la permission.

-Non... non, je ne veux pas...

-Mais il le faut... il peut revenir et te tuer...

-Demain... on verra...

-Mais qu'est-ce qu'on peut faire? Qu'est-ce qu'il faut faire?

-Je vais... appeler Martin Boisvert... lui, il saura. Il sait toujours quoi faire...

**

Martin lui ordonna de ne pas porter plainte:

-Rien ne pourrait être pire...

-C'est ça que j'ai pensé...

-Écoute, je descends te voir. Dans une heure et demie, je serai là... Essaye de te soigner toi-même... As-tu des os cassés?

-Je pense pas...

-Parce que si tu vas à l'hôpital, on va te pousser à porter plainte...

Une minute plus tard, il appela un couple rattaché aux AA, et qui résidait à quelque distance à peine de la femme battue, demandant qu'on aille la supporter et qu'on lui conseille de ne pas porter plainte, pour son propre bien...

Un moment, il pensa attendre pour rejoindre Roger, mais il raisonna et se dit que l'autre ne devait pas être retourné chez lui et qu'il risquait de se trouver dans un bar à casser son engagement AA.

À mi-chemin, il croisa Roger. Les deux se reconnurent et s'arrêtèrent. Ils se rendirent à un restaurant du voisinage et discutèrent puis Martin téléphona. Désolé, il annonça à Johanne qu'il faisait trop tempête pour poursuivre sa route; il s'entretint avec le partenaire masculin du couple rendu là-bas conforter la femme puis il raccrocha.

De retour auprès de Roger, à la table, il dit:

-Faut que tu t'en ailles pour une maudite secousse. Disparais pour six mois. Elle pourrait changer d'idée. Y a des bonnes femmes comme cette Ghislaine qui vont lui crinquer la tête, tu comprends. Disparais...

-Sacrement, j'ai perdu la tête comme il faut...

-Ça se comprend dans les circonstances... J'te lance pas la pierre... Tiens, prends ce chapelet et cette bible...

Ils prirent une chambre et discutèrent jusque tard.

Au matin, l'un partit pour le Québec et l'autre reprit la route de Iron Bridge.

*****

Chapitre 45

Tous dormaient encore quand il frappa à la porte.

C'était samedi. Les coups sonnaient étrangement.

Il faisait un temps venteux à rafales incessantes qui, dans le parc, soulevaient des spirales de feuilles mortes. La neige n'avait laissé au sol que des traces çà et là et cela n'empêchait pas les végétaux d'être secs, cassants et légers. Johanne savait que c'était Martin: elle devança Nathalie à la porte. Il apparut avec sa canne; il s'en était servi pour frapper: sa façon de la tenir encore tendue en avant révélait son geste.

-Je te le dis, fille, c'était la tempête sur le chemin pour venir: on voyait ni ciel ni terre. J'aurais pu me tuer comme rien... Tu vas comprendre que j'arrive rien que ce matin?

Elle marmotta:

-Je comprends...

-Veux-tu me dire, as-tu les mâchoires brisées...

-C'est ma prothèse qui est brisée... je l'ai réparée un peu avec de la Crazy Glue...

Martin s'esclaffa:

-Y a au moins quelque chose d'un peu drôle dans tout ça...

-Tu m'as dit de ne pas aller à l'hôpital ou ben chez le docteur... J'ai pensé qu'il fallait pas que j'aille pas non plus faire réparer mon dentier dans l'état où je suis...

-T'es pas mal intelligente, fille!

Il la suivit au salon en disant:

-Tu vois: chacun a ses problèmes. Moi, je me suis versé un pied et me voilà handicapé...

Elle lui servit un café. Il lui demanda de raconter ce qui s'était passé la veille, choses qu'il savait toutes par Roger. Il tut l'avoir rencontré.

Quand la tasse fut vide, elle lui en offrit plus mais il refusa et il changea radicalement de ton:

-Veux-tu me dire qu'est-ce qu'il t'a pris de sortir avec ce gars-là, hier soir? Non, mais tu le fais exprès pour énerver ton mari...

Il se leva et haussa le ton en la pointant sévèrement avec sa canne:

-Tu n'es qu'une pécheresse qui refuse d'entendre le Seigneur! Tu t'entêtes à rester sur le grand chemin de la perdition. Eh bien, tu vas la trouver, la perdition. Tu vas perdre tes enfants, tu vas perdre l'amitié, tu vas perdre le respect des gens que j'essaie tant bien que mal de... de rafistoler comme je peux, tu vas perdre l'amour, fille, tu vas perdre l'amour et c'est ça le pire... Comprends-tu ça au moins? Comprends-tu?

Assise dans un fauteuil, tête basse, pitoyable dans ses blessures et sa faiblesse, elle pleurait doucement.

-Oui...

-Depuis quand as-tu lu la Bible? Va la quérir et viens qu'on lise et qu'on relise 1 Corinthiens 13... Va, va...

A tout instant, elle se demandait s'il ne la frapperait pas avec cette canne menaçante dont il se servait pour la pointer du doigt, pour l'accuser. Parfois même, il la retournait de bout comme pour s'en servir comme d'un crochet qui s'enroule autour du cou, qui le torde ou bien qui le dévisse comme si cette tête de femme battue eût été celle de Linda Blair, la possédée du film l'Exorciste.

Quand elle revint, il lui fit lire tout haut à dix reprises, en dépit des difficultés et douleurs qu'elle endurait à poser ce geste à cause de sa prothèse brisée et mal réparée et de ses enflures.

Puis il la fit agenouiller pour deux autres lectures.

-Il faut que tu apprennes par coeur 1 Corinthiens 13, que tu saches par coeur toute la page 1152... C'est cela qui te sauvera, cela et rien d'autre... Tu es pécheresse... Et maintenant, prépare les enfants et viens, et suis-moi, on va chez moi à Elliot Lake. Il y aura ma femme et des personnes de bien pour s'occuper de toi durant une journée ou deux. Je vais trouver Roger et faire en sorte qu'il s'en aille au Québec... Comme ça, tu auras la paix pour un bout de temps...

Il la pointa à nouveau avec la canne:

-Ne me remercie pas, ne me remercie pas: je ne fais que suivre les commandements du Seigneur...

Deux heures plus tard, on se retrouvait au sous-sol des Boisvert à Elliot Lake.

Il s'y trouvait une femme déboussolée qui parlait sans arrêt de ses bijoux et de ses toilettes, un jeune homme à lunettes qui allait et venait, Bible à la main et versets à la bouche, un trio où la discussion tournait en catimini et s'accompagnait d'oeillades tristes à l'endroit de la petite famille et surtout de la femme agressée au visage tuméfié, et enfin une femme de trente ans, brune et belle, et amoureuse de Martin.

La longue pièce servait parfois à la tenue de petites assemblées des AA. La femme de Martin, une personne timide et fort petite y venait pour servir du café, des sandwiches. Elle prenait alors de tous nouveaux ordres de la part de son mari puis elle retournait à ses tâches ménagères au rez-de-chaussée...

Martin s'installa sur un divan afin, déclara-t-il, de faire reposer son pied douloureux. Tout d'abord, il fit lire le 1 Corinthiens 13 au jeune homme puis lui demanda de se taire et de s'asseoir. Ensuite, il commanda à tous de faire trois minutes d'introspection pour s'amener eux-mêmes à la reconnaissance de leurs péchés, de leur extrême petitesse.

-Penchez la tête, dit-il doucement. L'homme n'est grand qu'à genoux, vous le savez.

Il garda la sienne haute pour surveiller les basses et, quand il jugea le moment opportun venu, il les ramena à lui:

-On va maintenant faire une prière de réflexion pour aimer notre fille et soeur Johanne ici présente de même que ses trois merveilleux enfants.

La femme battue et ses enfants avaient trouvé place sur un banc de bois, heureusement étroit et qui les collait les uns aux autres. Daniel, Nathalie au milieu puis Éric faisaient plus que se juxtaposer à côté de leur mère, ils formaient avec elle un tout, une force lumineuse que la nuit cherchait à absorber définitivement.

-Penchons tous la tête en signe d'humilité devant le Seigneur Dieu qui nous a donné l'amour en héritage... O Seigneur, ton humble serviteur te demande pour toutes les personnes qui se trouvent ici réunies dans un cercle de souffrance, de les soulager, de les bénir... Et surtout, Seigneur, toi qui sais tout, toi qui sondes les coeurs, entre dans celui de Johanne qui a beaucoup péché...

Les mots changèrent mais les idées furent répétitives. Et rôdèrent autour de la pièce un esprit de culpabilité, une volonté d'effacement, d'autodestruction.

Nathalie gardait le regard déterminé comme si elle seule avait résisté à la volonté diabolique de cet être qui ne reculait devant rien pour s'emparer des âmes des autres.

Plus tard, Martin refit la mise en scène du matin: il marcha de long en large, la canne agressive, quasiment vengeresse, dénonçant le coeur de Johanne, lui criant qu'elle perdrait ses enfants si elle ne cessait de se jeter tête première dans des bourbiers fangeux comme elle avait trop l'habitude de le faire, soutenait-il. La femme se remit à pleurer et ses deux fils également. Nathalie résistait de toutes ses forces. L'homme en fut gêné. Il en vint à la menacer aussi avec sa canne et ses mots:

-Fille, je trouve que tu manques de ferveur dans tes prières. Tu en manques beaucoup... Et un manque de ferveur, c'est pire, bien pire que pas de prière du tout...

Elle lui fit un sourire si beau, si généreux, que le prêcheur se sentit plus embarrassé encore. Il retraita.

Les heures passèrent. Il fallut reprendre la route malgré le mauvais temps. Avant le départ, Martin fit agenouiller Johanne et les enfants afin que le Seigneur les protège sur le chemin du retour. Il leur imposa les mains, à eux et aux autres; la femme amoureuse se mit à parler en langues et à se rouler sur le sol. Le jeune homme parla de la même manière mais en hurlant et en tirant sur ses vêtements comme pour les arracher.

La petite famille partit enfin.

Le Seigneur les protégea puisque six milles plus loin, l'auto entra dans le décor, fit un tonneau et s'écrasa sur un ponceau sans pourtant qu'un seul des occupants ne soit blessé sauf Nathalie qui reçut par la tête une Bible à couvert dur, ce qui lui valut une bosse au front...

La voiture fut remorquée à Elliot Lake. On prit place dans la dépanneuse et il fallut retourner chez Martin.

-Je le savais, je l'avais dit qu'il manquait de ferveur dans vos prières... Que je le savais donc! Je n'aurais pas dû vous laisser partir, sachant que le Seigneur n'était pas avec vous...

-Il nous a protégés de la mort, osa dire Johanne.

-Là tu parles, fille! C'est vrai: il vous a bien protégés malgré les apparences... Et je comprends maintenant: c'est peut-être ton manque de ferveur, Johanne, et toi aussi, Nathalie, qui a fait que vous n'avez pas été protégés d'un accident et par contre, c'est la grande ferveur de notre assemblée chrétienne et de notre prière charismatique qui a permis votre sauvetage sans la plus petite égratignure...

-Excepté ma bosse, fit Nathalie en se désignant le front. J'ai reçu un coup de Bible par la tête...

Il pontifia, le regard agrandi:

-Ça, c'est un signe du ciel... un signe du ciel...

Johanne se plaignit. Elle était sans argent, n'avait plus de voiture; il ne restait rien à manger à la maison.

-Je m'occupe de tout, je suis là pour t'aider... La première chose, je vais voir ce qui arrive avec ton auto...

Il partit et revint une heure plus tard en disant:

-Fille, ta voiture est irrécupérable... Je vais aller te reconduire chez toi... Je vais te donner de l'argent. Tu pourras aller au bien-être social demain... Tout va bien aller, tu verras, tu verras...

Il pigea dans la caisse des AA et lui prépara une enveloppe. Puis il se retira un moment dans son bureau et écrivit à Roger à l'adresse que l'autre lui avait laissée afin de l'avertir de voir à percevoir les assurances de la Aspen bonne pour la ferraille...

**

L'épicerie se trouvant à un demi-mille de chez elle, les enfants accompagnaient leur mère avec une petite voiturette à lisses pour en ramener les sacs pesants. A chaque pas, Johanne avait le sentiment de s'enliser. Elle pleurait sans cesse et les petits se demandaient quoi faire pour l'aider à sortir d'un gouffre où ils sentaient qu'elle s'enfonçait de plus en plus...

Elle parla de suicide à Martin au téléphone. Il lui dit de se préparer pour aller au Sault avec lui. Elle voulut emmener les enfants; il ne s'objecta pas.

Sur le chemin du retour, elle parla à nouveau de sa détresse et de son obsession d'en finir avec la vie, ce qui, loin de nuire aux enfants, leur permettrait de mieux s'en sortir une fois le choc initial traversé.

-Des enfants, ça s'adapte! On le dit...

Martin se mit à frapper le dessus du tableau de bord en jurant:

-Je commence à en avoir pas mal par-dessus la tête de tes maudites crises de paranoïa... Comme si toute l'humanité s'était liguée contre toi, sacrement, pour te maganer... T'es ben prétentieuse de penser que tout le monde s'en prend à toi, la poussière, l'épave, la malade. Ton problème, il est dans ta tête... Il faut que tu te fasses interner. Y a un endroit à Sudbury où ils soignent des comme toi: on va y aller la semaine prochaine. Ça fait assez longtemps que tu te conduis comme une sans-génie... Je te mets la Bible entre les mains: tu la repousses. Je te donne de l'argent, je fais tout pour toi pis c'est jamais bon, c'est jamais assez... T'es comme la Marilyn Monroe, un gouffre sans fond où il ne se passe que du délire mental... On va te faire interner avant que tu...

-Je veux mourir, hurla-t-elle à travers des gémissements, je veux mourir...

-Tu veux mourir, ma sacrement, tu vas mourir.

On longeait une rivière. Quand la route la frôla, il stoppa la voiture et la contourna. L'homme traînait sa canne mais n'en avait plus besoin autrement que pour s'en servir d'une autre façon qu'il trouvait et savait impressionnante.

Il ouvrit la portière et il cerna le cou de la femme avec le manche rond de l'objet et la tira à l'extérieur tout en s'aidant de l'autre main qui l'empoignait par le bras.

Ainsi, il l'entraîna jusqu'à l'eau malgré sa réticence. Les enfants suivaient, terrifiés.

C'était un jour tiède de fin d'automne et on voyait çà et là des amas de neige oubliée par l'été indien. Il la força à s'agenouiller et à demander pardon au ciel.

-Asteur, tu vas mourir d'abord que tu veux mourir.

Et il lui poussa la tête dans l'eau froide, disant, juste avant:

-Tu veux mourir?

Elle hochait la tête négativement mais sans pouvoir parler, à demi étouffée, au désespoir. Sans pitié, il la replongea quand même à trois longues reprises. Les enfants criaient, le poussaient, suppliaient...

«Éloigne-toi de lui, c'est le diable tout pur!» avait dit Ghislaine. Les mots s'écrivaient en la tête de la femme et rien ne les effacerait jamais plus. Pour la première fois, elle eut peur de lui, et plus encore que de Roger...

Une fois de plus, au nom du bien, l'homme cherchait à s'emparer davantage d'une volonté en la brisant, en la détruisant tout à fait... Il ne resterait bientôt plus qu'à interner Johanne. Néanmoins, la lumière des enfants agit sur elle. Et plutôt de laisser mourir sa volonté, au lieu de se réfugier dans l'abîme de la névrose, elle réagit et sa flamme intérieure grandit.

Le mal dut retraiter. Le feu entoura Johanne d'un écran protecteur.

L'homme voulut passer la nuit chez elle. Il coucha au salon et dormit péniblement, harcelé, hanté par des rêves troublés et violents...

Au matin, en prenant un café, il chercha à retrouver le fil d'Ariane menant à la volonté de la femme:

-Je l'admets, j'ai été trop dur avec toi...

Mais le mur de feu demeura autour d'elle.

Il partit le devinant, le sachant, le voyant presque...

Il n'osa plus lui téléphoner.

Elle ne lui téléphona plus.

La tempête commença à s'amenuiser dans l'âme de Johanne Bédard. Imperceptiblement mais vraiment!

******

Chapitre 46

Chaque matin, Johanne se parlait dans le miroir, se disait que c'est fine seule avec ses trois enfants et son Créateur qu'elle s'en sortirait, pas en se confiant pieds et poings liés à des pouvoirs extérieurs au sien propre.

Tâche énorme pour une personne qui depuis toujours était enchaînée et croyait qu'il est naturel à la femme de se livrer sans cesse à une autre volonté que la sienne.

Six mois passèrent.

Pas une seule fois, elle ne sortit de la maison sauf pour le strict nécessaire. Éric et Nathalie fréquentaient une école française de Blind River et ils y avaient maints amis, chacun possédant le don de plaire et d'attirer la confiance et la confidence. Daniel commencerait l'école au prochain automne. La vie se stabilisait.

Roger reparut dans la région mais la menace qu'il représentait disparut quand il s'installa avec une amie dans le village voisin.

L'homme avait beaucoup parlé là-bas au Québec, pleuré sur des épaules compatissantes et fait à Johanne une mauvaise réputation.

Un soir, Martin appela. Elle fut polie et montra de la force morale. Dans les mois suivants, il téléphona par ci par là, à l'affût d'un moment de dépression, terminant chaque conversation par «Fille, oublie pas 1 Corinthiens 13, c'est ça qui t'a sauvée...»

Ça, elle le croyait mais elle ne croyait pas assez du reste de ses propos pour se laisser aller à abaisser sa garde, pour laisser trop diminuer le mur de feu qui la protégeait et que l'amour de ses enfants alimentait à chaque jour... à chaque seconde...

Johanne eut un ami pour un temps. Un homme qu'elle avait connu aux meetings ouverts des AA et qui, depuis lors, s'était séparé. Un jour, il lui annonça tout simplement qu'il retournait avec sa femme. Elle ne lui en voulut pas. Désormais, elle ne s'attacherait plus d'une façon telle que la souffrance de la rupture soit négative. Souffrance, certes, mais d'une sorte pure qui embellit et non pas qui détruit!...

Les mois se regroupèrent en années bien rangées.

Nathalie eut treize ans. Mature, elle paraissait déjà d'une petite femme. Tous ceux qui la côtoyaient n'en revenaient pas de ce qui émanait de sa jeune personne. Malgré sa condition modeste, elle attirait l'amitié et savait l'entretenir en donnant à qui en avait besoin, de son coeur, de son sourire, de son amour inconditionnel.

Les propriétaires du motel voisin lui demandèrent de venir avec sa mère un après-midi. On avait besoin de quelqu'un de fiable pour servir aux tables la fin de semaine et la jeune adolescente plairait à la clientèle. De plus, elle gagnerait des sous pour aider à sa famille dans le besoin, qui ne disposait que de l'essentiel pour survivre. Johanne devait assumer les paiements de la roulotte et, outre le bien-être social, elle ne pouvait pas souvent compter sur la maigre pension accordée par le juge car son mari négligeait de la lui verser.

«Et si vous en voulez plus, madame, vous n'aurez qu'à aller travailler!» avait dit le juge ce jour affreux où la justice avait cherché à la déposséder jusqu'au peu de dignité qui lui restait encore à ce moment.

Johanne hésitait:

-Si jeune!

-Je veux le faire, maman...

-On va lui apprendre à partir de zéro. On va la bien traiter. On va la protéger. Elle pourra rentrer dans deux minutes puisque votre maison est à trois pas...

Aucun travail disponible ne correspondait aux aptitudes et expériences de Johanne dans ces petits villages où la maîtrise de l'anglais constituait le premier critère d'embauche. À cause de cela, elle ne pouvait pas accepter un emploi de serveuse. Et il y avait toujours les trois enfants à prendre soin même s'ils ne se trouvaient pas à la maison les jours de classe.

Elle accepta. Mais elle en conçut un certain remords et beaucoup d'inquiétude quand vingt hommes s'arrêtèrent là pour y vivre un temps indéterminé. Originaires du Nouveau-Brunswick, tous âgés entre dix-huit et quarante ans, ils venaient remplir un contrat de plusieurs mois pour Hydro-Ontario.

Johanne se montra particulièrement vigilante.

Des hommes loin de chez eux deviennent souvent des loups affamés et ne se troublent pas trop l'âme de prendre des fillettes dans leurs filets.

L'un d'eux questionna Nathalie et les propriétaires du motel. Comment une presque petite fille pouvait-elle ainsi travailler comme une grande à servir des repas et le faire avec tant de charme, de grâce et d'habileté?

Ils furent profondément touchés par ce qu'ils surent et ils ne surent que les grandes lignes de l'histoire de Johanne. Un soir, Nathalie appela sa mère et dit que deux de ces hommes voulaient la rencontrer. Ils vinrent. Pris de pitié, ils se consultèrent puis dirent à la femme qu'ils avaient besoin de quelqu'un pour laver leur linge et le repasser. Ça lui ferait un revenu supplémentaire. Elle accepta et ils la payèrent trois fois la valeur du service rendu. Chaque semaine pendant des mois, Nathalie revint à la maison avec des cadeaux pour sa mère, des dons en argent, mais elle avait du mal à comprendre pourquoi Johanne pleurait chaque fois...

Le jour de leur départ, il y eut rencontre dans une chambre du motel. On pleura. On s'embrassa. On leva la coupe de champagne.

-Quel souvenir allez-vous garder de nous autres? dit un des hommes aux allures de Judas mais qui par-delà les apparences

427

possédait un coeur au moins égal à celui de chacun des autres.

-Des apôtres, répondit Johanne.

**

D'autres mois s'ajoutèrent aux années qui rapprochaient la famille de l'échéance. À moins que Roger ne signe un consentement, une entente quelconque, il faudrait libérer la maison-roulotte pour janvier 1984.

La vie allait de misère en sacrifices et Johanne se confia davantage aux gens de sa famille. Malgré tout ce qui avait circulé sur son compte dans leur région natale, on crut de plus en plus à sa version que le témoignage des enfants corroborait au besoin.

Johanne trouva ici et là de petits emplois à temps partiel dont le revenu s'ajoutait au peu qu'elle touchait du gouvernement. Ponctionnant chaque semaine une somme minimum qu'elle mettait de côté pour s'acheter une voiture, elle parvint au bout d'un an à réunir le comptant à verser. Un banquier humain, personnage rare en ce bas monde, fit en sorte de lui prêter ce qui manquait et un jour, elle prit possession de l'auto dont elle rêvait depuis si longtemps et qu'elle avait imaginée bleue et demandée bleue au ciel: une Chevette bleue qu'un bon hasard lui avait rendue achetable, disponible.

Jamais les riches ne connaîtront certains bonheurs trop bon marché!... L'abondance les prive du désir; or, le plaisir sans le désir est néfaste et destructeur pour celui qui en est dépourvu... Juste retour des choses!

À quelques reprises durant l'année 1983, la dernière à pouvoir vivre dans la maison, Johanne appela Roger pour lui demander un an ou deux de répit.

«T'as signé ça comme ça: ça va rester comme ça!» se contentait-il de dire chaque fois.

Ces années-là, il s'était souventes fois montré odieux envers les enfants, comme si à travers eux, il avait voulu punir leur mère pour des crimes que de surcroît, elle n'avait jamais commis. Quand il lui arrivait de venir les chercher, il leur donnait rendez-vous avec obligation de ne pas le faire attendre au moment où il serait là. Les enfants s'asseyaient au bord du chemin et parfois devaient y rester jusqu'à deux heures après l'heure du rendez-vous fixé.

Nathalie en vint à refuser d'y aller.

Jamais une seule fois Johanne ne leur monta la tête contre lui. Depuis leur tendre enfance, elle montrait à chacun d'eux à aimer son père autant qu'elle-même et leur nature flexible les y inclina malgré tout...

C'est la mort dans l'âme qu'il fallut commencer à préparer les bagages en novembre. On ne savait pas où aller. Au Québec, les frères et soeurs de Johanne tinrent une réunion de famille. On en vint à la conclusion que le mieux pour elle serait qu'elle revienne dans son pays natal dans la région de Lac-Mégantic. On prépara tout. L'une lui trouva un logement, l'autre un camion de déménagement. Il ne lui suffirait plus que d'accepter la proposition, l'opportunité de refaire sa vie autrement. Mais on respecterait sa décision si elle devait refuser l'offre. Après tout, quinze ans de sa vie s'étaient écoulées en Ontario. Ses trois enfants y avaient grandi. Les transplanter à Mégantic, ce serait les déraciner, les exiler...

Si réticente fut-elle, Johanne sentait un appel de là-bas. On y fouillait toujours les entrailles du sol pour en extraire du granit mais on observait aussi le ciel à des milliers d'années-lumière. Il lui semblait, dans ses rêves, que tout y convergeait: passé, présent, avenir et que rendue là, elle rencontrerait l'amour, sa propre flamme intérieure si souvent obnubilée par les événements et ses propres faiblesses...

Mais la réalité, c'étaient les pleurs des enfants et ses peurs du recul; la réalité les étouffait tous à la gorge et un peu plus chaque jour alors que décembre approchait.

Une semaine avant le départ, elle dit aux enfants:

-Appelez votre père et obtenez le papier nécessaire pour qu'on reste: c'est la seule manière.

Johanne faisait un calcul: elle comptait que Roger ne les laisserait pas partir. Mais elle perdit son pari comme elle avait toujours perdu à jouer à quelque jeu que ce soit avec lui. De son côté, l'homme refusait de croire qu'elle s'en irait au loin. Elle avait sa vie là-bas. Elle pouvait survivre comme depuis leur séparation...

«C'est du bluff qu'elle te fait,» lui dit Martin lors d'un appel téléphonique. «Laisse-la s'en aller, elle va revenir dans trois mois!»

Chacun des enfants parla à son père.

Daniel, huit ans, dit gauchement qu'il s'ennuierait au Québec. T'auras qu'à revenir quand tu seras grand, lui répondit son père. À cet âge, on se satisfait de peu.

Puis Éric parla. À douze ans, il était encore mal assuré. Roger lui servit la même réponse qu'à son frère.

Nathalie qui au téléphone avait conservé sa voix de fillette fut pathétique:

-Daddy, j'ai toutes mes amies à l'école St-Joseph: Suzie Duchesneau, Nicole Brière, Rachelle Denis, Tracy Lawrence, Roxanne Murphy, Stacy Towers, Monique Laird... J'veux pas m'en aller au Québec, j'veux pas...

Elle éclata en sanglots, attendit une réponse. Il dit:

-C'est pas de ma faute, à moi, c'est ta mère qui a pris la décision de partir.

-Mais si tu nous donnais un papier pour qu'on puisse rester dans la maison... Daddy, j'ai quatorze ans, je connais personne là-bas... J'aime mieux ici, moi.

Ses phrases étaient entrecoupées de pleurs...

Son père se montra dur:

-C'est ta mère qui essaie de me faire changer d'idée pis qui se sert de vous autres. C'est pas à moi de changer d'idée, c'est à elle...

-Mais daddy, on est dehors...

-Y a plein de logements à Blind River: qu'elle s'en aille là pis tu seras encore plus proche de tes amies...

-Mais daddy, on va plus te revoir... Nous renies-tu comme tes enfants?...

L'homme demeura impassible et ne répondit plus que par des onomatopées. Jamais il ne céderait à ce qu'il considérait comme un bluff odieux! Qu'elle parte, elle reviendrait bien un jour ou l'autre et alors, il reverrait ses enfants! Et puis, n'allait-il pas à Lac-Mégantic trois fois l'an?

Nathalie raccrocha et pleura toute la nuit.

Le lendemain, Johanne appela Martin Boisvert et ils se donnè-

430

rent rendez-vous à Blind River. Elle ne lui dit pas pour quelle raison elle voulait le rencontrer et il supposa que déjouée dans son jeu, elle cherchait une solution que lui seul saurait lui apporter. Autant en profiter pour essayer de rencontrer cette Ghislaine que jusque là il avait seulement croisée, afin de chercher à la neutraliser comme il savait si bien le faire avec tous ceux qui s'opposaient trop à sa volonté.

Il monta dans la Chevette de Johanne dans la cour chez Ghislaine.

-Salut fille! Eh que ça fait longtemps! Laisse-moi te donner un bec d'amitié toujours!

Johanne tendit la joue et garda ses yeux à la dureté.

-Y a quelque chose qui ne va pas, j'en suis sûr.

-Pour une fois, mon ami, non! Je voulais t'annoncer que je pars pour le Québec demain matin sans intention de revenir vivre ici.

L'homme blêmit, s'étonna:

-Tu pars pas... Si tu m'as fait venir ici, c'est que ta décision est pas finale et que tu veux que je te conseille...

-Pas du tout! Je voulais te dire simplement ce que je pense de toi... T'es qu'un démon qui se cache derrière la Bible pour tromper les gens et les manipuler comme t'as fait avec moi... pour les pousser au désespoir et à la folie, pour les pousser à la mort... T'es un être maléfique qui porte le malheur avec lui... T'es un enfant de la nuit, un enfant de la mort qui sait qu'il va s'effacer après la vie et qui cherche à entraîner d'autres personnes avec lui... Tu es le mal, Martin Boisvert, et tu es seul... Et tu vas mourir seul comme un animal mais ça sera pire parce que toute ta vie, tu auras eu plein de monde autour de toi. Même si la moitié de Elliot Lake va manger dans ta main, même si tu t'infiltres dans toutes sortes de mouvements où tu peux rencontrer la misère humaine et l'exploiter et en profiter pour t'emparer des coeurs et des esprits, tu vas finir tes jours dans la pire solitude que tu puisses imaginer... Je ne te le souhaite pas mais je sais que c'est le sort qui t'attend... Et tu sais pour quelle raison je ne te le souhaite pas?

Transi par le froid, la mâchoire qui tremblait, il dit:

431

-Dis tou...jours...

-Je ne te souhaite pas de mal parce que je sais par coeur une chose... Tu veux savoir laquelle?

-Dis tou... jours...

-Je sais par coeur 1 Corinthiens 13... mais pas toi. Et c'est toi qui me l'a fait apprendre comme quoi, le mal, sans le vouloir, peut générer le bien...

Par quelle étrange prémonition Johanne Bédard entrevit-elle la triste fin de Martin Boisvert ce jour-là: nul ne saura jamais le dire, le comprendre. Trois ans plus tard, elle recevra un appel de Ghislaine qui lui dira:

«Tu sais quoi: Martin Boisvert est mort. Il avait tout perdu à Elliot Lake. Des femmes dont il a abusé l'ont dénoncé. Il fut traduit en justice pour vol des fonds des AA. Il avait trois procès sur le dos et risquait la prison. Il a disparu et s'en est allé au fin fond des bois dans le bout du Sault. On a su qu'il s'était senti mal au camp un matin. Il n'est pas sorti de la journée. Le soir, on l'a retrouvé mort d'une crise cardiaque... Ah! faudrait pas que j'oublie: il avait une Bible ouverte sur lui mais je n'ai pas pu savoir à quelle page...»

**

La parenté de Johanne s'amena le jour suivant.

Le peu que la femme possédait fut porté dans le camion de déménagement puis on se mit en route à trois véhicules dont l'un, celui de sa soeur, resterait avec elle à Ottawa.

Le voyage s'avéra fort long et surtout très douloureux pour ces quatre âmes en route vers l'exil québécois.

Ce n'est qu'au bout de douze heures et au-delà de la fatigue que chacun s'endormit enfin quelque part dans une chambre de la parenté au pied du Morne.

Dans les jours suivants, les enfants poursuivirent leur année scolaire et ils ne tardèrent pas à se faire de nouveaux amis tandis que Johanne entrait dans une longue période d'ennui et de questionnement, cherchant à longueur de journée à autopsier sa propre vie.

Pour lui rendre l'arrivée un peu moins pénible, toute la parenté lui organisa une réception de bienvenue le soir de Noël. Les enfants commencèrent à sourire un peu et leur mère ne put retenir des larmes de joie, les premières depuis un million d'années.

Le matin du jour de l'An, elle se leva avec l'aube et regarda longuement le froid qui enveloppait un étang voisin de vapeurs immobiles et qui étendait son emprise glaciale sur les bâtisses du village et l'église. Au loin, le Morne immuable dormait sous ses vieilles courbes que les humains pourtant brisaient de plus en plus par leur extraction de minerai et leurs routes agressives.

Non, le Morne non plus n'était pas immuable et il devait s'adapter...

Sous elle, en bas, sur le cône glacé d'un piquet de clôture se posa un oiseau gris. Solitaire, perdu, indécis, il arrivait mal à enfoncer ses griffes dans la surface dure et glissante, et son corps basculait vers l'avant par à-coups mais aussitôt, il rétablissait un équilibre précaire. Un moment, il parvint à se tenir droit et put lancer à gorge déployée dans l'inutile de ce matin désert sa plainte longue et navrée. Le son traversa l'air, la vitre et pénétra la femme jusqu'aux tréfonds de son âme.

Johanne ignorait le nom de cet oiseau. Qu'importe puisque **la tourterelle triste** lui renvoyait le parfait reflet de sa propre image.

******

Chapitre 47

Sur des pas discrets, Alain Martin entra dans la bibliothèque à un moment de la journée où la circulation d'étudiants se faisait intense. Des groupes quittaient, d'autres arrivaient et des personnes seules entraient pour venir se concentrer, faire des travaux ou remettre des livres empruntés tandis que d'autres s'en allaient après avoir agi semblablement.

Il connaissait bien cette atmosphère au silence qui bourdonne, puisqu'il y travaillait aussi, tout comme son ami et collègue, Fernand Lessard, qu'il visitait pour la première fois à Lac-Mégantic.

Devenu bibliothécaire, Alain oeuvrait dans une école secondaire de Sherbrooke. Dans des réunions, il avait connu des collègues de toute la région et s'était lié d'une amitié particulière avec Fernand, un célibataire endurci qui prêchait la parole de Dieu après avoir abandonné sa foi catholique pour la remplacer par la foi chrétienne.

Il s'annonça à l'assistante qui lui désigna Fernand assis dans son bureau vitré en train de travailler. Il s'y rendit et frappa deux coups discrets. L'interpellé leva la tête et fit aussitôt une moue exprimant la joyeuse surprise et il accourut ouvrir.

-Mais entre donc, mon bon ami de Sherbrooke, viens jaser! Quelle bonne surprise! Je t'ai invité plusieurs fois et enfin, te voilà!

Ils se serrèrent la main et la porte se referma sur eux. On prit place de chaque côté d'une table large et la conversation aussitôt s'engagea, traversant d'abord les banalités de circonstance. «Comment ça va? Et la santé? Il fait beau aujourd'hui. Des étudiants sont déguisés: c'est pour souligner l'halloween. Et les budgets pour les livres? Une réunion prochainement? On parle de scinder la commission scolaire régionale...»

Alain avait maintenant les tempes grises. Les ans l'avaient aussi gratifié d'un ventre plutôt généreux sans que le surplus de poids ne se fasse voir ailleurs.

Fernand apparaissait comme un homme très mince, d'une affabilité incomparable et capable d'empathie et de sympathie comme cela ne se voit guère depuis la grande explosion d'abondance des années 60 dans un monde où l'individualisme farouche mène tout sous la bannière du sacro-saint dollar...

-Et puis, mon cher ami, es-tu sur la voie d'un autre mariage de ce temps-là? demanda Fernand que ce sujet de l'amour humain amusait.

-Non monsieur! Si j'ai pas réussi à rendre une première femme heureuse, je ne vois pas ce que je pourrais faire de mieux...

-Mais, mon bon ami, beaucoup de seconds mariages se portent très bien...

-Je ne sais pas... deux coeurs brisés qui essaient de se rafistoler l'un l'autre... L'amour, c'est fini... Tout ce que ça laisse derrière, c'est de l'amertume, de la souffrance et une dévalorisation personnelle... De te rendre compte que tu ne corresponds pas aux valeurs d'une autre personne... somme toute, une personne de bien, a de quoi vous jeter pour longtemps dans l'introspection et le questionnement intérieur...

-Mais c'est là une démarche universelle...

-Beaucoup de gens n'ont pas à passer par là...

-La faute du divorce ne t'incombe pas forcément.

-Je crois au contraire que oui. C'est moi qui ai mis le diable dans le ménage. J'ai récolté ce que j'ai semé...

-C'est tout simplement qu'il a pu manquer un peu de la lumière divine...

-Je sais, tu vas me prêcher la parole mais comme tu le sais, je suis imperméable à la foi. Je ne crois qu'en ce que je peux constater de visu... Je veux bien croire en Dieu mais parce que mon intelligence m'y conduit par tous les chemins, et ça ne veut pas dire que je crois en la divinité de Jésus-Christ... Je n'y crois d'ailleurs pas.

Le front de Fernand se rembrunit.

-Les preuves historiques et tout...

-Jésus a existé, certes, mais il était un homme. Son enseignement est bon mais de là à croire que Dieu ait eu besoin d'envoyer un sauveur sur terre, il y a une marge que je ne pourrai jamais comprendre... Et c'est pire quand on a l'air de prétendre qu'il en sauve d'aucuns et pas les autres... Ça ressemble à du capitalisme spirituel tu ne penses pas? Des choyés d'une part, des maganés de l'autre... Un Dieu de justice ne peut pas intervenir sur terre, ni par des miracles ni par un envoyé spécial: c'est de la bouillie pour les naïfs, tout ça... Et ça sert aux prêcheurs afin de leur permettre de s'emparer de la volonté des autres, pour les manipuler, les contrôler, les faire agir selon leur propre volonté cachée derrière la Bible etc... Excuse, Fernand, je ne veux pas parler de toi puisque tu es ouvert aux autres, mais de tout temps, les prêcheurs ont joué sur la faiblesse humaine pour mettre les gens dans leurs griffes et les emprisonner dans leur pouvoir...

-Sur ce dernier point, je suis bien d'accord. Satan se déguise en ange de lumière. Tiens, voici justement une petite fille... quand elle repartira, je te raconterai un peu l'histoire de sa pauvre mère...

Alain tourna la tête et il aperçut à travers la porte une adolescente dont le visage était barbouillé de façon à imiter les moustaches d'un chat, et qui en portait les oreilles et la queue. Il fut fort troublé par ce sourire exceptionnel qui, pourtant, lui paraissait si familier...

-Salut toi! lui dit Fernand quand elle ouvrit.

Elle transportait sous son bras gauche une grosse pile de livres.

-Tiens, viens poser tout ça sur la table.

La jeune fille dit d'une voix bien plus jeune que son âge:

-Ma mère vous remercie beaucoup et elle voudrait, si c'est pas trop vous demander, que vous lui en fassiez parvenir d'autres du même genre...

-Certainement! Je vais lui en préparer d'autres que tu pourras prendre demain pour elle!

L'adolescente jeta un regard sur le visiteur et sourit mais ne le reconnut pas, elle non plus.

Il aurait suffi à Fernand qu'il dise son nom; il eût suffi à Alain qu'il demande son nom ou simplement qu'on ne soit pas jour d'halloween et que l'adolescente ne porte pas ce maquillage... Mais le destin en décidait autrement...

-T'as une belle petite face de minou aujourd'hui! dit Fernand qui reprit l'attention.

-J'aimais mieux ça que de me déguiser en sorcière ou en diable...

-C'est bien mieux, beaucoup mieux, dit Fernand en élargissant le regard.

-Comme ça, je peux revenir demain?

-Absolument! Tout sera prêt...

Quand elle eut refermé la porte, Fernand parla tout d'abord à mi-voix comme si les vitres avaient pu laisser passer le son:

-C'est une petite fille de Lac-Drolet: sa mère a été battue pendant des années. Elle est obligée d'élever ses trois enfants toute seule. Comme de raison, elle est pauvre comme Job... Je fais des passe-droit pour elle... Mon assistante aime pas trop ça... C'est pour ça que la petite fille vient me porter les livres directement... Sa mère, c'est une mangeuse de livres... Regarde le genre... C'est une femme qui se cherche, qui se pose des questions comme c'est pas possible. Je vais l'inviter à venir ici à l'école pour la connaître un peu... Je pense qu'elle a besoin d'aide spirituelle... Non, mais regarde ça: elle dévore les livres à raison d'un par jour. J'ai jamais vu ça depuis que je suis bibliothécaire...

Alain écoutait mais du même coup jetait des regards à l'extérieur du bureau vers cette jeune adolescente qui l'intriguait au plus haut point. Tant qu'elle ne fut pas partie, il reluqua vers elle sans trop le faire voir...

**

Qui suis-je? Où suis-je dans le réel? Pourquoi suis-je? Pourquoi suis-je ce que je suis et pas autrement? Ces incessantes questions, Johanne les verbalisait en ce moment avec un certain sourire.

À la télévision, il y avait un film intitulé Popeye; et Robin Williams, l'interprète du rôle-titre, venait juste de chanter, pipe au coin de la bouche et oeil fermé, allant de sa démarche sautillante:

«Je suis ce que je suis. Et si je suis ce que je suis, c'est que je suis ce que je suis...»

Le livre qu'il lui restait à lire ce jour-là s'intitulait 'L'amour universel'. Elle en avait entendu parler déjà, et l'avait cherché partout mais on le disait épuisé et donc introuvable; or, un soir, dans une vente de livres, voilà qu'un exemplaire lui était apparu comme ça, entre les mains d'une autre acheteuse. «Laisse-le là, ne l'achète pas! « pensa-t-elle tout d'abord. Mais la déception vint quand la personne prit sa décision d'acheter le livre. Et Johanne se dit en soupirant: «Bon, le moment de l'avoir n'était pas venu. Je le retrouverai bien. Cette femme en a certainement plus besoin que moi!» En trois petites phrases, voilà qu'elle avait fait acte de foi, d'espérance, de charité. Au moment de payer, l'acheteuse aperçut un autre livre derrière la caisse; elle regarda son argent dans sa bourse et remit 'L'amour universel' sur la table. C'est ainsi que Johanne put se le procurer, grâce, croyait-elle à son esprit positif et à l'apprivoisement de la peur en elle, et à un certain détachement...

Elle prit son livre et se rendit dans sa chambre.

C'était le soir. Éric travaillait à fabriquer des horloges en bois chez un voisin et Nathalie ne rentrerait pas avant tard, partie chez une amie. Daniel avait choisi le canal de télé, ce qui indifférait sa mère puisqu'elle ne s'intéressait pas beaucoup à ce médium trop violent à son goût.

Nathalie rentra plus tôt que prévu et elle se rendit à la chambre de sa mère avec une nouvelle pile de livres.

-Le monsieur de la bibliothèque t'envoie aussi une lettre: elle est entre le deuxième et le troisième livre...

439

Johanne lut.

C'était une invitation à le visiter à la bibliothèque de l'école. Et, ajoutait-il, je pourrais vous proposer un plan de salut qui trouve tous ses fondements dans la Bible...

Elle fronça les sourcils, pensant:

«Tiens, un autre Martin Boisvert! Mais, toi, ne pense pas que tu vas me manipuler, me chosifier, m'idiotifier comme il l'a fait, pense surtout pas ça!»

Elle se sentait forte. Sa solitude lui pesait. Peut-être que ce personnage lui aiderait sans même s'en rendre compte, à mieux comprendre son passé et à cerner tout le machiavélisme de ce prétendu conseiller matrimonial et la misère réelle que son passage dans sa vie lui avait valu.

J'irai vous voir vendredi après-midi si cela vous convient, lui répondit-elle par un écrit qu'elle confia à sa fille.

Elle avait eu beau se faire décrire le personnage par ses deux enfants qui fréquentaient cette école, la réalité fut tout autre. Fernand lui parut plus jeune qu'elle ne se l'était imaginé. Ce phénomène lui fit prendre conscience du fait qu'elle-même vieillissait et approchait vite de sa quarantaine: c'était cela sûrement qui devait expliquer la différence entre les âges respectifs que les enfants et elle-même attribuaient aux apparences physiques du bibliothécaire.

Brun, chevelure mince, le regard un peu enfoncé sous les arcades sourcilières, le sourire bon enfant, il accusait dix ans de moins à tout oeil d'observateur. Cela était dû, disait-il, à sa foi chrétienne. Mais il était bien servi également par une alimentation saine et l'absence de problèmes financiers et du stress de la survie qui, pour tant de gens s'avère négatif et source de rides prématurées. Ou de maux bien pires.

Il la reçut dans son bureau à la table habituelle par-dessus laquelle il aimait échanger avec ses visiteurs. Ce meuble sans devant mettait les deux interlocuteurs sur un pied d'égalité.

Après les politesses, il se montra flatteur:

-À voir vos enfants, je me suis dit que leur mère devait sûrement être une personne de belle apparence et je vois que je ne me suis pas trompé.

Fernand ne savait que deux choses d'elle, l'une par les racontars de campagne, qu'elle avait été battue par son mari dans le fond de l'Ontario et l'autre, qu'elle cherchait réponse, et désespérément à en juger par sa soif de lecture, à des questions fort angoissantes.

-Bah! je vous dis que l'âge avance. Les bourrelets sont là, les gros sur le corps et les petits dans la face...

-Qu'est-ce que vous dites là? Mais pour une personne qui a eu trois enfants, vous avez encore...

-Quatre...

-Quatre enfants? Mais Nathalie et Éric ont toujours dit trois... Je suppose qu'un autre est mort...

-J'ai eu une petite fille durant mon adolescence. Il a fallu que je l'abandonne. Elle doit vivre quelque part à Sherbrooke... ou ailleurs...

Mal à l'aise, pris au dépourvu, Fernand plongea sur le dernier mot entendu, Sherbrooke, et fit un coq-à-l'âne:

-Je vais souvent à Sherbrooke... J'ai plein d'amis là-bas... Tiens, justement il y a quelques jours, j'avais un collègue assis là où vous êtes... J'y pense parce que sur les entrefaites, Nathalie est venue porter des livres... J'y pense, vous aimeriez sûrement le connaître... C'est un bon garçon un peu déprimé...

-Qu'est-ce qu'il a de spécial qui m'intéresserait? Moi, je ne suis pas déprimée...

Le ton était net, négatif.

-Ah! je disais ça comme ça!

Puis il fut question de livres, des choses de la vie. Il en sut un peu plus sur elle. C'était une femme tout à fait désabusée, écoeurée des hommes en général et qui en même temps n'arrivait pas à supprimer en entier la lumière de son grand regard lorsqu'il était question d'un parmi eux susceptible de lui apporter l'amour.

Soudain, il glissa sa main sous la table et trouva un tiroir dont il sortit une bible qu'il posa devant son visage.

-C'est ça, votre plan de salut? fit-elle, sceptique.

-Exactement! s'exclama-t—il, le regard heureux. J'allais ouvrir la bouche pour le dire et c'est curieux que vous le fassiez juste avant moi. Quand la Bible est en cause, vous savez, il y a toujours de drôles de coïncidences... On dirait que le Seigneur s'en mêle sans faire semblant de rien...

-Vous me rappelez quelqu'un... un homme du nom de Martin Boisvert et qui utilisait beaucoup la Bible...

-Un prêtre catholique?

-Non...

-Tant mieux parce que la religion catholique, c'est la trahison de l'enseignement de Jésus.

-Vous n'y allez pas avec le dos de la cuiller.

-Je peux vous le démontrer de cent manières, par mille chemins... L'église catholique est une institution misérable et hypocrite... et profiteuse...

-Je ne pratique pas depuis l'âge de quinze ans, peut-être avant ça...

-Facile à comprendre: la religion catholique ne fait que prendre pour elle-même et elle s'empare de l'esprit des fidèles et les empêche de s'entendre directement avec le Seigneur via sa Parole...

Johanne n'avait guère le goût de discuter à propos de l'église catholique. Elle ramena Martin Boisvert sur la table:

-Satan déguisé en ange de lumière, cet homme-là!

-Il faudrait m'expliquer, me raconter si vous en avez l'envie, bien entendu... Qu'est-ce que vous diriez de venir souper au restaurant avec moi demain soir? Sous le signe de l'amitié et de l'amour du Seigneur, bien sûr...

-Pour me parler du plan de salut?

-Si vous voulez mais je ne force la volonté de personne...

Elle repoussa la Bible et l'homme se rendit compte qu'il aurait du chemin à faire pour la ramener dans ce qu'il considérait comme le droit chemin, le chemin de la vérité, de la lumière, de la vie...

Par la suite, il lui parla des assemblées qu'il tenait chez lui le samedi avant-midi et où on interprétait la parole de Dieu contenue dans la Bible. Mais sans lui lancer d'invitation à venir. Trop tôt encore!...

Ils jasèrent un bout de temps après le départ des étudiants et la fin des classes. Elle en dit fort peu sur elle-même n'en sachant bien que pas assez, se disait-elle aussi.

Quand elle fut debout et sur le point de s'en aller, il dit à brûle-pourpoint comme entraîné à le faire par la distraction ou quelque force mystérieuse:

-En tout cas, mon collègue de Sherbrooke dont je vous parlais tantôt, eh bien lui aussi s'est entouré d'un mur afin que le Seigneur ne puisse le franchir, mais ce n'est pas sans espoir parce qu'il a un bon fond... Peut-être que vous le connaissez? Ah! mais non... Encore que... je pense qu'il m'a dit que sa soeur a déjà eu un magasin à...

Elle coupa avant qu'il n'ait pu dire Lac-Drolet, salua, serra la main tendue et dit qu'elle acceptait le repas offert. Puis elle referma la porte derrière elle. Au bout de cinq ou six pas, elle rebroussa chemin et vint lancer sans malice à porte entrebâillée:

-Connaissez-vous 1 Corinthiens 13?

-Le texte sur l'amour: bien entendu. Mais comment le savez-vous puisque vous ne fréquentez pas la Bible.

Elle sourit:

-Je l'ai lue dix fois de bout en bout.

******

443

Chapitre 48

Le 3 décembre 1985

Johanne et Fernand s'étaient liés d'une belle amitié. Ils se retrouvaient parfois pour aller au restaurant, ou pour faire du pédalo sur le lac Mégantic, parfois pique-niquer ou simplement marcher dans la grande nature à la fois sauvage et familière à chacun.

L'homme s'entourait de dizaines d'amis, mais elle occupait un peu plus d'espace à cause de sa vie dure où, à chaque étape, il s'était trouvé un homme pour se servir d'elle comme d'une chose méprisable.

À chaque rencontre, elle lui en disait un peu plus long et lui, il posait des questions plus précises. Souvent les êtres trouvent des réponses à leurs interrogations quand c'est quelqu'un d'autre qui interroge. Petit à petit, il ramenait la Parole en surface pour lui redonner un respect de la bible qu'elle n'avait perdu que dans les apparences puisque, avouait-elle d'autre part, ses lectures du livre l'avaient confortée dans les moments les plus difficiles, la bible constituant l'espoir ultime de bien des malheureux qui sont privés de leur aptitude naturelle à croire d'abord en eux-mêmes, en leur propre étincelle divine.

Elle se plaignait souvent de sa tristesse et de l'ennui qu'elle éprouvait à vivre dans ce milieu si différent de celui du nord ontarien. Puisque le jour du deuxième anniversaire de son retour arrivait, il l'invita à un petit repas sans façon dans une brasserie du centre d'achats.

«Tu vas goûter à leur pâté de bison,» lui dit-il pour la tenter davantage.

Fernand fut en avance. Anciens élèves de son école, collègues de travail, gens du milieu: on le saluait, on lui serrait la main. Il était, comme Martin Boisvert, de ceux que toute une ville connaît et à qui chacun veut parler.

Il lui sembla tout à coup reconnaître une tête à une table de coin mais sa vue pas très bonne pouvait lui jouer un tour. L'homme attablé lui faisait dos et il écrivait.

C'est lui qui, en allant aux toilettes, reconnut son collègue bibliothécaire. On se salua et Fernand invita l'autre à se joindre à lui:

-Justement, Alain, j'aimerais pouvoir te présenter quelqu'un qui va arriver d'un moment à l'autre. C'est une bonne amie qui a vécu toute une vie... Toi, un gars qui aime écrire de la poésie, ça t'inspirerait... Malgré que c'est une femme pas mal terre à terre...

-Je ne suis pas ici pour longtemps. Un arrêt pour prendre une bière... Je suis en visite chez ma soeur qui vit par ici... Il fallait que je vienne à la pharmacie.

-Au moins, viens finir ta bière ici. Elle va arriver dans pas cinq minutes... Je suis en avance...

Alain alla prendre sa chope et revint s'asseoir.

Il se sentait confortable dans cette grande chaise à bras de bois brun, pareille à celles qu'il trouvait si belles au magasin général dans son enfance.

-On va manger du pâté de bison, c'est moi qui invite.

-Non, merci, mais je mange chez ma soeur.

-T'as qu'à l'appeler...

-Une autre fois.

-Je n'insiste pas mais je veux que tu saches que ça me ferait bien plaisir.

Alain but une gorgée et demanda:

-Quel âge as-tu maintenant?

-Quarante-huit, mon ami et toi, je présume que tu n'est pas loin derrière...

-Quarante-trois...

-Celle qui va me rejoindre a trente-neuf...

Alain le trouvait un peu agaçant avec cette idée à peine voilée de lui présenter une femme à tout prix. Excès de zèle qui le poussait à marier les autres ou bien voulait-il se débarrasser en quelque sorte d'une femme devenue pour lui un poids?

En un autre moment, peut-être, mais là tandis qu'il avait une amie à Sherbrooke... Chose qu'il mentionna.

-Ah! mais je te pensais seul! Comme ça, tu restes avec quelqu'un?

-Ce n'est pas ce que j'ai dit, mais j'ai une amie... Au fond, plus d'une... Tu sais, ce qu'elles ne veulent pas du tout comprendre, les femmes, c'est qu'un homme puisse leur être fidèle à toutes. Fidèle à rien qu'une, c'est être infidèle à toutes les autres... Elles ont de bien drôles de conceptions...

-Tout ce que je peux te dire, c'est que celle qui s'en vient et qui sera là dans une minute, a été obligée dans sa vie de se contenter d'hommes fidèles à plusieurs...

Ils rirent. Ils burent un peu. Alain demanda:

-Quel est son nom, à cette pers...

Un passant interrompit la question:

-Salut Fernand, comment vas-tu? dit un moustachu en tendant la main.

Johanne prit du retard. Fernand consulta sa montre et le fit remarquer. Cela poussa Alain à regarder aussi l'heure. Il recula sa chaise et s'excusa:

-Je dois partir, j'avais dit à ma soeur que je serais là pour souper. C'est impoli d'arriver trop en retard...

-Attends encore cinq minutes au moins... Tiens, je commande une autre bière...

-Non, je dois partir, c'est sérieux. Encore cinq minutes peut-être mais pas de bière...

-Finalement, as-tu terminé ton recueil de poésie? Es-tu prêt à le faire paraître?

-J'ai essayé et personne ne veut me publier. Pas un maudit chat d'éditeur. Qu'importe! Ce qui compte, ce n'est pas d'être lu, reconnu et tapé dans le dos, ce qui compte, c'est la créativité, c'est de sortir de soi du neuf. C'est ça, faire bouger l'étincelle divine en soi, l'étincelle créatrice, la créativité... Tu ne penses pas?

-Je vais prier pour toi... Le Seigneur va t'aider... Il va faire en sorte qu'un bon hasard te mette devant la bonne personne au bon moment...

-Ça?...

Et Alain se leva. Il serra la main de son ami et quitta les lieux en direction du mail tandis qu'arrivait par la porte donnant sur l'extérieur Johanne Bédard.

En la voyant, Fernand leva un doigt pour héler Alain mais trop tard, il disparaissait déjà...

-J'ai cru voir qu'il y avait quelqu'un avec toi à la table? dit-elle en ôtant son manteau qu'elle jeta sur une chaise inoccupée.

-Oui, ma petite fille, c'est un gars de Sherbrooke... un homme divorcé dans la quarantaine...

-Ne m'appelle pas ma petite fille, ça me rappelle trop Martin Boisvert qui me disait fille par ci, fille par là...

-Il est originaire de la Beauce...

Quand elle entrait en pleine confiance avec une autre personne, Johanne avait la manie d'interrompre à la façon d'une enfant distraite. Elle coupa donc:

-J'ai sorti avec un gars de la Beauce...

-Tu ne me racontes pas tout ce que tu fais lors de tes petites sorties à Saint-Georges...

-Ah! ça, c'était il y a bien longtemps! Mes parents ne me trouvaient pas assez bien pour lui et ils me l'avaient fait laisser...

448

Je l'ai revu une fois... ça fait sept ans... oui, c'était en 1978... Justement, il étudiait à Ottawa...

Son esprit fut sur le point de s'éclairer, de faire le lien entre ce gars qui revenait dans sa vie comme une étoile filante depuis si longtemps et le personnage dont avait commencé à lui parler Fernand et qui venait juste de quitter cette place encore chaude sous elle, mais un nouveau passant vint saluer le bibliothécaire; et donc ne se produisit pas le bon hasard faisant se rencontrer les bonnes personnes au bon moment comme l'avait prophétisé à son ami le bibliothécaire un instant plus tôt...

Sans doute que les prières de Fernand manquaient d'ardeur, eût déclaré Martin Boisvert après avoir cité 1 Corinthiens 13...

Quelques jours plus tard, Johanne apprenait de la voix de Ghislaine qui l'appelait d'Ontario, la mort plutôt étrange de Martin Boisvert au fond du bois, mort entourée de la pire solitude, Bible ouverte sur lui...

Elle en fut fort troublée et cela l'incita à fréquenter désormais avec assiduité les assemblées de prière et de lecture de la Bible tenues chez lui le samedi avant-midi, par son ami Fernand dont la sollicitude à son égard ne s'amenuisait jamais.

Et pourtant, elle ne s'endormait pas sans se poser la question: quand voudrait-il, lui aussi, comme tous les hommes de sa vie, s'emparer de sa volonté?

******

449

Chapitre 49

Sept années s'écoulèrent.

Les liens d'amitié entre Fernand et Johanne ainsi que ceux entre Fernand et Alain durèrent. Pas une fois le hasard ne voulut pourtant remettre Johanne et Alain à proximité ou en présence l'un de l'autre, ni dans les conversations ni dans les faits.

Alain visitait son collègue à l'occasion quand il lui arrivait de se rendre dans le coin, et pendant plusieurs années, Johanne se rendit aux assemblées de lecture de la Bible.

Elle se consacrait entièrement à ses enfants, tâchant de leur apprendre l'amour de la vie et des autres. Et elle combina sa charge de mère avec des emplois divers à mi-temps alors que Nathalie et Éric conjuguaient études et travaux rémunérés.

À une réunion de gens de bibliothèques, Fernand invita Alain à visiter la Maison du granit de Lac-Drolet, site touristique créé récemment par le gouvernement.

«Un lieu moderne bâti à flanc de montagne pour rendre hommage aux pionniers tailleurs de pierre...»

-Et tu viendras avec ton amie?

-Laquelle?

-Il y en a plusieurs?

-Trois de ce temps-là. L'une est femme d'affaires. La deuxième est femme intellectuelle, professeur à l'école. Et la troisième est du type physique... Lorraine, Suzanne et Marie...

-Mais alors tu es un homme comblé?

-Dis plutôt surchargé.

Alain arriva seul ce dimanche-là chez Fernand qui vivait dans une maison de campagne de Stornoway, en fait, la demeure familiale héritée de sa mère décédée il y avait déjà quelques années.

Devant un poêle centenaire endormi pour la saison estivale, le poète raconta à son vieil ami la légende de Regina Graham.

-Cela s'est passé en 1848 ici, tout près. Une jeune fille du nom de Regina devait épouser un jeune homme, mais il partit pour les États sur la promesse de revenir auprès d'elle quand il aurait ramassé l'argent pour leur permettre l'achat d'une ferme. Un an plus tard, la veille de Noël, elle reçut une lettre de lui, disant qu'il ne reviendrait jamais. Regina prit prétexte de se rendre au village porter de la nourriture à une famille pauvre. Ce qu'elle fit. Mais sur le chemin du retour, elle s'éloigna de la route et se rendit près d'une grosse roche où elle se laissa geler à mort. Par la suite, les gens ont appelé la roche le 'rocher de la gelée'... Cette roche représente en quelque sorte la fidélité amoureuse...

-Mais comment donc sais-tu ça tandis que moi qui ai vu le jour ici, je l'ignore tout à fait?

-J'ai lu dans les livres au sujet de l'affaire Morrison.

-Tu connais aussi l'histoire de Donald Morrison, le fameux cow-boy de Mégantic?

-Bien sûr, c'est une des plus belles histoires d'amour et de liberté qu'on puisse imaginer et elle est tout à fait authentique.

On refit l'historique régional depuis la présence des Abénakis jusqu'à l'arrivée des Écossais en passant par l'invasion des Américains en 1775. Et la conversation les amena bientôt à la Maison du granit au flanc d'une des élévations du Morne.

La visite fut complétée en vingt minutes. Un jeune guide raconta l'histoire de l'extraction du granit. La vie et les tâches des tailleurs de pierre. L'aspect géologique fut expliqué. Des constructions connues et dont la pierre avait été tirée du ventre de la montagne pas très loin furent nommées, et parmi elles, l'oratoire Saint-Joseph de Montréal.

Puis les deux amis se retrouvèrent au casse-croûte où ils conversèrent un moment devant une bière et les lointains bleutés qui se perdaient au fond de l'horizon dans la ligne brumeuse des montagnes américaines.

-Sais-tu, Fernand, qu'il y a dans cette région l'âme d'un grand développement touristique. Manquerait plus que la volonté... Tout est là: trois époques, le présent, le passé et l'avenir y ont déjà leurs drapeaux respectifs par le mont Mégantic et l'observatoire, la Maison du granit et les fantômes de l'histoire. Et il y a quatre héritages culturels aux ondes qui rôdent: celui des Abénakis, celui des Américains, celui des Écossais et celui des nôtres. Enfin, il y a trois légendes qui épousent trois côtés de la nature humaine: le trésor d'Arnold pour répondre à la fascination qu'exerce la richesse sur chacun, la légende -au fond un fait réel- du duel de Donald Morrison, laquelle répond, elle, à la recherche de chacun de justice et de liberté et enfin, celle que je t'ai racontée, de Regina Graham, qui fait rêver tous les coeurs tendres d'amour éternel...

Fernand fit les yeux grands:

-Mais c'est pas croyable, où as-tu pris tout ça?

-Simplement à lire l'histoire de la région. J'ai...

Une connaissance de Fernand arriva et l'on ne revint pas sur le sujet. Il restait encore beaucoup de temps à ce dimanche ensoleillé et cela donna une idée qui brilla dans les yeux de Fernand:

-J'y pense, ça fait des années et des années que je veux te présenter à une bonne amie à moi qui demeure justement ici à Lac-Drolet... C'est une femme qui a eu la vie pas mal dure déjà... Mais elle est bonne... Elle a élevé ses trois beaux enfants toute seule... J'imagine que tu n'as peut-être pas trop le temps? Et puis, elle n'est pas souvent à la maison le dimanche après-midi, mais on pourrait s'arrêter en s'en allant...

-Si tu veux.

Un quart d'heure plus tard, ils sonnaient à la porte dans l'entrée de la maison à logements. Une voix fluette répondit:

-Oui?

-C'est Nathalie ou Johanne? demanda Fernand.

-Nathalie...

-C'est Fernand... on venait voir ta mère... J'ai un ami avec moi... Johanne est là?

-Oui, montez...

Tout au long des marches, Alain se sentait troublé. Les noms entendus ne s'arrêtaient pas dans son esprit et pourtant quelque chose de très bizarre tournoyait dans sa poitrine.

Ce qu'il ressentait augmenta d'intensité quand on leur ouvrit et qu'une jeune personne dans la vingtaine les accueillit:

-Venez vous asseoir, elle va venir, ça sera pas long.

-Salut toi, ça va bien, laisse-moi te présenter Alain, un collègue bibliothécaire de Sherbrooke.

Il y eut poignée de mains et des lueurs à couleur de mystère passèrent par les regards de la jeune fille et du visiteur. Elle l'avait vu une seule fois en 1978 et il lui avait alors composé un poème, mais la brièveté de cette rencontre alors qu'elle n'avait encore que neuf ans plus le temps écoulé, l'empêchaient de le reconnaître quoique ce visage lui suggérât quelque chose de très agréable.

Alain se demandait encore où il avait bien pu voir ce sourire quand arriva Johanne que Fernand s'empressa de lui présenter:

-Alain Martin, Johanne Bédard...

-Mais c'est mon premier amour! s'écria Alain, une larme de joie à l'oeil.

-Mais c'est mon premier amour! dit-elle à son tour.

Tout éberlué, le regard alternant de l'un à l'autre, le sourire en point d'interrogation, Fernand dit:

-Quoi, mais vous vous connaissez? Depuis le temps que je veux vous présenter l'un à l'autre.

-La première fois que je l'ai vue, elle avait quatre ans et c'était ici à Saint-Samuel, au magasin... Ça doit faire quarante ans...

-Et on a sorti un mois ensemble pas mal d'années plus tard, tu te souviens?...

-Et ce fut quasiment mon premier vrai baiser...

Nathalie cherchait au fond de sa mémoire et elle trouva enfin une réponse quand Johanne rappela leur rencontre à Ottawa il y avait près de quinze ans... Elle courut à la chambre qui avait longtemps été la sienne après leur retour de 1983 et y trouva parmi des choses qu'elle n'avait pas encore prises depuis qu'elle cohabitait avec son ami, son album de photos. Elle fouilla et trouva le poème de ce monsieur si gentil qui avait croisé sa vie de fillette le temps d'une belle étoile filante. Et elle revint à la cuisine où les visiteurs et sa mère s'étonnaient des hasards de la vie.

-Le Seigneur est peut-être derrière tout ça? suggéra Fernand.

Cette parole laissait voir derrière les mots un dessein du ciel en lequel Alain ne croyait pas une seule seconde. Il dit en riant:

-Fernand, quand il voit un mot écrit dans l'alphabet de sa soupe, croit que c'est le Seigneur qui a arrangé les lettres. C'est comme ceux qui ouvrent la Bible au hasard et comme de raison y trouvent réponse à la question que précisément ils étaient en train de se poser... C'est tout pareil avec les horoscopes du journal...

-Ah! Alain, notre amie Johanne est une croyante en la Parole de Jésus!

-Autrement dit, même si je voulais la corrompre, je n'y parviendrais pas?

-Je pense que non!

-Messieurs, dites donc, vous voilà en train de décider à ma place!

-Bien sûr que non: c'est rien que pour parler!... Et tiens, j'ai une idée, Nathalie...

La jeune femme montra fièrement à Fernand son poème bien encadré au beau milieu de son album et lut le nom qui l'accompagnait.

-Si je me souviens! s'exclama Alain. Quand je vais faire publier mon recueil, ce que j'espère bien pour cette année ou l'année prochaine, ce sera le premier poème du livre.

Fernand revint à sa phrase:

-J'ai une idée, Nathalie, on va laisser ces deux-là jaser après toutes ces années. Je sais que chacun d'eux a des milliers de choses à dire à l'autre... Je t'invite au bar et on reviendra dans une heure...

La jeune femme promena son regard aller et retour de sa mère à Alain à plusieurs reprises et elle sourit. Il lui semblait que ces deux-là se connaissaient depuis une éternité...

-O.K.!

D'un geste rapide, elle confia l'album à sa mère et ouvrit la porte... Personne n'eut le temps de réagir et la seconde d'après Johanne et Alain étaient seuls à deux.

-Regarde pas trop mon chez-moi, c'est ordinaire.

-Tout devient extraordinaire de se rencontrer comme ça après tant d'années. Te souviens-tu de ma blessure au hockey?...

-Si je m'en souviens!...

-Je me rappelle que t'étais heureuse...

Il s'assombrit et interrompit sa phrase. C'était elle, la femme du fond de l'Ontario qui avait eu la vie si dure. Elle devina sa pensée:

-Viens t'asseoir et raconte-moi ta vie!

-Et toi la tienne!

-La mienne? fit-elle avec dédain. C'est pas trop trop la peine, je te dis...

-Toute vie est belle surtout si la souffrance fut là et qu'on ne l'a pas cherchée... Le plus grand capital d'une personne humaine, c'est la somme de ses souffrances non voulues, non recherchées mais accidentelles ou apportées par les autres, par la méchanceté des autres...

Elle rit:

-Dans ce cas-là, moi, je suis multimillionnaire!... Mais je te crois en un sens et c'est pour ça que de parler de mon passé maintenant, ça me fait rien, au contraire. Et si je n'en ris pas, je n'en pleure pas non plus.

-C'est l'orgueil qui nous fait rire de nos malheurs et c'est la faiblesse qui nous porte à en pleurer... Dis-moi ce qui t'est arrivé... Tiens, partons de l'album de Nathalie...

-Il faut remonter plus loin...

Elle ne pleura pas une seule fois de tout son récit et ne put tout dire en deux heures mais lui fut ému aux larmes à plusieurs reprises. Parfois, sur une pause, il relatait les grandes lignes de son propre cheminement.

-Tout dire, j'en aurais pour des mois sans m'arrêter de parler...

-Je prends conscience de ce que ma vie que je croyais assez malheureuse est le paradis à côté de la tienne... Et je pense que beaucoup de femmes -et d'hommes- lisant ce qui t'est arrivé se plaindraient moins...

-Non, mais je suis bête: je ne t'ai pas offert à boire. Il fait chaud ici et...

-Le meilleur breuvage, c'était de t'entendre...

Il eût voulu serrer cette femme dans ses bras pour laver de son âme toutes les marques, pour en effacer les cicatrices et lui redonner son lustre d'adolescence. Mais ce mouvement alternait en lui avec une douloureuse colère envers ces bras de l'abus et de la prédation qui s'étaient multipliés sur sa route rocailleuse...

-On a cherché à me détruire mais on n'a réussi qu'à me construire plus solide et ceux qui ont fait ça sont bien plus misérables que moi. Ils ont beaucoup plus d'argent et de biens matériels mais ne possèdent rien d'autre. Ils n'ont ni spiritualité, ni bonheur, ni espérance...

-Des morts-vivants enterrés de gadgets et qui n'ont jamais connu l'amour...

-Et ne le connaîtront jamais...

Les paroles et les répliques s'enchaînaient comme les wagons d'un train. On finit par sonner et ce fut le retour de Nathalie et Fernand.

Johanne et Alain s'échangèrent un regard qui leur disait que le temps s'était arrêté. Au moment du départ, ils se donnèrent leur numéro de téléphone avec intention avouée de poursuivre la conversation lors d'une prochaine occasion. Fernand s'empressa de la proposer en les invitant à un 'petit' souper chez lui dans quelques semaines. Ils acceptèrent.

Mais ils devaient se revoir avant. Le téléphone les rapprocha peu à peu. «On devrait rester de bons amis. Pas d'engagement, c'est mieux! Pour se conter les vieux faits...» Toute la panoplie des peurs de ceux qui furent blessés et craignent de nouvelles souffrances y passa.

Alain continuait de voir Lorraine, la matérialiste, Suzanne, l'intellectuelle et Marie, la charnelle; mais voilà que s'ajoutait maintenant la sentimentale. Il en parla à Fernand au téléphone. Une femme par fin de semaine, dit-il. La dame de carreau: Lorraine; la dame de trèfle: Suzanne; la dame de pique: Marie; et voilà que Johanne entrait dans son jeu et qu'elle faisait figure de dame de coeur...

-Je ne suis immunisé ni contre l'argent, ni contre les fleurs de l'esprit, ni contre la sexualité, confia-t-il, mais je le suis contre l'amour... La Johanne Bédard serait donc mon dernier choix si tant est que je veuille me brancher un jour et ce jour n'est pas pour demain...

-On sait jamais, on sait jamais. Moi, je suis habilité à officier les mariages. Quand tu voudras, je te rendrai ce service... Tiens, on pourrait célébrer ça à la Maison du granit... Un poète, se marier dans les hauteurs, ce serait atteindre un sommet de la vibration intérieure... Et en plus, si tu mets Jésus dans ta vie pour cette belle occasion au moins...

-Ah! Fernand, que tu es tenace avec ton Jésus!

-La foi transporte des montagnes et la mienne pourrait te transporter sur la montagne avec Johanne...

Rieur, Alain multiplia les obstacles:

-Elle a grossi... c'est vrai que moi aussi. Et puis elle a vieilli... c'est vrai que j'ai cinquante... Ah! et puis je pense qu'elle attire le malheur sur elle! On dirait qu'elle a passé sa vie à aimer l'amour et à vouloir posséder un homme... Pas mon genre! Mais c'est une bonne amie, j'aime beaucoup qu'elle me parle de son passé. Ça me donne de l'inspiration. Je ne vais pas faire paraître mon recueil de poèmes avant d'en avoir conçu deux ou trois sur elle... Une vie pareille!...

Leurs rencontres se rapprochèrent. Toutes inscrites sous le sécurisant signe de l'amitié. Des après-midis à la demeure de Fernand à discuter de foi, d'espérance et de charité. Des dimanches soirs au restaurant. Chacun évacuait son passé. Chacun goûtait l'instant présent. Et chacun se surprenait à flirter avec des rêves d'avenir.

Ni coup de foudre, ni passion à faire voler les pierres, ni chicanes d'amoureux boudeurs, ni peur des coups au coeur ou au corps, ni ennui, ni folies, ni angoisse, ni larmes: que du bonheur simple entre deux êtres faits pour ne pas s'entendre, un poète lisant des vers à une femme qui mettait beaucoup de son coeur à lui préparer des sandwiches pour leurs pique-nique d'après-midi près d'un lac des environs.

Lorsque vint le jour de l'anniversaire de naissance de Johanne, au coeur du flamboyant automne, Alain la conduisit au restaurant puis, dans l'après-midi, à la Maison du granit sur la montagne. C'était le dernier jour d'ouverture du site avant la saison hivernale.

Ils se rendirent sur une promenade qui s'arrête en surplomb près du gouffre où il lui raconta la légende de Regina Graham.

-Elle a voulu inscrire dans la pierre par l'aura de son esprit un serment de fidélité éternelle...

-C'est de valeur que les hommes aillent pas tous là-bas toucher à la roche de la gelée...

Alain se sentait l'âme d'un jeune homme. Depuis quelques semaines, il avait éloigné de lui les trois autres dames ainsi qu'il désignait ses amies, celle de carreau, celle de pique et l'autre de trèfle. Il n'avait plus de goût, de désir, que pour celle de coeur.

Les yeux piqués par le grand vent d'automne et par la puissance de ses émotions nouvelles, bouleversé par les splendeurs grandioses de la saison et du lieu, il sortit un papier de sa poche et le tendit.

C'était un poème qu'il avait intitulé **Poème d'amour** et par lequel la vie entière de Johanne passait. Elle lut.

Poème d'amour

Fini, la douleur
L'abus et les pleurs,
Les mornes étés
Dans les bois profonds!
Les marques au front
Tous les coups portés
Au coeur et au corps,
Le goût de la mort!

Ton sein labouré
Par les coups de poing
Ta vie dévorée
Traquée dans les coins
Ton sexe enfoncé
Par le fer en rage
Qui sans s'annoncer
Meurtrit et ravage!...

Jamais, jamais plus
Le mépris sans fin
La peur qui te tue
Mais qui te retient
Dans la cage noire
D'une vie broyée
D'une âme effrayée
Même par l'espoir!

Les affreuses traces
De ces pieux plantés
Dedans ta beauté
S'en vont et s'effacent.
Voilà ta jeunesse

Qu'on n'a pu flétrir!
Voilà ta richesse
Et ton avenir.
Les nuits oppressées
Les matins violés
Les jours agressés
Les années volées
Te seront rendus
En bonheur immense.
Un passé mordu:
Un futur intense!

Les démons hideux
Crèvent dans leurs haines,
Implorent les dieux,
S'enfoncent, s'enchaînent.
Leurs pouvoirs affreux
Saisissent leur cou:
Pauvres, pauvres gueux
Aux yeux demi-fous.

Ils supplient, blasphèment,
Tendent leurs mains blêmes
A la vie qui fuit.
La nuit envahit
Leurs journées malades.
Et leurs fronts maussades
Pourrissent vivants,
Sèchent sous le vent.

Femme à l'âme d'ange
Jetée aux vidanges

Par les fossoyeurs
Et les aboyeurs,
Te revoilà neuve,
Forte de l'épreuve,
Prête pour l'amour,
Belle pour toujours.
Ensemble là-haut
Tout près du grand rêve
Qui sera bientôt
À nous deux sans trêve,
Nous voilà au port,
Prêts à repartir;
La mort de la mort
Vient de s'accomplir.

Vois dans le lointain
Naître le matin!
C'est pour te nourrir,
C'est pour te chérir
Qu'il vient de la nuit
Et s'étend sans bruit
Devant le soleil,
Devant ton réveil.

Les premiers rayons
Glissent sur la neige
Comme des crayons
Brillants et allèges,
Traçant en couleurs
Les lignes d'espoir
Autour du bonheur
De tes yeux-miroirs.

Au pied des collines
Dorment les villages
Dans la mousseline
De légers nuages.
Ils bâillent et se vêtent
D'habits pour la noce,
De joie pour la fête
Qui marie nos forces.
Ton corps exalté
Par la volupté
Ce soir va dormir
Et parfois gémir
Porté par l'amour
Aux riches atours
Jailli de nos âmes
Éternelle flamme!

Ivresse sans fin
Ivresse sans vin
Je vivrai enfin
Dans tes yeux divins.
Ma tête posée
Sur ton sein vainqueur
Mon coeur reposé
Au creux de ton coeur.

Quand il comprit qu'elle avait terminé et réfléchissait au contenu sans lâcher la feuille des yeux, il dit:

-Il n'y a rien de vengeur dans tout cela, ce n'est que la description d'une réalité...

Un coup de vent arracha la feuille des mains de la femme et l'emporta au loin... Alain gémit:

-C'est ma seule copie, il faut que je la rattrape.

Par bonheur, le vent venant de loin n'aspirait pas les choses légères mais les repoussait vers un haut mur de pierre taillé par la main de l'homme et s'élevant de l'autre côté de la maison. Il courut, suivi de Johanne qui lançait des excuses que l'homme n'entendait pas. Le mur bloqua la fuite de la feuille et il la récupéra tout en tâchant de reprendre son souffle. Johanne arriva et le regarda un moment, un temps de silence que même le vent respecta.

En une seconde, Alain revit les grands yeux de la toute petite fille de 1950 qui le regardait avec curiosité à travers les manches à balai puis ceux d'une fillette triste de n'avoir pas eu les chaussures neuves promises; le film se poursuivit avec les yeux d'une jeune adolescente solitaire et boudeuse puis le regard à la fois doux et félin de la jeune fille en fleur aux baisers si tendres...

Il voulait qu'elle s'approche. Elle le désirait aussi. Il était fébrile, hésitant... Elle prit la feuille, la plia et la mit dans sa poche puis posa sa tête sur l'endroit où se trouvait aussi le coeur vibrant de l'homme ému qui alors suggéra:

-Je vais écrire nos initiales dans un cercle sur la pierre et cela nous servira de contrat de mariage. On va imaginer que ce mur est le rocher de Regina Graham, celui de l'amour éternel...

-Hum, hum...

Il sortit un crayon feutre et procéda.

Un homme à gros sourcils noirs s'approcha. Alain s'excusa, la voix coupable:

-J'ai l'air d'un vandale qui inscrit des graffiti, mais ce n'est que de l'encre que les intempéries vont nettoyer. Je sais que ça fait un peu adolescent...

-Je comprends, je comprends...

Le personnage, un responsable du site, eut alors une idée qu'il jugeait brillante et il en fit part:

-Ça ne va pas partir et vous savez pourquoi? On va faire graver les initiales avec un pistolet spécial et elles vont rester là mille ans au moins... Et les amoureux qui viendront après vous autres et qui le voudront pourront faire inscrire les leurs...

-Formidable! dit Alain. S'il y a un long mur de la mort et du souvenir à Washington, pourquoi pas un mur de l'amour et d'espérance à la montagne du granit?...

Et c'est ainsi que le mur de pierre du Morne devint porteur de la légende de Regina Graham et d'un premier serment de fidélité amoureuse de la part d'un homme qui jusqu'à Johanne n'aimait guère les engagements et avait tendance à les briser...

Ce fut leur premier baiser à goût de paix, de sérénité.

******

Chapitre 50

La cérémonie du mariage se déroulerait le vingt-quatre décembre en fin d'après-midi.

On obtint de l'organisme en charge de la Maison du granit l'usage du lieu pour une douzaine d'heures.

Les enfants de Johanne s'occupèrent du nécessaire à la façon souhaitée: esprit de Noël, invitation de quelques personnes seulement, cérémonie à deux volets consécutifs afin de répondre aux voeux de tous, l'un que le curé de la paroisse viendrait officier et l'autre qui consisterait en une lecture de la Bible et une réflexion par Fernand.

On se réunit au village chez Johanne au coeur de l'après-midi: quelques bons amis de chacun des mariés, la fille d'Alain et son ami, les enfants de Johanne, Nathalie et son compagnon, Éric et sa blonde et Daniel. Et Fernand, seul avec son vieux sourire paterne et sa Bible 'dramatisante'.

Nathalie partit la première. Vers les quatre heures, au bord de la brunante, le convoi des voitures les conduisant tous au pied de la montagne, se forma puis se mit en branle.

Il y a là-bas un locateur de chevaux pour équitation ou pour randonnées selon la saison. Il attendait les gens de la noce avec, devant sa porte, un cheval blond attelé à une waguine d'autrefois surmontée d'une longue plate-forme. On y monta à dix-sept personnes y compris le prêtre catholique, et l'attelage attaqua la pente abrupte. Déjà sur la ripompette, l'ami de Nathalie, boute-en-train de nature, lança plusieurs chansons de circonstance qui entraînèrent les invités...

On fut à la Maison du granit un quart d'heure plus tard. Nathalie et un traiteur venus plus tôt en motoneige achevaient les préparatifs. En sourdine, on entendait des airs de Noël familiers. Aucune lumière électrique ne viendrait éclabousser les âmes avec ce modernisme dont il fait bon s'éloigner parfois sans pour cela en éliminer les avantages. Douze lampes à l'huile avaient été placées aux endroits stratégiques afin de répandre une lumière dansante, romantique et floue.

Nathalie pria les invités de déposer manteaux et autres vêtements d'hiver sur un comptoir à l'entrée puis de se rendre au second étage où se déroulerait la cérémonie que suivrait un buffet froid.

Là-haut, chacun put s'asseoir du côté de la pièce où aurait lieu l'échange des anneaux; et des groupes de conversation se formèrent. Fernand se surprit à parler avec le prêtre catholique. Johanne retrouva Nathalie et on déboucha des bouteilles de vin.

Alain s'isola pendant un long moment. Il se rendit près d'une fenêtre pour voir s'allumer la nuit dans le ciel et sur la terre.

De brillants souvenirs d'enfance venaient consteller sa mémoire tandis que les étoiles traversaient le temps avec leur scintillement et piquaient son regard de mots choisis pour accompagner le spectacle. En bas, à perte de regard, un immense tapis de lumières multicolores étendait son artificielle beauté. Il lui sembla que le passé, le présent et l'avenir s'étaient donné rendez-vous pour eux ce soir-là et qu'ils viendraient se donner une accolade-éclair.

Le système de son fit entendre Blue Christmas par Elvis Presley et l'homme pensa à toutes ces années qu'il avait traversées seul, sans personne avec qui partager la joie ou la tristesse. Il se souvenait avoir pleuré un soir de Noël de son enfance alors que la maison familiale était remplie de gens des rangs qui dételaient dans leur grange et venaient se réchauffer avant de se rendre à l'église.

Il avait pleuré de solitude, comme si ces personnes vivaient dans un monde auquel lui n'appartenait pas... La grande solitude, c'est peut-être ce soir-là qu'il l'avait reconnue...

-Le prêtre est prêt, il manque plus que le marié, vint lui dire Nathalie.

Elle le conduisit devant la grande photo des tailleurs de pierre appliquée sur le mur et devant lequel eut lieu la cérémonie.

Lui en habit noir, elle en robe rose longue, chacun s'engagea pour ce qu'il savait être le meilleur, sachant que le pire ne pouvait plus l'atteindre.

Fernand succéda ensuite au prêtre catholique et il lut 1 Corinthiens 13 à la demande des mariés. Puis il parla de Noël, de christianité, de choses belles et nobles que tous acceptent d'entendre au moins en cette époque de l'année.

La chaleur de l'amitié alimenta les âmes tout au long du repas et les vins joyeux abreuvèrent les corps. Rires, chants, et même le poème que Nathalie avait reçu de son nouveau beau-père quand elle était fillette, furent tous de l'agrément général.

Des airs de Noël interprétés par de bons artistes d'ici alternèrent avec des pièces de musique instrumentale; et il arriva à quelques reprises que le classique côtoie le western. On mélangeait tout ce que le passé contenait de bon pour en faire un gâteau d'avenir.

À Noël, tout peut arriver. Et ce qui se produisit par la suite en est la preuve. Les mariés se parlèrent à voix basse puis s'éloignèrent du groupe un moment afin d'aller partager le spectacle de la nuit depuis la grande fenêtre. Sans parler, sans se toucher, ils restèrent là à regarder et à se sentir sereins tandis que les ondes sonores leur apportaient la voix de Bing Crosby sur son éternel White Christmas.

Alors se produisit l'impossible, une de ces scènes qui ne savent naître, croit-on à tort, que dans les plus osées des imaginations. Au fond de l'horizon, deux étoiles filantes passèrent le temps d'un éclair.

Annonçaient-elles la venue de Jésus ou bien celle du Père Noël ou peut-être s'agissait-il tout simplement d'un phénomène naturel que sur une autre montagne pas très loin, des scientifiques notaient soigneusement dans leurs documents ou calepins? Ou bien accolade-éclair du passé, du présent et de l'avenir? Quoi qu'il en soit, leur image dans les yeux des mariés brillait comme celle de l'amour...

Un rêve vieux de quarante ans se réalisait pour l'un et l'autre sans pour autant les laisser devant le vide car il gardait la porte grande ouverte sur de nouveaux rêves. Ils n'avaient pas voulu se partager un gâteau de noce mais ils s'apprêtaient à se donner mutuellement ce que dans leurs discussions, ils avaient reconnu comme les valeurs fondamentales à la base du bonheur humain: amitié, santé, beauté, spiritualité, créativité... toutes choses qui, réunies, peuvent édifier sur une montagne bénie l'amour éternel...

FIN

MARQUIS

Marquis imprimeur inc.

Québec, Canada

2012